メディアワークス文庫

冴えない王女の格差婚事情2

戸野由希

目　次

主な登場人物

ソフィーナ・ハイドランド・カザック
(旧姓ソフィーナ・フォイル・セ・ハイドランド)
カザック王国王太子妃、ハイドランド王国第二王女

フェルドリック・シルニア・カザック
カザック王国王太子

【カザック王国関係】

アレクサンダー・ロッド・フォルデリーク
カザック王国騎士団第一小隊長補佐、フェルドリックの従弟、公爵家嫡子

フォースン・ゼ・ルバルゼ
フェルドリックつき執務補佐官、男爵家嫡子

ヘンリック・バードナー
カザック王国騎士団第三小隊所属、ソフィーナの護衛

フィル・ディラン(本名フィリシア・ザルアナック・フォルデリーク)
カザック王国騎士団第三小隊所属、ソフィーナの護衛、アレクサンダーの妻

ウェズ・シェイアス
カザック王国騎士団第一小隊長

ルーク・ポトマック
カザック王国騎士団副団長

【ハイドランド王国関係】

セルシウス・リニレ・キ・ハイドランド
ハイドランド王国王太子、ソフィーナの異母兄

オーレリア・メルケ・キ・ハイドランド
ハイドランド王国第一王女、ソフィーナの異母姉

メリーベル・アーソニア・セ・ハイドランド
ハイドランド国王ウリム二世の正后、ソフィーナの母、故人

アンナ・ミーベルト
ソフィーナの侍女、乳妹

ゼールデ・ミーベルト
ソフィーナの乳母、アンナの母

ジェラマイア・ゴード・ギャザレン
ハイドランド王国騎士団長、公爵家当主

ガードネル・スギム・セリドルフ
ハイドランド王国騎士、セルシウスの友人、公爵家嫡子

第五章

闇の帳《とばり》に包まれたカザック城。

「ご下命の探索について、経過のご報告に上がりました」

父でもある国王との密談を終えて自室に向かうフェルドリックに、廊下の暗がりから唐突に声がかかった。

侍従の格好をしている彼は、カザック王家が抱えている諜報《ちようほう》部隊の長だ。

斜め後ろに視線を走らせたフェルドリックに応じ、近衛《このえ》騎士が無表情に距離をとる。

「ニムス村付近の森で、妃殿下らしき人物を含む三人連れを見たとの情報が上がってまいりました。接触を試みたのですが、すぐに森に入られて撒《ま》かれてしまい……」

顔色と歯切れの悪い彼の報告を受け、フェルドリックは思わず天を仰ぐ。

建国王の時分から王たちの密命を受け、国の裏側で暗躍してきた彼らから逃げ果《おお》せた──間違いない、ソフィーナは護衛騎士の二人と共にいる。

ソフィーナの当面の安全を確信して、フェルドリックは長々と息を吐き出した。

反乱の起きた祖国ハイドランドを救おうと彼女がこの城を抜け出て以降、生きた心地がしなかった。すべての物事に薄膜がかかっているような感覚が抜け、ようやく現実感が戻ってくる。

「相手が相手だ、下手に近づけば殺されかねない。ソフィーナへの接触は、フォルデリーク家経由でも試みるから無理はしなくていい。お前たちはハイドランドのセルシウス新国王の捜索に注力せよ」

恐縮する諜報部隊長を慰めると同時に、新たな指示を出した。

現れた時と同様静かに消えていく彼を背に、自室へと再び歩き出す。が、思い直して、城で一番高い塔の屋上に足を向けた。

石造りの壁のくぼみに設置されたろうそくの明かりを頼りに、塔内の螺旋《らせん》階段を上っていく。一段上がるごとに足音が反響して増幅し、ひどく騒がしい。

「ここで待っていろ」

最上部の踊り場に近衛騎士を置き去りにすると、フェルドリックは扉を押し開いた。

その瞬間、塔内に向かって吹きつけてきた茹《う》だるような風に、半年ほど前の記憶が呼び起こされた。

(……あの時の風は身を切られるように冷たかったのに)

カザレナの街明かりを見下ろし、その後天空へと視線を移す。

結婚して数か月経《た》った晩のことだった。その日ソフィーナは、いつものように寝室でオテレットをしながら、普段控えめな彼女には珍しいほど雄弁に故郷ハイドランドについて語った。

『山々の黒い影に囲まれた夜空に瞬《またた》く星が、本当に綺麗《きれい》なのです。あまり工業が進んでいないせいでもあるので、自慢できるようなことではないかもしれませんが……多分今晩のように冬の冷気の残る春夜の空は、一際美しいはずです』

いつも凛《りん》とした表情を保っているくせに、最後をそう締めくくった彼女の顔はいつになく寂しげだった。

それが妙に気に入らなくて、その次の新月の夜、フェルドリックは彼女をカザレナで一番高いこの場所に誘った。

早春の夜風に美しい髪をなびかせながら、彼女はカザレナの夜景を眺め、驚いたように目を見開いた。ぐるりと地上を見回した後、上空を見上げて微笑《ほほえ》むと、何かを試すかのようにくるくると身を踊らせていた。

その横顔が星空より街明かりより何より鮮明に脳裏に刻まれていることに、フェルドリックは苦く笑う。

『カザレナの夜空も十分美しい』

『否定しません。山影はありませんが』

だが、フェルドリックがかけた言葉にそう返してきたことを考えれば、いくら美しくともハイドの星空の代わりにはならないということだったのだろう。

——ソフィーナは今、あれほど恋しがっていた場所に帰ろうとしている。

「……」

塔の北側の縁に歩み寄ったフェルドリックの顔に、正面から風が吹きつけてきた。そこには連日の猛暑に疲れた人々を癒やす涼気が含まれている。

（そっくりだな……）

労《いた》わりを含んだ優しい北風から逃げるように顔を背ければ、南の空に赤い星が見えた。光の揺らがないそれを瞬《まばた》きもしないで見つめた後、フェルドリックは静かに踵《きびす》を返した。

＊　＊　＊

北からの風が宵闇に樹冠を霞《かす》ませる木々をざわざわと揺らし、南に吹き抜けていった。焚火《たきび》の赤い光を頼りに、薪にする枝を拾っていたソフィーナは、爽やかな気流に故郷の気配を感じて顔を上げる。

カザック王国の都カザレナを出て、ソフィーナの故郷に向かう旅も既に十日。

（いくらお兄さまとハイドランドのためと言ったって、一人で帰ろうだなんて無謀以外の何物でもなかったかも……）

木立の奥に広がる、先のまったく見えない暗闇に、自分の見込みの甘さを改めて悟る。

拾った枝をまとめて抱え上げ、ソフィーナは火を見ている護衛のバードナーに歩み寄った。

「おお、たくさん拾ってくださいましたね」

「すごいでしょう。今夜はこれで足りる？」

褒められてつい胸を張れば、「ええ、十分です。ありがとうございます」と笑顔が返ってきた。

もう一つ、当初の見込みと違っていたのは、旅が重苦しいものになっていないことだろう。

身を隠しての逃避行であるにもかかわらず、護衛の二人は相変わらず陽気で優しい。事あるごとに兄やハイドランドのことを考えて落ち込むソフィーナを何気なく笑わせてくれたり、今のように手伝いを言いつけて気を紛らわせたりしてくれる。

一刻も早くハイドランドに戻って皆を助けたい――気は急《せ》いているし、兄と人々が心配なのも追っ手が気になるのも確かだったけれど、そんな二人と共に自ら馬を操って肌で感じる森や街、村は美しく、人々はカザレナ同様皆親切で、逸《はや》るソフィーナの心をなだめてくれた。

夜は夜で、今夜のように、関所を避けて入った森でそのまま野宿となることがほとんどだった。そこで過ごす時間はこれまで想像すらしていなかった経験の連続で、物思いにふける暇はまったくなかった。

「すみません、本当なら今日ぐらいは宿に、と思っていたんですけど、少し気になることがあって」

「大丈夫よ。毛布にくるまって土や草の香りに包まれて寝るのも、星空を見られるのも好きなの」

本当は体中がぎしぎしいっている。だが、口にしない。言う資格がないのもだが、優しい騎士たちに気遣いをさせるのはもっと嫌だった。

（……アンナはどうしているかしら？　ひどく咎《とが》められていないといいけど……。我ながら本当に最低な主《あるじ》だわ）

もう一人、二人に負けず優しい、自らの乳妹を思い浮かべ、ソフィーナは沈んだ気持ちで南に視線を向けた。

（フェルドリックのことだから、アンナをかばってくれるとは思うけど……）

あの人は目下の、善良な者にはとことん優しいからきっと大丈夫――そう信じている自分に気づいて、ソフィーナは眉尻を情けなく下げた。

「山鳥とナキリ茸《だけ》が採れた。シチューにしよう」

「っ」

真っ暗がりからジーラットが気配もなく現れた。驚くソフィーナと目を合わせるなり、得意そうに収穫を掲げてみせた彼につられて少し笑う。

出発時に言っていた通り、彼は森にとても詳しく、狩り上手だ。いつもその場で鳥やウサギを仕留め、野草や木の実、キノコなどと併せて野営の食事とは思えないほど美味《おい》しい料理を作ってくれる。

今日の夕飯も中々のご馳走《ちそう》になるらしい。

「ねえ、ジーラット、この辺にも魔物はいるの？」

「──ダメですよ」

慣れた手つきでシチューの準備にかかった彼に鍋を渡せば、真剣な表情で見つめられた。赤い炎に照らされたその顔にドキッとする。

「え、じゃあ、」

「あれは食べられません。とんでもなくまずいし、お腹《なか》を壊して動けなくなります」

「……食べたいなんて一言も言っていません。というか、食べたこと、あるのね……」

「何食べても大概平気なマットが、そう言うんです、本気でダメですよ。一度つき合わされたアレックスは、ひどい目に遭ってましたし」

「だから食べないってば。アレクサンダーまで一体何をやっているの……」

何か恐ろしい魔物がいたのかと緊張を覚えたのがバカバカしくなって、ソフィーナは脱力した。

相変わらず変わっているけれど、魔物を食料と見られる彼らは頼もしいに違いない、と思っておくことにして、ジーラットの横に腰を下ろす。

今でこそそれなりに慣れたが、生まれて初めて野宿した夜は、獣の声も草木の葉擦れの音も恐ろしくて仕方がなかった。

だが、恐る恐る地面に寝転がって、樹冠の隙間から見上げた星はひどく美しくて、それからソフィーナは眠れない夜はひたすら夜空を眺めるようになった。

「あっ、流れ星」

今日もそんなふうにしながら、ハイドに帰ってからの手はずをあれこれ考えていた時、天空を明るい光が横切った。思わず声を上げたソフィーナに、横で寝ていたジーラットと火の番をしていたバードナーが気づき、二人はソフィーナを挟んで寝転がる。

「カザレナとは違って星がよく見えますね」

「北星《きたぼし》があった。あれとそっちの白いのを結んだのがドラゴン座だって、昔祖父《じい》さまに教えてもらった」

「へえ、星を見る人だったの？」

「全然。迷子になった時の目安になるからって、それだけ」

「ソフィーナさまはお詳しいですか？」

「私もあまり知らないの」

「じゃあ、作っちゃいましょう」

そのまま三人で星と星を結んで勝手な星座を作り始める。

「西の山際にある七つの星でフォーク座」

「じゃあ、真上のあれとあれで針座」

「星が二つあれば、全部針じゃない」

などと言いながら一緒に笑って、穏やかに時間が流れていく。

不意にジーラットが木々の間に見える、南の星を指さした。

「あの星、目立ちますね。明るいわりに光が揺らがない」

(あの赤い星、は……)

「……あの星は他の星と違った動きをするそうよ。行ったり来たりして見えるのですって」


カザレナに着いて数か月ぐらい経った、月のない晩だった。

私室を訪ねてきたフェルドリックにいきなり薄手のガウンを渡され、ソフィーナは部屋の外へと連れ出された。

戸惑うソフィーナにも、驚く侍従たちやアンナ、警護の近衛騎士たちにも一切かまわず、彼が向かったのは、カザレナの城で一番高い塔の屋上だった。

『……』

強風に乱れる髪を押さえつければ、眼下にはカザレナの街の明かりが広がり、頭上には遮るものの一切ない、満天の星が広がっていた。

地にも天にも宝石を散らしたような、ひどく美しい光景にソフィーナは言葉を失った。

『街の光もここまでは届かない』

フェルドリックはそう呟《つぶや》き、空を指さした。

『南にある赤い星がわかるか？　あの星は他の星と違う動きをするから、相対的な位置が変わる。煌《きら》めくこともない。見えなくなる時もあるしな。その東にある青い星は……』

『……お詳しいですね』

『祖父が好きなんだ。戦地で仲間たちと眺めた夜空の美しさをよく話してくれた』

『建国王さまが……』

そうして塔の上で二人、ひとしきり星空を見上げた後、『カザレナの夜空も十分美しい』とフェルドリックは独り言のように口にした。

『……否定しません。山影はありませんが』

その数日前の夜にハイドランドの夜空を自慢した私に対抗しているんだ、変なところで子供っぽい、と呆《あき》れたソフィーナに、彼は面白くなさそうに肩をすくめ、『街明かりは比べるべくもないだろう』と当《あ》て擦《こす》り、踵を返した。

『いつまでそんなところにいるんだ？　風邪をひきたいのか』

『……連れてきたのはどなたでしたかしら』

『今日も安定のかわいげのなさだな。たとえ嘘《うそ》でも、連れてきてくれてありがとうぐらい言ったらどうだ』

「……」

黒い樹冠の向こう、南の空に光る赤い星を見つめ、ソフィーナは彼とそうやって言い合いをしつつ、部屋に戻った晩を思い出す。

「ソフィーナさま？　どうかなさいましたか？」

「……少し眠くなってきたのかもしれないわ」

鋭いバードナーを心配させまいと、ソフィーナは小さくあくびしてみせる。

「では、そろそろ寝ましょうか」

「ええ、おやすみなさい、バードナー、ジーラット」

（次に会う時は、もうあんな子供みたいな顔は見られない……）

フェルドリックを信頼せず、カザックを捨てて国に戻ったソフィーナに、彼はどんな目を向けるだろう？　冷たい視線だろうか、それともそういう時にこそ猫をかぶるのだろうか？

（あっちだってシャダ王女の茶会が暗殺のための罠《わな》だとわかっていながら、私を囮《おとり》にした。私はそれを利用させてもらっただけ。ハイドランドの王位の継承権の話だってお互い様だもの。逃げたことに罪悪感を持つ必要なんてない）

何かから隠れるような気分で毛布を顔まで引っ張り上げ、ソフィーナは目を閉じた。

翌日、ソフィーナたち三人は国境にほど近い街、タンタールに着いた。

すぐ目の前にそびえる山脈の向こうがハイドランドだ。明後日《あさって》には峠を越えられるだろう。

（またここにも……。忘れようと思っているのに、昨日の晩といい、なんなの一体……）

昼食を取ろうと入った裏通りの小さな食堂で、フェルドリックの肖像画を見つけたソフィーナはつい眉尻を下げた。

「いい男だろ？　この国の次の王さまだよ」

「え、ええ、その、歴代の国王陛下の肖像は珍しくないけれど、王太子殿下の肖像があるのは少し変わっている気がして……この辺はそういうお店が多いなあ、と」

注文を取りに来た給仕の中年女性に快活に話しかけられ、そんなにあからさまに見ていたのかとソフィーナは動揺する。

「ああ、言われればそうだね。私ら、飾るだけじゃなくて、なんなら拝んだりもするよ？　ねえ、あんた」

「おー、朝夕、商売の始まりと終わりにな」

「前のここの領主がひっどい奴《やつ》でさ、元々高い税をさらに重くするわ、魔物を飼った挙げ句、逃がしちまって村一つ全滅させるわで、めちゃくちゃだったんだ。王太子殿下は騎士団を連れてきて、私らを助けてくださったんだ。頭が上がらないよ」

「……好かれているのね」

「当たり前だろ、恩人なんだから。って、言いたいとこだけど、なんかさあ、一昨日、シャダの姫が王都にいるって噂《うわさ》を聞いちまってさ……」

心臓が音を立てて跳ねた。

「フェルドリックさまはハイドランドの姫さんと結婚したとこだろ？　ただの噂に決まってるって言ってんだけど、その話聞いてから、うちのおっかあ、怒っちまって怒っちまって……あんたたち、南から来たんだろ？　なんか知ってるかい？」

「い、いいえ、何も……」

まさか『噂じゃないです』とも、『そのハイドランドの本人です、逃げ出しました』とも言えず、ソフィーナは顔を引きつらせる。

横のジーラットと前のバードナーから視線が突き刺さっているのを感じて、そっちに顔を逸《そ》らすこともできない。

「その、シャダはダメ、なの……？」

「ダメに決まってる！　前の領主もシャダと繋《つな》がってたって話なんだから。うちの国にちょっかい出しまくってるし、シャダから逃げてくる奴はみんなガリッガリだし、あの国はろくなもんじゃねえ」

「フェルドリックさまもその辺はわかってらっしゃるって。ほれ、料理できたぞ。運んでくれ」

「はいよ」

（……わかっていてもどうにもならないことって、私たちにはあるし……）

そこだけはフェルドリックとわかり合える気がする。嫌いでも結婚しなきゃいけないこと、好きでも諦めなきゃいけないこと——。

シャダのジェイウリリット王女だけじゃない。フィリシア・ザルアナック・フォルデリークとのことだってそうだ。今なお親密で、一時婚約の噂もあった彼女との関係も、フェルドリックは従弟《いとこ》のアレクサンダーと彼の実家を考慮して、結局諦めざるを得なかった。そして、ソフィーナを政略で選んだ。ソフィーナはソフィーナで、そうと知って惨めになりながらも、その申し込みを断れなかった。

元気のいい給仕の彼女が行ってしまった後、ソフィーナはもう一度フェルドリックの肖像画を見つめた。

（猫かぶりの時の顔だわ、取り澄まして……みんな彼に騙《だま》されすぎ）

それから、カザックという国について見誤っていたことがあるらしい、と重いため息をついた。

（カザックのフェルドリック、そして、シャダのジェイウリット……）

ハイドランドのために正解を導き出さなくてはならない。けれど、その誤認を含めて二人について冷静に計算し直せるかわからなくて、ソフィーナは胃の前でぎゅっと右手を握りしめた。

「やっぱり様子がおかしいですね。ちょっと聞いてきます」

食堂を出るなり、バードナーが足を止めてソフィーナとジーラットを振り返った。

森がジーラットの領域なら、街の中はバードナーの本領だった。

幼い頃、家族で行商し、様々な国を回っていたという彼は、ハイドランドへのルートにも詳しく、騎士団や警護隊の目の届きにくい裏道も知っていた。

かなり目立つ見た目をしているというのに、気さくな人柄を生かして自然に街に溶け込み、人とうまく会話しながら、器用に物や情報を得てくれる。

これまでそうしてカザックの追跡と、暗殺を仕掛けてくるだろうシャダの目を掻《か》い潜《くぐ》ってきたのだが、彼曰《いわ》く、ここに来て少し雰囲気が変わったらしい。

「ねえ、おじさん、妙に混んでるんだけど、なんかあんの？」

街道の行く手の人混みを指さし、バードナーは逆方向から来た行商人に人懐っこい笑顔を向けた。

「ああ、なんか検問やってるぞ。そっち側だけだけど、警護隊に加えて騎士がいた。犯罪者でも追ってるのかね」

「うへえ、なんか怖いな」

「珍しいよな、カザックでそんな凶悪犯が出るの。兄さん、気をつけなよ」

「ありがとう。おじさんも気をつけてね。パメシャナさまのご加護がありますように」

数ある商売の神のうち、最も古く、今となっては信仰する人が少ない神の名を口にしたバードナーに、商人は目を瞬かせた。

「なんで俺がパメシャナさまを祀《まつ》ってるとわかったんだい？　あんたみたいな若いのがパメシャナさまを知ってるってだけでも驚きなのに」

「昔行商で顔を出してた店のご隠居さんにかわいがってもらったんだ。そのばあちゃんが商人は足を大事にするんだよって、そのお守りのことを教えてくれた」

そう言ってバードナーは、商人の靴についた色褪《いろあ》せた房飾りを指さす。

なるほどなあ、と嬉《うれ》しそうに笑った商人は、それから声を潜めた。

「あんた、この先ハイドランドに行く予定はあるかい？　なら、王都もこの先の峠も避けたほうがいい」

「親戚を訪ねてアチルドに行く予定だけど……なんかあんの？」

「ハイドランドの国王陛下が亡くなったのは、知ってるか？　同時に王太子殿下がご病気――どうもきな臭いんだ。ここだけの話、どうもルードヴィ侯爵の仕業らしい」

商人は周囲を用心しつつ、「この先の峠を越えたら奴の領地だろ？　厄介事に巻き込まれたくなかったら近寄るんじゃない」と警告を囁《ささや》いた。

「賢后陛下も身罷《みまか》られて、お優しいほうの王女殿下もカザックに行っちまってもういらっしゃらない。ようやく上向いてきたとこだったのに、あの国、どうなんのかね」

商人は「あんたの親戚にも声をかけてやったほうがいいかもしれないよ」と言い、最後にパメシャナの加護を祈って去っていった。

（他国の旅人にまでわかるような、ひどい状況なの……）

祖国の窮境を突きつけられて蒼褪《あおざ》めるソフィーナの頭を、ジーラットは気遣うように優しく撫《な》でた。

「一つ一つ、できることをやっていきましょう」

「……ええ。ありがとう」

言い聞かせるような言葉に気が鎮まった。その通りだ、焦っても仕損じるだけ。

「今の話といい、検問といい、予定の峠はやめたほうがよさそうですね。気が進まないけど、鉱山路を使いましょう。ハイド側の鉱山は念のため避けることにして、国境を越えたら森に入ります」

戻ってきたバードナーに、ソフィーナは眉根を寄せる。

「でも、この先の森から山にかけて、血吸いという魔物が出るとジーラットが」

「あ、それは大丈夫。数がいるだけで強くないので」

「人だろうと魔物だろうと、ソフィーナさまに手出しさせる気はないけど、飛竜を大したことなかったたって言う奴を信じろってか？」

「血を吸われても気を失うほど痛くはないし、死ぬほど吸われることも滅多にない。だから、いざって時はソフィーナさまの代わりに安心して吸われておけ」

「どんなフォローだ」

状況は結構切迫しているように思うのに、二人は変わらない。そんなやり取りをしてけらけら笑っている。

いい加減解放するべきだと本気で思っているのに、二人が一緒にいてくれて、ほっとしてしまうのも事実だった。

『大丈夫、安心していい』

（……違う。大丈夫だと思えるのは、あの人の言葉ゆえじゃない。二人はそうだと経験で裏打ちされているから）

脳内にまたフェルドリックの声が響いて、またバカみたいに胸を痛めながら、ソフィーナは宿場町の厩舎《きゅうしゃ》に預けていた馬にまたがった。

「聞いたかい、フェルドリック殿下がご側室にシャダの姫を迎えるかもしれないって話。こないだ通ってったおかしな馬車があっただろ、あれに乗ってたんだってよ」

「ひょっとして宿屋のケレジムが殴られたって話のことか？　どいつもこいつもめちゃくちゃ威張り散らして、嫌な奴ばっかだったたって……」

「うへぇ、本当の話かい、それ。勘弁してくれよ、あんな国」

「殿下はご聡明《そうめい》だって話だったのに、ちょっとがっかりだねぇ」

（やっぱり……。思っていた以上に反感がすごいわ）

蹄《ひづめ》の音の合間に聞こえてくる人々の会話に、ソフィーナは唇を引き結ぶ。

となれば、事前の想定と違って、カザックはシャダの姫を妃《きさき》として迎える訳にはいかないかもしれない。つまり和平交渉も国交正常化交渉も進展していない以上、カザックとシャダの同盟はない。

（お互いカザックの援助がない場合、お父さまを殺し、お兄さまとお姉さまを押さえた

シャダは、ハイドランドに対してどう動くかしら）

静かに馬を進めながら、ソフィーナは視線を地に落とした。

（私を狙うことには変わりがない。問題は私をこのまま殺せない場合――シャダは兵を出してくる？）

出してきた場合、ハイドランドはシャダに勝てるだろうか？

（通常ならば勝てる。けど、シャダと通じて謀反を起こした人間が国内にいて、そちらとも同時に対峙《たいじ》するとなると、かなり厳しい。それに、勝てたところで、今年の収穫は確実にダメージを受ける……）

そんなことを考える一方で、あの襲撃の日、ソフィーナの目の前で抱き合っていたフェルドリックとジェイィゥリットの姿と、ソフィーナには絶対にしない仕草と笑顔で彼女に接する彼を思い出し、眉尻を下げた。

想《おも》っていても結ばれない、想っていなくても結ばれる――王族にある者の定めだ。だから、あの二人がどれほど想い合っていようと、当人たちにはどうにもできないこともある。

気持ちはわかるのだから同情すべきなのに、浅ましくも喜んでしまったことに気づいて、ソフィーナは自嘲を零《こぼ》した。

（本当にもうやめよう……）

ソフィーナは意識して息を吸い込みながら、顔を上げた。

すぐ目の前に高い山々がそびえている。夏だというのに頂は白い雪を冠していて、青空に映えて美しい。この向こうがソフィーナの故郷だ。

もう国に帰るのだ。帰って兄を奪い返して、シャダからハイドランドを守り、縁の切れるカザックと向き合う方法を考える。そうしてハイドランドの人たちと生きていく。寂しいけれど、ジーラットたちともお別れだ。

それができたら、いつか大事な誰かを見つける。結婚半年で真っ白なまま婚家から戻ってくるような娘だから、すぐには無理でも二十年後ぐらいなら。

『ソフィーナ』

その頃には名を呼ぶ声を思い出すたびに痛みを感じることは、なくなっているはず。

『おいで』

気まぐれに笑いかけてきた顔も、握られた手の熱も、きっと忘れることができる。

そのために一度だけ、すべてが片づいたら一度だけ、あの性悪なカザックの王太子に言ってやろう。

『僕に惚《ほ》れているんだろう？』

そうです、あなたをどうしようもなく好いているのです、と負けを認めて伝えよう。

『僕がそこまで気に入らない？』

気に入らないのではなく逆だと、だからこそ大事な一人になれないことが耐えられない、そう告げよう。

『生憎《あいにく》だったね、それでも君はここに――僕に縛りつけられる』

そして、決別しよう――だからこそ、あなたに縛りつけられてなどやらない、と。

＊　＊　＊

「そこの三人連れ、止まれっ」

「っ」

黒い森に入ろうとしたところで背後からかかった声に、ソフィーナは蒼褪めた。横のジーラットとバードナーが外套《がいとう》のフードの下で舌打ちを零す。

「しかも第一小隊……」

「よりによって……。戦うのは論外として、どうする？　逃げる？」

「いや、ミルトさんとオッズがいる。逃げても捕まる」

「あー、牧場主と駅馬車屋の息子だっけ」

「夜ならこのまま森に入って、一人一人闇討ちって手もあるんだけど」

「物騒すぎ」

バードナーとそんなことを言いながら、ジーラットは押し寄せてくる蹄の音へとゆっくりと馬首を返した。

「……」

先頭にいる、顔に傷のある赤毛の騎士に、ソフィーナも見覚えがあった。

カザック王国騎士団第一小隊長ウェズ・シェイアス。赤獅子《あかじし》と言われる彼とその彼が率いる軍のすさまじい強さは、国境を越えて聞こえてきていたし、元々はカザック人ではないというのに、国王陛下やフェルドリックからも全面的に信頼されているはずだ。

「任務につき、協力を要請する——顔を拝見したい」

砂埃《すなぼこり》が舞い、馬たちの荒い息遣いが響く中、周囲を取り囲む十名ほどの黒衣の騎士の迫力に、ソフィーナは息を殺した。

乗っている馬が落ち着きを失《な》くし、盛んに地を蹄で引っかく。なんとかなだめようとするが、ソフィーナの動揺が伝わったのか、一向に収まらない。

背後には森が広がっている。いっそこのまま逃げ込もうか、とも思ったが、ジーラットたちが無駄と判断する状況だ。

（どう、しよう、どうすべき……）

緊張にソフィーナが震え出した瞬間、目の前のジーラットがあっさりと外套のフードを取り払った。

「っ、やっぱてめえかっ、こんのっ、馬鹿フィル……っ」

「お前、どんなことになってると思ってんだっ」

(…………え?)

髪色と同じくらい顔を紅潮させたウェズ・シェイアスが、そう『ジーラット』に怒鳴りつけた。

「さすがフィルと言うべきだな、始末書ぶっちぎりだ」

「このままだと賭けの勝者、いなくなりそうですよねえ。俺、十四枚に賭けてたのに」

「ほんと相変わらずだな、フィル。アレックス、静かにキレてたぞ」

(……フィル? 始末書、十四、アレックス、ってアレクサンダー……?)

一気に入ってきた情報にソフィーナは混乱する。助けを求めてバードナーに目をやれば、気まずそうに視線を外された。

「忠実に命令を遂行しているのに」

「……そのセリフ、副団長には言うなよ? 今度こそ殺されるぞ」

「あー、やっぱり?」

怒られているというのに、まったく怯《おび》える様子のない彼の横顔を、ソフィーナは呆然《ぼうぜん》と見つめる。

(ジーラット、よね? 名前はマット……でも、今、みんななんと言った? フィル……？　そういえば、カザレナで彼らと再会した時、確かバードナーも……）

「お前なあ……」

カクリと肩を落としたシェイアスは、疲れたようにため息をつきながら、ソフィーナを手招きした。

「妃殿下、そんなめちゃくちゃな奴と一緒にいたら、世間に復帰できなくなります」

「小隊長もたまには正しいこと言いますね。さ、妃殿下、こちらへいらしてください。非常識が移りますよ」

「その言いようは、さすがにひどくないですか……？」

顔を引きつらせたジーラットと騎士たちを交互に見比べつつ、ソフィーナは訳がわからないなりに、バードナーの陰に隠れた。

「あーあ、怯えちゃったじゃないですか。小隊長の顔が怖いから」

「……顔、関係なくね？　よし、こういう時は……妃殿下、美味しい物をあげますから、こちらにおいでください」

「そうそう、そいつと一緒だと変な物食わされますよ、魔物とか毒キノコとか」

「してませんってば。逆に食べたがっていらしたソフィーナさまをちゃんとお止めしま――」

「食べたがってません」

バードナーの背の後ろから、そこは咄嗟《とっさ》に訂正できた。というか、食べ物で釣られると思われたのであれば、心外極まりない。

思わず口を尖《とが》らせれば、茶金の髪の、背の高い人のきつい視線がこちらに移ってきて、またソフィーナは息を止めた。

「ヘンリック、お前、フィルの相方なら、そいつ、きっちり止めろよ」

「あー、俺にはちょっと荷が重いかなあなんて」

「ちょっと待て、ティム、なんで私が首謀者だと決めてるんだ？」

（やっぱり『フィル』……と、いうか、待って。フィル、って、まさか……）

「フィル、ディラン……？」

何度も何度も聞いた名前だった。街の人や王宮で働く人たちが、アレクサンダー・ロッド・フォルデリークの妻フィリシアについて話す時に好む名だ。騎士になった当初、出身から性別からすべて内緒にしていた彼女が名乗っていたという……。

「……」

唖然《あぜん》としてジーラットを見つめるソフィーナに、彼は目の端を緩めた。

馬から身軽に飛び降り、馬上のソフィーナに腕を伸ばす。彼に抱え下ろされたが、地に足がついている気がしない。

「改めまして、」

そのソフィーナの目の前に彼はおもむろに跪《ひざまず》き、手を握る。そして——、

「フィル・ディランこと、フィリシア・ザルアナック・フォルデリークと申します、ソフィーナ・ハイドランド・カザック妃殿下」

そう名乗り、この上なく優雅に甲へと唇を落とした。

「…………えーと、ソフィーナ、さま？」

頭を真っ白にしたまま、ただただジーラットを見つめ続けるソフィーナを前に、彼の顔が引きつっていく。

（それでも整ったものは整っているのね……）

と考えているのは現実逃避だろう。

「……言ってなかったのかよ？」

ソフィーナに合わせて馬を降りたシェイアスは、訝《いぶか》るようにソフィーナを眺めた後、ジーラットにジト目を向けた。

「だって悪魔が言うなと。なんか執拗《しつよう》だったし、何か訳があるのかなって」

「単にひねくれてるだけだろ」

（やっぱりフェルドリックの差し金……というか、今、悪魔って言い切ったわ……で、通じるのね、そして咎めもしない……）

などと思うのも、多分現実逃避だ。

「嫌われたな、フィル」

「だな、騎士にあるまじき背徳だ」

「げ……」

次々に馬を降り、ジーラットをからかう騎士たちに、ソフィーナは「きらうこと、はない、わ……」と呟き返した。

訳がわからないなりに、そこは確かだという確信があっただけなのだが、それを聞いた彼はほっとしたように微笑み、立ち上がった。その拍子に午後の日差しがあたり、瞳が煌めく。

(ああ、この目、あの夜会で見た色だわ……本当にフィリシア、なのね、結婚祝賀で出会ったあの美人……美人？　い、え、綺麗ではあるけれど、そういう綺麗じゃないというか……)

目を瞬かせるソフィーナの前で彼、ではなく、彼女はシェイアスに向き直った。

「まあ、お説教はとりあえず忘れていただいて、と」

そして、普段からやっているようにしれっと小言から逃げ、「今、どうなっているんですか？」と問いかけた。

「ソフィーナ妃殿下はさほど変わりなくお過ごしになっている。茶会や夜会に出る頻度は減らされたが、ドムスクスの慰問からお戻りになったナシュアナさまとお出かけになったり、お前やアレックスの実家とか懇意の貴族の家に遊びに行ったり――表向きにはな」

「……」

それを耳にした瞬間、少し思考が戻ってきた。

つまり、ソフィーナがいなくなったと公にし、表立ってハイドランドに責任を追及するという選択をカザックは取らなかった――外聞を気にしてか、交渉材料にするためか、どちらだろう。

（なんにせよ、そのために私の代役をさせられているのは多分アンナだわ……）

そう悟って唇を噛《か》みしめる。

「裏の表向き、つまり俺たちに向けては、お前らは祖国を憂えるあまり飛び出した妃殿下の跡を追っていることになっている」

「よし」

「とりあえず首はない」

手を叩《たた》き合わせたバードナーとジーラット改めディランに、騎士たちの半分が呆れ顔を見せ、半分が笑った。

「よし、じゃねえよ。フェルドリック殿下がそう言い通してるだけで、騎士団じゃ裏の裏、お前らが手を貸してるってことぐらい、みんな気づいてる」

シェイアスは「でなきゃ、妃殿下が捕まらない訳がないからな」と二人を睨《にら》みつけた。

「妃殿下の追跡を命じられた第十七小隊が、延々と呪詛《じゅそ》を並べてるぞ」

「ちなみに、カーラン第三小隊長は『あいつら、部下というより疫病神だ……』って愚痴りながら、胃薬をもらいに毎日医者通いだ」

「あと、お前、今度こそ覚悟しておいたほうがいいぞ、副団長だけじゃなく、アレックスも恐ろしい顔をしていたからな。今度という今度は容赦しない、だと」

次々に向けられる非難に、懲りた様子もなく首をすくめていたディランだったが、最後の言葉を聞いた瞬間、頬を痙攣《けいれん》させた。

「ええと、だからなんで私、首謀者扱い……？」

「よし」

「っ、裏切る気かっ、ヘンリックっ」

「いや、みんな真実を知っているんだ。実際行くって言い出したのはフィルじゃん」

「あ、あの、彼らに罪は……」

複雑な気持ちは残っているものの、咄嗟に二人をかばう言葉が口をついて出た。

そのソフィーナに茶金の髪の騎士が、スッと近づいてくる。

「評判通り素敵な方ですね、妃殿下。いいんですよ、あいつは生まれてこの方、ずっとそんななんですから」

「え、あ、あの、」

「どうか気になさらないでください。あなたが顔を曇らせる必要はありません」

意味深に微笑みかけられて驚くソフィーナの頬に、手が伸びてきた。野性的な印象の整った顔立ちのその人に、免疫のない心臓がぎゅっと縮んだ。

「——ティム、妃殿下に何かしてみろ。この場で肉塊にして、魔物の餌としてばらまいてやる」

「……目が笑ってねえよ、フィル」

「本気だからな」

すぐにディランの恐ろしい声と目に固まってしまっていたけれど。

（……やっぱりジーラット、だわ）

ソフィーナをかばうように、その騎士との間に身を割り入れた彼女の背を見て、名前も素性も関係ない、この人はこの人だ、と思えた。それでソフィーナはようやく息を吐き出すことができた。

（色々疑問はあるけれど、すべて置いておこう。今、私のすべきことをしなくてはいけない。たくさんの命がかかっているのだから——）

もう一度深呼吸すると、ソフィーナはシェイアスへと姿勢を正した。

「シェイアス、あなたに差し支えのない範囲で構いません。シャダの動きで知っていることを教えてください」

「……」

獅子と呼ばれるその人は、赤みがかった瞳で探るようにソフィーナを見つめてきた。圧を感じるその目をひたすら見返せば、彼は静かに口を開いた。

「あなたは相変わらず命を狙われておいでです。移動の際の襲撃はもちろん、私室への細工、食事への毒の混入未遂などが起きています」

（ああ、アンナ、本当にごめんなさい……）

彼女に頼んだのは、「茶会での襲撃にショックを受けたソフィーナが誰とも会いたがっていないと周囲に伝える」ということだけだった。ソフィーナが城から出る時間を稼いでくれさえすればよかった。それなのに結局そんな目にまで遭わせてしまっている……。

「……………そんな顔しなくても、みすみす死なせたりしませんって。うちの騎士を選《え》りすぐって護衛につけています」

「っ」

思わず顔を跳ね上げれば、シェイアスが苦笑を零した。その顔に泣きそうになるのを堪《こら》えて、ソフィーナは次の質問に移った。

「カザックとシャダの関係が改善される兆しはありますか？　フェルドリック殿下とジェイゥリット殿下の婚姻の話は？」

「一部それらを押す勢力もありますが、いずれも強くはありません」

（やっぱり……）

ソフィーナは安堵《あんど》を覚えた理由をハイドランドのためとし、もう一つの理由は見ないふりをする。

旅をしていて実感した通り、カザック国民のシャダへの嫌悪はすさまじい。

フェルドリック個人の思いはともかく、それゆえカザックはシャダの姫を娶《めと》り、シャダと和解するという選択を取れない。だから、カザックからハイドランドへの支援が見込めないとしても、シャダへの支援もあり得ない。

それを知らない、いや、国民の意志を気にかけるという考え自体一切ないシャダは、自国の姫ジェイゥリットが帰ってこない理由を、カザックの王太子が彼女に魅了されたからだと思っているだろう。

だが、カザックの立場で考えた時、シャダの姫を帰さない理由は？　婚姻は不可能で、かの国に国交正常化などの意志がないのも明らか、国内の反乱因子を炙《あぶ》り出《だ》す役目も終えた。ならば残るのは――、

「シャダは、既にハイドランドへと軍を動かす気配を見せているのね」

──人質、だ。ジェイウリットはハイドランドとシャダの諍《いさか》いをカザックに飛び火させないためのカードと化した。

つまり、目の前の騎士たちはソフィーナの追っ手ではなく、戦乱のカザックへの波及を警戒して国境に向かっているということになる。

「……」

そのソフィーナにシェイアスは満足そうに微笑んだ。

「ウェズ小隊長、国境へ派遣されるのは、第一小隊だけですか？」

バードナーの問いに、「いいや、第一中隊だ。兵はクホートの警護隊を中心に組む予定だ」とシェイアスが薄く笑う。そして、「俺たちは先発、残念ながらアレックスは後発組だけどな」とからかうようにディランを見た。

一瞬顔を赤くした彼女が「中隊、しかも第三ではなく、第一……」と呟けば、バードナーが「で、クホート」と応じ、二人は鋭い目でシェイアスを見つめ返す。

「そゆこと」

彼は軽い声とは裏腹に目を眇《すが》め、不敵に微笑んだ。

「さて、それはそれとして……聡明な妃殿下、カザレナへお戻りいただけませんか？」

ソフィーナに顔を向け直したシェイアスが、そう真剣に質《ただ》してくる。

「御身の安全はカザック王国騎士団が名をかけて保証いたします。ハイドランドについても善処するとのこと。それらをご考慮願いたい。あと……心配していらっしゃいます」

誰が、と聞けなくて、ソフィーナは引き結んだ唇を戦慄《わなな》かせる。どんな答えが返ってきたって苦しくなるだけだと知っている。

声が震えないよう、長く息を吐き出し、気を落ち着けた。

「私、この国が、カザックが好きなのです。皆元気で親切で、幸せそう」

シェイアスの赤みがかった目をまっすぐに見上げれば、彼は眉を少し上げた。

「でも私……私を育ててくれた国の皆も好きなのです。可能性にかけて見捨てることになる危険を冒せないくらいに。私のすべきことは、私自身より国より何より、彼らを守ることなのです。そのために行って、兄を助けなくては」

「……理解しました」

目をみはったシェイアスは、次ににっと笑った。この国の騎士がよくする笑い方だった。

(内緒なのだけれど、それとももう一つ――私、幸せになりたいの。誰かの大事なただ一人になりたい。自分に向けられない恋に泣いて、自分を呪うのはもう嫌なの)

「……」

ソフィーナが横に目を向ければ、それを知っているフィル・ディランは目を合わせて、小さく目元を緩ませた。

(知っていてなおつき合ってくれるのはありがたいけれど、やっぱり少し腹立たしいかも……)

思わず睨めば、彼女は懲りた様子もなく、くすっと笑いを漏らした。

(……なるほど、始末書記録更新中ね、納得したわ。まったく、情けないくらいにやられた。よりによって本人にフェルドリックの好きな相手とか言っちゃってたし……)

ソフィーナは口をへの字に曲げると、ディランに向き合う。

「今決めました。騙した罰として、あなたには最後までつき合ってもらいます」

「騙していたかいがありました。ようやくご納得いただけた」

しれっと言い放った彼女をできるだけ怖い顔で睨んでみたのに、なぜか嬉しそうに笑われてしまう。……気に入らない。

「俺は……？」

「い、一緒に来なさい。黙っていたのだから同罪です」

「よし、俺も必要とされた」

「よかったなー、ヘンリック」

(………やっぱりとことん変わってる)

にこにこと微笑み合う二人に脱力を覚えたのはソフィーナだけではないようで、騎士たちも「ヘンリックも結局同類だよな」と白い目を向けた。


別れ際、第一小隊員たちは、ためらっていたソフィーナに、

「アンナ嬢は元気ですよ。フェルドリック殿下にも喰《く》ってかかれるぐらいに」

「私が一番姫さまと一緒に過ごしてきた、私が一番姫さまの幸せを願ってる、代役だって絶対にうまく演じ切りますってね」

「カッコよかったです。さすが妃殿下の侍女殿」

と口々に話してくれた。


乳姉として聞きたくて、でも彼女を囮にした『王女』にはその資格がない気がして、聞きあぐねていたことに気づいてくれたのだろう。

彼らが向かう先は、死ぬ可能性もある場所だ。そんな中勝手をしているソフィーナの心中を慮《おもんぱか》ってくれたばかりか、気遣いまでくれる騎士たちに胸が詰まった。


最後尾にいたシェイアスが、バードナーやディランに向けて、「お前らのことなんざ知らん。俺に下った命令は『国境の監視』だ」と舌を出した。

「だから、これは命令じゃないんだが……その方を死なせるな。うちの殿下同様、絶対に生きていてもらわなければならない御人だ」

そして、そう言い残して走り去っていった。

「なあ、賭けようぜ——逃げられるかどうか」

「マジで難しいな。だって、あの様子じゃ、絶対伝わってないぞ」

「どこをどうとっても抜かりのない人だと思ってたけど、弱みはあったかあ」

「となると、個人的には逃げられるところが見たい……！」

「俺は願望を込めて逃げられないに賭ける。逃げられたらかなりの損失だぜ？」

賑《にぎ》やかに遠ざかっていく黒衣の一団を見送った後、ソフィーナはくるりと踵を返した。

そして、「さて——」と言いながら、睨みつける。

「色々説明してもらいましょうか、フィリシア・ザルアナック・フォルデリーク？　それともフィル・ディランがいいかしら……？」

「いつものことながら、怒りと共に呼ばれるフルネームほど嫌な響きのものってない。てか、声、低すぎません？」

そう顔を引きつらせる彼女を、ソフィーナはまじまじと見つめた。

（結婚祝賀の晩に出会ったあの彼女、よね……？　アレクサンダーの妻で、フェルドリックと特別親しそうな、ただ一人の女性……女性？）

言われてそういうつもりで見れば、確かにそっくりだけれど、髪も違うし、胸もないし、何より雰囲気が違う。

(だって『ジーラット』は、完全に男性としか思えなかった。中身だって仕草だって、本当に男の人っぽいし)

疑念のまま目を眇め、じぃっと顔をのぞき込めば、彼女は微妙に引き気味になった。

「ええと、まず素性を偽っていたのは、私自身も私によく似ていた祖父もシャダに激しい恨みを買っているので、被害が妃殿下にまで及ばないように、と」

「別にそうまでしなくても……。護衛はあなたでなくてもい……なかった、のかしら……?」

地味で華やかさに欠ける、真面目で面白くないと言われ続けてきたことを思い出して、ソフィーナは眉尻を下げた。

姉が言いにくそうに『騎士が守るのは主君と美しい令嬢なの。その、ソフィーナは……』と口にして困っていたこともあって、余計申し訳なさに襲われる。

「いえ、うちの小隊を中心に志願者はたくさん。けど……あれ? なんで私ってそういや聞いてないな。妃殿下の護衛だから、女性がよかったとか? ヘンリックは既婚かつメアリー馬鹿だから?」

「そうか、体面の問題ということね……」

思わずほっと胸を撫で下ろせば、「馬鹿って言う必要なくね?」と口を尖らせたバードナーが、「……それもあるでしょうけど」と後を受けた。

「フィルなら確実に妃殿下をお守りできるからかと。何からも、誰からも、ね」

意味深な言いように何かが引っかかった気がしたが、ディランが「当然」と得意満面に胸を張ったことで、ソフィーナはジト目を彼女に向けた。やっぱりまったく反省していない。

その顔のままソフィーナは、もう一つの疑問をディランにぶつける。

「護衛になる前、結婚祝賀の夜会で会ったわよね？」

一転、ディランは真っ赤になった。そうなると本当に女性に見えて、ソフィーナは目をみはる。

「金色の長い髪で、体の線がそのまま出る真っ赤なドレス……女神だと言われても納得できるぐらい綺麗だったわ」

「っ」

指先まで赤くなった彼女は奇妙な呻《うめ》き声を上げ、頭をがしゃがしゃ掻きむしった。当然、髪がぼさぼさになる。

（それ、ジーラットとしては普通だけど……）

まだ目の前で起きていることが信じられず、ソフィーナは目を瞬かせる。

（だって、料理長にも庭師のお爺さんにも下働きの洗濯係のお婆《ばあ》さんにも、怒られていたわよね？　刺客をあっさり退けて、何本かは怖くて聞けなかったけれど、暴漢の腕を躊躇《ちゅうちょ》なく折っちゃった人でもあって、始末書記録更新中で、魔物を食べてお腹壊した人で……ああ、待って、信じられない、つまりはこの人、あの落ち着いたアレクサンダーの奥さんだわ。ああでも、どっちも優しいからそういう意味ではお似合いかも……あでも、絶対違うでしょ、この人が伯爵令嬢だったとか、いずれ公爵夫人とか！）

「フィル、そんな格好してたの？　あのアレックスがよく許したね？」

「誰も許してない……！　あの、外道めっ、あいつ、いっつもいっつも人で遊んでっ。今回だって同一人物だと知られない必要があるからって……っ」

滅多に社交の場に出ない（前話していた通り、面倒くさくて嫌いなのですって）彼女が久しぶりに出てきてあの格好。印象が強すぎて、王宮でジーラットを見かけても、貴族は誰もあれがフィリシア・ザルアナック・フォルデリークとは認識しないだろう、ということだったらしい。

その後、『フィリシア』が一度も夜会に出ていないことも、『ジーラット』が夜会などの護衛に来ないことも納得した。

つまり、ソフィーナもころっと騙された訳だ。

「迷惑にも、もとい、ご丁寧にもあんな防御力ゼロの布切れ、じゃない、ドレスまで押しつけてきやがって、失礼しました、贈ってくださって、王太子からのプレゼントを着ないとでも言う気か、とこういう時だけ王子面して脅しやが……仰《おっしゃ》いました」

「……髪は？」

言葉の端々にだだ洩《も》れる憎悪も引っかかるが、こうなるとソフィーナとしては、あの本物の金よりよほどゴージャスな艶々の長い髪が気になって仕方がない。

「切って染めました」

「えっ」

嘘っ、それはもったいない、と驚いて彼女を見つめると、彼女は「ああ」と呟いた。

「これ、西大陸の技術なんです。ミドガルド王国に行った時に教わって」

「違うわよ、髪っ、切ったのっ？」

あんなに綺麗だったのに私のせいで、とソフィーナは蒼褪める。

「それがなんと九千百五十キムリに。アンリエッタは正しかった」

「……はい？」

ソフィーナの動揺には欠片《かけら》も気を払わず、彼女は「ああ、アンリエッタ、私はおかげで今日も元気だよ」と西を向いて呟いている。

「気になさらなくて大丈夫です。フィルは妃殿下がご懸念なさるようなことを気にしませんから。切った髪を売って、嬉々《きき》として投げナイフを買って、皆と飲みに行って、で、残金でケーキ三昧」

（髪、を切って、売って、ナイフ？　飲みに行った……お酒？　で、ケーキ？　が好きなのは知っていたけど……）

ソフィーナの中で、フィリシア・ザルアナック・フォルデリークのイメージがガラガラと音を立てて崩壊していく。

真っ白になったソフィーナに、バードナーはなおも親切だった。

「ちなみに、アンリエッタとは西大陸のミドガルド王国の王太子妃で、お金にひどく厳しい方らしいです」

「そう、西大陸の……変わっていらっしゃるのね」

（ミドガルドは聞いたことがあるけれど、他にどう返せというの……）

投げやりに答えたソフィーナに、「ええ。今更です」と本当になんでもないことのようにバードナーが頷《うなず》く。

その感覚もどうかと思ったところで、先ほど誰かが言っていた、「非常識が移ります」という言葉を思い出し、ソフィーナは微妙に顔を引きつらせた。

気を取り直したというか、考えるだけ無駄と気づいたというか、それからソフィーナは改めて、カザックとハイドランドを結ぶ商業路に向かった。

「バードナー、この先に」

「ヘンリックで。フィルだけ名前呼びはずるい」

「……仕方がないじゃない。マット・ジーラットに、フィル・ディラン、フィリシア・ザルアナック・フォルデリーク――この人、名前がいっぱいあってややこしいのだもの」

「……」

「……ヘンリック、この先の道には騎士はいないの？」

口をへの字に曲げて睨んでくる彼に、「変なところで子供っぽい」と呆れながら、ソフィーナは流されることにした。

「すさまじい悪路なんです。山登りに慣れた山師かロバしか行き来できない道ですし、発着点は鉱山と鉱石商の敷地《しきち》で気の荒い山師たちの巣窟、脇の森には魔物が出る。騎士なんか置かなくても、普通の人間は通りません。正直ソフィーナさまはもちろん、俺でもきついと思います」

「覚悟します」

「この先にいる、この界隈《かいわい》の元締めに話をつけます。念のため、ソフィーナさまは顔を隠していてください」

来た道を少し引き返し、街道脇の森の中の道を進んでいけば、鉱石などを積んだ荷馬車とすれ違った。

（ここがルデナの裏側……）

行き着いた場所は森が大きく開かれ、中央の立派な木小屋の両脇に、小さな仮小屋が立ち並んでいた。筋骨たくましい男女が忙《せわ》しなく働く向こうには、鉱石の山がいくつも見えた。奥のほうに国境の山脈に続く細い道があり、積み荷を負ったロバが列をなしている。

山向こうは、長らく銀の生産量で大陸一を誇っていた、ハイドランドのルデナ鉱山だ。十年ほど前、繁栄を極めたその鉱脈が掘り尽くされた。利権を有していたハイドランドの貴族たちは、ただただそれまでの収入が続くことを願い、地中深くにある鉱脈を求め、労働者にむちゃくちゃな採掘を課すようになる。結果死傷者が続出し、それを問題視したソフィーナの母が買い取って国有化した場所だ。

市場価格すら調べず、漫然と続けていたこれまでの取引や採掘方法を見直し、辛《かろ》うじて赤字ではなくなった頃母が亡くなり、その後はソフィーナが携わってきた。何度か実際に足を運んだこともある。

採算ぎりぎりだった状況が変わったのは二年前だ。硬鉱石という、この大陸では既に掘り尽くしたと見られていた貴重な鉱石が見つかったとたん、以前利権を持っていた貴族たちが、あれは不当な契約だったと騒ぎ出した。

「……」

散々手こずらされたあの鉱山で採れた物は、こうして需要の高いカザックに輸出されていた。母と自分の仕事の結果と言っていい、賑やかな取引場の様子に、ソフィーナは小さく顔を綻ばせた。

「おい、お前ら、用がなければ、立ち去れ」

「ここの元締めに用があるんだよ。奥方でもいい。バードナー商会の関係者だ」

目敏《めざと》くやってきた警備の傭兵《ようへい》に威圧された。自分より頭半分背が高く、横幅も二倍はありそうな彼に、ヘンリックは嘘とも本当とも言えないことをにこやかに言い放つ。

「……商人がなんで剣なんか持ってるんだ」

「あくまで関係者だからね、俺自身は商人じゃない」

「――ヘンリック坊ちゃんかい？」

背後からの声に「なんてタイミングのいい」と目を丸くした彼は、振り向くなり、

「久しぶり、マイラ。ところで……俺、もう二十三なんだけど？」と苦笑を零した。

「まだまだひよっこには変わりないだろ」

背筋のキリッと伸びた老夫人はカラカラと笑いながら寄ってきて、バンッと小気味のいい音を立てて彼の肩を叩いた。

「いっ」

「おお、あんなひょろっこいのが騎士になったって聞いたときゃ、カザックもダメかと

思ったもんだけど、どうしてどうして立派になったねえ。あんたあ、チビヘンリックが来てるよ！」

「チビって……」

「なんだあ、バードナーんとこの末っ子か？」

「ガルゼのおっちゃんも久しぶりだね」

（こんなに強そうな人だったなんて……）

どすどすと音を立ててやってきた男性は、傍らの傭兵よりなお大柄で、ソフィーナは目を丸くする。

主な取引先として、これまでソフィーナが人を介してやり取りしていたガルゼ・メケルスは、したたかな交渉上手だった。なんとなくフォースンのような人をイメージしていたのだが、似ても似つかない。

しげしげと見つめてしまったせいか、先方もソフィーナに気づいたらしい。

「そちらがお前の嫁さんか？　お前んとこの一の兄貴から結婚したって聞いたぞ。よちよち歩きの時から追っかけまわしてた例の子なんだって？」

「そうっ、ついに結婚したんだよっ、あのメアリーとっ。大人になってさらにかわいく可憐《かれん》に……いっ」

喜色満面で妻について語り始めようとしたヘンリックの足を、「メアリー馬鹿も大概にしろ」とフィルが半眼で蹴った。情けなく眉尻を下げるヘンリックに、メケルスが「変わんねえな」とげたげた笑う。

「こちらは仕事で護衛している方だよ。で、こっちの容赦ないのが俺の相棒」

ヘンリックに紹介されて礼儀正しく挨拶するフィルの斜め後ろで、ソフィーナも慌てて頭を下げた。フードを取ろうか迷ったが、失礼を承知でそのままにしておくことにする。ここはソフィーナにも縁がある場所だ。もし顔を知っている人がいればまずい。

「へえ、あんた、本当に騎士になったんだねえ」

「で、この方の里帰りで、これからハイドに行くって訳」

「――やめときな。そっちのお嬢さんの都合かい？　色々事情があるんだろうけど、今は危ないよ」

「あー、やっぱり？　きな臭い噂を聞いてさー、それで訪ねてきたんだよ」

「……とりあえず中に入んな」

鉱石商夫妻がソフィーナを見る視線に、同情が含まれている気がした。

「ハイド郊外で国軍と貴族たちの私兵団が睨み合ってる……？　つまりシャダが北のハジードから侵入したというのはガセだった――国軍の主戦部隊をハイドから出すためか」

「みたいだな。国軍の主力がハイドから離れた直後に陛下が亡くなって、セルシウスさまが『ご病気で倒れられた』そうだ。うちの若いのがそん時ハイドにいたんだけどな、その後のルードヴィらは実にてきぱきしてたそうだ。今、ハイドは奴らの私兵で封鎖されてる」

「……ハイドの中にも国軍は残ってるんだろ？　外の国軍と挟み撃ちにすればよくね？」

「まともな指揮官がいれば動けるのかもしれねえが、多分セルシウスさまと同時に捕えられたってところだろうな」

「……」

敷地の中央にある小屋の応接室。そこのソファに座ったソフィーナは、フードの下で顔色を失い、膝の上に置いた手をぎゅっと握りしめる。その手をフィルが上から包むように握り、ヘンリックは一瞬痛ましいものを見る目を向けてきた。

「目的は何かな」

「なんとかかっつー王女かなんかの名前で、取引の破棄が通告された。違約金も何もなく、マジで一方的なもんだぞ？　鉱業組合で聞いたら、賢后陛下が国有化したとこで、持ち直したとこはほとんどそうらしい」

「散々食い物にして、うまみがなくなったら国にやっちまって、持ち直したら返せって、いやらしい奴らだよ。動機はどうせそんな自分勝手なもんだろ。でなきゃ、大事な収穫期にこんな騒動起こす訳がねえもの」

「ソフィーナさまがいなくなったのもあるかもなあ。あのチビ姫さん、賢后陛下にそっくりだってみんな口をそろえて言うからな」

自分の名前が出て、ソフィーナは息をのむ。

「真面目で優しい方なんだと。鉱山に自ら行って、地質調査の結果を見て、泥だらけになって、身の危険を感じないか、どう工夫すればいいと思うか、山師たちに聞いて回ってたらしい」

「姫さんが気にするようなことじゃねえだろって言った奴には、怒って説教してきたってさ。『みんなが健康でちゃんと働いて幸せでいてこそ、国はやっていけるのです。だから自分を大事にしなさい。大事にできるように私もちゃんと働くから』って。なんだこいつってドン引きしたって笑いながら話してたよ」

「俺たちにゃ厳しい取引条件を突きつけてくる、厄介な相手だったんだけどなあ」

「うちの王太子さまが選んだのが、綺麗なだけの姫さんじゃなくてソフィーナさまだって聞いたときゃ、さすが見る目があるって感心したんだけど、こうなってくると恨みたくなるね……私も元はハイドランドの人間だからさ」

「ハイドランドの奴らからしたら、特にそうかもな。彼女がいたらって絶対に思ってるだろうさ」

(私、がいれば……？　こんなことになってなかった……？)

「──違いますよ。いらしたら、一緒に危ないことになっていた、それだけです」

震え出した手をフィルがさらに強く握り、小声でなだめてくれた。

「だからさ、お嬢さん、里帰りは諦めたらどうだい？　家族も心配だろうけど、行ったらあんたも危ないよ？　ハイドにゃ入れないし、すぐに戦場になるかもしれ──」

「おいっ」

「あ、ごめんね……」

気まずそうな顔をした夫妻に、ソフィーナは首を横に振った。そして、「だからこそ帰らなくては」と言いながら、フードを取り払った。

「現状を教えてくださってありがとう──私はソフィーナ・フォイル・セ・ハイドランドです。こんな形ではあるけれど、会えて嬉しいわ、ガルゼ・メケルス」

「……」

目を丸くして自分を凝視してくる鉱石商ガルゼ・メケルスに、青い顔をしつつもソフィーナはなんとか微笑みかけた。母に言われた通り、動揺を隠し、余裕を持っているように見せかけられているだろうか……？

「ところで──苦労してあなたと成立させた契約を反故《ほご》にする気は、私にもないの。知恵を貸してくださらないかしら、メケルス」

＊　＊　＊

開け放した窓から吹き込んでくる風は、高く上がった日差しのせいで暑苦しい。

机の上に広げたシャダとカザック、そしてハイドランドの地図を眺めていたフェルドリックは、不快感に眉をひそめた。

椅子の背もたれに身を預けて天井を仰ぎ、疲れの混ざった息を吐き出す。

ハイドランドに向かったソフィーナの正確な居場所はいまだわからない。ただ護衛のフィルたちとははぐれていないようだ。カザレナからハイドへの経路上の街でそれらしき三人連れを見かけたという情報が、断続的にもたらされている。

あの二人はフェルドリックが見込んだ通り、ハイドランドへ帰りたいというソフィーナの望みを叶《かな》えているのだろう。そして、約束通り彼女を守ってくれている。

「……ほんと、いい神経だ」

一体どこの誰が一国の太子妃の逃亡に手を貸せるというのか。

そうすべきと思えば、フェルドリックにも国にも頓着しないでその通りにするだろうとソフィーナの護衛に選んだが、本当にそう行動してくれている幼馴染《おさななじみ》とその相方に、フェルドリックは感謝と呆れの笑いを零す。

連絡ぐらいしてこいと思わないでもないが、手段もさることながら、そこまでの余裕がないのだろう。だから自分たちを探る者の気配を感じるなり、その正体を確認することなく隠れる――二人には恐ろしい負担を強いてしまっている。

（騎士団に追跡を命じるべきではなかったか……？　だが、そろそろソフィーナの不在に気づく者が出てくるだろう。連れ戻そうとしている気配がまったくなければ、カザックがハイドランド側につく気だとシャダに悟られかねない……）

「全部終わったら謝罪するか。いや、礼……？」

口にしながら、片眉をひそめた。

あの二人のことだ。謝罪を伝えようが礼を伝えようが、「この世の終わりが来た」とか言って、言葉通りの顔をするだけの気がする。

そう考えついたら、少しだけ笑うことができた。同じようにソフィーナのことも笑わせてくれているといい。

（……僕は結局できなかったな）

例外はたった一度だけ――フェルドリックはチューリップを手に微笑んだソフィーナの姿を思い浮かべる。

大国の太子として生まれ、容姿にも才能にも恵まれた。なのに、妻となった人一人、満足に笑わせられない。これほど滑稽なことがあるだろうか。

（自分を笑うことには事欠かないのに、皮肉なものだ）

内心の通り自嘲に唇を吊《つ》り上《あ》げて、フェルドリックは立ち上がった。

（今はまだ山道、そろそろ国境を越える頃か……）

彼女がいる方角を見ようと、部屋の北側に位置する窓へと歩み寄った。

フェルドリックは、ソフィーナはタンタールとルデナ鉱山を結ぶ道で山越えにかかると見ている。

諜報員の目撃場所から察するに、彼らの予定ルートは白霧峠《しらぎりとうげ》だったはずだ。だが、移動ペースを計算すれば、そこには先に騎士が着いただろう。反乱の首謀者の名をどこかで耳にしていれば、なおさら避ける。寂れて久しい旧道の青崖峠《せいがいとうげ》に向かう可能性もなくはないが、迂回《うかい》に時間がかかりすぎる。

となれば、確率が高いのはやはり鉱山道だった。あの辺を牛耳る鉱石商はメリーベルとソフィーナに深い縁があるし、ヘンリックの実家とも取引がある。

目的のガラス窓を開け放てば、後ろの窓から吹き込む風が強くなった。金の髪が気流に乱れる。

視界の先に広がる空はどこまでも高く青く澄み、遥《はる》か北、ハイドランドに繋がっている。

その下、国境の山にいるだろう彼女は、今何を思っているのだろう。

（……せいせいしたとでも言って、舌ぐらい出しているかもな）

彼女がこっそりそんな顔をしていたと思い出して、フェルドリックは小さく笑い、視線を伏せた。

彼女がカザックに足を踏み入れることは多分もうない。そうしたら、あんな顔も二度と見られない――。

胸の奥底に巣食っている真っ黒い澱《おり》がまた頭をもたげ、じわじわと広がっていく。

王族に生まれた者の人生ほど滑稽なものはこの世に存在しないと、フェルドリックは思っている。人のため、国のために素の自分を押し殺し、自分ではない何者かを一生演じ続ける。何もかも嘘なのに、人はそれに気づかず、賞賛すらする。

幼いフェルドリックはその馬鹿馬鹿しさを嘲笑《あざわら》っていた。次第にその中心にいる自分こそが誰よりも空っぽでくだらない存在だと悟るようになり、周りより何より自分を嫌悪し、絶望するようになった。

だが、ソフィーナは違った。同じ立場にいて、同じように周囲の期待に応えようとしているのに、彼女は希望を失っていなかった。

オーセリンで初めて出会ったあの時、人の幸せだけじゃない、自分の幸せも考えていいのだと教えてくれて、彼女はフェルドリックを救ってくれた――その人が自分との結婚は幸せではないと言うのだ。

（自由にしてやらなくては……）

フェルドリックは晴れた北の空を見上げたまま、息を吐き出す。

今ソフィーナは、慣れない山歩きでボロボロになっているはずだ。でも彼女のことだ、兄やハイドランドの人々を思って泣き言の一つも言わずにいるだろう。護衛たちを慮って、冗談の一つでも言って笑わせているかもしれない。

「……それだけのことをしているんだから、もっと傍若無人にふるまったって誰も文句は言えないっていうのに、ほんと、お人好《ひとよ》しというか、要領が悪いというか……」

フェルドリックはそうぼやくと、苦笑を零す。山中にいるだろう彼女のそんな様子を思い浮かべれば、自分自身どんなことでもできる気がした。

＊　＊　＊

（ようやくハイドランド……）

渋る鉱石商夫妻を説き伏せて助力を得たソフィーナは、岩と砂利だらけの狭い鉱山道を二日がかりで登り切り、なんとか国境に辿《たど》り着《つ》いた。

事前に聞かされていた通り、道は簡単に整備されているだけで、幅もひどく狭かった。

砂利に足を取られて何度も転びそうになり、隊商のロバとすれ違う際にはぶつかって崖下に落ちるのではないかと怯え、岩をつかんで段差をよじ登り……。

「飲み水を汲《く》んできますので、ソフィーナさまは休んでいてください。本当によく頑張りましたね」

にこにことソフィーナの頭を撫でたフィルが、軽い足取りで水場に歩いていく。見送って、ソフィーナは木陰の岩に崩れるように腰を下ろした。

「なんであんな元気なんだよ、いくら山育ちって言ったって限度があるだろ……」

「それどころかうきうきしてない？　彼女が次期公爵夫人だなんてわかる訳ないと思うの」

横のヘンリックのぼやきに「ほんと、騙された……」としみじみ呟いてみせれば、彼は「まだ仰ってる」とけらけらと笑い声を立てた。明るい響きと空気に、ソフィーナもようやく顔を綻ばせる。

周囲は鬱蒼《うっそう》とした木々に覆われていて、少し離れた場所には同じように体を休めている山師とロバたちがいる。

「……」

ぐるりと首をめぐらせてみたが、視界に入るのは森だけ。

婚礼のためにカザックに入った時の峠からは、ハイドランドが見えた。けれど、今はどちらの国もまったく見えない。

ようやく故国に帰ってこられたというのに、それが行く先のわからない自分のように思えて、ソフィーナは小さく眉根を寄せる。

（でも……さようならになるのは、多分確かだわ）

そんなことを考えながら、ソフィーナは遥か南の青空を振り返った。

もくもくと成長しつつある入道雲が、強い夏の日差しに照らされて、白く輝いている。

今、何を考えているのかしら、と思ってしまった自分に気づいてぎゅっと瞼《まぶた》を閉じると、ソフィーナは逃げるように顔を北に向け直した。


ルデナ鉱山に反乱側の者がいる可能性を考え、そこからは森に入って山を下った。途中何度か魔物に遭遇しつつ、翌日の夕方、ようやく麓の村に辿り着いた。

「宿、宿はどこだ……いい加減寝台で寝たい……！」

「都会っ子だなあ」

「フィルと比べれば、人間はみんな都会っ子だ」

「人間て」

ソフィーナを間に挟んだ騎士の二人は、緊張した様子もなく、村の通りを進んでいく。

夏の日はまだ高くて、そこかしこに人の往来があった。

ここ数日の慣れない山歩きのせいで、ソフィーナの足は一歩踏み出すごとに痛みが走るような有り様で、全身情けないくらいにクタクタだった。

食事も何もいらないから、とにかく寝台に倒れ込んで寝てしまいたいと思いながら、重い足を引きずって村の宿を目指す。

（……え？）

すぐ横にいたフィルがふっと消えた。すれ違おうとしていた男性を路地に引き込み、民家の壁に押しつけると同時に、その喉元に短剣を突きつける。

「——目的は？」

ぎりぎりと襟首を捩《ね》じ上《あ》げながらそう詰問する声は、先ほどまでののんびりした声とまったく違っていて恐ろしい。

「ア、レクさ、から、ご伝言を……」

その瞬間、フィルは男性からぱっと手を離した。蒼褪め、額に汗を浮かべる彼に気まずそうに謝罪すると、呆然とするソフィーナを振り返る。

「アレックスからです。ちょっと話してきますので、先に宿に行っていてください」

そして伝令と思《おぼ》しき男性を連れ、夕闇の中にすっと消えていってしまった。

「…………大丈夫、なのかしら？」

（フィルの反応からして、あの人は私たちの跡をつけていた訳ではない。ここに来るのを予想して、待ち伏せていたのでは……？）

色々な意味で不安になってヘンリックを見れば、「そういう国で、そういう人たちですから」となんでもないことのように肩をすくめた。

『君が僕にいつも手を読まれて負ける理由を知っている？』

いつかの言葉が耳に蘇《よみがえ》る。ここまで来てもまだフェルドリックの手の内なのか、とソフィーナは唇を引き結んだ。

（一体何を考えているの）

騎士たちの話によれば、彼はソフィーナが逃げたことを表向き隠しつつ、連れ戻すよう騎士団に命令を下している。なのに、ここでソフィーナはまだ自由にできている。彼の従弟のアレクサンダーは、ソフィーナたちの居所を正確に予想しているようなのに……。

そのソフィーナをじっと見ていたヘンリックが、「逃げ切れそうですか」とぼそりと呟いた。

「………フィルに聞いたの？」

「あいつが言うはずないでしょう」

「そうね……ヘンリックのそういうところ、嫌い」

ソフィーナは抱えているフェルドリックへの想いについて、彼には話していない。それなのにばれていることを悟って、つい子供のように口を尖らせれば、彼は苦笑を漏らした。

「俺もフィルもソフィーナさまに幸せでいてほしいと思ってます」

「……………ごめんなさい、八つ当たりなの。むしろ逆で、好きだわ。心配してくれてありがとう」

「俺もソフィーナさま、好きですよ」

その顔に兄を思い出し、しょぼくれたソフィーナの頭を、くすっと笑ったヘンリックが二回、なだめるように叩いた。


宿に入り、戻ってきたフィルを交えて、三人で額をつき合わせる。

片田舎の宿のランプは煤《すす》で少し汚れていて、室内は薄暗い。外からはここ数日で馴染んだ夜鳴鳥《やめいちょう》の声が響いてくる。

「アレクサンダーからというのは確実？　でたらめもしくは罠という可能性は？」

「確かです。彼の実家がよく使う連絡方法で、暗号も確認しました」

何気なさを装いつつ、接触の意図を探ろうとするソフィーナにそう応じたフィルは、少し嬉しそうだ。

「愛してるとでも入ってた訳だ。アレックス、相変わらず包容力あるよねえ、怒っててなおそれだもん」

「……それはいいから」

頬を染めたフィルは、さっき伝令を捕まえた時とは完全に別人だった。そんな場合じゃないのに、ものすごくかわいいと思ってしまった。

同時にうらやましくなる。アレクサンダーが知っているなら、フェルドリックもソフィーナがここにいると知っているだろう。なのに、彼のほうは……。

(逃げられると思うなとか逃がさないとか、言っていたくせに)

逃げようとしていることを棚に上げてついそう思ってしまって、ソフィーナは視線を伏せた。我ながら矛盾だらけで嫌になる。

「ソフィーナさま?」

「え、あ、ごめんなさい。なんだったかしら?」

「ハイドランド現国王陛下、ソフィーナさまの兄君の所在がわかりました」

「え」

なぜ兄の情報をくれるのか。アレクサンダーとその背後のフェルドリックの考えを量りかねて、ソフィーナは顔を曇らせる。

訳がわからない——彼はいつもそうだ。

「王都ハイドの東方、ドーバンという町の塔。体調を崩されてそこで療養なさっている
という触れ込みのようです」
「……場所、はわかるわ。二百年ほど前に建てられた古い塔よ……」
だが、続きの言葉によって、物思いに沈みそうになっていたソフィーナは一気に現実
に引き戻された。古さゆえ、あそこにはその時代の拷問道具があるはずだ。
「お兄さま……」
予想していたとはいえ、露骨に兄の現状を突きつけられて、ソフィーナは思わず心痛
を漏らした。察してくれたのだろう、ヘンリックとフィルが痛ましげに顔を歪《ゆが》める。
（ああ、二人共やっぱり優しい……）
その彼らを見つめた後、ソフィーナは胸の前で手を組み、意識して深く呼吸した。
「……あなたたちには話しておかなくてはいけないの」
それはとても危険なことだった。フェルドリックたちがなぜ兄の情報をよこしてきた
かはっきりしない今、特にやってはいけないことだとも思う。
（でも、私のためにここまでしてくれる彼らを信頼しない訳にはいかないから。信頼で
きると思うから——）
「万が一兄が死亡した場合、ハイドランドの王位は私に移ります」
ヘンリックはパックリ口を開け、フィルは目を見開く。

「……カザックがそれゆえにハイドランド国王を見捨て得るとお考えになって、あんなふうに城をお出になったということですか。いくらなんでも性急すぎると思ったら……」

喘《あえ》ぐようなヘンリックの声に、申し訳なさのあまりソフィーナは視線を床に落とした。

「つまり、ハイドランド国王が殺されていないのも、ソフィーナさまが今なお狙われているのもそれが理由……」

「そういうことまで考えなきゃいけない立場にいらっしゃるんだ、ヘンリック」

決断に何百万の人生がかかってくるんだ、と神妙に口にしたのはフィルだった。

「あの、一応申し上げておきますと、国王陛下もフェルドリック殿下もハイドランド欲しさに、とかで動く方ではないですよ。殿下はあんな性格ですけど」

「確かに。どうしようもない面倒くさがりだから、他国に野心を持ったりはしないかと。ドムスクス東部の併合だって、ものすごく嫌がっていましたし。あんな性格だからかもしれませんが」

「自国じゃないんだから、適当に搾取して終わりというふうにはしないんだよねえ、あんな性格なのに」

「実際ドムスクスの支配よりずっといいと民衆は喜んでるようだからね。あんな性格だけど」

「……でも、腹黒いもの」

「「それは否定しません」」

綺麗にそろった声に、思わず「そもそもあんな性格って言いすぎよ」とソフィーナが笑えば、二人も「だって事実ですから」と笑い返してくれて、そうしてその話題を流してくれた。

改めてフィルが真剣な顔をする。

「あとはハイドランド国内の動きです。噂の通り、反乱の首謀者はルードヴィ侯爵。金銭面を含め、シャダの支援を受けています。対するのが、ギャザレン公爵兼騎士団長を中心とする勢力です。ルードヴィの思惑は、オーレリア第一王女を王位に据えることにあるとのこと。あなたの暗殺について動向を知ろうと、シャダやカザックの大使を呼びつけまくっているそうです」

自分の死を願う人間がいる――権力に携わる立場に生まれた以上、仕方のないことだと知っている。だが、暗澹《あんたん》とした倦怠感《けんたい》に襲われて、ソフィーナはそれに耐えようとぎゅっと目を瞑《つぶ》った。

「ルードヴィの支持にまわっている者は？」

「名前まではわかりませんが、当初は多くはなかったと。ただシャダが攻めてくるという噂が流れていて、オーレリア第一王女の元に団結すべきだという説得に折れ、やむなくという者がこのところ急速に増えているそうです」

「ルードヴィはシャダと戦になったところで降伏する気ね」

自分の身の安全と利権を、既にシャダに保証されているのだろう。自分さえ安泰なら農作物にとって大事なこの時期に戦をし、ハイドランドをあんな国に売り渡してもかまわないということだ。

ソフィーナはギリリと音を立てて、奥歯を噛みしめる。

内戦になるのを避けつつ、ルードヴィを排除する。そしてシャダの侵入を阻止する。そのすべてを迅速にこなさなくてはいけない。

（お兄さま、ごめんなさい……）

これで彼の身の安全は、完全に運任せになる――。

「ハイドに入って国軍を取り戻す。それを使ってルードヴィたちを抑え、無血で開城、外の国軍と連携の上、反乱側の兵を鎮圧する」

震えそうになるのを、ソフィーナは拳を握って抑え込んだ。

「では、考えるべきは三点――王都への侵入、王都の国軍の説得、外の国軍との接触です」

「王都へは、ガルゼ・メケルスが教えてくれたやり方で入る予定です。軍の説得方法についてはそこで情報を収集して、ということになるけれど、問題はないはずです。ギャザレン騎士団長が健在なのであればなおさら」

不安がない訳ではないが、軍は自分についてくるとソフィーナはほぼ確信している。ルードヴィ侯爵には姉、オーレリア第一王女を押さえているという以外、大義も名分もない。他の貴族にしても、それぞれ自分の安全や利権を確保するために動いているだけの寄せ集め集団のはずだ。シャダとルードヴィらの関係、兄セルシウスや父への彼らの所業をちらつかせることで、簡単に瓦解するだろう。

そんな彼らとであれば、軍はソフィーナを選ぶ。何せ父と兄が死んだ場合の王は、ソフィーナなのだから。

「王都の軍を押さえる際に、妃殿下は存在を公にせざるを得なくなりますよね。なら、その前に兄君をお助けする必要があるのでは？　彼は妃殿下の生存によって、命が保証されている訳でしょう？」

フィルのその声に、ソフィーナは知らず伏せていた顔を跳ね上げた。

「あなたが王都にいるのは、ルードヴィらにとって脅威であると同時にチャンスでもある。目障りなあなたが手の内にいる、簡単に殺せると考えるでしょう。死に物狂いで実行し、同時に兄君を弑《しい》すはずだ」

「……」

自分に向けられる、緑色の目をひたすら凝視する。

ソフィーナが生きている限り、カザックとしては兄が殺されてしまっても構わないはずだ。それなのに——。

傍らでヘンリックが「そう言い出すだろうとは思ったけどさ」とため息をついた。

「つき合え、親友。命令はソフィーナさまを守ること。で、」

「——俺たちにはそれができる、だろ？　……ほんと、フィルと一緒にいるといつもとんでもない目に遭う。まあ、いいけど」

「え」

不敵に笑ったフィルに、脱力していたヘンリックがあっさり頷いた。そして、驚くソフィーナに、

「ルードヴィらを押さえた後、その行動が正しかったと知らしめて、皆の動揺を抑えなくてはなりません。そのためにもセルシウス陛下は必須です。シャダとルードヴィの内通、謀反を示す証人です」

と微苦笑と共に肩をすくめてみせた。

「現状、カザックにはハイドランドにまで手を伸ばす余裕はないのです。かといってシャダにハイドランドを盗《と》らせる訳にもいかない——セルシウスさまに頑張っていただくしかないでしょう」

なおも返事ができないでいるソフィーナに、フィルが幼子に言い聞かせるように微笑

みかけてくる。

「殿下個人としても、兄君にそのまま王位についていただいたほうがいいだろうしねえ」

「確かに」

軽く笑った彼らの言葉の意味を深く考えないよう意識しながら、ソフィーナは口を開いた。

「では、フィル、ヘンリック、お兄さまを塔から連れ出して、ハイド城へ連れてきてくれないかしら?」

「それは聞けません」

「私一人で行きます」

「え……」

それぞれに即答されて、ソフィーナはうろたえた。

「だ、だめよ、危ないわ」

「妃殿下のほうが危ないでしょうに」

「ご存じですよね、最も狙われるのはあなただって」

眉をひそめる彼らを前に、張っていた気が緩む。

「あなたたちには、大事な人が待っているじゃない……」

「ええ。でもそれは妃殿下も同じです」

「ただでさえ、引きずりまわしているのに……」

「ちゃんと思惑があって引きずられてるんです。事が片づいたら、前食べ損ねたハイドランドのケーキ、シャルギでしたっけ？　本場のをご馳走してください。あ、あとアレックス、怒ってるらしいので、かばって」

「じゃ、俺の報酬は長期休暇で。メアリーとの新婚旅行、まだなんです。うちの小隊長、完全にソフィーナさまのファンですから、口添えがあれば、今度こそ許可が出るはず」

「……」

ソフィーナの気を軽くするためにだろう、冗談めかしてみせる彼らに、涙腺も緩んでしまった。頼りないランプの明かりの中、ただでさえ見えにくかった二人の顔が、さらにぼやけていく。

（知っていたのかしら？　何かの時には、危ない橋を渡ってでも『私』を助けてくれるような人たちだって……）

彼らを護衛につけてくれたフェルドリックを思って、ソフィーナは泣き笑いを零した。カザックとしては必要ないはずの、兄やハイドランドの情報を彼がくれる理由も、きっと同じなのだ。

あの人は王太子としての立場でソフィーナを選び、契約で結婚した。都合がよかっただけ、着飾らせる必要などないと言い、実際一緒に寝ていながら一度も触れてこなかった。

(でも、思いやりがまったくなかった訳じゃない。それどころか……)

そう悟って、ソフィーナは今は遠くなった南の空の下にいるその人を脳裏に思い浮かべる。愛想の欠片もなく、小憎らしく笑うその顔はひどく彼らしい。

個人としての彼は、わかりにくいけれど、多分ものすごく優しい人なのだろう。性悪っぽい、『あんな性格』に見えるだけで、と思ったところで、ソフィーナは小さく笑い、視線を伏せた。

(オテレットやメスケルだけじゃない。結局、私はどこまでもあの人に勝てないらしいわ……)

告白と決別。それと共に、お礼も伝えなくてはならない——すごく悔しいけれど。

＊　＊　＊

日付はとうに変わっていた。

ハイドランドの南西部、ガル金山を含む地域の地形図を凝視していたフェルドリックは、凝り固まった体を解《ほぐ》そうと伸びをする。

その拍子に、執務机に置きっぱなしにしていた瑞々《みずみず》しい球根が転がり落ちてしまった。

なぜか焦って拾ってその無事を確かめた後、フェルドリックは目を瞬かせる。それから、ため息と共に肩を落とした。

艶のある茶の皮に包まれた球根は、古馴染の庭師コッドが『増殖に成功いたしました』と言いながら、なんの気なしに手渡してきたチューリップだ。

老庭師は、思いもよらぬ物を差し出されて固まるフェルドリックを気にする様子なく、『お気に召しているようですし、来年はご自身でもお世話なさってはいかがでしょう』と口にした後、

『物言わぬ花々は様子を具《つぶさ》に観察し、状態に応じて世話を変えてやらねばなりません。政務に通じるものがあると仰って、建国王さまも何種類か花を育てておいででした』と続けた。

わかっている。純朴な職人気質の彼に他意はない。が、言葉の端々が突き刺さった。

ちなみに、その時共にいたソフィーナの乳妹のアンナが、

『水加減を間違え、肥料を選び損ね、いらぬ時に触れ、必要な時に花を摘まぬ……などという世話をしたらどうなりますか』

と笑顔で訊《たず》ねていたのは、間違いなく他意しかない。これも刺さった。

続いてコッドがあっさりきっぱりと、

『異国の土でただでさえストレスがありましょうし、枯れてしまうでしょうなあ』

と応じたことにもやられ、止《とど》めは「ですよね」的な視線を送ってきた、自らの執務補佐官フォースンだった。

「……」

フェルドリックは鬱陶しく視界を遮る前髪をかき上げつつ立ち上がると、手近にあった器に球根を入れた。

ころころとしたその形はなんとなく愛らしい。引き寄せられるように指でそっと触れ、祖父ならきっとうまく咲かせられるのだろうな、とぼんやりと考える。

フェルドリックは、幼少期の多くを湖西地方の離宮で過ごした。旧王権派が王宮で幅を利かせる中、そうしなければ危険だったからだと長じた今は理解しているが、国王・王后である父母とは当然疎遠で、代わりにそこに隠居していた祖父、建国王アドリオットが一緒に過ごしてくれた。

彼と食事を共にし、勉強を教えてもらい、時に弁当を持って馬で遠乗りに出、湖畔で釣れない釣りをし、夜は焚火を囲んで、星を見て過ごす。本当に大事にかわいがってもらった。

その中で、彼は色々なことをフェルドリックに話してくれた。彼がどう育ったのか、なぜ新しく国を興そうと思ったのか、どんな国を作りたかったのか、どんなふうに実現していったのか。

彼が名もなき人々をどう思い、いかに接するか、目の当たりにもした。人々がそんな祖父をどう思い、どんな目を向けるかも。彼らの笑顔を受けて、祖父が心底幸せそうに笑う様を、ずっと横で見てきた。

フェルドリックはそんな彼を祖父としても、自らの責務をまっとうし切った王としても、敬愛してやまない。

一方で心の奥底で恨んでもいる。彼はそうして意図しないまま、彼と同じ人生を選ばなければならないと思ってしまうよう、フェルドリックを育てた。

彼が愛した人々、その人たちの幸せを願って彼が作った国、そして、皆その彼を愛し返してくれた——裏切れない、と思ってしまう。

自身と自らの立場を疎み、倦怠を持て余しつつも、フェルドリックは皆の期待に添って生きていくつもりだったし、実際、そのために自分も周りも国すらも、これまですべて思いのままにしてきた。

(なのに、彼女だけ、彼女の前でだけ、思い通りにできない……)

フェルドリックは、器の中の球根を指で軽く弾《はじ》く。

結婚相手として選んだのが彼女でなければ、こんな醜態をさらすことも、あそこまで傷つけることもなかっただろうに、ともう何度目かわからない繰り言を思う。

(そういう意味で、彼女にとってはもちろん、僕にとってもこの結婚は失敗だった)

突如ノックの音が響き、フェルドリックは我に返る。

沈んでしまった気分を取り直そうと、「で、慰謝料を払う羽目になっている訳だ」と独り言をつぶやいて薄く笑った。まずはセルシウスの救出、次にシャダの排除、最後はあの姉——実に高くつきそうだ。

「入れ」

軽く首を振って表情を繕い、フェルドリックは扉へと声をかけた。

「シャダがレダ河西岸、カルゼンダに向けて軍を集結させつつある。王都からも主軍が出兵した」

「将軍はバシャール・イゲルデ・カザレナです」

入ってきた従弟のアレックスが前置きなく告げ、彼と組んでシャダ王女の『饗応』にあたっている騎士がその後を受けた。

「——上出来だ」

内戦に敗れてシャダに亡命した旧王家の直系男子の名に、フェルドリックは唇の両端を吊り上げる。

シャダが現カザック朝を否定し、干渉し続ける根拠になってきた人間の一人だ。民衆からの恨みも深い——これでシャダ軍を叩く名目ができた。

まともな外交をする気がないと知りながら、カザックがシャダの使節団を受け入れたのは、時間稼ぎのためだ。カザックと、特にハイドランドへの野心を持つシャダは、フエルドリックとソフィーナの婚姻による両国の関係強化を警戒している。

かの国がどう動くにせよ、カザックには事を構える体制を整える時間が必要だった。シャダが侵略に出るようなら、使節団を利用して罠を仕掛けることもできる。そのために、あの不快極まりない醜女姫《しこめひめ》の機嫌を損なわないようにしてきたのだ。

カザック王家とシャダ王家に結びつきができると勝手に勘違いして踊り出すのは、なにもカザック国内のシャダ派だけではない。

その状況でシャダがハイドランド侵攻を決めれば、シャダでの自らの立場を危ぶむだろう亡命カザレナ朝王家が功を狙って軍に出てくるはず――目論見《もくろみ》は当たった。

「フォースンを呼んでくれ」

「出兵の是非を諮る会議を調整すると言って、さっそく出ていった」

指示を出さずとも動く有能な補佐官に、フェルドリックは満足を顔に浮かべた。

「シャダ王女たちの様子は」

「平和なものです。既に妃気取りで、うちの兄をはじめとする旧王権派の貴族たちを顎で使い、遊興に耽《ふけ》っています」

旧王朝と深い繋がりのあった侯爵家の出身でもある騎士は、

「実家の名だけで私のことも味方だとみなしているようです。合間合間に色々話してくださいますよ。『ここだけの話』がどれほど多いか……実にめでたい頭をしている」

と皮肉に笑った。

「実質軟禁下にあるんだがな」

「至れり尽くせりがすべてこっちに握られてるのと同義だって考えつかないとか、アホすぎだろ。あの国、マジでダメだ」

同僚の気安さか、アレックスに向けて砕けた口調で返した騎士は、彼らの会話に笑ったフェルドリックにバツの悪い顔を見せた。

すぐに表情を作り直した彼に、貴族の出自を感じる。

「引き続きカザックの出兵はないと吹き込みます」

「いや、旧王権派を含めて偽の会議を開く。正規のほうより本物らしく見えるようにな」

「なるほど奴らから耳にするほうが、信憑《しんぴょう》性が増しますね。ではこちらも『ここだけの話』でシャダ人たちの誤解を補強するようにします」

騎士はそう言って、今度は騎士らしくニヤッと笑い、退出していった。

断りなく一人残ったアレックスが、扉の閉まる音を耳にするなり、口を開いた。

「実家に伝書隼《はやぶさ》が来た。ルデナ鉱山近くの村で接触に成功したようだ」

「っ、無事なのか……？」

彼が頷くのを見た瞬間、安堵で全身が崩れそうになった。辛うじて押しとどめると、フェルドリックは椅子に身を沈めて、息を吐き出す。

どんな状況に置かれても補い合ってソフィーナを守れるだろう騎士を護衛に選んだ。諜報員たちの目撃情報から考えても、無事と知っているはずなのに、なんと無様なのだろう。

「妃殿下はハイドランド新国王陛下の救出より王都の奪還を優先すると、決断なさったらしい」

「…………本当に馬鹿だ」

ソフィーナの性格を考えればそうするだろうと予想していたのに、また息苦しくなって、フェルドリックは視線を伏せた。

彼女は兄のセルシウスを本当に大事に思っているはずだ。それだけじゃない。自らハイドを奪還しようとするなら、ソフィーナ自身の危険もさらに増す。すべて承知で、それでも彼女は兄や自分より国、いや民衆の命や暮らしを優先させたのだろう。

（ほんと、『最悪な職業』だ……）

彼女のように責任感があって優しい人ほど、つらいはずだ。かつて王や王族の立場を、

「この世で最もめんどくさくて一つもいいことのない職業」と評した祖父の親友は実に正しい。

鬱屈の混ざったため息を吐き出した後、「それで、フィルは?」とアレックスに水を向けた。

「妃殿下がハイドに入る前に、セルシウス国王を救出すると」

「ではこちらもそのつもりで手はずを整えよう」

(やはりフィルだ。ソフィーナ個人の心も守ろうとしてくれる)

安堵した直後、いつも通り冷静なアレックスの顔に一瞬憂いが乗ったことに気づいて、フェルドリックは息を止めた。

カザックとしてはハイドランドさえシャダにとられなければ、つまりソフィーナ・フォイル・セ・ハイドランドさえ無事であれば、セルシウスは最悪どちらでもいい。

だが、ソフィーナ個人の幸せを願うならハイドランドとセルシウス、両方を救わなくてはいけない。

ソフィーナをひどく慕っているフィルもヘンリックも、そのつもりで動いてくれるだろう。ただでさえ危険な状況だが、彼らにはそれができる能力があるとフェルドリックも、そして本人たちもわかっている。アレックスもそのはずだ。なのに……?

(……ああ、そうか、こういう心境だったのか)

フェルドリックは唇を引き結んだ。

大事な人が側《そば》にいないと、どうしようもなく不安になる。

立場ゆえに思うように動けない自分への嫌悪で吐きそうになる。

万全を期してなお、大丈夫なはずだと頭でわかっていてなお、その人を側で助けてやれない無力感で叫び出したくなる。

ただひたすらにその人の無事を祈る――。

「……すまない」

思わず謝罪を口にすれば、アレックスが目をみはった。

信じられないものを見るような目でフェルドリックを見ながら、「初めてお前の謝罪を聞いた……」と呟く。

「……少しは成長してるんだよ」

思わずぶすくれれば、アレックスは顔全体を緩ませて笑った。

「なら、絶対に帰ってきていただかなくては」

「っ」

ソフィーナをハイドランドに帰してやらなくてはならないと、フェルドリックは本気で思っている。だが同じくらい強く帰したくないと思っている。

最悪な我がままだと嫌というほど理解しているから、フェルドリックには資格のないそんな未来をアレックスが口にしたことで、胸が震えた。

「……別に彼女のおかげで成長した訳じゃない」

「誰も彼女のことだとは言っていない。だが、なるほど、影響を受けていることを認めている訳だ」

「…………本当、かわいくなくなったな」

油断するたびに乱高下しようとする感情をなんとか隠して年下の従弟を睨めば、彼は怯える様子もなく、逆に笑い声を漏らした。それで少し救われる。

「アンナにも彼女の無事を知らせてやらないとな」

フェルドリックにとってのアレックスは、ソフィーナにとってのアンナだ。

アンナがソフィーナの身を憂いて、シャダやその一派に狙われることを承知で代役を買って出たように、ソフィーナもアンナを心配しているだろう。

「今度は怒られないといいな」

「……体も心も無事なソフィーナを、アンナの目の前に連れてくるまで無理だろ……」

ソフィーナが城から抜け出て以来、フェルドリックはアンナにずっとなじられている。人生でここまでボロボロに言われることがあるなんて想像していなかったというレベルで、だ。

自分の執務補佐官であるフォースンが、その様子を見て涙ぐんでいるのも知っている。

それが同情の涙でないことも。

(ほんと色んな体験をさせてくれる……)

フェルドリックをジト目で睨んできた時のソフィーナを思い浮かべたら、また少し笑えた。「自業自得です」という声が聞こえてきそうな気がする。

自室から見えるソフィーナの部屋にはまだ明かりがついている。なら、知らせは早いほうがいい、とフェルドリックは立ち上がった。

そして、視線を窓の外、北に向けた——あの星々の下で、彼女は今どうしているだろう。

安全な場所にいるだろうか？　ちゃんと眠れているだろうか？　不安がっていないだろうか……？

——どうか、どうか無事でいてほしい。他には何も望まない。

第六章

北の国の夏は貴重だ。爽やかな風に金の麦穂が揺れ、陽光に光る。そこかしこで虫が飛び交い、それを南から渡ってきた鳥が空中でとらえ、雛《ひな》を育てる巣へと持ち帰る。一見すればいつもの夏の風景に見えるのに、王都ハイドへ向かう道すがら、すれ違う人々の顔には色濃い憂いが浮かんでいた。

「王后さまがちょっと前に亡くなったとこだってのに、王さまも亡くなって、セルシウスさまもご病気……」

「ソフィーナさまもカザックに行っちまったし、オーレリアさまはどうなんだろう……、お美しいとしか聞いたことがないが……」

「どうなるのかねえ。なんだかハイド近くじゃ、どっかの貴族が騎士団と睨み合ってるっていうじゃないか。戦でも起きたら、畑がな……」

「ハイドの商人たちが逃げ出そうとして、私兵たちと揉《も》めてるって」

「騎士団はなんでハイドにいないんだろ……。シャダがうろついてるってのも関係あるのかね。もし奴らが混乱に乗っかって攻めてきたりしたら……」

「縁起でもないことを言うんじゃねえ！　……というか、言わないでくれ、頼む。そんなことになったら、一家で飢え死にだよ、うち……」

「母がいつも言っていたの」

馬を操りながら、ソフィーナは横のヘンリックにぼそりと呟く。

「勘違いをしては駄目だと、王の持つ権力は民を守るからこそのものだと」

だからその義務を無視して、権力だけを振るってはならない――そう言いながら、彼女は誰よりも働いて、その疲労ゆえにさほど強くない病にかかってあっさり亡くなってしまった。

厳しい人だった。ソフィーナが思い出すのは、母としての顔より王后としての顔ばかり。それでも、いくら忙しくても、ソフィーナが寂しくなって執務室を訪れれば、書類から顔を上げてくれた。

『なあに、ソフィーナ？』

そう訊《き》いてくれる瞬間がとても好きだった。そして、しばらく膝の上に乗せてくれた。

そうして話すのは今手掛けている公務のことだったり、王族としての心構えだったり。

でも、母から伝わってくる体温が温かくて声も優しくて、本当に幸せな時間だった。

ソフィーナが誰より敬愛する人、その人が愛した国と人々――。

「ソフィーナさまのいらっしゃる国は、いい国になりますね」

そうヘンリックが言ってくれて、泣き笑いを零す。聡《さと》く優しい彼がくれる、ソフィーナへの最大の褒め言葉だった。

（帰ってきた、本当に……）

ハイドランドの王都ハイドは、北方の山脈から流れ出る川が作った扇状地の端にある。

街中には豊富に湧き出てくる清水を利用した水路が縦横に張り巡らされ、そこを荷や人を積んだ小船が行きかう。澄んだ水の下には様々な色合いの魚が泳いでいるのを見ることもできた。

今の季節、本来であれば、子供たちは水辺でその魚を追いかけ、大人たちは彼らを見守りながら柳の下で涼を楽しんでいたはずだ。

（絶対に無傷で奪い返す）

ソフィーナが決意を込めて見つめる先、山脈の特産である乳色石で作られた街の外郭は、その向こうに見えるハイド城と併せて、黄金色の小麦の海に漂う白い船のように輝いていた。

だが、今その周囲には武装した兵士がうろついていて、門は固く閉ざされている。ハイド城のソフィーナの自室から見える位置にあったあの門は、人々がいつも賑やかに出入りしていたというのに、口惜《くちお》しくて仕方がない。

ソフィーナとヘンリックは封鎖されている外郭の内に入る術《すべ》を求めて、ハイドの東を流れる河に添って上流に向かった。そして、ハイドの北に位置する、水門を備えた荷船の係留場に足を踏み入れる。

立ち並ぶ倉庫からは物が溢《あふ》れ、人々はそこかしこで暗い顔で何かを囁き合ったり、ただただぼんやりと蹲《うずくま》ったりしている。ハイドの街が閉ざされていることで物流も滞っているのだろう。

「……ひどいですね」

「ええ……」

以前来た時は活気に満ちていた。たくさんの川船が船着き場に出入りし、荷と人々、ロバや荷車が行きかって、荷主や荷運びの労働者たちの大声で耳が痛いほどだったというのに。

唇を噛みしめながら、ソフィーナはカザックの鉱石商メケルスが教えてくれた人物を目指す。ハイドランドの水運業に長く携わってきたその人は、既に涸《か》れたものを含め、ハイドの外郭の内外を繋ぐ水路を知り尽くしているという。メケルスのところの従業員も、彼の手引きによってハイドから脱出したそうだ。

「どけっ、ここにある食料は、ルードヴィ侯爵の名において押収するっ」

「おかしなこと言ってんじゃねえ。こちとらセルシウスさまから許可をいただいて商売してんだ、たかが侯爵がなんだっていうんだっ」

「ついに食いもんがなくなってきたかあ？　閉じこもれば、敵が入ってこねえ代わりに物も入らねえ。食いもんがどっからか目の前に現れると思ってるバカなお貴族さまは、ようやくそこにお気づきになったたって訳だ」

「だまれっ、そのセルシウス殿下がご不在の中、尊くも国のために戦おうという侯爵さまを侮辱する気かっ。お前らの長《おさ》のような目に遭わせてやってもいいんだぞっ」

「尊くも、ねえ……それが嘘だってこたあ、その辺の鼻タレのガキだって知ってるぜ……？」

「大体今は『陛下』だろうが……？　俺たちもしょっちゅう間違えちまうが、そりゃあずぅっと『セルシウス殿下』を慕ってきたからだ。俺らみたいなののことも気にかけてくださる方だからな。お前らが間違えると馬鹿にしてるようにしか聞こえねえよ」

（長？　水運組合の？　……のような目に遭わせる？）

今まさに訪ねようとしていた人に言及する剣呑《けんのん》な怒鳴り合いに馬を止めると、ソフィーナは喧騒《けんそう》に目を向けた。

川の水を引き込んだ船着き場の手前、扉を閉ざした倉庫を背に、屈強な労働者たちの集団が兵士たちと睨み合っている。

「なあ、勘違いすんなよ……？　長がお前らに大人しく連れていかれたのは、この時期に揉め事を起こしちゃなんねえってだけだ」

「な、なんだと……？」

「俺たちがお前らごときに敵《かな》わねえって思ってんなら、とんだ勘違いってことだよ」

「いいか、ここにある荷は小麦の一粒だってお前らにゃやらねえ。ハイドにこもるってんなら好きにやれや——飢えて死ね」

「お、オーレリア姫さまがおいでになるんだぞ」

「さて、そんなお姫さん、いたっけか？　知らねえなあ。ちょろちょろと走り回っては口出してくるはしこい姫さんのほうならいざ知らず、そっちにゃなんの義理もねえよ」

「っ、無辜《むこ》の民も犠牲になるんだぞ……？」

「今度はハイドの市民を人質にしようってか？　腐ってやがる——おい、やっちまうぞ」

「っ」

剣と鎧《よろい》で武装した兵士を、屈強な男たちが取り囲む。

彼らが手にしているのはせいぜい棒っ切れぐらいなのに、兵士たちの顔が目に見えて蒼褪めていく。

「——待ちなさい」

苛立《いらだ》ちと怒りが殺気に変わったことを肌で感じた瞬間、ソフィーナは声をかけていた。

「ああ?」

血走った無数の眼《め》が自分へと集中し、思わず冷や汗を流す。

「水運組合の隠居であるアーベルク・ジャルマンに用があって訪ねてきたのだけれど、どちらに所在を訊ねればよいのかしら?」

声に怯えが出ていないことに胸を撫で下ろすと、ソフィーナは水運業の男たちの中心にいる人物を見据えた。

『おい、こらチビ、お前、いいとこの子なんだって? ちょろちょろすんじゃねえよ、あっぶねえな』

記憶が確かならボボクという人ではないか。大分昔、母に連れられてこの辺を訪れた時に出会った気がする。

「……」

疑念と攻撃の意志を露《あら》わにこちらを見据えてくるボボクの黒い目を見つめ返せば、視界の端にルードヴィの私兵が逃げていくのが見えた。

(なんて情けない……でもよかった)

思わず息を吐き出すと、ボボクの太い眉が跳ね上がった。

「あんた、ひょっとして、あん時の小賢《こざか》しい迷子姫か」

「……覚えていてくれてありがとう、ボボク。でも、もう少しなんとかした表現でお願いし――」

「っ、バカかっ、あんた、なんでここにいるんだ……っ」

＊　＊　＊

あれからソフィーナは、実に十年以上ぶりに再会したボボクたちからハイドの状況を聞き取った。

ハイド奪還への協力を申し出てくれた彼らとの打ち合わせを終え、休む間もなく騎士団長ギャザレンの居城を目指す。

ハイドの開放を成功させた後、すみやかに反乱を制圧するため、彼が率いるハイドランド国軍をあらかじめ押さえ、連携できるようにしておかなくてはならない。

事前に聞いていた通り、彼の領地のハイド寄りの場所に反乱軍が布陣していた。

丘陵地帯を辿って反乱軍を迂回しながら遠目に観察すれば、収穫前の畑を無残に踏みつぶしている連中もいて、ソフィーナは憤りと嫌悪に顔を歪めた。

「ところで、なんで迷子姫なんです？」

「……子供の頃の話なの」

押し黙ったソフィーナの気を紛らわせようとしてくれているのだと思う。が、ヘンリックのその問いは微妙に気まずい。

「お母さまに連れられてあの辺りの視察に行った時、勝手にいなくなって、興味のまま色んな人を捕まえて、あれはどうなってる、これは何って聞いて歩いたのですって。挙げ句それはこうしたらどうかとか、嘴《くちばし》を突っ込みまくったの。面白がった水運業や港湾業の人たちが、あれこれ連れ回して色んなものを見せてくれて……。誰も私が王女だって気づかなくて、あそこで働いている誰かの子供だと思ったみたい。その時私を見つけたのがあの人だったの」

「なるほど、そりゃ印象に残りますね。というか、そんな子だったんなら、別の意味でも納得です」

「どういう意味？」

「基本変わってないんだなって。カザックから勝手に帰っちゃうところとか」

「……」

思わず口をへの字に曲げれば、彼はくくっと笑って肩をすくめた。

その後着いたギャザレン公爵兼騎士団長の城下町も、やはり重苦しい空気だった。隣接するハイドと繋がりの深い文化的な街で、いつも街中には音楽が響き、路上のあちこちで芸術家の卵が自分の作品を売り込んでいるのに、今はまったくだ。

「……あの人たち、逃げていくところなんでしょうか」

「ギャザレンの性格を考えれば、皆に避難するよう呼びかけているのだと思うわ」

通りに面した店や民家も固く扉を閉ざし、行きかう数少ない人々も顔を俯《うつむ》け、足早に歩き去っていく。その横を家財と家族を乗せた荷馬車がぞくぞくとすれ違っていった。

「急がなきゃ」

彼は交戦を決意しつつあるのだろう。シャダがやってくるのだ。ハイドランド人同士で傷つけ合っている場合ではない。血が流れ、皆が疲弊してしまう前に止めなくては――。

街の中央に位置する城の正門は、騎士たちによって固められていた。

その向こうに広がる庭園では、夫人が自慢にしていた花壇などがすべて潰され、悲愴《ひそう》な顔をした騎士の一群が物々しい装備のまま、たむろしている。

ソフィーナは門番の前で外套のフードを外して顔をさらし、敷地に踏み入った。

「何者だ？　っ、待て、勝手に入るなっ」

「ギャザレンを呼びなさい」

「っ、無礼な、騎士団長に、向かっ、て……」

血走った目を向けてきた門番たちは、しばらくの後に信じられないという顔をした。

「ソフィーナ、さま………、っ、し、失礼いたしましたっ」

「すぐに呼んで参りますっ」

慌ただしく駆け出していく彼らとソフィーナを戸惑いながら見比べていた残りの騎士たちが、ソフィーナの顔を凝視し、それぞれ声を漏らす。

「っ、ソフィーナ殿下だっ、お戻りになられた……っ」

「よかった……！　ソフィーナさまっ！」

次第にその声は広がっていき、最後には歓声となった。

「すごい人気……」

眉を跳ね上げてその様子を見ていたヘンリックが、「……その気になれば、いつでも逃げられるってやつですよ、これ」と南に向かってついたため息は、歓呼にかき消されていった。

ギャザレンを待つために通された貴賓室の窓から、ソフィーナは眼下の庭で稽古に励む騎士たちを眺める。

カザレナで何度かカザックの騎士が剣を振るうのを見た。

殺し合い前提の、殺伐とした彼らの剣技と、作法に則《のっと》った、ハイドランドの美しい剣技――。

「カザックとは大分違うわね」

「お褒めいただきまして」

「違うと言っただけなのに……カザックの騎士って本当に自信満々ね」

「自信のない人間に守られるのは嫌でしょう」

にっと笑ったヘンリックに、ソフィーナは複雑な気分で息を吐き出した。

「フィルはどうしているかしら……」

一昨日の朝別れた彼女は、兄の身柄を確保次第ハイドに向かうと言っていた。順調に行っていれば、今頃兄のいる街に着いているはず。

ソフィーナがハイドの街に入るのは、明後日の朝の予定だ。ソフィーナが身一つに近い状態でハイドにいることを、兄の救出より先にルードヴィに知られれば、兄はほぼ確実に命を落とす。同時にルードヴィは血眼になって、ソフィーナを殺しにかかってくるだろう。

かといって、兄の救出を確認してからハイドに入るのでは、時間がかかりすぎる。出した結論が、並行して、というものだったのだが、それは兄の命をかけた綱渡りでもあった。

フィルの負担もすさまじいはずだ。「大丈夫です。そういうの、得意なんで」となんでもないことのように言い切っていたけれど、伝手《つて》もない中たった一人……。

（やっぱり無茶なことを頼んでしまったかも。考えが足りなかった……）

緑の目を自分に向けて緩ませる彼女の顔を思い出したら、強い不安に襲われた。ソフィーナは顔を伏せ、ぎゅっと眉根を寄せる。

理解しているのだ、自分は国全体、そして未来を見据えて、人を『駒』として使う立場で、その安全に配慮しすぎて打つべき手が打てないようではいけないと。

でも、フィルは『駒』としての分を越えて、王太子妃でも王女でもないただのソフィーナを助けてくれる。今回の兄の救出だってそうだ。

そういう人が自分のせいで傷つくかもしれないというのは、ソフィーナにとって恐ろしいことだった。

「フィルなら大丈夫ですよ。確実に任務を遂行します」

「っ」

顔を跳ね上げたソフィーナに、ヘンリックが「あいつ、人間離れしてますからね」とさらっと言い切った。

「ザルア地方の奥の奥、魔物がうろつく山が遊び場だったらしいです。で、そこで隠居していたウィル・ロギアを雪男と勘違いして捕獲しようとして、逆に捕まった。その彼に頼み込んで槍《やり》や弓、投てきを教えてもらったそうで」

「ウィル・ロギア……って、最後のドラゴン退治の英雄？」

（……は、すさまじい人嫌いではなかったかしら？　ああ、でも、フィルは人っぽくな……）

今とんでもなく失礼なことを考えた気がする、とソフィーナは慌てて咳払《せきばら》いしてごまかす。

「気配に敏感なのも、ロギア老と暮らしていたレメントにいじくりまわされるうちに、殺されないよう鍛えざるを得なかったからだそうで。だから、普通の人間じゃまず太刀打ちできません。ああいう任務にしょっちゅう出されてますよ」

「レメントって太古の神……？　……それ、さすがに冗談よね？」

一匹で古代王国を滅ぼしたと言われる伝説の魔物だ。ドラゴン以上に強く、人以上に賢く、やはり人嫌い――さすがにあり得ない、と目をみはれば、ヘンリックは肩をすくめた。

「そんな育ちだから常識もないんだって思ったら、納得できません？」

「そう言われれば……………って、ああ、私、結局ひどいこと言ってる」

「ひどくないです、事実ですもん。あれでもマシになったんですよ？　祖父のアル・ド・ザルアナックが死んで、剣を捨てて結婚しろと父親に言われて、断って勘当されて、寝る場所に困って宿舎つきの騎士団」

「えっ、そんな動機なのっ？　というか、食べるのにはやっぱり困らなかったのね……」

思わず呆れ声を漏らせば、なんだか笑えてきて、一緒に肩の力も抜けていった。

考えてみれば、彼女はいつもそうだ。ソフィーナの想像にないことばかりやって、呆《あっ》気《け》にとられているうちに、いつの間にか緊張が消えてしまっている。

「ね、だから、絶対に大丈夫です」

ヘンリックがそんなソフィーナを見、にかっと笑った。

ああ、そうだ、彼もだ。ソフィーナの些《さ》細《さい》な空気の変化を読み取って、いつも助けを差し伸べてくれる。

「……ええ、信頼しているわ」

そうして一息ついたところで響いたノックの音に、再び顔を引きしめた。

「ソフィーナ殿下……っ。よく、よくぞお戻りくださいましたっ」

「ギャザレン、あなたこそよくやりました」

国境の峠で別れて以来の再会と、彼のやつれた様子の両方に胸が詰まった。だが、感慨に浸る間はない。

「兄の救出には、私の手の者が当たっています。彼が戻る前に、私たちは王城と残りの兵を奪還します。現況を説明なさい」

「は」

そうして実直な初老の騎士団長が語った事情は、ほぼ予測通りのものだった。

「申し訳ありません、ハイドは完全に封鎖されていまして、守護のために置いていた部隊を含め、内部がどうなっているかつかめません。攻め落とすしかない状況ですが、時期が時期だけに……セルシウスさまと連絡がつかない中、決断できませんでした。面目ない」

「しなくて正解でした、ギャザレン。ハイド内に入る手はずはこちらで整えています。明後日の朝、私がハイドに入って中の軍を抑え、無血での開城を目指します。あなたはそれに呼応して、ここらを包囲している敵を撃破なさい」

「っ、ソフィーナさま、それは……」

「異論は認めません――ギャザレン、時間がないの。シャダが攻めてくる。あなたもわかっているでしょう」

「……承知しております。ハジードにシャダが侵入したというのは、反乱側からもたらされたまったくのガセで、実際は陽動部隊すら存在しませんでした。いずこかに集結しているのだろうと」

「ええ、そのためにできるだけ早く、損害少なく、反乱を制圧します」

「確かにそれしかありませんが……」

ギャザレンが厳しい顔をして口を噤《つぐ》み、室内に沈黙が降りた。窓の外からの騎士たちの声が途端に大きくなる。

「ソフィーナさま、その、カザックからの支援は、」

「――ギャザレン、姉を押さえているルードヴィが兄の監禁にこだわっている今、王権を代理行使できるのが誰か、あなたはもうわかっているでしょう」

父には遺言がありました、と告げれば、ギャザレンは眉間に皺《しわ》を寄せて頷いた。

「シャダが国境を侵犯したとの報を受けて我々が出払った際に、先の陛下は……おそらく毒によるものです。セルシウス殿下……現陛下にも刃《やいば》が向けられたところを、ガードネル・セリドルフらが奮戦、城外にはお出になったようです。が、今一歩のところで捕まってしまったようで……」

「ガードネルが……」

「身を挺《てい》してお守りしたようで怪我《けが》はしておりますが、命には。その後敵の目を欺くために囮となり、陛下と別れたようで……我らに報をもたらしたのも彼です。陛下の脱出がうまくいかなかったと聞いて、ひどく悔やんでおります」

輿入《こしい》れの際の別れの日、兄の友人でもあるガードネル・セリドルフに兄を助けるよう頼んだことを思い出して、ソフィーナは唇を引き結ぶ。

「大丈夫、兄は取り戻します。私はそれまでの代理です」

「では、セルシウス陛下を見捨て、ソフィーナさまをハイドランド王に、という考えは、カザックにはないということですね」

安堵の息を漏らしたギャザレンに、胸がずきりと痛んだ。

彼はきっと当然のように、ソフィーナがカザックの同意の元に動いていると考え、それゆえカザックからの支援もあると思っている。

「シャダとの戦ならいざ知らず、現時点では我が国の内乱です。敢《あ》えて他国の介入を招く必要はありません。私はそのつもりで戻ってきました」

「まさ、か……勝手に……？」

ギャザレンが顔色を変えた。その彼にソフィーナは含みのある笑いを見せる。

「あなたがそうであるように、カザックから援軍が来ると皆勝手に思い込むでしょう──それだけで十分事態を乗り切れます」

「で、ですが、それではソフィーナさまのカザックでのお立場は？　大使より向こうでは大層お幸せだと報告が」

祖父のような年のギャザレンが狼狽《うろた》えながら発した、いつかのアンナと同じセリフに一瞬唇が戦慄いた。

（馬鹿ね、幸せなんかじゃないわ……ううん、それも違うわね）

『ソフィーナ、おいで』

手を差し出し、顔全体を緩ませて自分を呼ぶ顔と声を思い出したら、また胸が震えた。

（……少しだけ、少しだけ幸せだった。彼なりに大事にしようとはしてくれた。でもそれだけ）

「ソフィーナさま、峠でお話ししたことを覚えておいでですか？　私の気持ちは今でも変わりありません。セルシウスさまも同じお気持ちのはずです。すぐにでもカザックにお戻りください」

白く長い眉を下げて、苦しそうに伝えてくるギャザレンは、ソフィーナを想ってくれている。その幸せを我がことのように大事に思ってくれている。

「……大丈夫、」

だからこそ本当のことは言えない。自分を気遣い、心配してくれるこの人たちをソフィーナは見捨てられない。

「愛されているから多少の我がままは許されるの。ちょっとここで冒険するぐらいのことは、目を瞑ってくださるって。だから、ほら、こうして護衛もつけてくださっているのよ」

（嘘だ、愛されてなんかいない。でも気づかないで、ギャザレン、騙されて――）

「……嫁がれて我がままになられたのですね」

ヘンリックを指しつつ、言葉遣いを変えてはにかんでみせたソフィーナに、ギャザレンは眉を跳ね上げた後、苦笑とも安堵ともつかない笑みを浮かべた。

ソフィーナは自らの嘘と彼の顔に覚えた痛みを堪えて、余裕のあるふりをする。

「準備なさい、キャザレン。明後日の午前が決戦です」

「ソフィーナさま……っ」

「っ、ガードネルっ」

部屋を出たところで、廊下の端から名を叫ばれた。

顔の半分と上半身、左腕に包帯を巻き、脇を他の騎士に支えられている兄の友人を見て顔色を失うと、慌てて駆け寄る。

応じるように、支えを振り切って駆けてきたガードネルが、あと数歩のところで躓《つまず》いたのを、手を伸ばして咄嗟に支えた。

「お兄さまをかばって怪我をしたと……ありがとう、本当にありがとう」

「お礼など……力及ばず申し訳ございません……っ」

跪き、片方だけさらされた目から涙を零して謝罪する彼の無事な手を握ると、ソフィーナは「謝罪するのはむしろ私のほうだわ」とそこに額を寄せた。

「……ソフィーナさま、城においでになるのでしょう？　私もご一緒させてください」

「ガードネル？」

「今度こそ守りたい、守らせてください、ソフィーナさま。こんな身ではありますが、あなたの盾にはなれます」

水色の目にまっすぐ見つめられて、幼い日の茶会での記憶が蘇った。

『ガードネルは騎士になるの？　じゃあ、私のことも守ってくれる？』

彼がそう言ったソフィーナに一瞬戸惑ったこと、そうと察した姉が『騎士が守るのは主君と美しい令嬢なの』とそっと教えてくれ、そうか、じゃあ私ではダメだ、困らせてしまった、と申し訳なくなったことも。

ガードネルは優しい人だ。あの時も姉の機嫌を損ねると知りながら、『もちろんお守りします』と慌てて言ってくれた。

「……いいえ、もう十分だわ、あなたは兄の命を繋ぎとめてくれた。それでこんなにひどい怪我を……」

「違います……っ」

ソフィーナを見つめていたガードネルの手に力がこもった。

「ソフィーナさま、いえ、ソフィ、私はずっと後悔していました。だが、あなたは戻ってきてくださった。私は今度こそあなたをこの手で……」

「っ」

握り合った手をぐっと引き寄せられ、彼へと倒れ込みそうになった瞬間、「感動しました」と言いながら、ヘンリックが身を滑り込ませてきた。

（……鼻、痛い。ただでさえ低いのに……）

ヘンリックの二の腕の後ろに顔をぶつけて涙目になったソフィーナに、彼はまったく構わない。自らの両手で、握り合ったままの二人の手を上下から包み込み、ガードネルへとぐっと身を寄せた。

「大丈夫です、あなたの想いは私が引き継ぎます」

そう言いながら、ヘンリックはソフィーナの手をぽいっと外すと、力強くガードネルの手を握り直す。

（ヘンリック？）

紳士そのものの振る舞いをする彼らしくない動きに疑問を覚えて、顔をのぞき込もうとしたソフィーナを、ヘンリックはガードネルに身と顔を向けたまま、肘で邪魔する。

「我らがカザック王国王太子妃殿下へのご厚情、本当にありがたくいただいております。あとは私共にお任せください」

そして、ガードネルに美しい顔で微笑みかけた。

（？　この顔、どこかで……）

斜め後ろから見えるヘンリックの横顔になぜか既視感を覚える。

「我が主、フェルドリック・シルニア・カザックの命に則り、ソフィーナ・ハイドランド・カザック妃殿下にはかすり傷一つ負わせません」

ガードネルに向けて凛とした声で宣言した後、ヘンリックは立ち上がり、「さあ、妃殿下、参りましょう」とソフィーナの手を引いた。

「え、ええ、そうね……」

ヘンリックから漂う妙な緊張感に目を瞬かせつつも、ソフィーナは促されるまま立ち上がった。

「ガードネル、気持ちは本当に嬉しいわ。でも今は療養していて。私がちゃんと城もお兄さまも奪い返す。それでハイドランドもあなたたちも必ず守るから」

ソフィーナもヘンリックに倣い、ガードネルを安心させようと微笑んで、歩き出した。

「色んな意味で命がけになってきたかも……」

「ええ、わかっています。まず城に無事に入れるか、入った後だって……」

「いや、そっちじゃないです。物理的なのは、俺、なんとかできるんで」

「だから、なんでカザックの騎士ってそう自信家なの」

廊下を並んで歩きながら、呆れ半分、頼もしさ半分で笑ったソフィーナに、ヘンリックは苦笑を零した。

「当日は念のため武装をお願いします。物々しくなりすぎないよう、首当てと胸当て、籠手、脛当《すねあ》てぐらいで。兜《かぶと》は……顔が見えなくなるのは困りますから、なしで行きますか」

「じゃあ、そのつもりで準備するわ。ヘンリック、また後で」

着替えと休息のために別室に入っていくソフィーナをギャザレン公爵家の侍女に託して、ヘンリックは「鈍いのか、真面目すぎるのか」と深々とため息をついた。

「あんなん近づけたってばれたら、俺マジで殺されるってのに…………って違うか、多分無表情のほうだな。なのに、寒気がするってフィルが一番嫌がるやつ」

ヘンリックはもう一度息を吐き出すと、「帰ったらメアリーにねぎらってもらおう」と勝手に決め、愛《いと》しくて仕方のない妻に「お疲れさま！」と迎えられる光景を想像して小さく微笑んだ。

それから、打って変わった鋭い視線で城の窓向こう、遥か西の空を睨む。

「城と王さまを奪還してさようならできれば、それが一番なんだけど……」

——きっともう動き出している。

「……殿下ぁ、頼みますよ。人のためになんだってするお姫さまだって知ってて、望んだんでしょ？」

そうぼやいて、ヘンリックはソフィーナのいる部屋の扉へと背を預けた。

「余計なことだけは口になさるのに、肝心なことは何も仰らない。価値観が人と大きくずれていらっしゃるのに、その自覚もおありじゃないから誤解を生んで、しかもそれにお気づきにならない」

「そんなことは……」

＊　＊　＊

「——あるでしょう」

ソフィーナの乳妹に低い声でじろりと睨まれて、フェルドリックは咄嗟に口を噤む。

「口もお悪いですし、自分の気持ちは徹底してお隠しになるし、そのくせ妙に諦めがよくていらっしゃるのもマイナスです。慈悲と恵みの神の愛し子って、完璧って、みんな騙されすぎです」

「……君だって一緒に騙されていただろう」

「騙されていたのは、フェルドリックさまにじゃありません！　ソフィーナさまに、です……ずっと、ずっと一緒にいたのに、大好きなのに、なんだってして差し上げるつもりなのに、苦しんでいらしたのに、まったく理解して差し上げられなかった………でも元々はぜんっぶフェルドリックさまのせいです……っ」

軍を動かす目途が立って、フェルドリックは今、出発の挨拶のために、ソフィーナを訪ねている。彼女の身代わりと本来の侍女の二役をこなしてきたアンナは、今日も変わらず容赦の欠片もない。

ソフィーナが国境を越え、無事でいると知らせた後は多少ましになったものの、基本は怒りつつもずっと半泣きという状態だから余計居たたまれず、フェルドリックはため息をつく。

「色々やらかした自覚はあるが、何もしていなかった訳ではない。ソフィーナは今も無事だ」

「存じております。守ってくださっていたのも、今もそうなのも――なのに、それがまったく伝わっていないことも！」

なだめようと試みるも、「私たちの前で口になさるように、ソフィーナさまにもちゃんとお伝えになっているものとばかり」と余計睨まれるだけに終わった。

的確に痛いところばかり突かれて、フェルドリックはついに右手を額に押し当てる。

「そりゃあ、ソフィーナさまは少々鈍くていらっしゃいます。向こうにいた時だって、好意に全然気づいていらっしゃらなかったし。って、これはオーレリアさまのせいですけど！」

「あー……」

「それでもソフィーナさまは本来素直なご気性なんです。差し出された好意にはちゃんと向き合ってくださる、優しい方なんです。だから、拗《こじ》れたのはぜんっぶひねくれたフェルドリックさまのせいに決まっています！」

背後で、音を立ててふき出したのは確認するまでもない――フォースンだ。

フェルドリックは再度ため息をつきながら、先ほどアンナが淹《い》れてくれた茶へと手を伸ばした。

（……ハイドランドのセティギだ）

ソフィーナの祖国の花をブレンドした茶から漂う香りに、彼女がこれを好んでいたことを思い出した。

『素敵な香りでしょう？　シャルギと一緒に召し上がってください。もっと美味しく感じられますから』

この茶と茶菓子を勧めてきた時の彼女の姿と声が、鮮やかに蘇る。今、アンナが座っている場所の横に座っていた。

「……」

それだけじゃない。あの机だ。あそこの椅子に座って眉間に皺を寄せながら、書類を読んでいた。

このテーブルでオテレットの駒をしげしげと眺めていた。

あの花瓶に花を活《い》けて、コッドから水切りの仕方を教わったと話していた。

あの窓辺で横に並び、朝焼けに染まる街を見ていた。

具合が悪そうだった時にあの扉の向こうに無理やり押し込んだら、困ったような顔で見上げてきた。

「……」

この部屋のあちこちに彼女の影が見える。

そう、影だけ、気配だけ……──。

「……っ」

彼女はいない、そう実感して気管が震えた。

全部自分が招いたことなのに、自由にしてやろうと決めているのに、耐えられない、そう思ってしまった、もうそんな資格はないのに。

「──また何か余計なことを一人でお考えなのでは」

幻影のソフィーナの横に座るアンナから響いた恐ろしく低い声に、フェルドリックは意識を目の前に戻し、顔を引きつらせる。

「なあ、少し大人しくする気はないか……」

「い・や・で・す。フェルドリックさまがソフィーナさまとちゃんとお話しになるまで、私は態度を改める気はありません！　ついでに言えば、ソフィーナさまを一番想っているのは、フェルドリックさまが何をどう仰っても私です。——不敬罪？　死罪なら死罪で結構です」

「そんな罪状はカザックにはない。建国と同時に廃止された……」

　思わず天を仰ぐ。

　血が繋がっていなくても、さすがは姉妹というべきか、大人しく見えて、気の強いところも強情なところも行動的なところも、アンナはソフィーナにそっくりだった。

　周囲で護衛の騎士たちがハラハラとニヤニヤを混ぜたような顔をしているのも、倦怠に拍車をかける。

「間違えました。ちゃんと話して、ソフィーナさまを無事にカザックに連れ帰ってきてくださるまで、でした」

「帰って、くる……？」

　ソフィーナがいなくなってからというもの、恨みつらみを吐き出し続けているアンナの口から意外な言葉が出、フェルドリックは驚きに思わず目を見開く。

「あーもー、ほんと、どこまでなの……知りません、あとはお話しになって、ご自分でお聞きになってください」

　そのフェルドリックに露骨な呆れ顔を見せた彼女は「……でも」と言いながら、真剣な目をまっすぐに向けてきた。すっと立ち上がると姿勢を正す。

「私はそうなると信じております。フェルドリックさまもですが、ソフィーナさまのことも——どうか私の祖国とソフィーナさまを、どうか、どうかよろしくお願いいたします」

そして、震え声でそう言い終えると、深く長く頭を下げた。

「……………ありがとう」

胸が詰まって、一瞬言葉が出てこなかった。フェルドリックは形容しがたい、その衝動を抑えつけてなんとか謝意を口にする。

フェルドリックは、結果ソフィーナを失うことになったとしても、彼女が望む通りにしてやろうと決めている。だが、自身の望みを口にすることが許されるなら、この部屋で、城で、カザレナで、カザックでソフィーナの姿をもう一度見たい。

アンナはそんな相反するフェルドリックの心情に気づいているのだろう。

(優しいところもアンナはソフィーナにそっくりだ……)

何もかもに彼女の影を見る。アンナや庭師、洗濯係に、部屋や城のそこかしこに、茶や菓子に、空に、風に、雲に……。

——会いたい。

次に会う時はおそらく別れの時だ。それでもいい。彼女の存在をこの目で、手で、ただ確かめたい。

そして、一度だけ、もし彼女が機会をくれるなら、遅きに失したことも、この上なく無様なこともすべて承知で一度だけ、気持ちを伝えよう――君が好きだ、と。だからこそ望む場所で幸せになってほしい、そう伝えよう。

＊＊＊

ソフィーナは夜明け前の闇に紛れて、再びハイドの外郭の外、荷船の係留場を訪れた。東の地平線の際の際がほんのり白んでいるだけで、天頂には星々がまだ煌めいていた。

「どうぞ」

立ち並ぶ倉庫の陰で、緊張しながら水運労働者たちのリーダー、ボボクを待つソフィーナの目の前に、ぬっとサンドイッチが突き出された。

(食べろ、ということかしら……ここで？　立ったまま？)

これまでの常識的にあり得ない事態に固まったソフィーナだったが、一瞬ためらった後、ぱくりと噛《かぶ》りついた。

「……」

悪いことをしているような、でも楽しいような複雑な気分のまま、もぐもぐと咀嚼《そしゃく》すれば、祖国名産の香辛料の香りが口内に広がった。

ひどく懐かしい。続いて一口、二口と胃の中に収めていく。

「お腹が空いていたら、判断力も鈍りますしね。そうして立ち食いしてるのが、この国の王女さまとか誰も思わないでしょうし、目くらましとしてもいいでしょ」

「自慢じゃないけど、立ち食いしていなくたって、誰も私が王女だなんて思わないわよ？」

この旅で色んなことを経験しているが、いずれも『王女』のすることではない気がする。

（この姿を見たら、あのフェルドリックも「王女でよかったね」とは二度と言わない気がするわ……）

きっと「何やってるんだ」とあの美しい眉をひそめて、また呆れるだろうと思ったら、少しだけ笑うことができた。

「……ねえ、ちょっと弱気を零していい？」

「どうぞ」

「サンドイッチに関係なく、私が馬に乗ってハイドを歩いたからって、第二王女が帰ってきたってみんなが気づくとは思えないの」

（そこにいるだけで視線を集めてしまう、あの人のようであれば……）

「フェルドリック殿下ならきっと違うのにって？」

「………ヘンリックのそういうとこ、やっぱり嫌」

頭の中を正確に言い当てられて呻き声をあげたソフィーナに、ヘンリックがくっと笑った。

「殿下が人目を引くのは、見た目の問題じゃない気がします。ソフィーナさまもその点は似てますから、きっと大丈夫ですよ」

「私？」

（と、フェルドリックに似たところ……？）

思いがけない言葉に目を瞬かせれば、静かな朝の川辺に似つかわしくない、荒々しい足音が近づいてきた。

「迷子姫さん、中の準備はできたぜ」

また迷子姫って言った、と口を尖らせながら振り返ったソフィーナに、ボボクはにやっと笑うと、場違いなティアラとチョーカーを掲げてみせた。

「仕上げはあんただ、これ、身につけてくれ」

「……それ、どうしたの？」

「宝飾組合のアドネがあんたにって。額とこめかみを覆うティアラなら、威厳にも防具にもなるだろうってさ。いかにキラキラしてようとこのチョーカーも金属製だからな、首当ての代わりだとよ」

「で、これがマント、きらっきらだろ？　こっちは服飾組合と宝石商からだよ」

彼の横の女性がそう言いながら、抱えていた包みからマントを取り出した。

当初ハイドに密《ひそ》やかに忍び込んで城と軍を取り戻そうと考えていたソフィーナは、ボクたちのもっともな反対で計画を変えざるを得なくなった。

新しい計画は、涸れた地下水路を辿ってハイドの街に入った後名乗りを上げ、顔をさらして大通りを歩き、真正面から城に入るというものだ。

『こっそり城に入って誰に声をかける？　運よくクソ貴族どもに捕まらなかったとして、一人一人味方になりそうな奴を見つけて根回しして歩くのか？　んな時間はねえんだろ？　じゃあ、誰が正しいのか、誰の目にも明らかにすりゃいい』

『ほとんどの奴はセルシウス殿下、そしてあんたの味方だ。殿下がいなくてみんな困ってるだけで、あんたがいりゃあどうすりゃいいかわかる』

『ルードヴィの私兵がなんぼじゃ。どうせ賢后陛下に救われた命だ。殿下やあんた、この国の盾になれるなら、本望だて』

攻撃の対象となるだろうソフィーナが盾にするのは、そう言ってくれたここの労働者たち、そして、ボボクたちが密かに声をかけてくれているというハイドの市民たちだ。

そんなことはさせられないと拒んだソフィーナに、『わざわざ戻ってきてくれたあんたに全部おっかぶせられるか。俺らの殿下――新国王陛下で、俺らの国なんだ。見くびんじゃねえ』と彼らは怒った。

「………私が地味だから、こういうのを身につけでもしないと王女だと気づいてもらえないって、みんな心配してくれたんだわ」

皆が自分と兄を助けてくれる——泣きそうになったのを隠そうとすれば、そんなひねくれた言葉が口をついて出た。

その場にいた全員が笑ったけれど、嫌な気分にはならない。

「ね、ソフィーナさまがみんなのことを一生懸命考えてくださるから、みんなも見ていてくれるんですよ」

にこっと笑ったヘンリックを従えて、ソフィーナはボボクたちの後に続く。

そして、未明の闇に紛れて古い河道伝いにハイドに近づき、暗く湿った地下水路へと足を踏み出した。

護衛のヘンリックとハイドの水運を担う屈強な男たちを従え、城の正門にまっすぐ通じる大通りを、ソフィーナは粛々と進む。

そこにボボクたちが声をかけたと思しき、市民たちが合流してくる。

「な、何事だっ」

「——我が顔、見忘れたか」

通りの向こうから現れたのは臙脂《えんじ》色の制服、ハイドランド国軍兵士だ。

馬上のソフィーナはできるだけ威厳が見えるよう、彼らを見下ろした。頷かれたらどうしよう、と内心ドキドキしていることがばれないよう、本気で母に祈る。

「…………ソ、フィーナ、殿下」

「え、あ……、っ、ほ、報告しろ」

呆《ほう》ける国軍兵士たちの背後で、ルードヴィの私兵たちが城へと慌てて走っていく。

カーテンの隙間からその様子をうかがっていた市民が、バンッと音を立てて窓を押し開いた。

「っ、ソフィーナさまっ」

「ソフィーナ姫さまがお帰りになったっ」

「ソフィーナさま、セルシウスさまが……っ、お助けくださいっ」

「……」

ソフィーナ本人が呆気にとられるうちに、群衆が続々と周りに集まってくる。

ある者は城への行進に加わり、ある者は「第二王女殿下が帰ってこられた」と叫びながら、街を駆けていく。

騒ぎを聞きつけたのか、左手から騎士に率いられた一団がやってきた。

交戦になるかと身構えたソフィーナの前に、ソフィーナより年下の騎士が進み出、泣きそうな顔で見上げてきた。

（確かヘガティザ子爵の嫡子……昨年騎士団に入ったばかりのはず）

「ソフィーナ殿下、よくお戻りくださいました。どうか、どうかセルシウスでん……陛下に代わってご指示を……」

「市民たちの不安をなだめ、王城の憂いを取り除きます。私と一緒に来なさい」

「あり、がとう、ございます、仰せのままに」

礼を口にした後、まだ幼い顔がくしゃりと歪んだ。

「……よく頑張りましたね」

（ああ、きっと不安だったのだろう。その中でなんとか自分の責任を果たそうとしていた——）

同じ表情をした兵士たちが四方に駆け出していく。

そうして城に着く頃には、市民と国軍兵士の塊は、中心のソフィーナが内心怯えるほどの規模になっていた。

前方にそびえるのはカザックの城より数百年古い、石造りのハイドランド王城。ソフィーナが生まれ育った場所だ。

城の周りに張り巡らされた広い堀の水面には、城影が映し出されていた。

「と、止まれっ、止まらねば射つっ」

傍らのヘンリックが剣を抜くなり、城郭の上から射掛けられた二本の矢を、無言で叩き落とした。

「あ……」

「――まずは相手を確認してはどうだ？」

そして、威圧を露わに射手を睨む。

「我はソフィーナ・フォイル・セ・ハイドランド。この国の王権を代行する者として命ず――開門せよ」

正門前の橋の中央で、ソフィーナは声を張り上げた。

「ソ、フィーナ殿下……で、ですが……」

「――汝《なんじ》が主は？」

戸惑う門兵たちを馬上から見下ろす。

「それとも、隣国シャダと通じる売国奴に与《くみ》するか？」

目の前の兵士に、次いでその背後で様子をうかがう者たちに動揺が広がっていく。

「っ、オーレリアさまじゃない、セルシウス陛下を助けようとしてくださっているのも、こうやって俺たちの前に来てくださったのも、ソフィーナ殿下だっ」

ソフィーナの脇にいた幼い騎士の声に兵士たちは動きを止め、ソフィーナを見つめた。

しばしの後に、橋向こうの正門が左右に開いた。

再度矢を射掛けられることもなく、ソフィーナはその中央を進んでいく。

「っ、何をしているっ、捕らえよっ、いや、殺せっ」

(――ルードヴィ……っ)

城から転がるように走り出てきて、ヒステリックに叫ぶ小太りの男を見た瞬間、頭に血が上った。

「ああ？　殺せって？　自分ちに里帰りしたら、妙な騒ぎが起こってて、じゃあ、助けてやろうって方に寝ぼけたこと言ってんじゃねえっ。ありがたがれやっ」

「っ、そ、騒乱を引き起こしているのはそいつだろう。何をしている、早く殺せっ」

「賢后陛下の娘で、セルシウス殿下の妹でもあるソフィーナさまをそいつ呼ばわりかい……いい度胸じゃねえか」

「っ、早く、早く殺せっ、何をしているっ」

ボボクたちの怒声にルードヴィは蒼褪めつつ命を下すが、騎士や兵たちはもちろん、自分で抱える私兵すら誰も動かない。

「なあ、あんたがやってることがおかしいって、誰も気づいてないとでも思ったのか……？」

ボボクの低い声を合図に、殺気立った市民や兵士たちの包囲が狭まっていく。

「う、うるさいっ、うるさいうるさいうるさい……っ」

「不敬にもほどがある」

ルードヴィが喚《わめ》きながら自らの剣を引き抜いた瞬間、ヘンリックが恐ろしい速さでそれを弾き飛ばした。

「捕らえよ」

ルードヴィは、信じられないものを見る目でヘンリックを見つめる。彼が再度口を開く前に、ソフィーナは命令を下した。

彼のまさに横にいた兵士がその腕をひねり上げる。

「お、お待ちください、一体なんの罪で……」

「ウリム二世前国王陛下の暗殺、セルシウス国王陛下の監禁、シャダとの内通をもっての内乱未遂、余罪は後で追及する」

「言いがかりだ、私はただハイドランドのために……そ、そうだ、証拠がないだろうが……っ」

ない。けれど、ある振りをして、ソフィーナは自信が見えるよう微笑んだ。

笑み一つであることないことを他人に信じ込ますことのできたフェルドリックを思い出して、またうらやましくなってしまう。

「詰めが甘かったな、ルードヴィ。我が兄、セルシウスハイドランド国王陛下は、既にこちらの手の内だ」

　そこからは、ソフィーナ自身、驚くくらいうまく事が運んだ。

　シャダの侵攻の噂が出ていることを指摘し、それを手引きしているのが、他ならぬルードヴィだと公にし、身ぐるみ剝いで城内の曰くつきの塔に監禁した。

「うまい汁にありつけるほうに節操なくくっつきますってか……。腐ってんな」

　ルードヴィを支持する者たちから反発が出るかと警戒したが、ボボクたち市民が呆れを口にした通り、誰も彼に手を差し伸べようとはしなかった。

　つまり、城に残っていたのは、ルードヴィを支持するというより、様子見を決め込んでいた連中だったのだろう。

　その証拠に、そんな状況ではないというのに、彼らは即手のひらを返し、ソフィーナにすり寄ってきた。まだ私兵たちが城外に陣取っているにもかかわらず、口々にルードヴィを非難し、いかに自分がハイドランドのために献身したかを誇張する。

　シャダを後ろ盾とするルードヴィより、カザックを後ろ盾とするソフィーナが支持する兄のほうが有利という判断なのがあからさまに透けて見えて、うんざりした。実際は後ろ盾どころか、その大国を怒らせているかもしれないのに、と思ったらなおさらだった。

「話は後で聞きます。何か申し立てがあれば、兄に」

いずれにせよ、彼らにどう対処するかは兄が判断すべき事項だ。

そう心してソフィーナは彼らの顔と言動をすべて記憶に刻みつつ、表面上和やかに流したが、

「フェルドリック殿下のご寵愛《ちょうあい》の深さがうかがえますな。人妻となられて実にお美しくなられた」

などと見え見えのお世辞を言ってきた某伯爵に対してだけは、演技に失敗した気がする。

(それは万年雪も真っ青なレベルの白さで帰ってきた私に対する嫌み？　当てつけ？　それとも挑戦？　いずれにせよ、その節穴の目、抉《えぐ》ってさしあげましょうか……？)

――そんなどす黒い心の声を漏らさなかった自分を褒めてやりたい。

それにしても、目を抉るなどという物騒な発想が出てくるあたり、切ないかな、そういう意味での白さだけはなくなった。相当フィルの影響を受けている気がする。……彼女には責任を取ってもらって、この先も仲よくしてもらいたい。

「ソフィーナさまっ、よくぞお戻りに……っ」

駆けつけてきた侍従長が、そんな貴族たちを押しのけるように顔を出した。

「暇《いとま》を出せる者にはすべて出しました。残っているのは、オーレリアさまとフラージェスさま側の者と、侍女長のジェミデなど先の陛下のお言葉の公開に居合わせた者だけで

す。ジェミデはお言葉に深く関わっておりましたせいで、連れ去られました。私どもにも所在がわかりません」

「ジェミデが……早急に彼女らを確認、保護なさい。お姉さまたちはどうなさっているの？」

「まったく表に出ておいでになりません」

貴族たちを振り切って城の中を歩きながら彼からざっと話を聞き、城内の確認を命じる。

それからソフィーナは急ぎ軍の再編を試みた。

だが、残っていた騎士、本来であれば指揮官となるべき立場の者は、市中で遭遇した子爵の嫡男のように身分故にその位についた年若い者ばかり。

そうでない者の多くは殺されたり、手酷《てひど》く傷を負わされ、監獄へ移送されたりしたそうだ。

（完全にこの国を明け渡す気だったんだわ、同じハイドランド人にまさかそこまでするなんて……）

想定よりはるかにひどい事態に、実質軍を動かすことができないのではないかと、ソフィーナは不安に駆られた。

ギャザレンが自分のところの騎士をつけようとしてくれたのを、皆を不必要に刺激しかねないから、と断ったことを後悔する。

ソフィーナ自身は軍人、士官としての教育はまったく受けていない。

『身につけたいのであれば言え』

ある晩、フェルドリックとオテレットをしながらそんな話をしていた時、彼は唐突に『教師をつけてやる。騎士団の講師だ』と言い出した。

その時は何の意図があるのかと警戒して、頷けなかった。

『その程度の判断力だから、オテレットでも勝てないんだ』

婉曲《えんきょく》に断ったら、オテレットに負けた上にそんなふうにバカにされてひたすらムカついていたけれど、今となってはフェルドリックが正しかったと心底悔やんだ。

(まさかとは思うけど、これも予想していた？　ならそう言ってくれればいいのに……って言える訳ないか。ってそんな場合じゃない、どうにかしないと……でも、どうすれば……)

人知れず混乱し、冷や汗を流すソフィーナを助けてくれたのは、ヘンリックだった。

ソフィーナに質問するふりをして、どの部隊をどこにどう配置するか、さりげなくハイドランドの騎士たちを誘導してくれた。

そうして、ソフィーナは「多分まともな戦闘にはなりませんから、指揮官然とした顔で、堂々としていれば十分ですって」という彼の耳打ちを頼りに、兵士たちと共に城外に出た。

ギャザレンとの打ち合わせ通り、貴族たちの私軍を挟み撃ちにするつもりだったのだが、ルードヴィの私兵に警告を持たせて伝令に出したのが効いたのか、彼らはソフィーナを表す茶に青の線が入った軍旗を見るなり散開していき、本当に戦闘らしい戦闘にはならなかった。

ギャザレンたちの軍がそれを追い立てるのを見届け、ソフィーナは即城に戻ると、ボクを始めとする市民をねぎらい、ルードヴィらに捕らえられていた者たちを解放する。

その中には恭順を拒んだ城勤めの者の他、市民への見せしめとして連れていかれていた、水運組合の長や街の自治長などの姿も多く見られた。

城の侍女長ジェミデもその一人で、他の侍女たちと共に城の地下、最深部に監禁されていた。

「ソ、フィーナ、さま……？　っ、あなたという方は本当に……っ、昔からそうです、聞き分けがいいと見せかけて、とんでもないことばかり……っ。だから、メリーベルさまも最後の最後まであなたをあんなに心配していらしたのです……」

元々母についていた男爵家の出のその人は、格子越しにソフィーナを見るなり泣き出した。

拷問されなかっただけで、ひどい扱いを受けていたことは、牢《ろう》内の様子を見ればすぐにわかった。精神も体もひどく強いはずのその人がすっかりやつれ、明らかに病んでいる。

「よくやってくれた、本当によくやってくれた……」

彼女を支えながら、身と声を震わせたのは侍従長だ。

『割印した遺言状複数を国内外に隠しました。ウリム二世陛下とセルシウス殿下に同時に異変があり、私、ジェミデからの定期連絡がない場合、それらは公にされる手はずとなっております』

『拷問してみますか？　私が吐いたところで、私からの連絡は直接隠し場所に届く訳ではない。つまり、私も他の誰も、本物の遺言状がどこにどれだけあるか知らない』

『次の連絡まで二か月――すべての遺言に辿り着けるものなら辿り着いてみろ……っ』

彼女はルードヴィたちにそう言いながら、今まさに殺されようとしていた兄の前に立ちふさがってくれたそうだ。

そうして、彼女は母メリーベルが用意した仕掛けを、こんな状況にあってなお守り通してくれた。

「ジェミデ、ありがとう、本当にありがとう。あなたがいなかったら、すべてが終わっていたわ」

「メリーベルさまが生涯かけて守ろうとなさったものを、大事に慈しんでこられたセルシウス殿下を、あんな下愚どもに台無しにさせるものですか」

礼を言うしかできなかったソフィーナに、ぼろぼろのジェミデは胸を張る。

「さあ、せっかく里帰りなさったのですもの。ソフィーナさまの好物を用意させましょうね」

その上そう微笑んでくれた彼女に耐え切れなくなって、ソフィーナは少しだけ涙を零した。死してなお母は自分たちを守ってくれている、そう感じられた。

「なんかできることがあったら言ってくれよ」

「ありがとう。できる限りのことをするけれど、皆、元の生活を取り戻しつつ、不測の事態にも備えるようにしてください。そして、絶対に覚えていてちょうだい――一番はあなたたちの命だと」

傾いた黄色い日の中、帰っていくボボクら市民たちを見送った後、侍従長たちにしばらく休むよう言われて、ソフィーナはハイド城の懐かしい自室に向かった。

「その、オーレリアさまとフラージェスさまはいかがいたしましょう？」

部屋の扉を開く直前、侍従長が言いにくそうに口にした問いに、ソフィーナは一瞬息を止める。

『鏡でその冴《さ》えない姿を見るたびに、思い知ればいい』

あの晩、呪詛のような言葉を吐き出した異母姉のオーレリアの顔は、今まで見たことがないほど歪んでいた。

父やその妾妃《しょうひ》フラージェスはともかく、彼女がソフィーナに対してあそこまで攻撃的になったことはそれまでなかった。

父などはしょっちゅう姉とソフィーナを比べていた。だが、努力によって価値を見出《みいだ》してもらうしかないソフィーナと、人離れした美しさで目にする者すべてから自然に敬愛を受けられる彼女は、そもそも比較の対象ですらない。

得意なことも違っていた。世情に詳しいものの、社交が苦手なソフィーナと、正反対の姉。

姉もそう知っていたのだろう。夜会などで政務以外の話題にうまく対応できないソフィーナを見つけてはさりげなく介入して助けてくれたし、兄がガードネルなどの友人にソフィーナとの婚約を打診した時には、困惑する彼らにうまく助け舟を出して、お互いが気まずくならないように計らってくれた。

ソフィーナはソフィーナで、彼女が彼女らしくいられるよう、自分にできることはしようと決めていた。

決して仲よくはなかったけれど、そうやってお互いうまく棲《す》み分けられていると思ってきたのに。

「……警護をつけて差し上げなさい。事態が鎮まり次第お伺いします、と」

実質は監視だ、彼女たちがこの騒動に加担していないと証明できるまでの。

けれど、そんな理由をつけて姉と会わなくて済むことに、ソフィーナは密かに胸を撫で下ろした。

「……うー、疲れた」

半年ぶりの部屋は、少しだけ埃《ほこり》をかぶっていた。アンナの母でもある乳母のゼールデがちゃんと避難できた証拠だろう。

まだ部屋が残っていたことと併せて、色々な意味でほっとして、ソフィーナは寝台に身を投げ出す。

行儀悪くゴロゴロと転がり、ふと窓の外に目を向ければ、夕日に赤く照らされた北部山脈が見えた。

「……」

むくりと身を起こし、マットの上に膝をついて逆の窓を見れば、黄昏《たそが》れの中、街の外郭の門が開き、人々が行き来を始めているのが見えた。

「……よかったあ」

そう言いながら、ソフィーナはまた寝台に突っ伏す。

『上出来だ――君にしては』

いつか聞いた声がふと脳内に響いて、ソフィーナは息を止めた後、長々とため息を吐き出した。

（もうやめよう、忘れようとしているはずなのに、しつこいったら……）

カザックを離れてからずっとそうだ。不安になる度、気が緩む度、何かに驚く度――心に隙間ができる瞬間に彼が顔を出す。

「フィルたちが言う通り、悪魔なのだわ、やっぱり」

八つ当たりそのものの独り言を呟いて、ごろりと寝返りを打った。

（今、何してるのかしら……）

視界に入る部屋の天井は、やはりカザレナの城のものとは違っている。

「真っ暗じゃないですか」

ヘンリックが「お茶をもらってきましたよ」と言いながら、顔をのぞかせた。

ランプに火を灯《とも》すと、「フィルほどうまく淹れられませんけど、我慢してくださいね」

と言いつつ、茶器を用意していく。

（……こんなこと、前はまったく想像できなかった）

寝台に行儀悪く腰掛け、兄みたいな存在でフィル曰くの「愛妻家で片づかないレベルの鬱陶しい妻信者」のヘンリックとはいえ、護衛騎士と二人でまったりお茶をしている。

しかも、彼のほうは立ったまま窓の外、ハイドの街を見下ろしているのだ。

半年前の自分が見れば、なんと言うだろう、と思わず笑った。

そして、自分はカザックに行く前と後でそれほどに変わったのだ、と悟った。では
――フェルドリックは？

「本当にお疲れさまでした。ね、心配いらなかったでしょ？」

「え？　ええ、ヘンリックやみんなのおかげだわ」

ヘンリックに話しかけられて意識を目の前に戻した後、ソフィーナは顔を曇らせた。

「貴族たちにも問題は多いけれど、一番はハイドランド軍ね。身分のせいで経験や知識がない者が上官になるという制度もだし、ルードヴィたちに流されたかと思うと、今度は私に乗せられて、自分で判断ができないというのも」

父と兄が襲われた時、城にいて殺されたという騎士たちは、地位は高くなかったようだが、忠誠心の篤《あつ》い、判断力の高い人たちだったはずだ。

そんな人たちをみすみす失ったことへの悲しみと懺悔《ざんげ》、制度への悔いが湧き上がる。

カザックの騎士団との差を思い知らされ、「なんとかしなきゃ」とぼやいたソフィーナにヘンリックは微妙な顔をした。

「？　どうかした？」

「……いえ。格好よかったなあと思って。王女どころか、女王さまという感じでした。で、そういえば、最初はあんなふうでいらしたなあ、と。冗談を言ってもまったく笑ってくださらないし」

ヘンリックのからかいに、ソフィーナは顔を赤くする。

「あなたたちが変わっていたから、私まで調子が狂ったのよ」

「変わってるって、げ、俺までフィルと一緒ですか……？」

本当に嫌そうに言うヘンリックがおかしくて、少し笑った。

こうなると、次に気にかかるのは彼女だった。

これまで彼女が兄を既に確保しているという前提で話を押し通してきたけれど、本当のところはどうなっているだろう？

（フィルとヘンリックが大丈夫と言い切る以上、その通りになっているとは思うけれど……）

視線を忌まわしい塔のある東の街へと向けた瞬間、ノックの音が響いて、興奮したハイドランド騎士が部屋に飛び込んできた。

「セルシウスさまがお戻りですっ、ソフィーナさまっ」

城の廊下を全力で走る。

「妃殿下ってばっ」

ヘンリックが追ってくるけれど、待っていられなかった。

普段会議などが行われる評議の間の中央に、武装したままのギャザレンたち騎士の一団が見えた。

「なんとお労しい……」

「絶対に許さぬ、ルードヴィめ……っ」

その真ん中で簡素なドレスを着たフィルに支えられているのは、間違いなく兄だった。

「っ、お兄さま……っ」

「っ、本当にソフィだ……。馬鹿だな、こんな無茶をして……」

悲鳴のような声を上げながら勢いよく抱きついたソフィーナに、兄は呻き声を上げた。

それからぎゅっと抱きしめ返してくれて、彼も涙声で「すまなかった。それから……ありがとう」と呟く。

「う、うぅ……」

(生きていた、ちゃんと生きている、もうダメかとずっと……)

ソフィーナに残された、たった一人の大事な、大事な家族――。

伝わってくる温《ぬく》もりに安堵が生まれた瞬間、ソフィーナは兄に縋《すが》りつき、全身を震わせながら涙を零した。次々に流れる雫《しずく》が兄のズタボロの服を濡《ぬ》らしていく。泣き声だけは必死で押し殺したものの、嗚咽《おえつ》はどうにもならなかった。

「ソフィーナ妃殿下」

どれぐらいそうしていたのだろう。すぐ横から響いたフィルのためらうような声に、ソフィーナはようやく兄の胸から顔を上げた。

そうだ、フィルにお礼を言わなくては、と思って目を合わせれば、彼女は顔を歪ませていた。

「その、再会の邪魔をして申し訳ないのですが、」

「ソフィ、シャダが既に進軍してきている」

「っ」

兄の声に、心臓が嫌な音を立てて収縮した。

「シャダのカルゼンダから三万ほどが、ハイドランド国境のレダ河に向かって街道を進軍中との連絡がありました」

「ソフィーナさま、セルシウスさま、こちらは？」

「か、のじょも、バードナー同様、カザックの私の護衛です、フィル・ディランといって……」

「ひょっとして、勝負を挑んできたドムスクスの狂将軍を大衆の面前で返り討ちにしたという女性騎士ですか……？」

ギャザレンの声に虚《うつ》ろに返事をしながら、ソフィーナは顔色を失っていく。

(どう、しよう、まさか、こんなに早く進軍してくるなんて……)

シャダが動くとすれば、ハイドもしくは兄セルシウスを奪い返されたことを知ってからだと思っていた。

ギャザレンたちの軍はともかく、ハイドにいたほうは浮き足立っていておそらく役に立たない。それだけじゃない、ルードヴィを始め、内乱に加担した者たちの処分どころか、選別も済んでいない。

なのに、ハイドを空けて他国と開戦する？　――満足に戦える訳がない。

軍事的な知識や経験に欠けたソフィーナにもわかるほどの窮境だ。その証拠にその場にいた騎士たちのほとんどが顔をこわばらせている。

(色んな人に助けてもらってここまで来たのに、全部無駄になるの……？)

彼らにつられて唇を引き結ぶと、ルードヴィに与した軍の役つきの者をすべて集めてくれ。

「ギャザレン、疑いを含め、ルードヴィに与した軍の役つきの者をすべて集めてくれ。

オルケル、同じく貴族たちをここに」

「ロダン、一時間以内に軍を再編成する。ここに残す兵力は二千。ジアンセに管理させる。ハイドの自治長らを呼んでくれ」

「陛下、ゴルディラ領主より伝書が参りました。国境にてシャダと交戦中につき、援軍を乞うとのことです」

「交戦の準備と民の避難を行うよう、街道周辺の領主たちに伝書を飛ばせ。すぐに救援に向かうと」

「各国の大使を招集してくれ。救援を要請する」

だが、フィルに支えられていても、兄は兄だった。落ち着いた様子で次々と指示を飛ばし、その様子にだろう、皆の動揺が静まっていく。

ソフィーナは安堵でまた泣きそうになるのと同時に、みっともなく動揺した自分と比較して、彼を誇らしく思った。

（私は口出ししないほうがいい）

そう判断し、そっと兄から離れる。同時に、身近にいた騎士に兄を託し、フィルも人垣の外に出てきた。

「……」

多くの人々に取り囲まれて情報を得ながら、山積する問題に速やかに決断を下し、矢継ぎ早に命令を発する兄を、ソフィーナは離れた場所からじっと見つめた。

姉ほどには整っていないけれど、ソフィーナよりはるかに美しい彼の顔はすっかりやつれ、ひどい怪我までしている。

（でも、ちゃんと生きていらっしゃる――）

再び涙腺が緩んで、ソフィーナは泣き笑いを零した。

「フィル、本当にありがとう」

「妃殿下こそご無事で何よりです。……よく頑張りましたね」

目の前にやってきた彼女にいつも通り柔らかく微笑まれて、ソフィーナは言葉を詰まらせた。

彼女はいつもそうだ。ソフィーナを王女や王太子妃として見ず、あくまでソフィーナという一人の人間として見てくれる。

だから、王女や王太子妃に相応《ふさわ》しくあろうとするソフィーナの努力を褒めてくれる。

『そういう立場』にいると言って、ソフィーナ個人の気持ちを慮ってくれる。

(……そう、か、だから特別扱い、なのだわ)

彼女といつも不毛な言い合いをしているフェルドリックが、それでも彼女を重用する理由を不意に悟った。

大国の王太子として完璧な彼は、ソフィーナには手の届かない、雲の上の存在だと思っていた。でも、そうじゃないのかもしれない、と初めて思い至った。

(私、彼をちゃんと見ていたかしら……)

思わず視線を下げれば、フィルの腕にも包帯が巻かれていることに気づいた。

「怪我したの……?」

「あ、これ、ドレスと併せて形だけです」

真っ青になったソフィーナに、フィルは肩をすくめる。

「なるほど、馬車を拾うためか」

「うん、事故で重い怪我を負った夫を、王都の医者に見せに行くって設定。息子夫婦を心配してハイドに行くっていう老夫婦と運よく行き合って、乗せてもらった。おかげで検問もあっさり越えられたし、ものすごくいい人たちで、同情してくれてただでお昼をくれた。朝ご飯を抜いていたから、神さまかと思った」

「ご飯、大事だよね」

「住まいは聞いたから、騙したお詫《わ》びもかねて改めてお礼しなくては」

（……相変わらずだわ）

事態が切迫しても二人は普段通りで、なぜか緊張感がない。彼らに申し訳なさを抱えていたソフィーナは、ようやく少し息を吐くことができた。

（生きている、兄だけじゃない、私もヘンリックもフィルも――）

安堵と幸運を噛みしめる。

「それはそうとヘンリック、その制服くれ」

「はあ？」

変装した時に持っていく訳にはいかなくて、と言いながら、フィルはヘンリックの制服の袖を引く。

「あと妃殿下、この紙に書いた物、揃《そろ》えていただけますか」

「フィル？」

「だって妃殿下、このままシャダとの戦線に行く気でしょう？」

ヘンリックの制服とこの紙とそれがどう関係するのかさっぱりわからず、ソフィーナは目を瞬かせる。

それから、はたと思い当たった。相変わらずフィルの考えることはわからないが、行動だけは読めるようになってきた。

「……フィル、まさか、一緒に来る気、なの……？」

「はい」

「だめよっ、もう十分っ」

「じゃないです。個人的にもそうですが、何より厳命されているんです。妃殿下を守れ、絶対に傷つけないでくれって」

どこか遠い目をして「失敗すれば、今度こそ魂を抜かれる……」と言い、フィルは身震いした。

（傷つけないでくれ……？）

騎士団が下す命令としては不自然な言葉に、心臓が音を立てた。

「なんにせよ制服！　私のほうが有効活用できる！」

「きゃあっ、な、なに勝手に脱がそうとしてんだっ、馬鹿フィルっ」

「ドレス、ヒラヒラスカスカして嫌なんだ。剣も大っぴらに持てないし。あ、なんなら交換する？　ヘンリックなら結構似合――」

「ってたまるかっ」

（……………どこから何を突っ込めばいいか、わからない）

何か引っかかることがあった気がするけれど、目の前のやり取りのせいで吹き飛んでしまった。

「妃殿下もそのつもりなら、装備を整えないと」

「私たちの防具ももらえますかね？」

「え、ええ……」

そうこうしているうちに、いつの間にか彼らが一緒に行くことで、また勝手に話が進んでいることに気づく。それに安心してしまっていることにも……。

（……本当にどこまでもあの人の思惑通り）

悔しい、心底そう思うのに落ち込む気にはなれなくて、ソフィーナは静かに視線を伏せた。

第七章

（どうしよう……）

シャダとの交戦に向けての移動の陣中、天幕の中。ソフィーナの視線の先には、ハイドランドの軍医たちと共に兄の体を診ているフィルの姿がある。

渡された書付にあった材料を使って染料を落とした彼女の髪は、見事な金色だ。結婚祝賀の宴《うたげ》で見たあの色に間違いなく、明かりの乏《とぼ》しい今ですら光を放つように目立っている。

「妃殿下、お菓子をもらったので一緒にいかがですか？　フィルも……って診療中かあ」

彼女も今そう言いながら天幕の内に入ってきたヘンリックも、あっさりハイドランドの兵に馴染んでしまっていて、ソフィーナはまた少し祖国の軍の質を心配している。

「国王陛下の具合はいかがですか？」

「もう大丈夫だろうと軍医の先生も仰っているわ。フィルのおかげね……」

「そっか……本当によかったですね」

「ええ……」

笑いかけてきたヘンリックに心あらずで返せば、彼は小さく首を傾《かし》げつつも、「お茶をもらってきます」と言って、再び天幕の外に出ていった。

兄にもフィルにも濁されてしまったが、ソフィーナの予想通り兄はかなりの拷問を受けていたようだ。折れている骨もあるし、全身傷だらけであちこち抉れ、化膿《かのう》もしていた。

結果かなりの熱が出ていて、宮廷医が深刻な顔で王都に留まるよう進言する有り様だったが、兄は『大分ましになってきているから』と押し切り、結局シャダとの戦線に向かっている。

宮廷医や軍医が認めたように、フィルが昔、西大陸に行った際に身につけたという医術やかの国から持ち込んだ薬にかなり助けられたそうだ。

『ナイフを取り出して炎で熱してね、膿《う》んだ傷を切り開いた上で、容赦なく洗われて、消毒されたんだ。殺されるかと思ったけれど、それで本当によくなったし、炎症を止める薬だと言ってくれたものを飲んでからは、腫れも熱も引き始めたんだよ』

と、兄はソフィーナに話してくれた。

（やっぱり見てる、わよね……？）

そう、その兄だ。ソフィーナの気のせいでなければ、彼はずっとフィルを目で追っている。しかも……特別な者を見る目で。

『闇の中から音も気配もなく現れたんだ。あまりに美しいから、ついに冥府から使いが来たのかと。実際人には思えなかった。一人一人静かに仕留めていって、騒ぎにすらならないまま、夜明け前には塔内を制圧してしまった』

『恐ろしさすら感じていたのに、連れられて移動し始めたら、ものすごく優しくて楽しくて、そんな状況じゃないというのに、何度も笑ってしまった。彼女は本当に……』

そう言って視線を落とし、黙り込んでしまった兄の顔は、ひどく優しいのにどこか苦しげに見えた。

(兄妹《きょうだい》揃って、不毛な恋愛体質なのかしら)

嫌なことを思いついて、ソフィーナはあまりの自虐に顔を歪める。

(フィルは結婚していると教えてあげたほうがいい？　でも、私の勘違いだったら？　気まずくならない？　大体聞かれてもいないのに、兄妹とはいえそんな心の中にまで踏み込んでいいもの？　……わからない)

ソフィーナはため息をつくと、母の顔を思い浮かべた。

なんでも教えてくださったお母さまも恋の仕方は教えてくださらなかった、と恨み言を言いそうになって、ふと思い至る。

母の人生において、恋愛などという余裕はなかったのではないか。彼女は物心ついた時には、既に父と婚約していたはずだ。

ソフィーナの中でまったく存在感のない、今は亡き父。記憶の中に母が彼と二人で過ごしている場面は、公務の場を除けば数えるほどしかない。母は父に敬意を払っていたけれど、恋をしていたとはまったく思えない。父は父で、母にすべてを押しつけておきながら、彼女をひどく疎んでいた。

(相手に微笑みかけることどころか、日常会話すら極力避ける、そんな冷たい間柄だった……)

何かから逃げるように天幕の明かり採りへと視線を動かせば、外の日差しを反射し、風に揺れる木々が見えた。

「……」

フェルドリックの金と緑の目を連想した瞬間、気持ちが大きく傾いだ。ひょっとして私は恵まれているのではないか、初めてそう思った。

「……好き、と認めて、告白して、でも、大事な一人になれないから、耐えられないから、ハイドランドに帰る……」

動揺をなんとかしたくて、以前の決意を確かめようと呟いてみたが、期待したように効果が得られない。

苦しくて仕方がなくてそう決めたのだ。それしかもう手はないと思った。でなければ、いつか気が触れてしまう。

そうすれば、その時は苦しくても、いつか別の幸せを見つけられるはず、そう思った。

(でも……本当にそれでいいのかしら)

ソフィーナは眉根を寄せ、唇を噛みしめる。

兄は何も言わないが、母が死んで以降、不安を分かち合ってずっと一緒にこの国を支えてきたのだ、彼の様子がおかしいことはわかる。何気なくソフィーナをハイドに残せようとしていたことからも、勘違いではないはずだ。

おそらくこの戦はかなり厳しい。

(今度こそ死ぬのかも。そうしたら……？)

──もう会えない。

そう思いついた瞬間、全身が震えた。

「フィル、その……」

傍らで薬を取り出すフィルを見つめたまま、兄がためらいがちに声をかけた。その目と声に含まれる熱に、ソフィーナは唇を引き結ぶ。

「痛みますか？　腫れが完全に引けば、痛みもましになるはずなんですが」

「いや、その……あ、りがとう」

「お礼を仰られるようなことは何も。早く元気になってくださいね」

「……」

小さく笑ったフィルに兄はもう一度口を開き、けれど一瞬の間をおいて閉じてしまった。その気持ちがわかってしまう。

兄の腕の傷に薬を塗り始めた彼女の横顔を見つめ、兄はひどく苦しそうな表情を見せる。

きっと自分も同じ顔をしていると悟って、ソフィーナは視線を伏せた。

＊　＊　＊

「……進軍停止。霧が晴れるまでその場で待機せよ」

フェルドリックは砂を噛むような思いで騎士たちに言い渡すと、濃霧に紛れて顔を歪めた。

王都カザレナを出て既に六日。本来十日近くかかるはずの距離を、騎士たちの体力と馬の乗り変えにより無理やり縮めて青崖峠まで来たが、ここにきて発生した霧により足止めされてしまった。

カザックとハイドランドの国境となっている山脈を越える峠はいくつかあるが、この青崖峠は古く、険しいため、新しいルートが開発された近年は寂れていた。

そこを敢えて選んだのは人目につきにくいこと、ハイドランド国内に侵入したシャダ軍の背後をとれることが理由だったのだが……。

山頂から吹き下ろしてきた風に霧が動き、白い幕に濃淡ができる。白色の薄れた場所から垣間《かいま》見《み》えた深い谷底を睨みつければ、奥歯がギリッと音を立てた。

今回騎士たちの指揮下で兵として動く予定の部隊は、山脈を挟んでシャダと隣接するクホート地方の警護隊だ。シャダとの紛争を想定して、選定からその後の訓練に至るまで綿密に計算して育成された、ごく優秀な人員がそろっている。

だが、この霧の中を行軍させれば、その彼らであっても事故が起きかねない。

フェルドリックは霧を吸って濡れた前髪をいらいらとかき上げた。先ほど伝書隼がもたらした知らせに焦燥が募る。

(城で大人しくしていればいいのに、どこまで馬鹿なんだ)

ハイドランドの貴重な財源であるガル金山を含む地域は、既にシャダの手に落ちた。フェルドリックの予想通り、あの忌まわしい国はハイドに向けてさらに軍を進め始めている。

想定外だったのは、王都奪還に成功したソフィーナが、解放されたセルシウスと共にシャダ軍に対峙するための軍に同行しているということ――。

シャダ軍は三万、そのほとんどが職業軍人のはずだ。対するハイドランド軍は、と考えてフェルドリックは胃の前で右の拳を握りしめる。

カザレナにいるシャダの醜女姫は、こちらの偽計に完全に引っかかっている。カザック はハイドランドを救援しないと本国に伝えているはずだ。つまりシャダは獲得地に兵を残さない。

ならば、この峠を下ってから最短で五日あれば、シャダ軍の背後に回り込める。

(絶対に間に合わせる。絶対に死なせない。身だけじゃない、心も——)

そう決めて、フェルドリックは深い霧の向こうに広がっているはずのハイドランドの大地を睨んだ。

＊＊＊

「やはりシャダは金山を取りに来た……」

ハイドから国境に向かう中途、ガル金山を含むベルグ地方が、シャダの手に落ちたという報が入った。

ハイドランドとシャダの南半分は、両国の南に位置する山脈から北に向かって流れ出すレダ河を国境としている。ガル金山はその山脈の一角、国境からハイド側、つまり東に三日、ハイドから見て南西に七日ほどの距離にあった。そこら一帯をシャダに押さえられてしまった。

「そのまま留まるようなら、被害は最小で済むのだけれど……」

それなら金山を含めた周辺を奪還するだけで済むのに、と顔を曇らせるソフィーナに、同じくらい憂鬱な表情で兄セルシウスは首を横に振った。

「あの国のことだ、そうは考えないだろう」

兄の嫌な予想は当たった。シャダはそのままハイドに向かって進軍を続け、二日後、ハイドランド国軍はバトマルケ地方においてシャダ国軍と衝突した。


交戦開始から五日、戦況は芳しくない。

「ギョーグ要塞陥落、ビュゼット指揮官死亡……」

思いの外多かったシャダの正規兵とその常軌を逸した戦法を前に、あちこちの要所が次々に蝕《むしば》まれていく。

奪い返した村の様子は悲惨なものだった。子供も含めて信じられない数の人が殺され、その多くには虐待や凌辱《りょうじょく》の跡がある。略奪されつくした後の家や畑には火が放たれ、井戸には毒が入れられていた。

そんなシャダに人々は恐慌し、彼らの保護や消火にこちらの兵が奪われる。

新国王の戦略と騎士団の奮闘、戦線に姿を現す第二王女による鼓舞、民衆の決死の抵抗とで、局所的な戦闘には勝利するものの、ハイドランド軍は目に見えて摩耗していった。

今ソフィーナたちがいるのは、バトマルケ地方の要の地であるゼアンだった。

ここが陥落すれば、あとはハイドまで平原——穀倉地帯が続いている。そんなところで戦闘が起きれば、とソフィーナは焦燥していた。

「ゼイニーが離脱……」

また騎士の一人、中隊を率いていた者が怪我によって、戦線を離れることになった。

内乱の余波でただでさえ人がいない中、人員のやりくりができず厳しさがさらに増していく。

「……」

眉間に苦悩を浮かべた兄から目配せを受けて、ソフィーナは傍らのフィルを見上げた。彼女が軽く頷いてくれて、安堵と同時に申し訳ない気分になる。

「では、第十三中隊はディランの指揮下に」

能力的には十分とはいえ、フィルは他国の人間だ。その人に国軍の指揮を任せるなんて、常識ではあり得ない。

当然ハイドランドの騎士たちも最初は難色を示していたが、ここのところ不満を口にしなくなった。彼女がハイドランド兵に馴染んできたというだけでなく、そうせざるを得ないほど状況が切迫してきたからだろう。

「フィル、悪いが彼らを率いて、カジナ村のシャダ兵を西北西の森へと誘導してほしい」

兄がフィルに向かって作戦を説明する。彼が一瞬苦しむような顔をしたのは、ソフィーナの護衛でしかないはずの彼女にそんな協力を強いていることに加え、命令の内容が危険なものだからだろう。

内戦終結後、新王朝を滅ぼそうと侵攻を繰り返してきたシャダを、フィルの祖父はその度に返り討ちにし、多大な損害を与えたという。そのカザックの英雄と彼女はそっくりらしい。

また、彼女自身、七年前に国境を越えてカザックの反乱軍に紛れ込んだシャダ軍を壊滅させた。

そのせいか彼女を前にしたシャダ兵は一種の狂乱状態になる。ある者は恐怖で逃亡を図り、ある者は呪詛をまき散らして我を忘れ、ある者は褒賞目当てにいきり立つ。

そうしてソフィーナは彼女が髪の色を落とし、ヘンリックからカザック王国騎士団の制服を借り受けた理由を知った。恨みと警戒を利用し、シャダ軍の意識を自分に集めるためだ、と。

結果、多くの危険が彼女に集中しているというのに、彼女は気にした様子もなく囮となり、その不敵さで味方を高揚させて敵を寄せつけない——少なくともこれまでのところは。

（それもいつまで続くのかしら……）

不吉な考えを振り払おうと、ソフィーナは軽く頭を振った。

「ギャザレンは左手から、ソフィーナは右から誘い込まれたシャダ兵を挟撃。バードナー、ソフィーナを頼む」

兄は彼女にもソフィーナの護衛がてらその兵を統率するヘンリックにも、無茶な要求をすることが増えた――そう気づいて、ソフィーナはついに顔を曇らせた。

「フィルが怪我……？」

今朝方の作戦は、数で圧倒的に劣っていたにもかかわらず、ハイドランド国軍の勝利で終わった。

だが、追い立てる側だったソフィーナにも、辛くも刃が迫ったような状況だ。囮となっていたフィルの率いていた部隊が心配で、拠点のゼアン要塞に戻るなり、ソフィーナは作戦本部にいた騎士に彼女たちの消息を問いただした。

そして、返ってきた答えに顔色を変える。彼女が怪我をしたのは、間違いなく自分のせいだった。

「心配はいらないと思いますけど」

のんびりしたヘンリックを置いて、ソフィーナはフィルの姿を求めて医務室へと駆け込んだ。

「妃殿下？」

目を丸くしてソフィーナを迎えた彼女は、ちょうど手当てを終えたところだったらしい。上着を脱ぎ、左肩に包帯を巻いていて、頬にも薄い切り傷があった。

「フィル、怪我は？　ひどいの？　ごめんなさい、私のせいで……」

「大したことはありません。ソフィーナさまのせいでは間違ってもないですし」

包帯にうっすらにじむ血に蒼褪めるソフィーナに、フィルは苦笑を漏らした。

それでも不安が拭えないソフィーナに、彼女を診ていた初老の軍医は「問題なく動けるレベルですよ」と安心させるように微笑み、薬箱を持って部屋から出ていった。

石作りの分厚い壁に申し訳程度に設けられた窓から日が差し込み、薄暗い室内を照らしている。

その明かりの下、いつも身につけているという胸を押さえる下着一枚の姿となったフィルの半身は、鍛え上げられていて何一つ無駄がない。よく見れば、あちこちに傷跡があった。

「妃殿下こそお怪我は……ないですね。何よりです」

思わずそれらを目で追ってしまう。フィルはその不躾《ぶしつけ》さにかかわらず、くすっと笑った。

「…………ねえ、フィルはなんで騎士なんてしているの？　迷ったことはない？」

その顔を見るうちに疑問が口をついて出た。ソフィーナのような立場の人間が口にしていい言葉ではないというのに。

戦局が悪化するにつれて、ソフィーナも戦場に出ることが増えた。期待される役割はハイドランド王家が民と共にあると見せ、兵たちを鼓舞することだ。つまり飾りでしかない。

戦意などというある意味とても曖昧なものに頼らなければならない状況だから、当然今朝のように命の危険を感じることが出てくる。

必死で平気な顔をしているけれど、本当は怖くて仕方がなかった。もし死んだら、と思う瞬間に脳裏に浮かぶのは決まって同じ顔で、まだ何も伝えていないのに、とそのたびに恐怖した。

その恐怖にフィルたちは常に身を置いている――フィルに対しては特に、なぜ、と思ってしまう。

結婚祝賀の夜会で出会って以来、女神のように美しい彼女をソフィーナはずっとうらやんできた。あれぐらい美しければ、誰に対しても自信を持って対峙できる、それこそフェルドリックに対してさえ、と。

なのに、彼女の体はよく見れば傷だらけだ。これを厭《いと》う人は男女問わず多いのではないだろうか。

有力な伯爵家に生まれ、望まれて公爵家に嫁ぎ、安穏に暮らせるはずなのに、なぜ騎士なんてしているのだろう……？

「あー、騎士になった直接のきっかけは、剣を捨てろと言われて断って、実家を勘当されたからですね。衣食住に困りそうだったので」

フィルはいたずらっ子のように笑って身を屈《かが》めると、ソフィーナの手をとって額へと導いた。普段は髪で隠れている、生え際の大きな傷跡に触れさせる。そこは歪《いびつ》に盛り上がっていて、その線の部分だけつるっとしていた。

「これは八つの時に初恋の子……当時は知らなかったんですが、アレックスです、彼を魔物から守ろうとしてついた傷です。こっちは盗賊に襲われていた商人の夫婦を助けようとした時、こっちは麻薬漬けにされて監禁されていた女性を連れ出そうとした時、これは……」

騎士になる前の傷、なった後の傷、彼女は自分の体についた目立つ印を一つ一つ説明していき、最後に「すべて誇りです」と言い切った。

「でも一度だけ、剣を捨てようかと思ったことがありました」

「そうなの？」

目を瞬かせたソフィーナの手をフィルが引いた。寝台に座るように促し、二人並んで腰かける。続いて、傍らのナイトテーブルにあった水差しからコップに水を注ぎ、彼女はソフィーナに差し出してきた。

「私、騎士団に入って、初恋の子だと気づかないまま、アレックスのことを好きになって……そんな時、フェルドリックに指摘されたんです。剣にこだわって親に勘当されるような私は、アレックスに不釣り合いだって」

思わぬ名前が出てきて、ソフィーナは息を殺した。手の中のコップの水が揺れる。

「その前からフェルドリックのことは知っていたんですけど、間合いの内に入られたら、反射で切ってしまうんじゃないかという程度には嫌いでした。アル・ド・ザルアナックの孫という生まれをそのまま受け入れて、言われるまま剣を取っている私は人形のようだ、どうしようもなく愚かだと面罵されて……彼は彼で、私を本気で憎んでいるようでした」

お互い文句を言って警戒しつつも、深いところでは気を許し合っているように見える今の二人からは、想像できない過去だった。

ソフィーナは喘ぐように「どうして……」と漏らす。

「あー、他人、この場合は祖父ですね、の期待通りに生きる私が、フェルドリック自身に重なって苛ついていたのかもって今は思います」

「……え」

ソフィーナは、すべてにおいて完璧なフェルドリックは生まれついての王だと、本人も王になることを当たり前に受け入れていると思い込んでいた。ソフィーナのように努力することでしか王族たり得ない人間とは違う、と。でも、そうじゃなかったということだろうか……？

「何が理不尽かって、剣を捨てずに騎士になったらなったで、今度は剣を捨てない私は愚かだと言い始めました。周囲の期待が真逆になっただけで、私自身は変わらなかったんですけど、私が期待に逆らうのもそれはそれで気に入らなかったんでしょうね。で、『剣を捨てるなら、勘当を解くよう実家に働きかけてやる、そうすればアレックスとも釣り合う』って」

「……弱みにつけ込もうとしたってこと？　言っていることが矛盾しているし、性格悪いにもほどがない？」

「私があいつを悪魔って言う理由、ご理解いただけました？」

思わずドン引きすれば、フィルはケラケラと声を立てて笑った後、静かに視線を伏せた。

「多分フェルドリックが一番嫌いだったのは、彼自身なんです」

「え」

　いつも自信満々で自己評価の高いフェルドリックに対するひどく意外な言葉に、ソフィーナは唖然としてフィルを見上げた。

「周囲の期待通りにふるまう自分自身を馬鹿みたいだと思っているくせに、彼は裏切ることもできなかった。私みたいに勝手にできなかったんです」

（ああ、そうだ。彼はあんなふうだけれど、責任感が強くて本当は優しい……）

「そりゃあ、嫌にもなるでしょう。国のため、人のために、自分の感情を押し殺して、嫌いな相手に笑って、まとわりつかれて、好きな相手とは距離を置いて……みんな当たり前にそう期待するんです。なのに逃げられない。自分が逃げれば、困る人がいると知っているから」

「……フィルのような理解者がいて、彼は幸せね」

　幼馴染の絆《きずな》を感じて、そう呟いたソフィーナに、フィルは「私は彼を追い込む側の人間です。それでも王は彼がいいと思っている」と首を横に振った。

「だから私も彼の従弟のアレックスすらも、多分本当の意味での彼の孤独はわかりません。でも……ソフィーナさまはそうじゃないのでは」

「……」

　静かな言葉にソフィーナは息を止めると、逃げるように顔を俯けた。

　困った顔をしたフィルが頭を優しく叩く。なだめるような感触に、つい愚痴が口をついて出た。

「……彼が好きなのはシャダのジェイゥリットだと思う」

「私の次はあれ……なるほど、恋は人をバ……なんとかにするってやつだ」

「い、今バカって言おうとした！」

半眼でため息をついたフィルを涙目で睨んだのに、彼女はあろうことか小さく笑い、舌を出してきた。

「それでも私はソフィーナさまの味方です。まずはこの戦争を乗り切りましょう」

「…………うん」

すべては生き延びて、ハイドランドからシャダの脅威を除いてからだ、とソフィーナは曖昧に頷くと、ぬるくなったコップの水を一気にあおった。

またフィルの手がソフィーナの頭に伸びる。その動きはやはり優しい。


その夜、ソフィーナは護衛の二人と共に、ゼアン要塞の屋上に上がった。

この要塞は背後の山脈が一部北にせり出した高台にあり、眼下では川が蛇行している。

今、その川の向こうに黒い影が広がっていた。

（なんて大群……）

秋の始まりを思わせる乾いた風に吹かれながら、ソフィーナは川越しにこちらの様子をうかがっている影を見つめた。所々点在している松明《たいまつ》の炎のせいで、一層不気味に見える。

傷だらけの伝令使がこの要塞の北西にある砦《とりで》が陥落したと伝えてきたのは、昼過ぎのことだった。その後、戻ってきたハイドランド軍を収容し、門を閉ざしたが、要塞を取り囲むシャダ兵はそれからさらに増えていった。

数は正確にはわからない。だが、今動かせるハイドランド軍より圧倒的に多いのは明らかだった。

ここが落ちれば、この国の穀倉地帯はおろか王都もすぐに押さえられてしまうだろう。そして、裕福とは言えないながら、平和に暮らしてきた皆の日常が失われる――絶対に退けない、たとえ勝てないとしても。

(思いを伝えるも何も機会は多分もうない)

そんな予感にソフィーナは目を瞑る。瞼の裏で、今まさに思い浮かべていた人がこっちを見て微笑んだ。

(こんなことになるなら、カザレナを出る前に全部吐き出しておけばよかった)

と思ったところで、ソフィーナは自嘲を零した。

結局自分は考えが甘かったのだ。死ぬ可能性を低く見積もりすぎていた。

(私が死んだら、フェルドリックはなんて言うのかしら。馬鹿な奴? 自業自得? 他には……）

この期に及んで考えるのはまた彼なのか、と思ったら、少しだけ笑えた。

「囲まれましたね」

「……ええ」

「午前の挟撃でかなり数を減らしたと思ったんだけどなあ」

「獲得地には最低限の兵しか残していないんだろう。総軍を集めてきて……プラス五千ぐらい？」

「……必要な情報だと思うけど、少しは希望を持たせてやろうって思わないのか？」

「それ、昔ロデルセンにも言われた」

「てかさ、フィル、こういう状況、何度目？　絶対なんかに祟《たた》られてるよね」

「あー……ねえ？」

「こっちに余力があれば、背後を奪取し返して挟撃に討って出られるんだけどなあ」

「戦地で希望論を語るなよ。副団長の雷が落ちるぞ」

「こわいこわい」

ソフィーナを間に挟んだフィルとヘンリックは、そんなことを言って小さく笑い合っている。こんな状況でなお彼らには悲愴な色がない。それにこそ胸をしめつけられた。

「……ごめんなさい、巻き込んでしまって」

一方的な想いを抱えただけのソフィーナと彼らは違う。待っている人がいる。あまりに申し訳なくて発した謝罪は震えていた。

「本当にごめんなさい。せめてあなたたちだけでも……」

(でないと彼らを待つ人たちに顔向けできない――)

「妃殿下……？」

そこに足音が聞こえて、ソフィーナは顔を上げた。

「ソフィ」

振り返れば、ギャザレン騎士団長を伴った兄が足を引きずりながらやって来る。篝《かがり》火《び》に赤く照らされたその顔は、やつれてはいるものの、相変わらず穏やかだった。

「どうか私の、兄の願いを叶えてほしい」

「お兄さま……」

その彼の眼に浮かんだ色にソフィーナは動揺する。

(どうしよう、きっとお兄さまは私が迷ってることに気づいたんだわ……)

「嫌です」

一瞬目をみはった兄は、「まだ何も言っていないのに」と苦笑した。

「……」

まったく似ていないはずなのに、自分を見つめる兄の青い目に、なぜか金と緑の瞳を連想してしまって、ソフィーナは唇を戦慄かせた。

なぜ、なぜこの期に及んで自分はこんなふうなのだろう……？

彼がソフィーナを望んだのは、それがカザックにとって最良の選択だったからだ。ソフィーナが彼を想うようには、絶対に想ってくれない。

そのくせ優しい時もあって、その度にソフィーナは期待を持って、その度に打ち砕かれる。

なのに、彼はまた希望を与えてくる。

『僕に惚れているんだろう？』

ソフィーナの気持ちに気づいていてその態度だというのが、もう泣くに泣けない。

『おいで、ソフィーナ』

なのに……たまに本当に優しく笑う。

『……悪くない考えだ』

あれだけひねくれていて、毒を吐きまくるくせに、国や人々を真剣に考えているのが、嘘ではなかったことも知った。

難しい顔をして地方の暮らしに関する報告を眺めていることだって珍しくはないし、ソフィーナやフォースンが一般の人たちのために何か提案する時は、いつも柔らかい目を向けてくる。

『風邪でも引いたんじゃないか？　珍しく口数が少ない。特に憎まれ口。熱は……ないな』

彼はいつもなんの気なしにソフィーナに触れた。

どうしようもなく口が悪いくせに、仕草はいつも優しくて、壊れ物に接するかのように気遣いに満ちていて、そのギャップに泣きそうになる。

なのに、彼はそれに気づかない。

『今日はゆっくりしているといい。仕事？　君に渡しているものぐらい、僕には負担でもなんでもない』

嫌いたいのに嫌えない。

『非効率的だ。どうせ同じ所に行くんだから、一緒に来たらいい』

離れたいのに離れられない。

『ほら、手』

じゃあせめて、と距離を保とうとしたソフィーナの努力を簡単になかったことにする。

『ソフィーナ』

好きになりたくないのに、名を呼ばれるたびに体が震えた。

嫌いになりたいのに、たまに目が合って少しだけ笑う。その顔に目を奪われる。

関心を持たないでおこうとするのに、知らず意識が吸い寄せられる。

馬鹿げていると思うのに、気がついたら、好きになりすぎて呼吸ができなくなるところまで、どっぷり浸《つ》かっていた。

それが嫌で離れたのに、気づけばいつも、こんな時にすらも彼を考えている。

——爪の先、髪の一筋一筋、全身の至る場所に、彼が侵食してきている。

（——アイタイ）

追い込まれて浮かび上がってきた、どうしようもない自分の、どうしようもない本音に胸が震えた。

「私は、ソフィに、私の大事な妹に、幸せになってほしいんだよ」

「知っています」

声が揺れる。

（——デモアエナイ）

「待っているよ」

「待ってなんて……」

『ソフィーナ、おいで』

微《かす》かな笑みと共に差し出される手。

嘘だと知っているのに、それでもソフィーナの中で一番大事な瞬間の一つだ。それをよりによって今思い出してしまう。

(──デモアイタイ)

「ソフィ、私の我がままだと思って言うことを聞いてくれないか？」

「……嫌です、絶対に嫌です」

ソフィーナはぎゅっと目を閉じると、かぶりを振った。

(だって置いていけない。私を信じてくれた人たち、大事な人たちを、置いていくことなんてできない。国なんかじゃない、彼らを諦められない)

兄やギャザレンだけじゃない。道ですれ違った農民たちや街道沿いの宿の主人、ボボクを始めとする水運組合の人たちとティアラやマントを用意してくれたハイドの組合員たち、城への行進に集まってくれた市民、自分なんかをよりどころのように扱ってくれた騎士たち、侍女長のジェミデや侍従たち……次々に顔が浮かんでくる。

ソフィーナは彼らの名すら満足に知らない。それなのに彼らはソフィーナを信じてくれた。助けようとしてくれた。

（ダカラアエナイ――）

「ディラン殿、バードナー殿、申し訳ないが、姫……貴国王太子妃殿下を連れて、ここを出ていただきたい」

「っ、ギャザレンっ」

「ソフィーナさま、ここで敗れてもソフィーナさまさえご存命であれば、ハイドランドの命運は未来へと繋がります。どうかお聞き届けいただきたい。そして……必ず幸せになってください。私の敬愛する賢后陛下もそうお望みのはず」

生真面目で気位も高いギャザレンが、他国の騎士であるフィルとヘンリックに深く頭を下げた。それから彼は、ソフィーナを真正面から見つめ、皺と傷だらけの顔を柔らかく緩ませた。

「すまないが私からも頼む。我が国の希望であると同時に、私が何より愛する妹なんだ」

「っ、お兄さまっ」

抗議のために上げた声は、悲鳴のように響いた。

涙交じりに詰め寄るソフィーナに、いつも通り穏やかに「私情だけど、最後ぐらいいいだろう？」と笑い、兄は腕を広げた。

「ありがとう、君がメリーベルさまの娘として生まれてくれて、私……僕の妹、になってくれて、僕は本当に幸せだった――さあ、フィル、バードナー、連れていってくれ」

「嫌、嫌です……っ」

ぎゅっとソフィーナを抱きしめた後、離れていこうとする兄に必死にしがみつく。

「……妃殿下」

「お願い、やだ、お願い、フィル……」

悲愴な顔をしたヘンリックに腕を引かれたソフィーナは、ぼろぼろと泣きながら、フィルへと視線を向ける。これまでソフィーナの願いをずっと叶えてくれた人だ。最後の希望だった。

「……」

涙でぼやける視界の向こうでこちらをじっと見つめていたフィルが、音を立てて背後を振り返った。

「――来た」

そして、目を眇めて闇夜の篝火に浮かび上がるシャダ軍を睨み、ぼそりと呟く。

「……フィル？」

「諦めるのはまだ早いです、セルシウス陛下、ギャザレン騎士団長」

彼女の唇の両端が上へと吊り上がった。猫目気味の緑の目に好戦的な色が浮かぶ。

「やっとか……。遅いよ、殿下」

「ね。後で嫌み言ってやろう」

「あ、いいなあ、それ俺も参加する」

ソフィーナの腕を放し、息を吐き出したヘンリックが、気楽な雰囲気でフィルに笑いかけた。

（来た……？）

ソフィーナは目を瞬かせ、さっきフィルが見ていた方角へと涙に濡れる目を向けた。

（……やっと？　でんか？）

心臓の鼓動がうるさいほど早くなっていく。

（まさか……）

勝手に期待したところで、また惨めになるだけだとわかっている。でも……、

（あ、いたい……会いたい、もう一度だけでいい、どうしても会いたい――）

「フィル、一体……」

「援軍がシャダの背後に迫ってきています。挟撃の準備をしましょう、陛下。もうひと働きです」

「援軍？　一体どこのことを？　ハイドランド内で今動かせるところはすべて動かした。他国への救援要請はようやく各地に届いた頃だ」

「カザックです。先王陛下の崩御から有事を想定しておりましたので」

「カザック……だが、ソフィーナは勝手に帰ってきたと……」

困惑を露わにした兄に、フィルは「それはほら、ソフィーナさまはこう見えて行動派の方ですから」と苦笑を零した。そして「そもそも厳密には勝手ですらなかったり？」とつけ足すと、兄の背を押す。

「フィル、だが、私は君にもこれ以上傷ついてほしくない。カザックが来ているというなら、なおのことここから」

「私は騎士です。我が王太子妃殿下がここから離れないと仰る以上、従います。あなたたちを死なせたくない、ハイドランドを滅ぼしたくないという、美しく優しい貴婦人たるソフィーナさまの願いにも命を賭して」

苦しそうに告白した兄に、フィルは迷いのない顔でそう言い切った。

「可能性がある限り勝ちに行きましょう。それで勝って帰って、そうですね、ハイドの美味しいお茶のお店を教えてくださいね」

「さ、ギャザレン騎士団長も老体にもう少しだけ鞭打《むちう》ってくださいね」

「う、うるさいわ、誰が老体じゃっ」

啞然としていたギャザレンの肩をヘンリックが叩いた。

「妃殿下もおいでになりますか？　個人的にはセルシウス陛下と一緒にここでお待ちになってはいかがと思うのですが」

「っ、い、いいえ、私も行くわ」

正気に戻って、ソフィーナはかぶりを振った。

フィルとヘンリックは顔を見合わせると、「……やっぱりそうくるね」「迷子姫だもん、仕方ないよ」と苦笑を交わした。

「では、我が主の掌中の珠《たま》であらせられる妃殿下、全力でお守りいたします」

「彼の望みの通りかすり傷一つ負わせません。絶対に離れないでくださいね」

要塞右手の山の端から、十三夜月が顔を出した。その明かりにほのかに照らされたシヤダ国軍の向こうに、忽然《こつぜん》と松明が灯った。

瞠目《どうもく》するソフィーナたちの視線の先で、次々に灯火の赤が広がっていく。目がくらむほどになった光に、炎の主たちの全容が浮かび上がる。

「……」

それまで半信半疑だったソフィーナは、突如姿を現した黒い軍隊の圧倒的な数に息をのんだ。

漆黒の軍隊は、数にそぐわない静けさと速さで見る間に押し寄せてきて、椋鳥《むくどり》の大群のように自在に形を変えた。

その動きのたびに、シャダの軍隊を切り離しては包囲し、せん滅していく。シャダの軍の統制が乱れていくのが、手に取るようにわかった。

「総指揮はフェルドリック殿下。あの陣形なら先頭は第一のウェズ小隊長と補佐のアレックス、背後に第二のオーウェン、右翼が第三のフォトン補佐、回り込む気だろう」

「左翼の一団はおそらく誘導だね。多分、第四のニゼット小隊長と補佐で挟撃にかかるはずだ――全滅狙いだ、相変わらずえげつない作戦を立てる」

「……となれば、シャダは川沿いに敗走せざるを得なくなりますな」

「ハイドランド軍は、それを下手から迎え撃つということでいかがでしょう？　問題は、残兵が北東の丘陵地帯に逃げ込みかねないことですが」

「では、その方面には、元々この要塞にいた者たちを中心に待機させよう。闇は地形に明るい彼らに味方する。ギャザレン、頼んだ」

ヘンリックとフィルは手早くカザック軍の動きを読むと、兄セルシウスとギャザレンと作戦を確認し、要塞の外へと向かった。

装備を整えたソフィーナは、ギャザレンに促されるまま、要塞正面の門前で兵士たちに向かい合う。斜め後ろにはフィルとヘンリックが控えていた。

ソフィーナは震えながら、篝火に照らされたハイドランド兵たち一人一人の顔を見つめた。彼らは血や泥にまみれ、既にボロボロだ。包帯をしている者も目立つ。

申し訳なさのあまり、ソフィーナは拳をぎゅっと握りしめた。

「シャダ国軍排除のため、これより総攻撃に出る——祖国のため、覚悟ある者は私に続きなさい」

ソフィーナは兄を温存しつつ、兵士を鼓舞するための飾りだ。それなのに、彼らは呼応の雄叫《おたけ》びを上げてくれる。多分この場の誰より怯えているというのに、そんなソフィーナを信頼してくれる。

「開門っ」

彼らと彼らが愛している人たちをみすみすシャダに蹂躙《じゅうりん》させたくない。その一心でソフィーナは馬にしがみつくと、門の外に走り出た。

闇の中、高台からの坂道を馬がすさまじい速さで下っていく。湿気を含んだ夜風が全身を撫で、遠ざかる。

馬を操るなどという余裕は一切なく、ただただ振り落とされないよう必死だった。

(――いた)

川の向こうに、憎んでも憎み切れないシャダ軍を見つけた。隊列を崩し、兵たちは混乱している。

「せん滅せよ」

ソフィーナの傍らのフィルが声を張り上げた。

味方の喚声と共に、天空の月明かりにほんのりと光る川の浅瀬を渡り、狼狽《ろうばい》するシャダ軍の横腹へと突っ込んでいく。

「怯《ひる》むなっ、天は必ず我らに味方するっ」

馬の荒い鼻息といななき、蹄とそれに蹴散らされる水の音、殺気を含んで高揚した空気、獣のような雄叫び、血飛沫《ちしぶき》と臭い、骨と肉の断たれる音、断末魔、自分へと向かってくる殺意――押しつぶされそうになるのをフィルとヘンリックに支えられて、味方を叱咤《しった》する。

左手奥からまた喚声が上がった。敵に援軍が来たのかと冷や汗を流したソフィーナの目の前で、次々と崩れていくのはシャダ兵――闇の中から、黒い軍隊が押し寄せてくる。

正体のわからない黒い軍隊とハイドランド兵が協調しての挟撃に完全に浮き足立ったシャダ軍は、暗がりの中で完全な恐慌状態に陥った。

強固でこれまで押しても押しても押し返されていた戦線が、ソフィーナの目の前であっさり瓦解していく。

そして……これまでの苦戦が嘘のように、一夜にして勝敗は決した。

地平線から太陽が顔を出した。川に倒れ伏したシャダ兵の遺体の傍ら、朝の明るい日の光が、勝ち鬨《かどき》に沸く兵士たちを照らす。

(勝、った……生きて、る……)

高揚し、はしゃぐ彼らを前に、ソフィーナは放心する。喜んでいるのは臙脂色の制服のハイドランド兵、そして、濃緑もしくは黒衣のカザック兵だ。

「味方とハイドランド兵の要救護者を確認、回収せよ」

「フォトンさんっ」

「よお、ヘンリック、よく生きてた。フィルも無事で何より。けど、お前ら、この後覚悟したほうがいいぞ」

「命令に従っただけ……」

「って言うだろうな、お前のことだから。それ、副団長にもカーランにも読まれてるから」

「……」

「俺、全部フィルのせいにするから。あとよろしく」

「ちょ、裏切る気かっ」

「内輪《うちわ》揉《も》めはやめとけよー、余計怒られるぞ。——敵兵の拘束も並行するように」

フィルたちの知り合いらしい、壮年のカザック騎士がやって来て、自国の兵士たちに指示を出し始めた。

（本当にカザック兵、だわ……でも、なんで？　わざわざハイドランドを救援しに来るメリット、って、何かあったかしら……）

その様子を見ながら、ソフィーナはぼんやりとした頭でどういう事情でカザックが動いたのか考えようとするが、うまくいかない。

（でも、フィルたちはカザックが来ることを予想していたようだった……）

「ソフィーナっ！」

「っ」

突如名を呼ばれ、ソフィーナはびくりと体を震わせた。

目線を声の方向にさまよわせれば、土埃に乱反射する朝日の中、入り乱れる両国兵士の向こうに、絶対に見間違えようのない人を見つけた。

だが、現実感が湧かない。

（なんで、この人が、今ここにいるの……）

（確か、前にも一度あんなふうに走ってきて、あの時はシャダの姫が……ああ、そうか）

　ソフィーナは周囲を見回して、目が合った護衛騎士二人に声をかけた。

「……フィル、ヘンリック、無事かと訊かれているわよ」

　ボロボロの二人は目をみはった後吹き出す。怪訝《けげん》に思い、首を傾げたところで、体に衝撃が走った。

「っ」

　倒れると思って冷や汗が出たのに、伸びてきた腕に力強く抱き込まれた。

　思考がついていかないまま、全身をきつく抱きしめられる。

（……な、に）

「怪我、はないか」

「……」

　顔を押しつけた先から鼻腔《びこう》に届く香りに覚えがあった。ただ、今は汗と土の香りが混ざっている。

「っ、なんでこんな所にまで……馬鹿にもほどがあるっ、城で大人しくしていればいいだろうが……っ」

「無事か……っ」

毒を含んだ言葉が直接耳朶《じだ》を打った。だが、その音はソフィーナの記憶にあるものと違って、絞り出すように掠《かす》れていた。

——……フェルドリック、だ、本当に。

そう認識した瞬間、神経が働きを取り戻した。つまり、無事かと、怪我はと、彼はソフィーナに聞いていたらしい。

（本当に私……？　なぜ？　……わからない。でも、どうしよう、嬉しい……）

「ば、か、ではない、です……」

なのに、口から出てきたのはそんな言葉だった。

「馬鹿に決まってる。怪我でもしたらどうする気だ。まして……」

言いたいのはこれじゃないはずなのに、と焦ったソフィーナを、フェルドリックはさらにきつく拘束する。

「その、大丈夫、です。怪我なんて一つも……」

苦しげな声に動揺しながら、なんとかそう返せば、顔を押しつけている先の彼の胸が、細かく震えていることに気づいた。

（……ああ、違う、震えているのは、私だ。生きている……それで、また会えた……）

気管が大きく震えた。

「……っ」

嗚咽がこみ上げそうになるのを必死に抑えながらその背に縋りつけば、覆いかぶさるようにソフィーナを包む体が大きく揺れた。

息もつけなくなるほど強く抱きしめられて、涙腺が熱くなる。泣かないでいようと思っているのに、結局小さく声が漏れてしまった。

「……もう大丈夫。あと……遅くなってごめん」

「っ」

(な、んで、そっちが謝るの……)

耳に寄せられた唇から鼓膜に直接声が届いた。

ソフィーナにも言いたいこと、言わなくてはならないことがたくさんあるのに、涙が次から次へと溢れ、気管が震えてしまって声にならない。

「無事でよかった、本当に……」

背にあった右手が後頭部に移動した。頭頂部から下り、もう一度上に戻って下に。

無言のまま、ひどく丁寧に往復は繰り返される。

彼の胸に押しつけたままの顔、そのこめかみや額、髪に温かく柔らかい感触が何度も落ちた。

「っ、う……」

「もう大丈夫」

優しい仕草となだめるような、甘やかすような声音に、ソフィーナはついに泣き声を漏らしてしまった。

「ソフィーナ……」

どれぐらいそうしていたのか、不意に聞いたことのない声で名を呼ばれた。

瞼を閉じ、ただただその手と彼の鼓動だけを感じていたソフィーナの心臓は、その瞬間痛いほどに縮んだ。

「顔を見せてくれ。君がここにいると確かめたい」

体がわずかに離れた。

隙間からフェルドリックの腕が上がってきて、長い指が顎にかかった。心臓が壊れたかのように早鐘を打ち始める。

緩やかにそこが押し上げられる。あの金と緑の瞳に見つめられて動けなくなる。

また落ち込むことになるだけ――そう警告が鳴り響くのに抗《あらが》えない。

「……」

距離を縮めてくる彼の視線から逃れたくて、ソフィーナは再び瞳を閉じた。

「アレックスっ」

「っ」

突如響いたフィルの声に、フェルドリックの腕の中のソフィーナは、体を硬直させた。

（そ、うだった、二人、二人がすぐ側に……）

音が立つような勢いで顔を赤くし、慌てて顔を俯けると、両手でフェルドリックの胸を押し戻す。

そして、目だけ横に動かし、騎士の二人をうかがった。

「フィル……っ」

彼女に反応して、姿も見えないような距離から駆けてきたのは、長身のアレクサンダー。その顔は泣くのを必死に堪えているように見えた。

彼に向かって、フィルが走っていく。一秒でも早くその彼女を手にしようというように、彼はぐっと腕を伸ばし、彼女をかき抱いた。

「フィル、心配した……」

「……ごめん」

強い抱擁の後、アレクサンダーはフィルの顔を両手で捕らえてのぞき込むと、確かめるかのようなキスを彼女に繰り返し落とし始めて……その先は正視できなかった。

「あーあ、俺だけ……メアリー、寂しいよ……」

目を逸らせば、いじけているヘンリックと目が合ってしまった。ソフィーナは指の先まで赤く染め上げ、急いでフェルドリックの腕から逃げる。

「……」

頭上からフェルドリックの呻くような声が響いてきたことで、余計に後悔した。きっと彼もソフィーナと同様気まずさを覚えているのだろう。

自分たちはフィルたちのような間柄じゃない。戦場などで気分が高揚した後にはよくあることだと書物に記されていたことを思い出して、ソフィーナはさらに身を小さくする。

「……その、ソフィーナ、」

「え、ええと、その、フィルとヘンリックに、色々助けてもらったので、お礼を言わなくては、と思い出しまして。あ、二人をつけてくださった殿下にも、もちろんお礼申し上げ――」

「――名前呼び」

「え？　フィルとヘンリックのこと？　でしたら、二人がそのほうがいいと……」

「……そう」

なんとか取り繕ったソフィーナをじっと見ていたフェルドリックが、おもむろにヘンリックへと顔を向けた。

「げ。いや、そこ、こだわる？　え、しかも、ねぎらいより先？　……っ、フィルっ、助けろ、薄情者っ」

ヘンリックが真っ青な顔で頬を引きつらせた。

「さ、さすがにちょっと放してくれないかと……ほ、ほら、なんかヘンリックが必死っぽい」

「駄目だ。また勝手にいなくなって、どれだけ心配したと思っている」

そう言いながら、数え切れないほどのキスをフィルの首から上の部分に降らせているアレクサンダーに、ソフィーナは目をみはる。

（誰、あの人……？　いえ、赤くなって恥らっているフィルもかわいいとしか言いようがなくて別人なのだけれど、それより何よりアレクサンダーだわ……）

冷たい容貌と研ぎ澄まされた雰囲気で、場の空気を支配する人。だけど、本当は優しくて、こちらの気持ちを測り、とても親切にしてくれる大人の男性……だったはずだ。

「ええと、あんな人、だったかしら……？」

戸惑いと共に、彼の従兄であるフェルドリックを見上げれば、なぜか苦虫を噛み潰したような顔をされた。

「あーあ……アレックスがまた壊れた。こうやってフィルと離れて心配が限界を越えると、ああなるんです」

代わりに説明してくれたヘンリックは、いつの間にかソフィーナの陰に隠れて、フェルドリックの視線から逃れている。

（ひょっとして、私たちもあんなふうに見えたのかしら……全然そんな関係じゃないのに）

そう思いついたら居たたまれなくなって、ソフィーナはまた頬を染める。そして、明後日の方向を向きながら、フェルドリックからさりげなく遠ざかった。

「……っ、アレックスっ、恥知らずも大概にしろっ」

「知っているが、愚かな囚《とら》われ方をしないだけだ。むしろ見習え」

フィルを抱きしめたまま、目も向けないアレクサンダーに、フェルドリックは呻き声を上げた。

「と、とにかくごめんってば。だから、そろそろ……」

「許さない、どれだけ離れていたと思っているんだ。しかもこんな状況で……覚悟しておけ、当分寝――」

「っ、いちゃつくなら他でやれ……！　フィル、責任とってそれなんとかしろっ。まだ色々残っているんだ、壊したままにしておくなっ」

「そ、そうは言われても……」

「許可も出たし、フィル、二人きりになるか」

「い、やいやいやいや、そ、その解釈はどうかと……ほほほほら、に、睨んでるし！　真っ黒！」

盛大に顔を引きつらせて逃げ腰になるフィルにも、本性をさらけ出してドス黒い空気で睨みつけるフェルドリックにも、アレクサンダーは一切構わない。腕の中のフィルだけを見つめ、「気にするな」と言いながら、また彼女の頬にキスを落とした。

「自分がうまくやれないから、僻《ひが》んでいるだけだ」

「あー……」

「っ、フィル、お前も大概にしろよ……？　全部お前のせいだろうが……っ」

憐《あわ》れむような目を向けたフィルに、フェルドリックは切れたらしい。

フィルたちが言うところの瘴気《しょうき》をソフィーナも感じて思わず後退《あとずさ》る。

「は？　な、なななんで私……って、元々、は、何もかもフェルドリックのせいじゃないか……っ、人のせいにするなっ。あーもーっ、アレックスもいい加減にしろ……っ」

怒鳴るフェルドリックと、その彼を意に介さないアレクサンダー、その二人に露骨にドン引きしつつ、最後には切れ返すフィル。

「おさななじみ……」

「建国の英雄の孫で、親の代も親しいらしいので、筋金入りです。仲いいのか悪いのか微妙ですけど、それぞれ信頼はあるんじゃないですかね」

ソフィーナの呟きに、背後のヘンリックが「とりあえず窮地は脱した」と息を吐き出した。

「今だって詰めが甘いし、結局何一つ伝わってないじゃないかっ」

「っ、だから、それはお前らが邪魔したせいだろ……」

「その前に時間があったはずだ。人が止めるのも聞かずに、矢のように飛び出していったくせに」

「っ、そ、んなことは……」

「そうやっていらない意地を張るから、拗れるんだっ」

(……色々わからないことだらけだけれど、二つは決定っぽいかも)

言い合い続ける三人を呆然と見つつ、ソフィーナは結論づける。

一つは兄の失恋。もう一つはフェルドリックとフィルが密かな恋仲という話、あれは本当になさそうだ。

「……」

ほっとしてしまった自分に気づいて、ソフィーナは情けなく眉尻を下げた。

「殿下、ハイドランド国王陛下がお会いしたいと」

やっと場の空気が戻ったのは、カザックの副騎士団長のポトマックがやってきてからだった。

「すぐに行く」

「シャダの将軍は無事ハイドランドが捕らえたようです」

「でなければ困る」

彼に応じたフェルドリックがソフィーナへと視線を向ける。その物言いたげな目に、ソフィーナの心臓は再び跳ね上がった。

「……おいで、ソフィーナ」

「え、あ、はい」

（そ、そうよね、兄に会うのだもの、私も行かなくては……）

足を踏み出したところで目の前に差し出された手に、ソフィーナは固まった。

（握れ、ということ、かしら……？）

思わずその顔を見上げれば、フェルドリックの顔に表情はない。いつものように皮肉気に笑っているかと思ったのに。

（気のせい、かしら？　また都合のいい妄想で、希望と思えそうなものを拾っている？

それとも……）

どこまでも愚かだ、また同じ失敗を繰り返す気か、と嘲笑っている自分がいるのに、でも、抗えない。

「……」

ソフィーナは彼の手に視線を落として、そこだけを見つめながら、自分の手を伸ばす。

指先が震えていて、あまりの無様さにまた少し泣けてきた。

「っ」

触れ合った場所から驚くような痺《しび》れが走って、慌ててのけようとした瞬間、その手をしっかりと握られた。

「……」

眩《まばゆ》い朝日の中、ソフィーナを見て小さく緩んだ目元は、作り物ではないように見えた。

「ほっとした、意外……」

「悪魔に一抹の純情……」

「……それ、聞かれたら、瘴気にのまれて死ぬぞ」

ヘンリックとフィル、そしてアレクサンダーが背後で何か話しているのに、握られた手の温かみにばかり気を取られて、まったく頭に入ってこない。そんなこと、あってはならないと知っているのに。

「――さて、ディラン、バードナー、申し開きを聞こうか。カーランが後方で剣を研いで待っている。フォルデリーク、私と共に殿下方の護衛につけ」

ポトマック副騎士団長の声に続いて、三人の呻き声が聞こえた気もしたけれど、それに気をまわす余裕もなかった。

＊　＊　＊

「っ、お兄さま……っ」

「ソフィっ」

「勝った、勝ったわ、みんな頑張ってくれたのっ、本当にカザックが来てくれたのっ」

要塞に戻ったソフィーナは、門外に迎えに出てきた兄セルシウスを見つけて駆け出すと、その勢いのまま抱きつく。

「ああ、全部見ていた。君も無事で本当によかった。……フィルは？」

「彼女も無事よ。ヘンリックと一緒に向こうでカザックのカーラン第三小隊長と話をしているわ。ギャザレンはどこ？　無事？」

「カロセリアの英雄だよ？　バードナーに老体呼ばわりされて、奮起したんだろうね。鬼神もかくやという活躍をしてくれた。今は残兵の掃討にあたっている」

セルシウスはソフィーナの頭や頰を確かめるように撫でると、おもむろにフェルドリックに向き直った。

「ご無沙汰しております、ハイドランド国王陛下。急なご即位、さぞかし心労の多いことかと。お力添えのために馳《は》せ参《さん》じました」

「カザック王太子殿下、この度の救援、感謝の言葉もありません。ついては、我が城にてお礼申し上げたい。急なことではありますが、せめて殿下と騎士団の皆さまだけでもご足労願いたく」

「……ありがたくお受けいたします、陛下」

フェルドリックの顔が微妙に歪んだ。

「戦地故、満足な饗応とはなりませんが、まずはこちらにてご休息いただきたい」

（……危険性を排除しつつ、とことんカザックを利用する気なんだわ）

フェルドリックたちカザック人をにこやかに要塞内に導く兄の考えを悟って、ソフィーナは苦笑を零す。

王都ハイドはいまだに浮き足立っている。このままカザック軍がハイドに近づけば、民は今度はカザックによる支配を疑うだろう。

一方で、フェルドリックと騎士のみが城を訪れれば？　その危険を冒すことなく、カザックと同盟関係にあると示せる――理には適《かな》っているけれど、兄も大概狸《たぬき》だった。

「ところでセルシウス陛下、場を移すまでの話題として、我が妻ソフィーナが戦地、しかも危険な戦場に出ていた理由などはいかがでしょう？」

一緒に歩き出したところで、フェルドリックの口から思いがけない言葉が飛び出した。

びっくりして彼を見上げれば、いつも通りの微笑みを浮かべているものの、目つきがきつい。

「優しくて、民、そして兄想いでいてくれる自慢の妹です。当然私たちも彼女を愛していますが、少々行動的なもので、カザックでもご迷惑をおかけしていないかと……ああ、ちょうどいい。私のほうからは、分別も忍耐力もある我が妹ソフィーナが、その行動力に縋って、不穏なハイドランドにカザックからあまりに性急に戻ってきた理由について、話題とすることを提案いたしましょう」

にこにこと応じた兄の目も、笑っているようには見えない。

（これ、どちらからも微妙に責められてるわよね、私……）

二人の間で身を縮めつつ、助けを求めてアレクサンダーとポトマックをうかがったが、アレクサンダーには苦笑を、ポトマックには無表情に肩をすくめて返された。

「……」

フィルとヘンリックが心底恋しい。

簡略化された食事を共にとりながら、フェルドリックと兄は今後のことを確認していった。

　途中何度か伝令が入り、中西部地域の領主たちの援軍が到着したこと、ハイドランド騎士団と共にここから西側の領地の奪還に取りかかっていることが報告され、ソフィーナは胸を撫で下ろした。

　逆に落ち着かない気分にさせられたのは、ハイドランドの王位継承順について、フェルドリックも兄も一切触れないことだった。

　フェルドリックは、兄の次がソフィーナであることを既に知っているはずだ。兄も知られていると知っている。だが、まったく話題にしない。

「有意義な時間でした」

「失礼いたします。また後ほど」

（ストレートに聞くなり、黙っていたことを責めるなりしてくれればいいのに……）

　ソフィーナは胃を押さえつつ、一旦自軍の陣地に戻るフェルドリックを見送りに出た。

　ハイドランドへの救援に対し、カザックが得る最大の対価は、ギャザレン率いる騎士団が捕らえた、シャダ国軍の将軍――シャダ王族にして、カザレナ朝最後の王の孫でもある男の身柄だった。

　内戦に敗れ、亡命してきた旧王族を盾に、シャダは現カザック朝による支配の不当性を主張してきた。同時に、カザック国内の旧王権派貴族との接点とし、彼らを介してカザックに干渉し続けてきたから、カザックとしては価値のあるカードということになる。

その分ハイドランドは、シャダに対して踏み込んだ賠償の請求がしにくくなるだろうが、どの道あの国の支払い能力はそう期待できない。シャダの将軍をカザックに引き渡したハイドランドが、シャダとの関係を大きく損なうであろうことも、カザックとしては好ましいだろう。

フェルドリックとしては鉱山の利権も欲しかったらしいが、そこは兄が粘り、希少鉱物である硬鉱石の、原則市場価格での優先的供給で決着した。

石作りの廊下を正門に向かって進みながら、ソフィーナは自分の隣を歩く人の横顔をちらりとうかがう。

(……少し痩せたかも)

ソフィーナがカザレナを出てから既に二か月近い。整っていることに変わりはないけれど、少し顎のラインが鋭くなって精悍《せいかん》になった気がする。

窓のほとんどない要塞の内部は薄暗く、彼の表情はまったく読めなかった。

外に出れば、昼下がりの空は高く晴れ渡っていて、背後の山から飛び立った猛禽《もうきん》類が帆翔《はんしょう》し、下界へと鳴き声を響かせていた。

「……」

明るい日差しにソフィーナは目を細める。

兵士の敬礼を受けて要塞外郭の門をくぐれば、丘の間を縫うように流れる川が眼下に見えた。その周囲から奥の平原へとカザック軍が点在していて、そこかしこから野営の煙が立ち上っている。

（あの人たちが、カザックがこの国を救ってくれた。彼らを連れてきてくれたのは……）

「フェルドリック殿下、ハイドランドを助けていただき、ありがとうございました」

「……こちらにメリットあってのことだ」

「それでも、この国の人たちが救われたことに変わりはありません。本当にありがたいです」

シャダの侵入経路上の土地は大きな損害を被《こうむ》った。収穫もおそらくダメだろう。だが、他は無事だ。助け合えば、なんとか冬を乗り切れるはずだ。

「……」

ハイドランドの大地を眺めて微笑むソフィーナの横顔を、フェルドリックは無表情に見つめる。

「シャダの外交使節団はどうなりましたか？」

「いくら無能であっても、騎士団の一中隊と僕がカザレナから消えたことにいい加減気づくだろう。バシャール・イゲルデ・カザレナを連れ帰れば、自分たちの粗忽《そこつ》さにもね。

ああ、ちょうどいい。奴の首を彼らの帰国の手土産にくれてやる」

物騒なセリフを吐き、フェルドリックはくつりと笑った。

その様子に、シャダのジェイゥリット姫への彼の思いを目の当たりにした気がして、ソフィーナは眉尻を下げた。

「恋は人をバカにする」――フィルは正しかったということだろう。

「……何をしている」

「何ってお見送りを」

「……なぜ」

「なぜと言われましても、礼儀、ですし」

外郭外の坂道に差しかかったフェルドリックが、立ち止まったソフィーナを振り返り、凝視した。

高く上がった日差しを受けた金と緑の目に宿る感情が読み取れない。思わず戸惑えば、その目が微妙に眇められた。

「先に行っていろ」

アレクサンダーとポトマック副騎士団長を遠ざけると、フェルドリックは表情を消して、ソフィーナをじっと見つめた。

「帰るつもりなのか」

「……っ」

そう訊かれて、ソフィーナは息をのんだ。

つい結婚前のような気分でいてしまっただけで、今そんなつもりはなかったけれど、これまで考えていたことを、迷っていることを見透かされたような気がする。

(帰ろうと思っていたのに、そう決めてカザレナを出たのに、どうしよう、まだ決められてない……)

「……」

動揺するソフィーナを前に、フェルドリックは何も言わない。

不自然な沈黙が続いた後、フェルドリックが「まあ、好きにしたらいいけど」と顔を背けた。

「出戻りなんてことになる訳だし、引き取ってくれそうな相手がいるなら、口を利いてやる。誰がいい？」

「っ」

ぞんざいな物言いに全身が凍りつく。

「なんせあんな中じゃ、見つけるのに苦労するくらい地味だし、それぐらいはしてやるさ」

「あ……」

整った唇の隙間から出た棘《とげ》が、心にざくりと突き刺さった。

「──リック」

背後のアレクサンダーが咎めるように呼んだが、フェルドリックは反応しない。

「相手が僕なのがずっと不満だったようだし、今回のことはいい機会だった訳だ」

「……」

どこか歪に笑って肩をすくめた彼を前に、何かを言わなくてはいけない、そう思うのに声が出てこない。

彼の言う通り、シャダのジェイゥリット姫が来たことを好機だと思っていた事実がさらに足を引っ張る。

「最初からハイドランドに戻るつもりだった──当たっているだろう？　セルシウスの次の継承順位を持つことを隠し、僕を欺き続けていたのもそのためだ」

「そ、んな、つもりでは」

「今日もそうだ。君はずっとハイドランドの人間としてふるまっていた」

なんとか絞り出した言葉は、さらなる事実の摘示と共に皮肉に笑い捨てられた。

「さぞかし苦痛だったろうね。結婚に必要性も興味も感じていないというのに、嫌う人間に嫁ぐ羽目になって。まあ、僕としても君なんかどうでもいいけど」

ドウデモイイ──突き放すような言葉に全身が震え始めた。知っていたはずなのに、改めて彼から突きつけられたことで、視界がにじみ出す。

「で、そろそろカザックから出ていくよう、僕の口から言わせたいというところだろ？そのほうが円満だしね、さすが頭が回る……もういいよ、望み通りハイドランドに戻──」

（……ああ、もう、もう駄目、だ……）

ボロボロと涙が零れ落ちた。

金と緑の瞳を見開いた彼と目が合った。

それがちゃんと彼の顔が見えた最後になった。

「……」

「……、っ、ソフィーナ、」

焦ったように名を呼ばれたが、ソフィーナは俯いて首を左右に振った。雫がはらはらと振り落とされる。

（もう駄目だ、どこまでも同じなんだ……。さっき嬉しかったのに。無事かと私に訊いてくれて、泣きそうになったのに。抱きしめてくれて嘘みたいだって思って舞い上がって……。でも、やっぱりこうなる──）

「っ、も、う、いい……っ」

ならら全部ぶつけてしまおう、こんなに苦しくて、馬鹿な恋をしたといつか笑えるように。こんな経験も必要だったんだと思えるように。

ずっと洟《はな》をすすって、ソフィーナは叫んだ。

「そうよ……っ、間違って王女に生まれたって、みんな思うくらい地味よっ。あと、着飾らせても意味なくて、お兄さまの役に立つしか能がなくて、ついでに言うなら、あなたから求婚があったと聞いた時だって、迷わず姉にだって思い込むぐらい、その自覚もあるわっ」

泣きながら、一気に言い切った。

「そんな私が、オーセリンで会った時からずっとあなたに憧れてたっ。あなたの婚姻の申し込みが、本当に私にだって知って舞い上がったわっ。身の程知らずって笑ったらいいっ、滑稽でしょっ。もっと、馬鹿なことに、あなたの本性を知ってからだって、ずっと好きだった。わ、我ながら、情けなさすぎて、泣けてくる……っ」

「……え」

呆然とした声を出したフェルドリックを、ソフィーナは嗚咽に体を震わせながら、睨みつけた。

「近づくたびにドキドキしてたことだって、夜ちゃんと寝てなかったことだって、手を繋ぐのすら実は構えてたことだって、自意識過剰の馬鹿女って言えばいいっ、その通りだものっ。一緒にいたって、指一本触れる価値がないって思われているのにっ」

ぐっと袖で顔を拭った。作法としては論外、その上それでも涙は止まらない。

どこまでも私はカッコ悪いと思ったら、余計泣けてきた。

「私は幸せになりたかった……っ。大事な人を想って、想い返してもらって、その人と笑い合いながら暮らしたかったっ。あなたとそうなりたくて、些細なことを一生懸命拾い上げて、その度に自分の馬鹿さ加減を思い知らされた……っ」

もうちょっとでそれも終わる。あと少し、それで今度こそ終われる――。

「満足？　認めるわ、あなたの言った通り、私はあなたに惚れているの……っ」

「……嘘、だろう……」

「っ、嘘でもほんとでももうどうでもいいっ、もうおしまいっ――あなたに縛りつけられてなんか、絶対にやらないっ！」

「っ、ソフィーナ、ちょっと待っ」

伸びてきたフェルドリックの腕をはね除《の》けた。

「っ、ソフィーナ、」

「嫌っ、触らないでっ」

「いや、だけど、」

「うるさい、もう話すことなんかないっ」

「う、るさい……って、ソフィーナ、」

「やだったら、やだっ」

「ソフィっ、落ち着い」

「十分落ち着いてるっ」

「いや、どう見ても」

「うるさいっ」

いつになく慌てた様子のフェルドリックに手をつかまれて必死に振り払えば、駆け寄ってきたアレクサンダーにぶつかった。

(捕まる――)

「っ、フィル……っ、ヘンリック……っ」

焦りと共に馴染んだ名が口をついて出た。

何度も何度も孤独を癒やして、笑わせてくれて、ずっと側にいてくれた人たちだ。彼らは生まれでも外見でもなくソフィーナ自身を見て笑って、こんな無謀なことにも命がけでつき合ってくれた。

(お願い、もう一度だけ――)

「フィ、ル、ヘンリ……クっ、たす、て……っ」

再度叫んだ声は嗚咽に途切れ、ひどい響きだった。

「――はい、妃殿下。ここにいます」

なのに、ちゃんと聞いてくれる――今まさにフェルドリックに捕らえられるという瞬間、体がふわっと浮いた。

「っ、フィ、ル……」

フェルドリックからかばうように抱え上げてくれているのは、息を切らせている彼女だった。

「ヘンリックもすぐ来ますよ」

少し乱れた金の髪の向こうで彼女は緑の目を緩ませ、安心させるように笑ってくれた。

「っ、う……っ」

「もう大丈夫――私は味方だと言ったでしょう」

それでさらに涙を零せば、優しい手つきで彼女はソフィーナの背を撫でてくれる。

王族なんて立場に生まれたのに、もう十九になるのに、と理性は咎めるのに、彼女の腕の感触が優しくて、ソフィーナは声を立てて泣きながら、彼女に抱きついた。

「ソフィーナさま、お呼びですか……って、ああ、殿下か、また……」

やっぱり額に汗を浮かべて走ってきてくれたヘンリックは、フィルに縋りつくソフィーナを見るなり、フェルドリックへと険しい視線を走らせた。

今まで怒ったことのない彼が見せた恐ろしい表情に、ソフィーナが驚いて顔を上げようとすれば、フィルの手で彼女の胸へと押さえつけられる。

「フェルドリック、私は警告したはずです。次に泣かせれば、相応の報いをやると」

フィルの声の低さと厳しさにも驚いて、涙が止まった。

「――返せ、フィル」

「断る。守れと命令したのはあなただ」

「ヘンリック……っ」

「生憎と今殿下にお渡しする訳には参りません」

何も見えないけれど、空気がびりびりと震えているのは肌でわかった。

ざっと音が立ち、フィルたちが動き出す。

「ポトマック、アレックス、放せ」

「私はカザックとあなたに尽くす騎士ですので、お断りいたします」

「頭を冷やせ、リック。これ以上、泣かせたいのか」

そうしてソフィーナはヘンリックにつき添われ、フィルに抱えられたまま、彼らの声と戦地だった場所から遠ざかった。

第八章

結局、ソフィーナはあのままゼアン要塞を離れた。

兄が心配するかも、迷惑をかけるかも、と思いつき、気が進まないながら、戻らなくては、と思ったが、フィルとヘンリックは気にするなと言う。

「目の前で何が起きているか見ていたのに、私たちを止めなかった以上、ポトマック副団長がうまく話をつけてくれるはずです」

「そうそう。怒ると怖いけど、必ず責任を取ってくれる人ですから、勝手に王都に戻りましょう」

その言葉に安堵したのと、ポトマックの苦労を考えて申し訳なく思ったのは覚えている。


次に意識がはっきりしたのは、夜、宿の寝台の上だった。

馬上でのやり取りを思い出し、その後の記憶を辿ったのだが、覚束《おぼつか》ない。

（ひょっとして泣き疲れて寝てしまった？　フィルに抱えられたまま？　で、馬の背に揺られていたのに起きなかった……）

子供みたい、と無性に恥ずかしくなって寝返りを打てば、頭が痛んだ。

「……うー」

泣きすぎたせいか、頭ががんがんする。

ふと明かりに気づいて、目をそちらにやれば、続きの部屋との間の扉が少し開いていて、光と声が漏れていた。

フィルとヘンリックの声が耳に飛び込んでくる。


「あそこまで不器用だとは思ってなかったなあ」

「不器用で済ませていいレベルじゃない」

「好きな子に素直になれない典型じゃない？　もう二十六だけどさ」

「だからって許される訳じゃない」

「……本人も困ってるみたいだけど」

「知った話じゃない」

「……フィル、激怒してるよね」

「当たり前だ。ヘンリックだって怒っていたじゃないか」

「うーん、そうだけどさあ、頭が冷えるとちょっと同情の余地が……なんだかんだで、ソフィーナさまの大事なもの、全部守ったじゃん」

「それで本人を傷つけてどうする」

「い、や、そう、だけどさあ。フィルは騎士団に行ってたから知らないだろうけど、ソフィーナさまが城からいなくなったって報告が来た時なんか、面白いぐらい動揺してたんだよ？　顔色とかひどくてさ。少しぐらい譲歩してあげない？」

「………………フェルドリックが真っ青になってたことぐらい想像できる」

しばらくの沈黙の後、フィルが発した声はひどく沈んでいた。

「私、カザレナでのあの襲撃の後、妃殿下は国に帰る気だとフェルドリックに話したんだ。妃殿下には内緒だって言われてたのに……。襲われた直後に城を出るとはさすがに思ってなかっただろうけど、あいつ、その時もひどい顔してた」

「……珍しいね、フィルがそんなことするの」

「うー……妃殿下は何の間違いか、フェルドリックを好きなんだってわかったし、じゃあ、あいつはどうなのかなって」

「……フィル、相変わらずほんっと鈍いよね」

木の軋《きし》む音がして、「自覚はあるけど、突き刺さる……」というフィルのぼやきが聞こえた。

「私、妃殿下のこと、大好きなんだ。凜としていて芯がちゃんと通っていて、いつも一生懸命で、めちゃくちゃかわいい。偉そうにしたっていいのに、優しくていつも人のことばっかり考えてる」

「同感。あんな王后さまだったら万歳だ」

「私もそう思う。だからカザックの王太子妃でいてほしい、王后になってほしいとは思うんだけど……でも、それで彼女が幸せじゃないのも嫌なんだ。だからフェルドリックが彼女のこと大事じゃないんだったら、望み通りハイドランドに帰してやろうと思った」

「相変わらずとんでもない決断をあっさり……気持ちはわかるけど、さすがに騎士としてはダメでしょ、それ……」

ヘンリックの露骨な呆れ声に、フィルは「騎士をやめる覚悟だった」となんでもないことのように応じた。

いつかの言葉が本気だったことを知って、ソフィーナは胸を詰まらせる。

「でも、そう言ったら、フェルドリック、黙り込んだ後、『守ってやってくれ。絶対に傷つけないでくれ』って。びっくりするくらい顔色も悪くて」

「……そっか」

「守れという命令が出ていると妃殿下には言ったけどさ……」

「お願いだね、それ」

「しかも『帰らせるな』でも、『監視しておけ』でもないんだよ？　あの我がままで傲岸不遜を地で行くフェルドリックが、『絶対に迎えに行くから、それまで頼む』って。なのに、『それでもう一度だけ話せたら、あとは彼女は自由だ』とか言って……」

「そう……」

「だから、城下で妃殿下を見つけた時に思ったんだ。ハイドランドに行きたいなら、そうさせてあげよう、あの国が心配だと言うなら、望み通りにしてあげようって。でも……最後には妃殿下をカザックまで連れ帰ろうって思ったんだ。そしたら、きっとフェルドリックも笑うだろうなって」

「俺も帰ってきてほしいって思ってるよ。幸せになってほしいんだよ、両方にさ。なのに殿下ってば……」

「――馬鹿すぎ」

綺麗に声をそろえて、二人はため息をついた。

直後に、宿の外で夜風が強く吹いた。葉を散らし、ソフィーナの脇の小さな窓に当てて、揺らしていく。

「なあ、ヘンリック、あいつ、そういうまくやれないところも含めて、ソフィーナさまの横にいる時だけ、普通の人に見えないか……？」

（ふつう、のひと？　フェルドリックが？）

フィルの惑うような言葉に、ソフィーナは目を瞬かせる。

「なんていうか、瘴気が出ないってのもだけど、いつものやたらキラキラした胡散臭《うさんくさ》さもないし……。私、ソフィーナさまと一緒にいるあいつを何回か見落としそうになったことがあるんだよ。私が、あいつを、見落とす――あり得なくない？」

「……似てて落ち着くんだろ。表面的に邪悪かそうじゃないかの違いはあるけど、二人とも自分を後回しにしてでも、人のこと、馬鹿みたいに考えてくれるじゃん。外見や身分じゃなくて、その人自身を見ようともしてくれる。人に自分の理想を押し付けてくることもない。だから素でいられるんだよ」

『君がいれば、横の僕が太子だとは誰も思わない』

いつかの夕刻、図書館を出る直前の彼が思い浮かんだ。

けれど、直後に『僕としても君なんかどうでもいい』という昨日の彼の声が脳内に響いて、ソフィーナはぎゅっと眉根を寄せる。

「……なるほど。って、まあ、だからって妃殿下を振り回していい理由にはまったくならないな」

「っ、ちょ、待て、結論一緒じゃん！　今の流れ、『仕方がないな、手助けしてやるか』になるやつだろっ」

「ならない。全然。まったく。人のためにあんなめんどくさい立場からも逃げないって意味では尊敬してるけど、そこは妃殿下だって一緒じゃん。しかも彼女はフェルドリックと違って、どこをどうとっても善良で、しかもめっちゃくちゃかわいい。超かわいい。
何なら私が嫁にしたいくらいだ」
「洒落《しゃれ》に聞こえない……」と引き気味になるヘンリックに、「やっぱり？」と笑った後、
フィルは「だから――私は妃殿下の味方だ」と打って変わった真剣な声を出した。
「彼女が望むなら、ハイドランドにこのまま置いていく」
「……外交問題になるぞ」
「じゃあ、西大陸のミドガルド。離れすぎてて問題になりようがない。公的には死人に
なっていただいて」
「具体的な計画を練るな。大体その場合はフィルも一緒だろ？　となるとアレックスも
一緒――フォルデリーク公爵家がなくなったら、カザック王朝は間違いなく打撃じゃな
いか。被害を受けるのは民衆だぞ」
「じゃあ、離宮のアド爺さまのところ。連れてきてくれってせっつかれてることだし、
一石二鳥だ」
「建国王さま？　……に叱られる殿下――は見たい」
「じゃあ、それで」
（……私の未来、勝手に決められちゃった……）
と思うのに、それで少しだけ笑うことができた。二人は今も『私』を心配してくれてい

る、そう実感する。

「で、俺らのお姫さま、どうする？」

「どうも何も、こういうことで他人ができることなんか、ほとんどないよ。自分たちで考えて、自分たちで向き合うしかないんだ」

「じゃあ……いっぱい甘やかすか」

「そう。早く元気になれるように」

「それで、勇気を持てるように」

「……」

（なにを、信じよう……）

——イマハナニモカンガエタクナイ。

でも、フィルとヘンリックは信じられる、それははっきりしている。

（じゃあ……）

（でも……）

イマハカンガエテハダメ——。

ソフィーナは再び目を閉じる。

「ハイドランドは綺麗な国だね。人も優しいし、食べ物も……ああ、美味しい物は？」

「いいね。あとはどこかに寄ろうか。どこにお連れしたら喜ぶかなあ」

「宿の主人にでも聞いてみるのは？」

二人の話し声は柔らかい。内容も優しくてほっとする。

（私の故郷なんだから、私のほうが詳しいのに）

ソフィーナはくすりと笑う。

（明日、この近くのホーゼンの滝に寄ろう。フィルは自然が好きだからきっと喜ぶわ。その近くにはルビーの採れる鉱山町がある。そこでヘンリックはメアリーへのお土産を買うといいかも。私も買おうかしら、アンナに……）

再び眠りに落ちる瞬間。

『ソフィーナっ！　無事か……っ』

考えまいと思うのに、それでも脳裏に浮かんだのは、朝日の中、あの人が走り寄ってくる姿だった。

元気になったら、もう一度だけあの意味を考えてみよう――。

＊＊＊

あれから五日。寄り道して帰ったソフィーナたちは、それでも軍より数日早く王都ハイドに到着した。

城に戻ったソフィーナを待ち構えていたのは、保身に奔走する王都の貴族たちだった。

そんな権限はないとあれほど言ったのに、釈明や便宜のためにいまだに面会を要求してくる彼らを、侍従長と侍女長がはね除けてくれる。

それでもしつこい者たちについては、フィルとヘンリックが、

「ソフィーナさまはハイドランド防衛のためにはるばるカザックから駆けつけ、自ら戦地にまで赴かれた。休息が必要な状態におありだとご理解ぐらいはいただけるかと」

「どなたに我が妃殿下へのご配慮があったか、しかと記憶いたします」

と言って口を封じたそうだ。

「日和って終始王都で安穏としておきながら、謀反を抑え、戦にまで出たソフィーナさまを粗略に扱おうというのであれば、相応の目に遭わせてやる——という威圧ですね、実質。お言葉は慇懃《いんぎん》でしたが」

「国のために戦う姿勢を見せることすらせず、様子見をしていたという自覚がおありな

のでしょう。コゾルアーニ伯爵はじめとする方々は、皆蒼褪めておりました。実にすっきりいたしました」

侍従長と侍女長はそう笑った後、

「親切で人懐っこいと思いきや、恐ろしくお強い上に、あんなふうに人を制すこともできる。フェルドリック殿下は、ソフィーナさまのために優秀な方を選んでくださったのですね」

「ソフィーナさまがカザックで大事にされているのが、手に取るようにわかります」

としみじみとつけ加えた。

彼らの言葉を「そんな訳ない」と思う自分と、「いつまでもそんなふうに頑《かたく》なでいいの？」と思う自分がいて、ソフィーナが居たたまれなくなったのは、言うまでもない。

ところで、ヘンリックはガードネルら兄の友人たちとの面会も断ったらしい。

「……ちょっと厳しすぎない？」

「扱いが違うと不満を言う輩《やから》が必ず出てきます。『贔屓《ひいき》』と騒ぎ立てるのは、騒乱を引き起こす口実として常套《じょうとう》ですので」

抗議してみたのに、彼ににこやかに、だが断固として突っぱねられた。

いつも優しくて甘く、ソフィーナの望みは大抵叶えてくれる彼がこの時ばかりは絶対に譲ってくれなくて、ソフィーナは疑問を持ちつつも諦めるしかなかった。

「ソフィーナさま……っ、よく、よくぞご無事でっ」

「まあ、ガードネル、あなたこそ怪我の具合はどう？」

それでも一度ガードネルと城の廊下で遭遇し、改めてお礼を言わなくては、ちゃんと約束を果たしたと伝えなくては、と思ったのだが、今度はフィルに阻まれた。

「…………フィル？」

「生存本能です、お気になさらず。さ、私にかまわずお話の続きをどうぞ」

ガードネルが駆け寄ってくるなり、無言でフィルに横抱きに抱え上げられ、ソフィーナは目を丸くする。

（だ、抱っこされたまま……？　おかしくない？　って、おかしいでしょ！）

「……ソフィーナさまにご無礼では？」

「寝食を同じくし、危難を共に乗り越えてきた間柄ですので、一心同体と考えていただければ――ね、ソフィーナさま？」

唖然とするソフィーナにも気色ばんだガードネルにも、フィルはまったく動じない。

（確かにその通りではあるけれど、また訳がわからない……まあ、フィルだもの、理解できなくて当たり前、考えるだけ無駄だわ。言い出したら聞かないし）

結局脱力と共に諦めをつけ、ソフィーナはフィルにお姫さま抱っこされたまま、ガードネルに礼を伝える羽目になった。

「い、え、お礼申し上げるべきは、私のほうです……」

ガードネルに微妙な顔をされたことこそ、ソフィーナがカザックに染まってしまった証《あかし》のような気がする。

(その意味では、私、ハイドランドにはもう戻れないかも……)

ソフィーナも微妙に切なくなった。

「妹のお立場なのですから、姉君を助けるのは当たり前でしょう――顔を見せるのも。オーレリアさまは『野蛮な戦地にまで行く元気はあるのに、ソフィーナはカザックに行って思い上がってしまったのかしら』と泣いておいでですよ?」

侍女長の命令を無視した、姉つきの古参の侍女からそんなふうに言われた時も、フィルとヘンリックが対応してくれた。

「やっぱり会わない訳にはいかないわよね……」

(でなければ、事情を知らないお姉さまたちのことだもの、私がハイドランドに戻ったことを、フェルドリックとの不仲のせいだと思うに違いないわ。……半分事実だけど。というか、事実だからこそ吹聴されると困る……)

いらない諍いの種を蒔《ま》くのは避けたい、と渋々彼女たちに会おうとしたソフィーナを、まずヘンリックが止めた。

「ソフィーナさまあ、以前姉君のことを『妖精がそのままこの世に現れたような人』とか仰ってましたけど、失礼ながらそんな可憐な感じじゃ、多分ない気がします。悪意ありまくり、自分勝手極まりないのに、見た目を利用してそれを隠す術を知ってるってタイプ」

目を瞬かせたソフィーナに、ヘンリックは「この際、率直に言いましょう——ソフィーナさまは多分ご自身が考えている以上に鈍いです。フィル並みです。自覚なさってください」と残念な子を見る目を向けてきた。

「私並み……って、それ、色々ひどくないか……？」とぼやきつつも、「まあ、少なくとも会いたい相手ではないんですよね？　じゃ、やめときましょう。セルシウス陛下がお戻りになる程度の時間なら、私たちで稼ぎますから」とフォローしてくれたフィルは、やっぱり優しい。

が、「鈍いなら鈍いなりに、そういう相手とやっていく方法がありますから、今度教えます」と生暖かい目で同類扱いされたのは納得できない。

その後二人は盛装し、例の鉱山町で買い求めた上質のルビーを持って姉を訪ね、ソフィーナの非礼を詫《わ》びると共に、適当にご機嫌取りをしてくれたそうだ。

話題が豊富で空気と女性心を読み、うまく会話を弾ませるヘンリック（フィル曰く「ああいう時にメアリーを話題に出さないだけの分別はある」らしい）と、ヘンリック曰くの「男性仕様」で蕩《とろ》けそうに甘い微笑みを見せながら、完璧に紳士の振る舞いをするフィル。

彼らのおかげで、またあれこれ言われる、と怯えていたのに、姉の注意はあっさりソフィーナから逸れた。感謝してもし切れない。

翌日、ソフィーナはそんな状況からの逃避も兼ね、フィルやヘンリックと城下に忍び出ることにした。

危ないと言う者ももちろんいたけれど、カザック王国の騎士の名声は、ハイドランドにまで届いている。しかも、彼らのおかげで兄とソフィーナは窮地を救われ、カザック国軍救援までの間を稼げたとあって、あまり強くは引き止められなかった。

（カザックに行かなかったら、こんなことしようなんて発想自体なかったかも……）

街の年頃の女性が着るようなワンピースを着て、同じく普通の服装のフィルとヘンリックに挟まれて街に降りる。

ソフィーナの母が愛し、日々城から眺めては、人々の暮らしに目を細めていたあの街だ。ソフィーナ自身ずっと城から見てはいたけれど、自分の足と目で皆の日常を見るのは初めてで、ひどくドキドキした。

「いらっしゃいっ、ミシミジャからリンゴが届いたよ。戦勝記念だ、安くしとくからどうだい？」

「安すぎないかって？　ミシミジャの奴らがそう言って安くしてくれたんだよ。ご厚意にみんなで甘えようじゃないか」

「おお、鉱山からようやく荷が着いたか。ありがたい、これで商売になる――なあ、母ちゃん、今夜は祝いに山輝亭《さんきんてい》に飲みに行かねえか」

「そんなこと言って、あんたはいつも飲んだくれてるじゃないか。まあ、あそこの旦那、カザックの出だし、仕方ないねえ。うちらを助けてくれた国の料理を肴《さかな》に一杯やるか」

「ハイドにお戻りになるなり、シャダとの戦に行っちまわれて、でもちゃんと勝ってくださった。さすがセルシウスさまだ。ご恩返しに私らもいっぱい働いて、いっぱい儲《もう》けて、」

「いっぱい税を納める？」

「んんーっ、しゃあない、ハイドランドと陛下のためだ、持ってけ！　てなもんよ」

「おっちゃーん、久しぶり。お客さん、戻ったあ？」
「おー、おかげさんでな。お前らも遊びに出てこられるようになったんだな」
「うん、もう悪い奴いなくなったからって。全部セルシウスさまとソフィーナさまのおかげだって母ちゃんが」

混乱の影響はまだあったけれど、シャダに勝利し、退けたという噂は、既にハイドの民にまで届いているようだった。

晴れ渡った初秋の空の下、通りでは人々がそれぞれの商売に精を出し、住宅街では穏やかに日常が営まれていた。街のあちこちを流れる水路では、澄んだ水の上を小舟が人や荷を積んで行きかい、釣竿《つりざお》を持った子供たちが何事かを船頭たちに大声で話しかけている。

それぞれがこれまでの鬱屈を晴らすかのように少しずつはしゃいでいるせいか、王都全体がお祭りのような高揚に包まれていた。

（よかった、みんな元気そう……）

その間に混ざり、人々の暮らしがちゃんと元に戻っているとこの目で確かめられたことが何より嬉しい。色々あったけれど、ソフィーナがカザックから戻ったことに意味はあったのだ、と思うことができた。

（それでフェルドリックとはどうしようもなくこじれたけど……って、そうじゃないっ）

せっかくの休暇なのに沈み込みそうになって、ソフィーナは慌てて頭を強く振った。

直後に、通りすがりのおばあさんに「そんなことしてると、アホになっちまうよ。あんたの年頃だと色々あるんだろうけどさ、元気出しな」とぼさぼさになった髪を整えられて、ありがたくも泣きたい気分になった。

横でフィルとヘンリックが顔を背けて肩を震わせていたのが、ちょっと憎たらしい。

ちなみに、他の人もみんなそんな感じで、あの日、あんなふうに街の通りを歩いたというのに、誰もソフィーナがあの時行進の中心にいた人間だと気づかなかった。

「ティアラとマント、どっちが有用だったのかしら……」

思わずそう呟いたら、ヘンリックに大笑いされたけれど、つまり水運組合のボボクや宝飾組合長などの目は確かだった——助けてもらったハイドランドの王女としては感謝以外の言葉がないけれど、個人的にはとても切ない。

そこからは生まれ故郷でありながら初めてでもあるハイドを、ひたすら楽しんだ。

乱暴な馬車が来たり悪路に遭遇したりした時はフィルとヘンリックに丁寧にかばって

もらい、食事や休憩にカフェなどに入れば、その辺の高位貴族どころか、王族すら恥じ入るような整った所作でエスコートを受ける。

二人とも目が合えば、柔らかく微笑んでくれて、服や髪が乱れれば、思わず見入ってしまうような手つきで直してくれるし、

「ソフィーナさまは、もっと我がままになるべきです。そのほうが私もヘンリックも嬉しい」

「そうそう。かわいくて優しい、こんな素敵なお嬢さまのお願いなら、なんだって叶えますよ」

と笑ってソフィーナの希望を聞き出し、行きたい場所、やりたいこと、すべて叶えようとしてくれる。

（本気で甘やかされてるわ……）

あの晩言っていた通り、ソフィーナを元気づけようとしてのことだと知っているけれど、彼らの気持ちはやはり嬉しかった。

そうして王都で一番お茶が美味しい上にケーキもお勧め、とアンナが言っていたカフェに入った時のことだ。

元々ハイドの富豪の邸宅だったというそのカフェのテラスは、北部山脈を借景とする

庭園が自慢らしく、評判の通り見事な秋バラが咲き誇っていた。背後に見える山の上のほうでは既に紅葉が始まっていて、高く澄んだ青空に木々の赤と黄が映えて、ひどく美しい。

(カザックよりだいぶ寒いものね……コッドは今忙しいかしら)

ソフィーナは涼しい風に吹かれながら、カザレナの城の老いた庭師を思い浮かべる。

『フェルドリックさまにも困ったものです。幼い頃は素直な子だったんですが、随分とひねくれてしまった。根っこのところは変わりませんが』

フィルを介して仲よくなった彼は、そういえば、フェルドリックを実の孫のように扱うことのある人だった。

『花なんてまったく興味がおありにならないのに、「詳しければ、特に女性相手に役立つ」とか身も蓋もないことを仰って、私の後をついてきてはあれこれ聞いてきて……。ただ、去年の秋にドムスクスから取り寄せたチューリップだけは思い入れがおありなようで、「絶対に次の春に咲かせてくれ」と仰ってましたな』

(ひょっとして……あの花？　いやでももしそうなら、あんな渡し方する？　……かも、あの人なら。じゃあ、そのために？　ああでも私相手とか、あり得、る……？)

あれから季節が終わるまでずっと部屋に届けられるようになったチューリップのことを今更考えて、ソフィーナは視線を伏せた。

「ソフィーナさま、何を注文なさいますか？」

「え？　ああ、そうね、ええと、何にしようかしら？」

ハイド城に納められるここの茶葉には、それなりに馴染みがある。でも、こうして飲みに来るのはもちろん初めて、そしておそらく最後だろう。

（ハイドに戻ろうとそうでなかろうと、こんな機会はもう二度とない。何を選ぼう……胃が二つほしい。ああ、でも太るかも……うぅ）

ずらりと書き記されたスイーツメニューを見ながら悩むソフィーナに、ヘンリックは
「お嫌でなければ、取り分けるのはいかがですか？　そうすれば、色々楽しめますよ」

とにこにこと笑った。

「……お行儀、悪くない？　それにお店の人を困らせるかも」

「たまにのことですから。お店に許可をいただきましょう」

そう言って彼は立ち上がって、奥へと歩いていく。

その彼に気づいて目で追った後、ガラス越しに羨望の視線をこちらに向けてくる女性がそこかしこにいることに気づいて、ソフィーナは苦笑を零した。

その人、「一歳の時に赤ちゃんだった奥さんに一目惚《ひとめぼ》れした」と本気で言っている、ある意味すごく危ない人です、と教えてあげたくなる。

「失礼」

「……ありがとう」

（女性だとわかってるのに、本当、男性にしか見えない……）

風にあおられて顔にかかった横髪をフィルが耳の後ろへと優しく流してくれて、ソフィーナはつい頰を染めた。

「あ、また。いいなあ、フィル。俺、弟妹に憧れてたんだよ。こんなかわいくていい子が妹だったら、俺だってフィルみたいにできるのに……」

「ヘンリック、完全無欠の末っ子だもんね。けど、実行するなよ、呪い殺されるぞ」

「だろうね。名前呼びだけでも、例のぞっとする顔を向けられたよ……。フィルのことも殺すとまではいかないけど、いつもすごい顔で見てる」

「知ってる。いい気味だ」

戻ってきたヘンリックに、フィルが人悪く笑いながら応じた。

「……」

ソフィーナはそっとメニューを持ち上げ、その陰に隠れる。そして、彼らが誰のことを言っているのか敢えて考えないよう、何を注文するかに意識を集中させた。

卑怯《ひきょう》だとわかっているのに、ここのところそんなことばかりしている気がして、後ろめたくなった。

楽しくももやもやが消えないまま、人生で最後のハイド城下での休暇を楽しんだソフィーナは、西に傾き、黄色味を強めた日差しの中、街の外の水運業の組合を訪ねることにした。そろそろ仕事終わりを迎える頃だ。今なら仕事の邪魔になりにくいだろう。

途中ソフィーナは若者向けのアクセサリーを取り扱う店の飾り窓越しに、繊細な作りのネックレスとイヤリングのセットに目を留めた。

（あ、かわいい……）

何本かの銀の細い鎖が絡まり、小さなアクアマリンや水晶を日の光に反射させるそれは、控えめながらひどく愛らしい。

けれど、王女や王太子妃が身につけていい質のものではない。

『ドレスや宝飾品は、王族にとってただの趣味で済まされる物ではないの。身に着ける本人の教養やセンス、他者への気配りのみならず、国家の経済力や文化レベルを見られる――よくよく考えて選びなさい』

そう言っていた母を思い出し、ソフィーナはそれをじっと見つめた。

（どうしようもなく地味なのに、王女に生まれたばっかりに、私には到底釣り合わないほど質のよいもの、しかも好きかどうかもわからないものに囲まれて生きてきたのよね……。で、不釣り合いの止めがフェルドリック・シルニア・カザック）

足を止めたソフィーナをヘンリックが振り返り、飾り窓の中へと視線を移した。

「ソフィーナさまのご趣味に合いそうですね」

「……え」

「ほら、水月の宴のとか、王后陛下の誕生祝賀会のとか、お持ちの物になんとなく似ています」

「……」

どちらも選んだのはソフィーナじゃない。フェルドリックから渡された物だ。

彼から贈られた物は、すべて高名な職人による物で、細工が細かく、サイズを問わず使われる石もとんでもなく上質。値段を考えるのが恐ろしくて、ソフィーナは気後れした挙げ句、受け取るのが億劫《おっくう》になって、ある時を境に断ってしまった。

『名目上であっても僕の横に立つんだ。ただでさえ貧相なんだから宝飾品ぐらい、というだけのことだ』

『大きな石のとか目立つのを着けたら、君が宝飾品の添え物になる未来しか見えない』

そんなふうに言われたこともあって、それらの贈り物をソフィーナが喜んだことはなかった。

けれど、控えめながら丁寧に作られたガラス向こうのアクセサリーは、ヘンリックの指摘通り、確かに彼からもらった物になんとなく似ている。

「あ」

　そのネックレスとイヤリングが中の店員によって回収され、ソフィーナの目の前から消えた。すぐにフィルが店から出てくる。

「向こうを向いていただけますか……はい、いいですよ。イヤリングも今しますか？」

「……いいえ」

「ああ、やっぱり。ソフィーナさまの雰囲気にとても似合います」

「似合う……」

「ええ、とても素敵です。街歩きの際にでもどうぞ」

　ガラスに映る彼女の隣で、ヘンリックもうんうん頷いている。

「フィルは身につけないから知らないだろうけど、アクセサリーって難しいんだってさ。髪や肌、瞳の色や体格によって似合う物がみんな違うし、人がもてはやす物がその人に合うとは限らないって姉さんが。だから、サプライズで贈るとか気軽にやるな、ちゃんと相手を見てるかどうか、はっきりばれるって散々脅された」

「つまり……私、今知らぬ間に妃殿下の騎士としての試練の中にいた？」

　顔の片方をしかめるフィルに、ヘンリックが「一応合格なんじゃない？」と笑うその間で、ソフィーナはガラスに映る自分の首元、確かにそこにあるのに自分を引き立ててくれるかわいらしいネックレスをじっと見つめた。

（私、これ、好きだわ……）

そう認めざるを得ない。

「ああ、だからヘンリックはいつもメアリーと一緒に選びに行くのか」

「そ、デートも兼ねてね」

二人の会話を聞くともなしに聞きながら、ソフィーナはカザック城の自室にある、フェルドリックから贈られた物を一つ一つ思い返した。

「……」

金額的にもフェルドリックからという意味でも、自分に不相応だとは何度も思った。けれど、似合わないと思ったものは、結局一つも思い出せなかった。

日差しはさらに傾き、赤みを増していく。

昼の青と夕焼けのピンクを混ぜて、斑《まだら》に染まる運河の川面《かわも》を眺めながら、ソフィーナは王都奪還の際に世話になった水運組合を訪ねた。

生憎と組合の長は投獄生活の間に腰を痛めたとかで、温泉地に行ってしまっていたけれど、ボボクたちには会うことができた。

「おいこら、迷子姫。いくら反乱が収まった、シャダに勝ったって言ったって、だからこそ危ねえだろうが」

「まったくもって大丈夫だったわ」

呆れるボボクに、今日一日誰にも気づかれなかったと拗《す》ね気味に話したら、彼だけじゃない、その場の皆に爆笑された。

「いいんだよ、あんたはそれで。みんなあんたの外見じゃなく、中身を信頼してるんだ」

「第二王女殿下は俺たちのためにこんなことをしてくださった、大事に想ってくださってるってな」

気恥ずかしくて、でも嬉しくてはにかんだソフィーナだったが、

「ただ、お転婆もほどほどにしとかないと、カザックの旦那に呆れられるぞ」

とボボクに言われた瞬間、一転、情けない顔になったらしい。

「……マジか？　ひょっとして夫婦喧嘩《げんか》か？」

「え、姫さんの旦那って、カザックの噂の完璧王子だろ？　うちの国を助けに来てくれた……王子さまとかお姫さまとかも喧嘩するんだなあ」

そこからは彼らの妻たちも集まってきて、仲直りの方法をワイワイ教えてくれた。

ヘンリックに耳をふさがれたせいで聞けなかったものもあるけれど、みんなに心配されて、情けないような、幸せなような複雑な気持ちになる。

「ちゃんと話しな。でなきゃ伝わんないよ。例外もいるけど、女の心の機微を察するなんて、男にゃ基本無理だと思いな」

「男のほうだって色々あるんだ。惚れた相手にゃカッコつけたいって思っちまうってのに、女どもときたら欠片も理解しやがらねえ」

「な、話さなきゃいけないってのがわかるだろ？　それでもだめなら、いつでもハイドランドに戻っておいで」

「おー、姫さんなら歓迎するぞ。そっちの騎士さんには嫌っそうな顔されちまったけどな」

「くそったれな貴族どもから、陛下と城を取り戻したあんたならできるだろ？　気合を入れな。帰るところはあるんだから、やれるだけやってこい」

そう言ってみんな励ましてくれたけれど、結局うまく返事ができなかった。

城の自室に戻ってから、ソフィーナはつらつらとこの先のことを考える。着替えている間も、夕飯を食べている間も、湯浴みをしている間も、そして寝台に入ってからも。

そのせいだろう、まったく眠気が来なくて、ソフィーナは深夜、窓の外に目を向けた。

黒い山並みに抱かれるように、まばゆいばかりの星空が広がっている。

（やっぱりきれい……）

漆黒の闇と天空に灯る無数の明かりのコントラストは、ソフィーナが生まれてこの方ずっと馴染んできたものだ。

なのに、あの晩フェルドリックと共に見た、カザレナの街明かりに照らされるような星空が懐かしくなるのはなぜだろう？

（ハイドランドの星空に対抗した訳じゃなくて、ホームシックになっていた私を慰めようとしてくれていたのかも……）

初めてそんなふうに思うことができた。

ソフィーナは椅子を窓辺に寄せると、膝を抱えてその上に頰を乗せ、西の夜空を眺める。

（まだハイドへの道の途中にいるはず……）

あの人はこの空を見て、何を思うのだろう――。


そうして夜が明けた。

今日、ハイドに入ってくるフェルドリックと、ソフィーナはあれから初めて顔を合わせる。

第九章

昼下がり、フェルドリックから戻ったカザック人と共にハイドに戻った兄セルシウスが、ソフィーナの部屋を訪ねてきた。

（先触れなしってお兄さまには珍しい。つまりお急ぎ。となると……）

侍女長に手配してもらった既製品の質素なドレスを手にしたまま出迎えれば、彼は目を瞬かせる。

「今晩の戦勝会、まさかそのドレスで出るつもりかい……？」

「だって、私、身一つで戻ってきたんだもの。亡くなった人もいるのに、わざわざ急いで仕立ててという気分にもなれないし。じゃなくて、お帰りなさいが先だったわ、お兄さま」

こういう時は便利だわ、と自分の平均の体格を初めて誇らしく思うソフィーナに対し、兄の感想は違ったらしい。元々硬い表情だったのに、渋面にまでなってしまった。

「ただいま、ソフィーナ。ええと、そのドレスも気になるんだけど、その前に色々話があって、」

「なんとなくわかりますけれど……今はそっとしておいてくださいませんか」

（ぐちゃぐちゃで何も整理がついていない。たとえお兄さまでも話したくない……）

「……わかった、ソフィがそう言うなら、今は触れないことにする。でも何かあるなら、いつでも言いなさい。できる限りのことをするから」

フェルドリックとのことだと察し、先手を打って牽制《けんせい》すれば、心配と不満を顔に乗せつつも優しい兄は引いてくれた。

だが、ほっとできたのは一瞬だった。

「でも格好のほうはもう少し華やかにしなさい。オーレリアは……貸してくれないだろうな。となると今から対応してくれそうなのは……」

「伝書隼で勝利の連絡が行っているので、そろそろ届くと思うのですが」

ため息をついた兄に、ソフィーナの背後に控えていたフィルが「王后陛下はそういう方ですし」と首を傾げながら、部屋の入り口を振り返った。

直後、乳母のゼールデを伴った侍従長が本当にカザックからの贈り物を持って、ソフィーナの部屋の戸をノックした。

「カザックの王后陛下は、素晴らしいお人柄なのですね、戦勝にふさわしいのに、華美ではない。お気遣いに溢れています」

「ええ、本当に素敵な方よ。とてもお忙しいご様子なのに、私がカザックに馴染めるよう、お茶会を頻繁に開いてくださったわ。落ち着いたら離宮に一緒に行きましょうとも仰ってくださって……」

優しくも気品溢れる義母が手配してくれたのは、ソフィーナの心情を知っているかのようなものだった。

一見黒に見えるようなミッドナイトブルーのドレスのスカートは広がりが少なく、首周りはハイネック、長袖部分はレースで、肌の露出が抑えられている。アクセサリーは真珠をあしらった控えめなものだった。

上質でありながら、喪失への哀悼が垣間見えるもので、ソフィーナも抵抗なく袖を通すことができた。

「本当にお綺麗になられましたね、ソフィーナさま」

「ありがとう。でも、九割は王后陛下から賜ったドレスと宝飾品効果よ」

ドレスの腰回りを調整するゼールデからかけられた言葉に、くすっと笑って返すことができた自分に驚いた。以前はゼールデやアンナが気にすると思って言えなかったのに、と。

「……いいえ、自信に満ちたそのお顔のせいですよ」

ゼールデは目をみはった後、娘のアンナに似たその顔を優しく緩ませた。

(ああ、そうか、外見に必要以上の引け目を感じていたのは、私なのだわ……)

本当に嬉しそうに笑う乳母の顔にそう悟り、「ふふ、じゃあ、頑張ったかいがあったわ」とソフィーナは笑い返した。

「またこうしてお世話できることがあるなんて、思っておりませんでした」

「私もよ。不謹慎だけれど、また会えて本当に嬉しいわ、ゼールデ。アンナも連れてこられればよかったのだけれど……って、無理ね、私、戦争のために帰ってきたのだった」

鏡の中でソフィーナの髪を結い上げるゼールデと、お互い感慨深く会話する。

「向こうで、私、アンナにものすごく助けられたの。ゼールデに顔向けできないくらい、色んな負担をかけてしまったわ」

「姫さま、アンナにまでそんなふうにお気遣いいただかなくともよろしいのです。あの子自身がそれを望んでおります。私もですが、あの子もソフィーナさまを心からお慕いしているのですよ」

「ゼールデ……」

「ほら、お泣きになりませんよう。せっかくのお化粧が崩れてしまいますよ」

ソフィーナは今回の結婚についても、その後のカザックでの生活についても、ゼールデに何も話していない。けれど、何かがあったことを察しているのだろう。そして、それについてソフィーナが話したくないと思っていることも。

「アンナもですが、私もずっとずっとソフィーナさまを想っております。そしてメリーベルさまも」

ゼールデは最後の髪飾りを留めると、皺の刻まれるようになった顔を優しく緩めて、ソフィーナの頭を小さく撫でた。幼い頃、何度もやってくれた仕草だった。

「妃殿下、ちょっといいですか……？」

ノックの音にびくついてから、呼吸を整え、緊張と共に返事をすると、扉から顔をのぞかせたのはヘンリックだった。

安堵の息を漏らしてから、彼には珍しいこわばった顔に、ソフィーナはまた緊張を取り戻す。

「あー、その、アレクサンダー・ロッド・フォルデリークが少しお時間をいただきたいと」

フェルドリックの従弟であり、親友でもある人の名に息をのめば、ヘンリックの眉間に皺があることにも気づいてしまって、ソフィーナは怖気《おじけ》づいた。

「どんな話、なのかしら……」

シャダとの戦闘が終わった日、フェルドリックへの想いを諦めると思い切ったはずだった。けれど、あの晩のフィルとヘンリックの会話をきっかけに、彼の言葉の、行動の意味をもう一度見つめ直してみようと思った。

その翌日から事あるごとにそんなことを考えてきたけれど、何が本当で何がそうじゃないのか、願望と自己防衛の否定が入り混じって、相変わらず区別がつけられない。

（でも、悪い話ならもう……）

逃げる口実が見つかったと卑怯な考えを持った瞬間、

「いや、この顔は別件――あれ、止めてもらえませんか……？」

と言われて、ソフィーナはヘンリックの指さす方向、扉の向こうをうかがった。

「夫婦と名乗っていたんだって？」

「に、任務の上で便宜上……」

「ふうん、任務、ねえ。わりに『本物みたいに仲よさそうに』『寄り添って』現れたと評判じゃないか」

「そ、れは歩けない状態でいらしたから、お支えしていただけで」

「本当に恋に落ちたんじゃないか、恋人はいるのかとあちこちで訊かれたぞ。恋人どころか夫――言ってなかったのか」

「は？　ちょ、ちょっと、いや、だって……あ、あれ？　言ってなかったっけ？　そういや、誰にも訊かれてない……」

（なにあれ……）

ヘンリックが顔を引きつらせている理由がよく理解できた。

ソフィーナに接する時の優しく柔らかい空気とはもちろん、遠目に見かけた時の冷たい雰囲気とも、フィルと再会した時の激甘な態度とももまた違って、今アレクサンダーを取り巻いている空気は身の危険を感じるものだ。

一応彼はソフィーナにとっても臣下にあたる身分ではあるが……、

(こ、の間に入るのは嫌、というか無理……!)

と咄嗟に思ってしまって、ソフィーナはさりげなく顔を背けた。が、運の悪いことにその先にヘンリックがいて、目で訴えかけてくる――逃げられない。

「だだだだだからって何があった訳じゃなし、ア、アレックスが怒る理由は……」

「相変わらず非常識に鈍いな」

(そ、の言葉、私にも刺さった……)

フィルと同レベルに鈍いと言われたことを思い出して、思わず呻き声を漏らせば、

「……へえ?」というフィルの低い呟きが耳に届いた。傍らでヘンリックが「あー……」とため息を漏らす。

「アレックスがそういうこと言うの、へええ。ねえ、この間家にまで『愛人でもいい』って言って押しかけてきた子がいたけど? なんでも街で助けられて、優しくしてもらって家まで送ってもらって、何かあれば相談に乗るって言われたって」

「あれ、は、それこそ仕事で」

「ねえ、仕事でどうやったら、『愛人』なんて話になるのかな？　しかも結婚しているって知られていてなお？」

「い、や、それとこれとは、」

「違う？　――どこが？」

（意外。仲がいいだけじゃないのね……）

「喧嘩するのね……」

「昔はしなかったんですけどね、理解し合うためだからいいんですって。フィルたちより被害は少ないですけど、俺とメアリーもやっぱ喧嘩します」

思わず「ヘンリックが？　メアリーと？」とさらに驚けば、ヘンリックは「別の人間ですから」と苦笑しつつ頷いた。

「言いたいことを言って、相手の言いたいことも聞く、それって大事なんですよ」

そうしてヘンリックはソフィーナを見つめ、「応援してます」と微笑んだ。

「……」

甘やかす時間は終わりということだ、と悟ってソフィーナは息を詰めた。

（どう、しよう……だって、やっぱり怖い）

ヘンリックの茶色い目はいつも通り優しくて、ソフィーナは余計居たたまれなくなる。

全部察して心配しつつも、ずっと見守ってくれた人だ。ソフィーナの気持ちに寄り添って、必要な時にはそっと助けてくれた。

彼に頷きたい気持ちと、また傷つきたくないという怯えのせめぎ合いから逃れようと、ソフィーナは睨み合っているアレクサンダーとフィルの間に割り入った。

「……アレクサンダー、話があると聞いたのだけれど？」

「フェルドリックが、今夜妃殿下のエスコートをしたいと」

（……忘れていたわ。いつものつもりでお兄さまと出る気だった、あんなことがあった後だっていうのに）

『君はずっとハイドランドの人間としてふるまっていた』

要塞前で『帰るつもりなのか』と訊いてきたフェルドリックの言葉が蘇る。無意識だったけれど、思い返せばハイドランドに戻ってからずっとそうだったかもしれない。ヘンリックも微妙な顔をしていることがあった……。

「念のためお願いに伺ったのは正解だったようです」

見透かしたかのように、忘れていただろうとほのめかされて、ソフィーナは動揺を押し隠すと、「わざわざありがとう」と微笑み返した。

（忘れていたといえば、こっちもだ。この人は相手の考えを読んで、先回りして行動できる。フィルの夫とはいえ、油断してはいけない――）

「夫婦なのですもの。改めてこのように申し込んでいただいて、意外ではありましたが、光栄です、とお伝えください」

自分の言葉と馬鹿さ加減に傷つきながら、仮面をかぶって取り繕ったソフィーナに、アレクサンダーは苦笑を漏らした。途端に、先ほどまでの固く冷たい雰囲気が散っていった。

「そんなふうだったんです、私が最初にフェルドリックと出会った時も」

「え？」

「あなたが今、王女、王太子妃に相応しい行動を選んで演じたように、当時の彼も計算して、かわいくも賢い、思いやりのある『六歳の王子』を演じていました。ところが周りから人がいなくなった瞬間、本性をさらけ出してきて……。最初は唖然として、次に腹が立ってきて、できるだけ関わらないでおこうと思いました」

そう語る青い目の端はひどく柔らかい。フェルドリックが彼を気に入っているだけじゃない。彼もフェルドリックのことを好いているのだ、そう伝わってくる。

「でも、今は仲よしに見えるわ」

「最初の頃を考えると、不思議で仕方がないのですが」

そうしてアレクサンダーは低く笑った。

「ちなみにフィルとの出会いも、フィル曰く『人生において最も身の毛のよだつ瞬間』だったらしいです。彼女の場合は、その後も私の比でなくひどい目に遭っていますし、今でも彼女曰くの天敵」

ヘンリックの時のも見ていましたが、あれも中々、と彼は目の前の茶に手を伸ばし、口をつける。

その美しい仕草に思わず見惚《みと》れてしまうのは駄目なことかしら、などと考えているのは、淡い期待にブレーキをかけようとする、ここ一年の習慣なのだろう。

「妃殿下の事情が我々と違うことは、重々に承知しております」

笑みを引っ込めて、彼は美しい青の瞳をまっすぐソフィーナに向けてきた。その瞳に、彼はソフィーナがフェルドリックに対して抱いている思いを知っているのだ、とごく自然に悟った。

フェルドリックは気に入った人間にはすべてあんなふうだと仄《ほの》めかしたアレクサンダーは、同時に、受け手が違えばそれに耐えられないことにも理解を示してくれた。

うまく退路を絶たれた、と気づく。

「もう一度だけ機会を与えてやってほしい――これは彼の従弟としての願いです」

（ほら、そうして決定打をきっちり渡すのだわ。しかも臣下としての立場をうまく捨てて、私が命令できないようにして。本当に抜け目のない人……）

隠し切れなくなって、ソフィーナは眉根を寄せた。

「……善処、します」

最大限悪足掻《あが》いてひねり出した言葉にアレクサンダーは優しく微笑むと、カップを戻し、席を立った。

「そういえば、妃殿下」

アレクサンダーは思いついたかのように、扉の前で振り返る。

「七年前オーセリンで開かれた、捕虜の取扱協定の会議。民衆を犠牲にしないために、と傍聴を希望した少女とは、あなたのことでしょう」

「え、ええ……」

虚を衝《つ》かれて、間抜けな声を漏らしたソフィーナに、

「――皆を幸せにして自分も幸せになりたいと仰ったのも」

アレクサンダーはそう目元を緩ませ、部屋を出ていった。

(……つま、り)

閉まった扉の内側でソフィーナは脱力し、ソファへと身を沈ませた。

「私のこと、おぼえて、た……」

長々と息を吐き出しながら両手で顔を覆えば、その時の光景が瞼の裏に浮かんでくる。

『なるほど』

オーセリンの議場でそう言って笑い、頭を撫でてきた、ソフィーナの記憶の中のフェルドリックはまだ幼さを顔に残している。

「やっぱりフェルドリックの従弟ね。策士だわ……」

(でも……優しい)

息を詰めそうになってしまうのをなんとかしたくて天を仰ぐと、ソフィーナは目を瞑る。そのまま深呼吸を数度繰り返した。

＊　＊　＊

ノックの音が響き、ソフィーナは動きを止めた。ゼールデが扉へと歩いていくのを見、落ち着こうと静かに、長く息を吐き出せば、気管が震えた。

側に控えていたフィルが、立ち上がるソフィーナに手を貸してくれる。それから彼女はソフィーナの正面に来て膝をつくと、「妃殿下」と驚くほど真剣な顔で口を開いた。

「傷つくことを恐れて、相手と自分の本当の気持ちから目を逸らしてはいけません」

「フィル……」

今までのソフィーナをよく知る彼女からの言葉に、思わず唇を引き結ぶ。

これ以上傷つきたくなくて、フェルドリックの言葉や仕草に自分への好意を見出すのを殊更に否定した。自分の気持ちを見ないふりをした。見ても、そこから逃げることばかり考えていた——。

「自分についた嘘から人は逃れられません。その瞬間の鋭利な傷を避けるためについた嘘のせいで、ずっと性質《たち》の悪い傷を負うことになります」

フィルはその森色の目で、「あなたの心を長い月日をかけて緩慢に、でも確実に縊《くび》り殺していく傷です」とソフィーナを見つめる。

彼女の厳しい表情に、常に王族としての威厳を保つように、という母の言いつけも忘れ、半泣きになった。

「だって……もう怖い。ひどいかと思ったら優しくて、優しいと思ったらひどくて、全然わからないの」

「私はあなたの味方です。あなたがもういいとはっきり思えるなら、そう仰ってください。何をやってでもあいつから引き離して、守って差し上げます」

きっと彼女は本当にそうしてくれる——そう知っているから、返事ができなかった。

そしてそれこそが答えだった。

（……ああ、そうか、彼女は私を誰からも、フェルドリックからも守れる。そう知っている彼が彼女を私の護衛にした理由は——）

　思わず手を握りしめれば、フィルが逆の手でそこを優しく二回叩いた。

「なら、逃げないで、もう少しだけ頑張ってきてください。あいつのためじゃなく、あなた自身のために」

　それから、彼女は心底嫌そうに眉をひそめた。

「最初にあなたに会った時、かわいくて優しそうな方だなあと思ったんです。アレックスもそう言っていたし。だからこそあなたが真っ黒、瘴気まみれのあいつのお妃《きさき》だなんて、気の毒で気の毒で……」

「……ひょっとして、結婚のお祝いを言う時、言葉に詰まっていたのはそのせい？」

「──へえ、いい度胸じゃない」

「他に何があると？」

「っ」

　息をのんだソフィーナの前で、音を立ててフィルが扉に向き直った。同時に、彼女はソフィーナから声の主の姿を遮ってくれた。その間に動揺を鎮める。

「ふ、ふふ、ふふふふ……、言うようになったね、フィルの分際で」

「お、かげさまで。八つの頃から成長してないフェルドリックと違って、私は成長しているので」

「嫌みまで覚えたって訳か……？」

「こ、心当たりがあるなら、いい加減うまくやることです。できなきゃ今まで言われた馬鹿って言葉、そっくりそのまま返します」

「あ」

引きつった笑いを浮かべたフェルドリックが、手近なソファにあったクッションをフィルに投げつけた。彼女はそれをなんなく受け取ると、投げつけ返す。

（そ、それは流石《さすが》にまずくない……？）

と蒼褪めるソフィーナの前で、フェルドリックはそれをなんとか避《よ》ける。

「ちっ、避けるとは……少しは成長したのか」

「王太子に向かって猫の分際で……」

「お前たちはまた……」

狙いを外したクッションは、ちょうど戸の向こうから現れたアレクサンダーに当たったらしい。それをつかんだ彼が疲れたようなため息を零す。

彼らを前に固まっているその横のゼールデが、半年前のアンナにそっくり重なって見えた。

「……っ」

そんなことに気を取られている間に、フェルドリックはソフィーナの傍らへと来ていた。緊張する間もなく手を取られる。

「行こう、ソフィーナ」

「…………はい」

跳ね上がった心臓は、触れ合っている彼の指先が冷たいことに気づいた瞬間、鎮まった。多分ソフィーナの手も同じくらい冷えているだろう。

「本日は私がご案内いたします」

「ジェミデ？　まあ、どうしてあなたが？」

会場となる迎賓宮への先導のためにやってきたのは、侍女長のジェミデだった。彼女の職位には明らかに不自然な行動に、ソフィーナは目を丸くする。

もちろん高位とはいえ、使用人としての身分でのことだ。カザック王太子という立場では、無視してもまったく不思議ではないのに、フェルドリックは目線でジェミデについて訊ねてきた。

「侍女長のジェミデ・ゾールンです」

ソフィーナの紹介にジェミデが跪礼《きれい》をとる。下げられた彼女の頭を見た瞬間、元々真っ黒だった髪に白が一気に増えたことに気づいた。

「私の母をずっと支えてくれた人です。今回も色々、本当に色々助けてくれました――私のことも」

母が生涯重用したこの人が、今回命を懸けて陰からハイドランドを、母が遺《のこ》した想いを、兄の命を護《まも》ってくれた。そしてソフィーナの未来への選択肢も。

あの日父のみならず、兄も殺されていたら、カザックでの地位がどうなるかはともかく、ソフィーナはハイドランドに帰るしかなかった。そうなれば、こうして迷うことすらできなかった――。

微かな呟きだったはずなのに、フェルドリックの目線がソフィーナに向く。

「……」

ジェミデは皺の浮かんだ顔を優しく緩めてソフィーナを見た後、改めてフェルドリックへと向き直り、深く長く頭を下げた。

その彼女に軽く目をみはったフェルドリックは、それから一切口を開かなくなった。ソフィーナにだけでなく、護衛として背後につき従うアレクサンダーにもフィルにも。

戦勝会の会場である迎賓宮に入ってからも、明らかに彼の様子はおかしいように思えた。人が周囲から途切れる瞬間もそれなりにあるというのに、皮肉を投げかけてくることも毒を吐くこともない。

（絶対に変……）

そっと掠め見た横顔は、いつになく真面目でこわばっているように見える。

「……」

あまりの居心地の悪さに思わず身じろぎしてしまったのに、それをからかってくることも呆れたように見てくることも、今のフェルドリックはしない。本当におかしい。

ハイドランドの先王の暗殺に始まる内乱、そこに介入してきたシャダとの戦争とその後処理。落ち着いたとはまだ言えない状況で開かれたとあって、戦勝会は格式ばったものにはなっていない。

ほとんどの者は略装で、戦勝の祝いに相応しく、制服姿の双方の軍関係者と、貴族や有力者の中で特に積極的にルードヴィに対した者とその家族のみを集めて立食で行われることになっている。

けれど、会場の砕けた雰囲気とは対照的に、ソフィーナとフェルドリックの間の空気はとても硬かった。

「フェルドリック殿下、こんな機会とはいえ、再びお目見えできて光栄です」

「シャダは相当の痛手を負って敗走したとか」

「救援いただきましたこと、心より感謝申し上げます」

他の人がいるといつものように完全に猫をかぶり、柔らかく計算高くふるまうのだが、ソフィーナと二人になった瞬間に毒を吐くという、いつもの習慣はやはり出てこない。

（そもそもさっきから私を一切見ない……）

そう気づいてソフィーナは眉根を寄せた。

それから、彼が「もう一度だけ話せたら」と言っていたという話を思い出した。

（もう一度だけって、どういうことなのかしら。それに「その後私は自由」？　絶対に迎えに行くと言って、本当に来てくれたのに……？）

気持ちがまた千々に乱れ出す。

（アレクサンダーも「もう一度機会を」と言っていたけれど……）

混乱から逃れたくて、会場に彼の従弟の姿を探せば、一際大きな人だかりの中心にいた。一緒にいるのは、ソフィーナがタンタールの森に入る前に出会った、見た目のいい騎士で、周りは見事に女性ばかり。

頬を染めた彼女たちから何かを期待するような目で見上げられたり、さりげない感じではあるが、触られたり、甘えるようにしな垂れかかられたりしている。

（……………距離、近くない？）

気になって彼の妻であるフィルを探せば、対方でヘンリックと語らっていた。アレクサンダーのほうを気にする様子はない。

ふとうらやましくなった。フィルはアレクサンダーに振り回されたりしない。彼の言動に一喜一憂したりしない。

（私もあんなふうになれたらよかったのに……会ったことはないけれど、多分メアリー

だって）

半ば逃避気味にフィルとヘンリックを見ていると、それに気づいた彼らがソフィーナに微笑みかけてきた。

いつもほっとする二人のその顔が、今のソフィーナには真逆に働いた。

（今日は本当に厳しい）

逃げるなと念を押しているのだと悟って思わずため息をつくと、絡ませている先の腕が少し硬くなった気がした。

「どうかなさいましたか……？」

「……いや」

勇気を出してフェルドリックに視線を向ければ、露骨に逸らされた。それにもっと眉根が寄ってしまう。

そうして再び沈黙が訪れた。

「ソフィーナさま」

「ガードネル、調子はどう？」

足を引きずりながらこちらに歩み寄ってくる知己の姿に、手助けがいるかとソフィーナは思わず足を踏み出した。が、フェルドリックと絡んだ腕が離れず、結局その場にとどまる。

「ガードネル・セリドルフでございます。再びお目にかかれて光栄です、フェルドリック殿下。この度の救援、騎士として、ハイドランド国民として、お礼申し上げます」

「いや」

フェルドリックにしては不自然としか言いようのない、愛想のない答えに、ソフィーナは彼の顔を見上げた。

「――ソフィーナさまを敬愛する者としても」

その瞬間、フェルドリックの眉が微妙に寄った気がした。

「……」

フェルドリックは無言のまま、彫像のような顔をガードネルに向け、同じく無言の彼と見つめ合っている。

「……殿下？」

妙な緊張感が漂っている気がして小声をかければ、そこでようやく金と緑の瞳がソフィーナに向いた。

「ひょっとして……先ほどからご気分が優れないのでは？」

（この人、見栄《みえ》っ張《ぱ》りで意地っ張りだもの。不調があって戦勝会に出られないとか、絶対やらない、絶対に隠すわ）

さっきから妙に大人しいのは体調が悪いせいかも、と思い当たって、ソフィーナは顔色を変えた。

「戻りましょう。じゃなくて、私も……というより、そ、そうです、私の体調が悪いのです。戻りますから、つき合ってください」

意地を張られてはかなわないと思って自分の不調をでっち上げたソフィーナに、フェルドリックはようやく表情を動かした。目が微妙に丸くなる。

(大丈夫、「自己管理が甘い」って言われる覚悟なら、もうできてるわ。その通りですって開き直って、絶対に連れ戻してやる)

「……私は平気だ。ソフィーナは戻ったほうがよさそうか？　なら一緒に行く——話がある」

だが、予想に反して、彼は顔全体を柔らかく緩めた。そして逆の手でソフィーナの頬にそっと触れた。

(え、な、なに……というか、話？)

「あ、いえ、そ、そこまでは……その、殿下は主役のお一人ですし、可能であれば、ここにいていただいたほうが」

真正面から向けられたことのない表情と仕草に、顔に血が上っていく。ソフィーナはもごもごと返すと、慌てて顔を伏せた。

「………ソフィーナさまは高潔で、本当にお優しく、何事にも一生懸命な方です。他者の気持ちに寄り添って一緒に笑い、泣いて、手を差し伸べてくださる」

ずっと無言だったガードネルが、呟くように話を再開させた。

脈絡のわからない言葉に、ソフィーナは赤い顔のまま彼に目を向けた。だが、ガードネルはつっと視線を逸らす。

「ソフィーナさまをお慕いし、笑顔でいてほしいと願う者は、ハイドランドに数多《あまた》おります。私もその一人――中でも想いが強いと自負しております。フェルドリック殿下、どうか、」

そこまで言って、ガードネルは再びフェルドリックを見た。

「どうか、ソフィーナさまを幸せにしていただきますよう、切に……、衷心よりお願い申し上げます」

「ガードネル……」

古い知己からの温かい言葉に胸を熱くするソフィーナの横で、フェルドリックは硬い表情で唇を引き結んだ。

次に顔をこわばらせたのは、ソフィーナだった。

「フェルドリック殿下、またお会いできて嬉しゅうございます……」

姉のオーレリアが、いつも一緒に居る伯爵家の令嬢と共に会場に入ってきた。

今回の会への出席は控えるよう、兄セルシウスから彼女とその母に連絡をやったと聞いていたのだが、そんなそぶりは欠片も見せず、控えめな笑みを浮かべ、しずしずとこちらにやってくる。

細く女性らしい体にまとっているのは、白地に金糸の刺繍《ししゅう》が施されたドレスだ。スカート部分には宝石をちりばめた緑の薄いレースが重ねられていて、彼女の優雅な動きに合わせ、灯の光を煌びやかに反射する。

ただでさえ女性が少なく、武張った雰囲気の中、会場中の注目が華やかなオーレリアに集まった。

「ご無沙汰しております、オーレリア殿下」

いつも通りの美しい笑顔で応じるフェルドリックの微笑に、白磁のような姉の頬が染まり、瞳が潤む。

彼の横にいる限り、こういう女性を目にすることはずっと続くのだろう。その人からこうして憎悪の視線を受けるのも、周りから比較の目で見られるのも。

(最初から知っているのに……)

自分とフェルドリックは釣り合わないと改めて突きつけられた気がして、顔を俯けそうになった。だが、カザレナの夕闇の図書館で、彼が『釣り合うからこそだ』と言っていた光景が思い浮かんできて、なんとか堪えることができた。

（そうだ、私、まだフェルドリックから何も聞いていない……）

「……まあ、ソフィーナ、お祝いだというのに、地味な格好をしているのね」

そのソフィーナに一瞬目を眇めた姉は、すぐにいつもの優しげな顔に戻った。だからこそ、その美しい唇から出てきたセリフに、咄嗟に反応できなかった。

「……」

言い返さなければ、贈ってくださったカザックの王后陛下に申し訳が立たないのに、言葉が出てこない。

「言ってくれれば、ドレスぐらい貸してあげるのに……。不調法な妹でお恥ずかしい限りです」

ソフィーナ用に注文したり贈られてきたりした物品が姉のものとされることはあっても、逆はなかった。借りたことも一度もない。それなのに、まるで仲のよい妹の不出来をフォローするかのようにふるまう姉を、ソフィーナは呆然と見つめる。

「でも、オーレリアさま、オーレリアさまのドレスはソフィーナさまには……」

「似合わないでしょうね」

伯爵令嬢の言外の嘲りを完成させたのは、他ならぬフェルドリックだった。

蒼褪めたソフィーナを見、令嬢のみならず、オーレリアも口角を微妙に上げたことに気づいてしまい、さらに動揺する。

「自らを誇示することより、他者を慮ることを優先する人ですから。このドレスは彼女のそういった思いを汲んで、私の母が贈った物です」

（……気づいて、た……）

戦争に勝ったとはいえ、諸手《もろて》を挙げて祝う気になれないソフィーナの気持ちを、王后さまのみならずフェルドリックも知ってくれていた。フォローもだが、その事実に胸が熱くなる。

「そもそもどれほどのドレスであろうと宝飾品であろうと、ソフィーナ自身の添え物にすぎません」

だが、直後にそう微笑みかけられ、ソフィーナは硬直した。

（ま、たそんな胡散臭いセリフを……）

内心を隠し、「身に余るお言葉です」となんとか笑い返したが、おそらくぎこちない顔をしていたのだろう。フェルドリックの言葉の意味を捉え損ねて呆けていたオーレリアは、即立ち直り、再び心配そうな顔をして見せた。

「妹はいかがですか？　たった一人で寂しく帰ってきたと聞いて、何があったのかと心配しております……」

カザックを追い出されたのでは、と暗に訊ねたオーレリアは、愁いを帯びた口調の傍らでソフィーナを憐れみと嘲笑を混ぜた目で見た。

姉は今回のことをそう解釈しているだろうとは思っていた。だが、フェルドリックに直接確認するとはさすがに思わなかった。

「お姉さま、私は、」

フェルドリックの返事が怖くて、ソフィーナは「自分の意志で帰ってきた」と伝えようと慌てて口を開く。

「ソフィーナには我が国が誇る有能な騎士の中から、私が最も信頼できると判断した者をつけました。今回のことはすべて戦略の一環でしたから」

だが、頭上から響いた落ち着いた声に、言葉をのみ込んだ。

「妹君を危険にさらしてしまい、申し訳ありません。けれど……君が無事で本当によかった、ソフィーナ」

フェルドリックの右腕に置いているソフィーナの左手に、彼の冷たい左手が重なる。

そして再び目が合った。

「……」

円満であると見せかけるための演技か、本心か。苦しげに見えるのは気のせいなのか、そうではないのか——事実と自分の願望の区別がやはりつかなくて、ソフィーナは唇を引き結ぶ。

「……殿方に混ざって政治にばかりかまけ、身なりに気を払わず、元の造形が造形なのに化粧すらまともにしない――」

ギリッという音に我に返って、焦りつつオーレリアに目を戻せば、ソフィーナを見つめる青い瞳には暗い炎が灯っていた。

「賢《さか》しらでかわいげに欠けるのではと、亡くなった父も憂いておりましたの……」

沈んだ様子でフェルドリックへと顔を向け直した彼女の顔は、『妹を心配する心優しい姉』のものだ。一瞬前に見えた憎悪が勘違いだったとしか思えない。

「今もそう。フェルドリックさまの横にいるというのに手は傷だらけ、肌は荒れている上に、日焼けまでしてしまっていて……」

ヘンリックが彼女には多分悪意がある、隠す術を知っている、と言っていたことをようやく実感して、ソフィーナは身震いする。

「こんなふうではフェルドリックさまに申し訳が立たなくて……もし望んでいただけるのでしたら、わたくしもカザックに参りますわ。女性、妻として、フェルドリックさまにふさわしくあるためにどうすべきか、ソフィーナに身をもって示してあげられるでしょうから」

（な、にを言ってるの……）

「ねえ、ソフィーナ、あなたもそう思うでしょう？」

しおらしく言いながら姉は鮮やかな青い瞳を、戦慄するソフィーナに向けた。

「ご迷惑でしょうから、そんな汚ら……傷だらけの手で殿下に触れてはだめよ」

少し困ったようにかわいらしく小首を傾げ、姉はフェルドリックの腕に置いたソフィーナの手を指さした。反射で離しそうになったが、フェルドリックの手にそのまま押さえられる。

「手の傷も日焼けも、ハイドランドの人々を思うが故のもの。王族としての責務を果たすため、彼女が自ら戦った証です」

フェルドリックが静かに、でもはっきりと「恥じることは何もない」と言ってくれたおかげで凍りかかっていた気持ちに温もりが差す。

「彼女を尊敬することはあっても、人として、女性として、ソフィーナに不足を感じることはありません――むしろ私のほうにこそ不足がある」

(え……)

だが、続いたのは、いくら社交の場であっても彼の口から出るとは思えない言葉だった。ソフィーナは驚きと共にフェルドリックを見上げる。

「……」

視線が絡んだ瞬間、彼はどこかが痛むかのような顔をした。触れ合ったままの手に力がこめられる。

「私ならフェルドリックさまにそんなことを言わせたりしません……」

「オーレリアさまのせっかくのお申し出を……あんまりです」

間近で響く姉の涙声と友人の抗議に、フェルドリックはうんざりとしたように息を吐くと、ソフィーナから姉へと視線を移した。

「想う相手を前にするからこそです。あなたに本当に慕う方ができた時、きっとご理解いただけるでしょう」

「――随分と変わったお好みでいらっしゃるのね」

（おもう、あいて……）

姉の声音が今まで聞いたことがないものに変わった。そう気づいたのに、フェルドリックの言葉で頭が真っ白になってしまって動けない。

「どんなドレスや宝石で飾ったところで所詮はソフィーナ。王族、まして大国たるカザックの王太子妃としては失笑ものでしょ――」

「確かに着飾る必要のない人ですね。内面と行いこそが彼女を際立たせる。飾り立てることでしか威厳を示せない名ばかりの王女、王太子妃ではない。事実、今回も見事ハイドランド王女、そしてカザック王太子妃たる責務を果たしました、『彼女は』」

『幸い着飾らせる必要もないような姫だ。姉姫ではそうもいかないからね』

（あれ、は、じゃあ……）

姉を遮り、さらには軽蔑を露わに言い捨てたフェルドリックを、ソフィーナは呆気にとられて見つめた。

オーレリアの白い頬にかっと朱が差し、はっきりと歪んだ。そして、彼女はフェルドリック、そしてソフィーナを睨むと、「失望いたしました」と言って離れていく。

「……」

ソフィーナはその様子をただ呆然と見ていた。

「……っ、あの、ええと、その、そうです、姉が色々失礼を……」

「君が謝る必要はない」

オーレリアの背が人垣に隠れたことで、ソフィーナはようやく言葉を思い出した。

だが、目が合ったらとんでもなく動揺してしまう予感があって、ソフィーナは謝罪をしておきながら、フェルドリックに顔を向けられない。

そしてまた気まずい沈黙に包まれた。

膠着《こうちゃく》を解してくれたのは、新たにこちらへとやってきた黒衣の騎士たちだった。

「ソフィーナ妃殿下、救国のお手並み、お見事でした」

「シェイアス！　無事でよかったわ。あの時の皆は？」

「当然全員無事です」

赤毛の彼が森で出会った時のようににっと笑ってくれて、ソフィーナはようやく顔を綻ばせた。

「よかった、フィルは時々とんでもないトラブルに巻き込まれるから、巻き添えを喰っていらっしゃるんじゃないかと」

「だが、あいつはかなり面白かったでしょう？　野性が入ってるから何があったって死なないし、人間以外のトラブルはないも同然」

「ヘンリックはヘンリックで、人間関係のトラブルに関しちゃ、ほぼ無敵の奴だからな」

「あいつは本気で嗅覚も要領もいい。あればっかりはアレックスの上を行く」

「あれでメアリーメアリーうるせえのがなければなあ。って、妃殿下の前でもやってました、奥さん自慢？　鬱陶しかったでしょ？」

「心優しくて寛容な妃殿下をひがみっぽいお前と一緒にすんな」

わらわらと寄ってくるあの時の彼らに、自然に笑みが零れた。

カザック王国騎士団の理念は国民、人々の幸福にあると、ソフィーナはフェルドリックから聞かされている。

『そこを違《たが》えれば、彼らは自分にも王にも牙をむく——創設者のアルが祖父にはっきり言ったそうだ、そのつもりで騎士団を作る、と』

カザックがこれまでの戦争で獲得した土地で大きく揉めたことがない理由を、『占領地でしばらく指揮にあたる騎士たちがそういう人間だからだ』と彼は説明してくれた。そんな彼らだからこそソフィーナの無謀なふるまいを見逃し、助けてさえくれたのだろう。

「色々あったけれど、今となってはすべて素晴らしい体験になったわ。あなたたちにも会えたし」

「ハイドランド国民も無事だし？」

「ええ、本当にありがとう。私、ハイドランドも好きだけれど、あなたたちのいるカザックもやっぱり大好き」

「……かっわいいなあ。マジでいい子だ」

「あー、ウェズ小隊長ずるいっ」

シェイアス第一小隊長が、ソフィーナの頭をぐしゃぐしゃっと撫でる。

信じられない無礼だと思う自分もいるのに、なんだか楽しくなってきてしまって、今度は声を立てて笑ってしまった。

「でんかー、顔が怖いですよー。さすが従兄、アレックスのこと笑えないですね」

「──オッズ、だまれ」

騎士の一人がフェルドリックにかけた声に、さすがにぎょっとする。

おそるおそる彼を見上げれば、顔が赤い気がした。

（ひょっとして……からかわれている？　フェルドリックが？）

隠し切れなくて瞠目すれば、視線に気づいたのか、フェルドリックは殊更に顔を背けた。

「なんせ頑張ってください」

「俺たちのお気に入りなんです、下手打って逃げられないでくださいよ」

「しくじったら、特に第三小隊に恨まれますから。あいつら、シャダ将軍の護送で先に帰るって決まった時、めっちゃ心配してましたよ」

「手助けしましょうか？　俺、殿下に賭けてるんです。頼みましたよー」

「散れ……っ」

ケラケラ笑って、そのくせ「御意」「仰せの通りに」とか言いながらびしっと敬礼し、フェルドリックの命令通り散っていく彼らに、ソフィーナは瞬きを繰り返した。

「なんと申しますか……本当に、気さくですね。フィルたちだけがそうなのかと思っていました……」

思わず呆れとも感心ともつかない感想を漏らせば、「馬鹿なんだよ」とふてくされたようにフェルドリックがぼやく。子供っぽい様子に、さっきまでの緊張が嘘のようにまた笑ってしまった。

目の合った彼がほっとしたように笑う。

(……あ)

「……」

その顔をまじまじと見つめてしまえば、彼は一瞬目をみはり、慌てたように顔を背けた。

(そんなふうになる意味、は……)

もう何度目かわからない疑問を胸に、ソフィーナは唇をぎゅっと引き結んだ。

自分は今人生で最大に思い上がっているかもしれない、そう思う。

(でも、ボボクたちはちゃんと話せと言った。ヘンリックは言いたいことを言って、代わりに相手の言いたいことも聞いてこいと、アレクサンダーはもう一度だけだと、フィルは自分と相手の気持ちから目を逸らすなと言ったわ)

彼らの顔を次々に脳裏に浮かべる。誰もソフィーナにフェルドリックとうまくやれとは言わなかった。ただ、向き合え、と。王女でも王太子妃でもなく、すべて『ソフィーナ』に向けられた言葉だ。

(みんな『私』を想ってくれている……)

それから先ほどの姉を交えたやり取りを思い返した。フェルドリックが王位を厭い、自身を嫌っているかもしれないという話も。

（私、彼が何を考えているのか、全然知らない……）

自由なほうの手をぎゅっと握ると、ソフィーナは決意を固める。

「殿下、その、先ほど話がある、と」

「――ある」

静かに、彼には意外なほど短く答えたフェルドリックは、直後に大きく息を吸い込んだ。そして、金と緑の目をまっすぐソフィーナに向けてきた。

「少し外に出よう、ソフィーナ」

＊＊＊

月光の下、風が庭園の木々を微かに揺らし、ソフィーナの頬を撫でた。

（……もうすっかり秋だわ）

北国ハイドランドの秋は、カザックよりかなり早い。湿度を含んだ冷たい空気に身震いすると、ソフィーナは作物に霜が降りることを心配する。そして苦笑した。ずっと憧れてきた人と一緒に歩いていて、これ――我ながら色気がない。

（え……）

フェルドリックが無言のまま上着を脱ぎ、ソフィーナの背後からかけた。そこに残る熱といつかの図書館、そして戦争に勝った朝に感じた香りに包まれて、頬が熱くなる。

「あ、あの、お返しします。風邪をお召しになってしまいます」

「そういう時は、ただ『ありがとう』と言って、受け取っておけばいいんだ」

動揺し、慌てて上着に手をかけたソフィーナに、彼はいつものように「かわいげがない」とため息をついた。

だが、違うこともあった。

「『心配してくれてありがとう、でも、』――最初にそうつけ加えればいいだけだと気づかない僕も似たようなものだな」

彼はそう自嘲しながら、ずれてしまった上着をソフィーナにもう一度かけ直した。

バラの植え込みの間を二人静かに歩く。足元の石畳が月明かりに白く浮かび上がっている。

先ほどまで絡めていた腕は、既に離れてしまった。居心地がいいのか寂しいのか、それもわからない。

ソフィーナは黙ったまま半歩先を歩いている人の横顔を斜め後ろから見た。

(相変わらず嫌みなくらい整ってる……)

高く通った鼻梁《びりょう》に、引き締まった口元。長いまつげは月明かりに影を落としていて、女性と見まごうばかりなのに、鋭利な顎のラインと筋の浮かんだ首には、男性性を感じる。

彼がカザックの王子だと知らない人も含め、いつもたくさんの女性たちが彼に目を奪われ、気を引こうと努力している。それだけじゃない。床を共にしようという露骨な誘いが数知れずあることも、気づかないふりをしていただけで、本当は知っている。

プライドの高い姉のオーレリアやシャダのジェイゥリット姫を、あれほど執着させる人だ。

見れば見るほど、今ソフィーナが隣にいるのが不思議な気がしてくる。この人が紙の上だけでも自分の夫だなんて、やはり信じられない。

水音が聞こえてきた。庭園のほぼ中央にある噴水――フェルドリックが『プロポーズ』しに来た晩、彼がアレクサンダーと話しているのを聞いたのもここだった。ひどく遠い昔のように感じられる。

吹き上がっては月光に煌めきながら落ちていく飛沫を背に、フェルドリックはソフィーナに向き直った。ゆっくりと口を開く。

「ハイドランドから妃を迎えるのは、とても実務的な選択だった」

前置きも飾りもない言葉に、「王族の結婚は契約」と彼が言い切っていたことを思い出す。

「カザックはシャダと決定的に折り合わない。事実この六十年、互いが互いの体制をひっくり返そうと、ずっとせめぎ合ってきた。だから、ドムスクスとの状況が落ち着かない今、ハイドランドとシャダが組むのを防ぎつつ、つかず離れずで互いを牽制し合うよう、仕向けておきたかった」

君ももちろん承知だろうけれど、とフェルドリックは乾いた笑いを顔に浮かべ、肩をすくめた。

「君の母君、賢后陛下が崩御されて、ハイドランドは不安定化すると思ったのに、セルシウスと君の働きで踏みとどまった。それどころか再び上昇に転じようとしていると知った。硬鉱石の鉱脈も発見されたし、三十年もすればシャダどころか、カザックに再び迫りかねない。それなら、今のうちにハイドランドをこちら側の手札にしておこう。それだけの話だったんだ。幸いカザック国内にも波風が立たない」

彼は目をソフィーナに合わせないまま、言葉を紡いでいく。

少し欠けた丸っこい月が彼の斜め後ろにある。彼に似合うのは完璧な銀盤なのに、と一瞬思った。だが、欠けているそれも満月とは違っていてなお美しい。

「二人いるハイドランド王女のうち君だったのは、君がハイドランドに多大な貢献をしていたから。僕でさえやり込められたことがあったから。うまく行けば、こちらの駒になるし、失敗しても少なくともセルシウスの痛手にはなる」

そう思った――語尾が吹きつけてきた秋の夜風に消えていった。

「……知っています」

彼はあの晩からずっと同じことを言っている。ソフィーナにとって残酷な言葉ではあったが、そこに嘘は一つもないのだろう。

（機嫌を取ろうと嘘をつかれるのと、どっちがいいのかしら……）

開き直る訳でなく気まずそうにする訳でなく、フェルドリックの顔は静かで表情がない。なのに、なぜかいたずらを咎められている子供のように見えた。

「君が聡明なことは知っていた。分別があることも他者に対して善良なことも。僕の邪魔にならない――そういう意味で君は都合のいい、理想の相手だった」

「……そう」

それも前に言われた。もう踵を返してもいいだろうと思うのに動けないのは、その表情のせいだった。

「でも、選択は他にもあったんだ」

ぼそりと独り言のように彼が呟いて、初めて目線が交わった。初めて見た時、この世のものとは思えなかった、美しい金と緑の瞳――。

「実際別の選択をしようとしていた時、君と公爵家の嫡男との婚約が持ち上がっていると耳にした」

「……世間話程度のことで、まったく正式なものでは」

ガードネルのことだと察して、ソフィーナは苦笑した。兄が気心の知れた友人に戯れに話を振っただけで、それも即断られていた。

（でも、大事には思っていてくれた……）

ほろ苦い記憶を先ほどのガードネルの温かさで上書きすると、一歩近づいてきたフェルドリックが、ソフィーナへと手を伸ばしてくる。唇に長い人差し指が触れ、続きの言葉を封じられた。

「知っている。でも気づいたら、選択を君に変えていた」

唇に感じる彼の指は相変わらず冷たい。なのに、触れられた瞬間、そこから熱さが広がっていく気がした。

「思惑通り君をセルシウスから取り上げて、僕は賢くて分別のある妃を体裁よく据えて、それで終わり――」

一歩、距離が縮められる。体の熱が空気を伝わってくる。

「なのに、全然思惑通りにならなかった。今までにないことでものすごく苛ついた」

そう顔をしかめながら、フェルドリックは唇にあった手をソフィーナの頬へと動かした。まるで魅せられでもしたかのように、その向こうにある金と緑の瞳から目が離せない。

「婚姻の申し込みの後、ここでボロを出したし、君は君であんな姉君なんかを押しつけようとしてくるし、そこまで嫌ならじゃあもういいかと思って散々ひどいことを言ってやったのに」

触れるか触れないかの微かな指の感触。けれどそこに全神経が集中してしまう。

「それで泣き喚いて、結婚なんて嫌だとセルシウスに馬鹿みたいに言ってくれていればよかったのに、君はそれでもちゃんとカザックにやってくるし」

「……」

(――待って。それ、さ、さすがに、理不尽すぎない？)

「ひ、人のせいにしないでください」

「したくもなる」

怒るべきはこっちだと思うのに、彼は眉尻を下げ、ため息をついた。

「嫌われて当たり前のはずなのに、君は僕を見て普通に笑うし、仕事や国のことを話題にすれば、楽しそうに話に乗ってくるし、僕の心配までしてくる。そのくせこの先一生触れるな、世継ぎは他で作れ、仕事はするなんて言い出すし、実際にその通りにするし。よりによってなんておかしなのを選んだんだ、と思った」

「……」

思わず眉をひそめると、頬にあった手が眉間へと動いた。緩く撫でるその仕草はひどく優しい。

「なのに……悪くない、と思うようになった」

そんな小さな呟きが耳に届いて、心臓が跳ねた。

「申し訳程度に部屋に通っておけばいいと思っていたのに、気づいたら君の部屋に入り浸っていた」

彼の眉間にも皺が寄る。

（綺麗な顔なのにもったいない……）

と思ってしまって、ソフィーナもそこに指を伸ばせば、その手を捕らえられた。

「知らないうちに君を目で追っていると気づいた時は、気が触れたと思った」

「……し、失礼です」

奪われた手が彼の口元に導かれた。指に柔らかい唇の感触が落ちる。真っ赤になったのを隠したくて抗議したのに、声が思いっきり揺れてしまっている。

「色気も何にもない体だと思うのに、寝台で君が身じろぐたびに落ち着かなくなると気づいた時は、医者を呼んだし」

「……そ、それも」

なんだかすごいことを言われた気がするけれど、どれにどう反応していいかわからない。ひょっとして、彼が朝寝ぼけていることが多かったのは、と思い至って頬が熱くなる。

「シャダの姫が来ると言っても、その思惑だって君なら絶対わかってるはずなのに、妬《や》きもしない。何を贈っても嬉しそうじゃないどころか断ってくるし、夜会で誰といても、昼誰と出かけても、夜君を訪ねる回数を減らしても、まったく反応しない。そのくせ猫と犬と狐《きつね》には懐いて、奴らにばかり笑っている」

猫と犬に狐、とも思ったけれど、心臓がうるさすぎて集中して考えられなかった。

「他の奴とは楽しそうに踊るくせに、僕とはいつもつまらなそうなのも気に入らない」

「それ、は、緊張、しているからで……」

「だからって僕の横にいて舞い上がらないなんてあり得ない」

（そ、その性格、どうにかならないの……？）

と声に出そうとしたけれど、伸びてきたもう片方の手が顎を包み、親指が唇を柔らかく押さえつける。

「僕に惚れてるんだろう、横にいられて嬉しいだろうと訊いたのに、この口はこの上なくはっきり『幸せじゃない、他の人がよかった』なんて無神経なことを平気で言うし」

「だ、だって……」

苦しげに聞こえるのは気のせいなのだろうか。唇を撫でる指の動きに思考がまとまらなくなって言葉が続かない。

動揺するソフィーナに、フェルドリックが不意に寂しそうに笑った。触れていた両手が離れていく。

「だから……ハイドランドに帰してやろうと思った。故郷で幸せになればいい」

「え……」

不意に冷水を浴びせられた。もう一度だけ話せたら後は自由と言っていた――フィルの言葉が蘇る。

自嘲を顔に浮かべ、「君を連れて帰ってくると信じているとアンナに言われて、もしかしたら、まだ間に合うかもと思ったんだけど」と彼は小さくかぶりを振った。

「再会した君が完全にハイドランド王女としてふるまっているのを見て、帰してやらなきゃいけないと確信した」

「あ、れは……」

「……あのな、そんな顔しないでくれ」

声が無様に震えたせいだろう。フェルドリックが面倒そうに、でも困ったように片眉をひそめる。そして、「ずっと嫌われていると思っていたんだ」とソフィーナの額へと手を伸ばしてきた。

「……」

情けなく下がっているだろう眉を、彼の指がなぞる。優しい感触に泣きたくなる。

「君があの時ああ言ってくれて初めて、結局何一つ伝えていないままだ、と気づいた。馬鹿なのはいつだって僕のほうだ」

額にあった手がまた頬へと動いた。同時に、また一歩距離が近づく。

心臓の音が聞こえてしまう——焦って離れようとしたら、別の腕に腰を抱き寄せられてしまって、ソフィーナは硬直した。

「地味だと思っているのは本当」

「っ」

「でも、どこにいたって見つけられる」

掠れた、どこか艶を含んだその声に体が痺れていく。呼吸の熱が伝わってくる。

「この間だってちゃんと見つけただろう」

なんとかその言葉の意味を咀嚼しようとしている間に、強く抱きしめられて全身が熱くなった。

「着飾らせなくていいと思っているのも本当」

「ちゃんと、責任、を果たしているから……？」

「…………もう一つ理由がある。君を見るのは僕だけでいい」

胸の内から恐る恐る見上げれば、彼の顔も赤くて、でも困ったように眉根を寄せている。

予想だにしなかったその表情を思わず凝視すれば、むっとした顔をした彼に、胸へと頭を押さえ込まれた。

ペースの似た、けれど違う拍動がシンクロしている。

一つはソフィーナのもの。そしてもう一つは――。

（……ああ、そうか）

『君が僕にいつも手を読まれて負ける理由を知っている？』

『もう一つ、可能性があると思わない？』

いつかの会話、あの時解けなかった謎がようやく解けた。

「私が、あなたに手を読まれる理由……」

「……………君が僕に惚れているから」

「もう一つは……？」

（多分正解はもう知ってる。でも、言ってほしい、今度はちゃんと聞くから――）

体が少し離れて、ソフィーナの顎にフェルドリックの長い指がかかり、持ち上げられた。視界に入った表情はどこか苦しげ。

「僕が、ソフィ、君を見ているからだ――オーセリンで君を見つけた瞬間からずっと」

柔らかく重なった唇から、強い痺れが全身に広がった。

＊＊＊

会場に戻ると、舞踏用の音楽が流れていた。軍人が多いせいだろう、数は多くないが、そこかしこに踊っている人たちがいる。

そちらに注目してくれればいいのに、一歩足を進めるごとに、周囲から視線が突き刺さるように感じて、ソフィーナは視線を揺らす。

特に変わったことは何もないはずなのに、とさりげなく全身を確認して、自らの左手に目を留めた――握られている。握り返している。

（こ、これのせい？　ええと、これまでは……腕！　エスコートの基本！　あ、あら？　でも腕のほうが親密じゃない？　そう、そうよ、実態がなくても夫婦なのだし、今更手ごとき……ごとき？　作法でもなんでもなく、ただ手を繋いでいたら……よ、余計変！）

「…………離したいのか」

「え？　あ、さ、作法です。ので、こういう場では腕、かなと」

「別にどうでもいいだろ」

手指から力を抜き、さりげなく手を引き戻そうとすれば、むすっとしたフェルドリックに、改めて握り直された。

「そ、そうですか……」

なんとかそう返したものの、顔に血が上ってきた。

(見てる、絶対に見てる……)

フィルとヘンリック、それからアレクサンダーとシェイアスたちが、こっちを見て笑っている気配がする。

知らん顔しているだけで、フェルドリックの耳も赤いと気づいてしまったら、指先まで赤く染まった。


「フェルドリック殿下、お招きしておきながら遅れてしまって、申し訳ない」

「ご多忙は存じておりますので、どうかお気遣いなどなさいませんよう」

到着を知らせる声が響き渡り、間がいいのか悪いのか、兄が会場にやってきた。

専用の扉から姿を現した兄が真っ先に向かってきたのは、当然といえば当然、ソフィーナと共にいるフェルドリックのところだ。

「ソフィも遅れてごめんね。……会は楽しめているかい？」

「え、ええ」

目を眇めて広間の対方にいるオーレリアを見た後、そう声をかけてきた兄への返事は、妙に上擦ってしまった。

「さっきから動揺しすぎだ」

「し、してないです」

「ふうん、そんな顔してよく言えるね」

「で、殿下だって顔が赤いじゃないですか」

「……見間違いだろ」

想いが通じても、この性格の悪さは変わらないらしい。ひょっとして早まったのかも、と顔を引きつらせたソフィーナに、兄は目を丸くしてから苦笑した。

「残念です。かわいい妹が苛《いじ》められて戻ってくるかと期待したのに」

「ひどく外聞の悪い言葉が聞こえた気がいたします」

「あなたの意図と本性ぐらい、さすがに察しておりましたので」

「なんのことでしょう？」

「妹が悩んでいたことに気づかないとでも？」

ニコニコと微笑み合う二人だったが、フェルドリックの分が悪いらしい。笑顔の大部分を作る頬が、わずかに痙攣した。

（すごいわ、立場的にはハイドランドのほうが圧倒的に弱いのに……）

形勢は七対三で兄に分があるとみなし、ソフィーナは彼を尊敬し直す。

「ソフィーナ、ほら」

「あ、ありがとうございます」

会場のそこかしこにいる給仕を目で呼び、フェルドリックが飲み物を受け取った。グラスを渡してくれた拍子に少し指が触れて、また赤面する。

「……っ、普通にできない？　こっちまで調子が狂う」

「そ、そのうちに慣れる、はず、です……多分」

「おや、結婚して半年以上経つのに、まだまだ初々しいね」

小声での言い合いのはずだったのに、兄は抜かりなく耳にしたらしい。にやっと笑い、含みのある言葉を投げてきた。

「え、あ、そ、その」

「まだ半年と仰っていただきたい」

焦るソフィーナと違って、フェルドリックはさらっと返したが、彼の顔も微妙に赤い気がする。それに気づいたのだろう、兄がますます笑いを深め、八対二ぐらいの力関係になった。

「なるほど、確かにまだ新婚と言って差し支えない期間ですね――聞くところによれば、随分と妹を『かわいがって』いただいたようで、兄としては耳目を属しておりました」

「……」

信じられないことに、フェルドリックが言葉に窮した。

多分、殊更に強調された「かわいがる」という言葉を、額面通りに受け取るかどうかで悩んでいるのだろう。耳目を属すとは注視するという意味で、良くも悪くも解釈できるが、目と耳をそばだてる、つまり情報を集めていたという意図があるなら、兄はフェルドリックを暗に責めている。

「お、お兄さま、その、色々していただきました。驚くぐらい自由にさせていただいていますし、贈り物も」

「自由と放置の区別、贈り物への真心の付随、大事なのはその辺だと私は思うのだが、ソフィーナはどう思う？」

（ど、どこまで何をご存じなのかしら……？）

思わずフェルドリックをかばってみたものの、笑顔のままの兄にいつになく強い調子で訊ね返され、ソフィーナは微妙に引き気味になる。

「え、えと……殿下からいただいた物は、私のために選んでくださったとわかる物ばかりで、すべて気に入っています。その、ちゃんとお伝えしてなかったので、殿下にも改めてお礼を」

もごもごと兄に返しながら、ちらりとフェルドリックに目をやれば、目を丸くしていて、ますます居心地が悪くなった。

「その、自由にさせていただいているのも確かです。殿下は私の望みを叶えるために、最大限のことをしてくださいました。ここに至るまでのことをご存じのお兄さまには、ご理解いただけると信じています」

白い結婚でいたいと願ったこと、仕事をさせてほしいと頼んだこと、無茶をしてでもソフィーナの願いを叶え、守ってくれるだろう、フィルとヘンリックを護衛につけてくれたこと、勝手に帰ったソフィーナを密かに助けてくれたこと、強引な方法を取ってでも兄とハイドランドを救ってくれたこと、ソフィーナがカザックに居続けられるようにしてくれたこと――色々あって傷つきもしたが、そこは紛れもない事実だ。

「……」

万感の思いを込めてフェルドリックを見つめれば、彼は唇を引き結び、ソフィーナから顔を殊更に背けた。口角が戦慄いたのが見える。

『ずっと嫌われていると思っていたんだ』

（ああ、そうか……フェルドリックだけじゃない、私もだ。本当に、まったく伝わってなかった、伝えられていなかった……）

そう実感して、ソフィーナは眉尻を下げると、フェルドリックの手をぎゅっと握った。

「……」

顔も目もそっぽを向いたままだったが、その手はしっかりと握り返された。

「……なるほど、実に仲よしなようだ」

「っ、あ、あまりからかわないでください」

苦笑する兄に、フェルドリックのみならず自分まで居心地が悪くなったのは辛《つら》いけれど、一年近く前、ソフィーナは同じこの場所で泣くのを必死に堪えていた。それに比べたら、ひどく遠いところまで来た気がした。

「なら、もうばらしてもいいか」

「ばらす？」

「？」

兄の朗らかな声に不穏な響きを感じ取ったのは、ソフィーナだけではなかったようだ。顔に赤みを残したフェルドリックが、訝しげに兄を見た。

「三年ほど前のカザックのコルツァーで開かれた会議。ソフィが出ることになっていたけれど、病気になって、私が急遽《きゅうきょ》代わりに参加しただろう？」

「っ、セルシ……陛下っ」

焦ったように自分を呼ぶフェルドリックを、兄はにこやかに無視する。

「あの時『妹姫のご様子は？』と訊かれて、いつものようにオーレリアのことだと思って答えたら、本気で不思議そうな顔をして『そちらの方ではない』と。実はあの時からなんとなくそうかなとは思っていたんだ」

「え……」

思わずフェルドリックを見れば、再度頬を染めつつ、「あ、の時は、別にそんな意図は……」と呻くようにつぶやいた。

「だが、本性はこの通りでいらっしゃるだろう？　かわいい妹を託していいものかと悩んで、知らない顔をしていたんだ。ごめんね、ソフィ」

「っ、知らない顔どころじゃなかっただろうが……っ」

「あ、気づいてた」

敬語を取り払ってどす黒い声を出したフェルドリックに、同じく敬語をやめた兄が意味深に微笑み返す。

「今でも気持ちは変わっていないから、辛いことがあったら、いつでも帰っておいで、ソフィ。君にはその『資格』もある」

「っ、とっとと結婚して子をなしていただこう……っ」

「いやあ、落ち着くまでのんびり行こうかと。この調子ならそれまで僕のことはカザック、違うか、あなたが守ってくれそうですし？」

（これ、王位継承順位の話かしら？　つまり……私、餌？　に、なるんだ……）

ソフィーナを王としてハイドランドに帰す気はない、そのために兄に王でいてもらわなくてはならない――そういうことだと悟った瞬間、ソフィーナは指先まで真っ赤になった。

そんなソフィーナと、顔を歪めて自分を睨むフェルドリックを見比べて、心底楽しそうに笑う兄は、ひょっとして結構性格が悪いのかもしれない。

何せ形勢は、ソフィーナも巻き添えを喰らって九対一――兄完勝の様相を呈していた。

だが、その辺が兄の限界らしい。彼はフェルドリックをからかうのをやめると、二人でシャダの動きについて話し始める。

ソフィーナも一緒に聞いていて、一区切りついたところにそれは起きた。

「おや」

微かな驚き声に兄の視線をたどれば、姉のオーレリアがいた。ここにいる者のほとんどが反乱やシャダに対して抵抗した者たちだからだろう、彼女を囲む人はいつもよりまばらで、先ほどに輪をかけて不機嫌に見えた。その彼女が取り巻きを連れ、別の人だかりの中心にいるアレクサンダーの所に向かっている。

(ひょっとして踊りの誘い……？　お姉さまは常に注目の中にいらっしゃるし、アレクサンダーほど人気の人であれば、気を払っても不思議はないけれど……)

思わずフィルを見れば、彼女は彼女で人に囲まれていて、見えていないようだ。

(フィル、まずいんじゃないかしら？　そりゃあ、フィルはお姉さまとはまた違う美人だけれど、今喧嘩しているんでしょう？）

「中々いい組み合わせかな。寛容だし、懐も深い。彼ならあのオーレリアも……」

「え」

はらはらしてフィルと姉を見比べていたソフィーナは、横から響いた兄の独り言に硬直した。

自分のことに精一杯で、フィルとアレクサンダーが夫婦だと兄に言うのを、結局忘れてしまっていた――。

「お、お兄さま、あ、あの二人ですが、ふ――」

「どうしたんだい、ソフィーナ、疲れたのかな？」

フェルドリックが頬を撫でるようなふりをして、ソフィーナの口を塞いだ。楽しそうに弧を描くその目と空気の黒さに確信する。

（九対一から巻き返す気だわ、しかもなんて悪質な方法……。さっきは手が触れただけで赤くなったくせにこんな時はまったく平気って、一体どんな神経をしているの……）

「だが、確かフォルデリーク殿はご結婚なさっているんだったか……」

（気づいてお兄さま、すぐそこに彼の妻もいるの……っ）

口を押さえられたまま、ソフィーナは兄の独り言にこくこく頷く。

「私は幸い機会に恵まれましたが、相応しい相手を探すのは中々難しいものです。先ほども話題に出ましたが、急なご即位でいらっしゃいましたし、陛下のご結婚はまだまだ先になりそうですね……」

いかにも同情します、という響きの悪魔の声。いつもの兄なら絶対に気づくはずなのに、彼は心ここにあらずといった様相で視線を動かす。その先に——フィル。

「……」

にやりとフェルドリックが笑ったのを見て、ソフィーナは涙目になる。

「そう、ですね……いや、でも……」

それから兄は明らかに落ち着きを失くし、そして「少し失礼します」と言って、フィルのほうへ歩いていった。

「……最低」

「何もしていない」

「しました、焚《た》きつけました」

「言いがかり」

「大体フィルたちだって、拗れてしまうじゃないですか。ただでさえ喧嘩していて、今も一緒にいないのに」

「それで気まずくなったら、人を散々からかった罰」

（あ、あれだけみんな私たちを心配してくれていたのに、信じられない……）

フェルドリックはフェルドリックだった。どこまでも我がままで性格が悪い。

『あれは悪魔、悪魔です。大事なことなので二回言いました』

『優しく呪いの言葉を吐き、笑顔から瘴気を吹き出す——油断すると魂を取られますよ』

フィルとヘンリックの言葉が頭に響いて、「やっぱり早まったんだ……」と思った瞬間、広間にざわりとざわめきが広がり、直後に静まり返った。

「フィル・ディラン嬢、命を懸けて私を助けてくださったお礼をさせていただきたい。私と共に踊っていただけないでしょうか？」

「え……、いや、あ、当たり前のことをしただけですので、お礼など畏れ多——」

「もっとも礼になるかどうか……美しいあなたと踊ることは、私にとって無上の喜びでしかない」

戸惑って遠慮するフィルをうまく遮ると、彼女の前に跪いた兄はその手の甲にキスを落とし、じっと見上げた。

「……すてき」

絵本の一ページにありそうな光景に、思わず兄の苦境を忘れてうっとりすると、横でフェルドリックが「やっぱりブラコンか」と不機嫌そうに呟いた。

「ち、違います、そうじゃなくて、大切に想われている感じがして憧れるというだけで」

「似たようなことなら、してやっているだろう」

「やっている……その神経が嫌です」

「……君だって、何をされても嫌そうにしかしないじゃないか」

「そ、それは殿下が、」

「はあ？　僕のせいだけじゃないだろ」

「だけって、自覚、あるんじゃないですか」

「はいはい、お二人ともどうせ余計なこと口走るんですから、そこでやめてください」

険悪に睨み合い始めたところにひょっこりと現れたのは、ヘンリックだった。

「で、あれなんとかしてください」

彼が片手で顔を覆いつつ指さした先には、結局断り切れなかったらしい、青い顔をしたフィルと、彼女を愛しそうに見つめながら踊り始めた兄。そして、周囲に構わず、殺気を露わにその二人を見据えるアレクサンダーの姿があった。

「……私に死ねと言うの？」

思わずそう呟いたソフィーナは、間違っていないはずだ。同様に感じたらしい姉が逃げ出したことだけは、幸いと喜んでおくことにする。

踊り終わった兄が引きつった顔のフィルの手を引き、ソフィーナたちの元へと戻ってきた。同時に、整いすぎて怖い笑みを浮かべたアレクサンダーも近づいてくる。

（やめて、来ないで――）

ソフィーナは切実にそう思っているのに隣のフェルドリックは楽しそうで、色々な意味で泣きたくなる。

「……じゃ、よろしく」

（裏切るのっ？）

やはりヘンリックは要領がいい。目で必死に訴えたのに、あからさまに見ないふりをしてささっと逃げた。

「殿下、彼女のおかげで私は命を繋ぐことができました。お礼申し上げます」

「大切な義理の兄上のためですから、礼など」

今楽しんでいるしね――フェルドリックは間違いなく腹の中でそんなセリフをつけ足している。涙目で睨むソフィーナににやっと笑うあたり、本気で性格が悪い。

「ハイドランド国王陛下、ご挨拶が遅れ、申し訳ございません」

「やあ、フォルデリーク殿」

一足遅れてやってきたアレクサンダーの輝かしい笑みに硬直しつつ、目だけを動かして、間に立つフィルをうかがえば、彼女は彼女で真っ青な顔で床を見つめ、空いたほうの手で腰を探っていた。

彼女が帯剣していないことを母に本気で感謝するソフィーナに対し、だがアレクサンダーは大人だった。

そんなフィルをチラッと見下ろした後、息を吐き出し、腕を彼女に差し出す。そして、

「陛下、我が妻に様々ご配慮いただきましたこと、夫として心よりお礼申し上げます」

と微笑んだ。

フィルの緊張が解けた。探るように彼を見つめた後、おずおずとその腕をとり、花が開くように顔を綻ばせる。

その瞬間アレクサンダーも優しく笑み崩れ、二人を取り巻く空気は一変した。

（ああ、フィル、仲直りできてよかった……。けど、問題、は……）

再び目だけを動かして兄を見れば、やはりというか呆然としていて、ソフィーナは居たたまれなくなる。フェルドリックはといえば、その彼を見てそれはそれは嬉しそうな顔をしていて――最悪以外に言葉がない。

「……確かカザックでは、高位貴族の縁者は、許可なく国外に出れば処罰されるとか？」

「え？　……あ」

だが、ソフィーナが敬慕する兄は瞬時に持ち直した。対照的にうろたえたフィルにに

こりと微笑みかける。

「どうでしょう、フィル。妹のためにそんなことになった訳ですし、こちらにこのままおられては？」

「ご心配なく。それは血縁者のみに対する規定ですので、『婚姻』によって『私の妻』になった『私のフィリシア』にはあてはまりません」

こっちもやはりすごかった。一瞬頬を痙攣させたアレクサンダーだったが、即笑顔を取り戻し、「大丈夫だから心配しなくていい」とフィルの頬にキスを落とした。照れつつもフィルはほっとしたように息を吐き出す。

（さっきまで喧嘩していたはずなのに）

二人がふとうらやましくなった。ずっと喧嘩していたようなもので、ついさっきようやく仲直りできたところなのに、と横のフェルドリックを見るが、彼の興味は明らかに今ソフィーナにない。アレクサンダーたちを前に定型そのままの微笑みを顔に張りつけた兄を、心底楽しそうに見つめている。

（やっぱり早まった……というより、私は自分の趣味を疑うべきかもしれない）

疑念は深まる。

「フィル、そういえば、約束のお茶の店、明日にでもご一緒しませんか？」

「――約束」

「ええ、戦況が芳しくなくなった時に、フィルが私を勇気づけるためにそんな申し出を」

アレクサンダーの空気がまた凍り、フィルが顔をこわばらせた。ソフィーナも唇の片側をひくつかせる。

「お、おお誘い、あああありがとうございます。で、ですが、それなら既に妃殿下に教えていただきました。お、お土産を二人で選びましたから、後で妃殿下がお持ちしてくださると思います」

「美しい『兄弟愛の賜物《たまもの》以外の何物でもありません』ね、陛下。店には明日『私たち夫婦』で、『デート』がてら訪れることにします」

「そんな手間をかけなくても、私の『私室』にいらしてくだされば、歓迎しますよ、フィル。いただいたお土産で『一緒に』お茶をすることにしましょう」

再び蒼褪めるフィルにも止めを刺しにかかってきたアレクサンダーにも、兄はめげない。

（……私はもう一生兄を尊敬するわ。けど、いい加減にして……）

きっと涙目になっているフィルもそう思っている。

「これ、止められませんか？」

「なぜこんな面白いことを止める必要が？　見なよ、いつも取り澄ましてるあの二人の顔が引きつっている。あとフィル、やっぱりあいつはああいう情けない顔が最高に似合う」

（……お母さま、認めます。私の趣味、やっぱり最悪みたいです）

フェルドリックの袖を引いてこっそりお願いすれば、美しい笑顔と共にそんな答えが返ってきた。ソフィーナは堪えきれず呻き声を漏らす。

「お兄さま、アレクサンダーの恨みを買わないといいけれど……」

「人の心配をしている場合かい、ソフィーナ。アレックスの恨み、君も買ってるかもしれないよ」

「え」

「君がしたことを考えてみよう――アレックスからフィルを何か月も取り上げて、挙げ句やっと再会したと思ったら、その場からまた連れ出した」

「あ」

「彼、あの後、荒れて大変だったんだ。今日もフィルとべったりだったんだって？　喧嘩の最中に割り込まれて、その後も君にフィルを取られたって。まあ、頑張りなよ」

「た、助けてくださったりは……」

「なぜそんなことを？　知恵の回る者同士でどうやり合うのか、君のお手並みを拝見するよ。実に興味深い」

「きょうみ……」

にっこり笑うフェルドリックに、ソフィーナは唇を引き結ぶ。

（わかった、さっきの、夢でも見たんだわ、絶対そう。だって圧倒的に私だけが弱いもの、零対十。この人が私のことを想ってくれているなんて、気のせいに決まってる。大体そんなこと、一言だって言ってもらってないし）

「……？　ソフィーナ？　どうした？」

押し黙ったソフィーナにフェルドリックは思いの他早く気づいた。兄たちから目を離し、怪訝そうにソフィーナの顔をのぞき込んできた。

「……帰ります」

「は？　いや、ちょっと」

さっきまでの顔が嘘のように慌て出したのを見ないふりして、ソフィーナは踵を返し、歩き出した。

（これで……二対八くらい？）

「やはり勘違いですね……。そもそもがおかしかったんです。私とフェルドリック殿下なんて、やっぱりあり得ない」

「何、今更」

悲しそうにつぶやいてから、後をついてくるフェルドリックをちらりと確認すれば、その秀麗な顔に焦りを浮かべていた。

（四対六？　もう一押し）

「やはり相応の幸せを探すのに、この国に帰ったほうがよさそ――」

「っ、ソフィっ」

（六対四）

「殿下にはきっともっとふさわしい方がいらっしゃいま――」

「っ、ソフィがいいと言っているんだ……っ」

（八対二……この辺？）

「けれど、策士同士、気が合う気もいたします」

ソフィーナがくるりと振り向くと、一瞬唖然としたフェルドリックは真っ赤になりながら睨んできた。

「……騙したな」

「まさかあんなのを真に受けるとは思いませんでした。『慈悲と恵みの神』の愛し子ともあろう方ですから」

『なんにせよ、僕が君を評価していることには変わりがない訳だし、光栄に思ってほしいな。けど……まさかあんな口上を真に受けるとは思わなかった、「エーデルの祝福を受けし賢后」の娘ともあろう人が』

半年前ここで彼に言われたセリフを真似てから、小さく舌を出せば、フェルドリックは「……ムカつく」と呻き声を上げた。

（これで十対零──それでもやっぱり好きだわ……）

目元を染めたまま睨んでくる彼を見つめているとそう実感してしまい、ソフィーナは顔全体を綻ばせて微笑んだ。

「……」

フェルドリックがその稀有《けう》な目をみはる。

そのままじっとソフィーナを見ていた彼は不意に眉根を寄せ、そっぽを向いた。

「なんにせよ、僕が君を……好き、なことには変わりがない訳だし、光栄に思ってほしいね」

「っ」

そして、やはり半年前、彼自身が言ったセリフをそっくりそのまま、ただし、核心の言葉一つを変えて、投げ返してきた。

「……」

拗ねたような、怒ったような横顔は、でも真っ赤で、ソフィーナも顔を赤らめる。

金と緑の瞳が横目にそのソフィーナをとらえた。

「っ」

「──言っただろう、逃がさないって」

直後に抱き寄せられ、硬直する間もなく、耳に囁き声が降る。

「やるなあ、殿下」

「ね、相思相愛でいらっしゃると申し上げたでしょう？」

会場から向けられる言葉と視線に耳まで染まっていく。

（自分だって赤くなっているくせに、こういうことができるの、絶対反則……）

「……」

五対五に戻された、本当に手強《てごわ》い──ソフィーナは周囲の視線から隠れるように、フェルドリックの胸に顔を押しつけた。

第十章

いつも優しく、穏やかなアンナの声が低くなった。

「――それ、本気で仰ってます？」

カザック王国の都カザレナにそびえる城の自室。ソフィーナは据えられたソファに座って、アンナにボロボロになってしまった手の手入れしてもらっていた。

「ごめんなさい、アンナ。色んな負担をかけた挙げ句、こんな手間まで……」

「謝る必要などまったく。すべてソフィーナさまが私の故郷を救ってくださった証ですもの」

日にさらされ、馬の手綱を握り、野営の焚火から出た火の粉で火傷《やけど》し、山を登るために岩をつかみ……そんなハイドランドへの旅ですっかり荒れてしまった手と爪をオイルでマッサージしながら、アンナは柔らかく微笑んでくれた。

窓からささやかな秋風が迷い込んできて、白いレースのカーテンを繰り返し揺らす。

そこには金木犀《きんもくせい》の香りと、実りの季節を喜ぶ小鳥たちの声が混ざっていて、平和そのもの――だったのだ、ついさっきまで。

「フェルドリック殿下は、明らかにソフィーナさまのことをお好きだったと思うんです。ソフィーナさまをずっと目で追っていらしたじゃないですか」

手を握り合った状態のまま、アンナは半眼でソフィーナを見つめてきた。

「愛されてないと思っていらしたというのはお聞きしましたけど、あの本性をご存じだったなら、そう疑いたくなるのもわからないでもないですけど、ひょっとして、まさかとは思いますけど、ちょっとそうかもとお思いになったことすら、一回もおありでない……？」

「……」

返事ができないでいるソフィーナに、アンナは「そんなふうにお思いだと気づかなかったことは、本当に申し訳なく思っていますが」と呟きながら、信じられないという顔で首を横に振った。

その間もアンナのジト目はソフィーナから離れず、余計居たたまれなくなる。

「そりゃあ、最初の印象と違って、少し難しいところがおあり……どころか、あり得ないほど鈍くて、その上どうしようもなくひねくれていらして、結果見当違いのことばかりお考えになって、余計なことばかりなさる方ではあらせられますけど、それにしたって……」

（な、なんか、すごい言いようじゃない……？）

と思ったが、疲れたようにため息をつかれて、ソフィーナは口を噤む。

「お部屋にいらした時だって、ソフィーナさまの一挙一動をいちいち気にかけておいでで……あんな目で見られててまったく気づかないとか、ありえない……」

「あ、あり得ないとまで言う？」

「チューリップは？　ソフィーナさまが寝室に活けていらっしゃるのを見て、扉を開けるなり、ご機嫌になっていらしたじゃないですか」

「？」

「温室でお会いして、最初にいただいた日です！」

「……あ」

フェルドリックの機嫌に振り回されて嘆いたあの晩を思い出して、ソフィーナは思わず手を口にやった。

アンナは眉根をぐっと寄せて、額に手をやると、

「フィルさまがわざわざ取り寄せた品種だと仰っていたでしょう？　コッドさんが毎日届けてくださっていたのも、一体なんだと思ってらしたんですか……」

と呻くように呟いた。

「だ、だって、あんな憎まれ口と一緒に渡されたら、気づけないわよ、いつもあんなふ

うだし」

「あの口がどうしようもないというのは、恐れながら、全面的にまるっと全力で同意いたしますが、ソフィーナさまだって憎まれ口なら、負けていなかったでしょう？　胡散臭いだの、顔だけだの、腹黒だの、傲慢だの、そのうち刺されるだの」

「そ、そんなこと言って……」

「――らしたでしょう」

「……………はい」

整った顔に怖い目で睨まれて、ソフィーナは身を縮めた。

「あーと、アンナさん、それぐらいにして差し上げたらどうかな」

「だって、エドワードさん、私、ずっと申し上げてきたんです、お勉強や国政以外のことも気になさったほうがいいって！　無視なさった挙げ句、案の定！」

今日フィルとヘンリックは休みだ。ソフィーナの不在中、シャダに狙われていたアンナを護ってくれた騎士が、代わりに護衛についていてくれる。

その彼がせっかく出してくれた助け船も、怒れる彼女にあっさり沈められた。

「まあまあ。あの殿下の捻《ね》じれっぷりを考えたら、妃殿下を責めるのはお気の毒だよ」

「捻じれ……？」

首を傾げたソフィーナに、エドワードは苦笑を零した。

「妃殿下の護衛が中々決まらなかったのは、殿下が素直に言い出せなかったのをポトマック副団長が面白がったせいです。フィルとヘンリック以外は全部却下、アレックスとティムに至っては論外って言うくせに、いつまでも二人を指名しなかったらしくて」

フィルたちは王都一女性に人気がある安全な騎士で、アレックスたちは王都一女性に人気がある危険な騎士だとエドワードは補足した。

「確かに、アレクサンダーさまは身の危険を感じるような色気がおありになりますものね。相方のティム・エルゼンさまもすさまじい人気ですし」

「っ、ア、アンナさんは、絶対に近寄らないでよ？」

焦ったエドワードにアンナは目を丸くすると、「ええ、私の好きな方はここにいらっしゃいますから」と微笑んだ。

（居たたまれないってこういうことかしら……）

エドワードが相好を崩すのを見ながら、ソフィーナはテーブルの上の茶に手を伸ばし、そっとため息をついた。

カザック王宮で『北方美人』と評判になっている彼女は、護衛してくれたエドワードと恋仲になったそうだ。

騎士らしく体格がよく、見栄えのいい彼は、優しく朗らかな性格だそうで、「不安で押しつぶされそうになるたびに、いっぱい笑わせてくださったんです。ちょっと抜けているところも母性をくすぐられちゃってかわいくて」とアンナがのろけていた。

(騎士の人気ってすごいらしいのに、アンナってばあっさり……。で、私はその彼女にダメ出しをされた、と……甘んじて受け入れるしかないということかしら。けど、いつまでも見つめ合ってないで、いい加減私がいることを思い出してちょうだい……)

ソフィーナは情けなく眉尻を下げ、「エドワード、アンナ……」と声をかけた。

はっとして、顔をソフィーナに向け直したエドワードが咳払いした。

「それで、ポトマック副団長は、フィルに髪まで切らせて準備していたくせに、と思ったら、どこまで我慢なさるのか試したくなったんだそうです。結局、シャダの間者がうろつき出す中、妃殿下が視察を希望されたことで、殿下が白旗をあげたみたいですが」

(あの時？　そっけなくて、そんな感じ、全然なかった……)

呆けるソフィーナに、エドワードはくすっと笑った。

「妃殿下が城をお出になった後、代役をやるやらないでアンナさんに喰ってかかられた殿下も面白かったです」

「喰ってかかった……そういえば、タンタールで出会った第一小隊員たちもそんなことを言っていたけれど」

「妃殿下の乳妹を傷つける訳にはいかないとアンナさんを止めた殿下に、『私が一番うまくやれる、私が一番ソフィーナさまを想っている、愛されてないって誤解させたまま

にしておく殿下の言うことなんか、絶対に聞きません！』って、泣きながら
「あれは、その、私も必死だったので……」

頬を染めるアンナに、エドワードは優しい目を向ける。

「それに対して殿下は『申し訳ないが、一番想っているのはもう君じゃない』って――

じゃあ、もっとうまくやれって陛下やフォルデリーク公爵たちに怒られて、凹みに凹んでいらしたけど」

「あれはいい気味でし……失礼いたしました。その時は私も反発しましたけど、その後殿下はハイドランドへ軍を動かすために不眠不休で……痩せていらしたでしょう」

「……ええ」

どんな顔をしていいかわからなくなって、ソフィーナは「アンナもありがとう」ともごもご言いながら顔を伏せる。

「そうだ、近々ナシュアナさまにお会いになっては？　ソフィーナさまと入れ違いにドムスクスの慰問からお戻りになったんです。異母妹でありながらフェルドリック殿下ととても親しいそうで、ソフィーナさまにお会いしたがっておいでです」

「そうなの？　ああ、そうか、アンナは私の代わりにザルアナック伯爵家に行ったりしていたのだったわね」

「殿下のあの性格をよくご存じで、『お妃さまに対してもそうだなんて……』と頭を抱

えておいででした。ものすごく心配していらっしゃいますから、ソフィーナさまがお訊ねになれば、きっと色々お話しくださいますよ。婚約が成立する前後のフェルドリックさまのご様子とか、ね」

アンナが意味深に笑って、使っていたオイルや爪磨きを片づけ始めたのを機に、エドワードは部屋の外へと出ていく。

そろそろ今晩の夜会の準備に取りかからなくてはならない頃合いだった。

(何しに来たのかしら、忙しいくせに……)

「フォースンが困っているのでは？」

「それが彼の仕事だ」

「……違うと思います」

エドワードと入れ替わるように訪ねてきて、勝手にソファでくつろぐフェルドリックに、アンナと今日のドレスを選んでいるソフィーナは白い眼を向けた。

(まあ、ここにいるんだもの、一応聞いてみるべきかも)

「今日の夜会、どちらのドレスがいいと思われます？」

「どっちでもいい。どうせ誰も君に目なんて留めない」

(人が今夜の準備を考えている時に、先触れもなく来ておいて……)

睨むソフィーナに、フェルドリックは悪びれる様子なく肩をすくめ、アンナが淹れたお茶に口をつけた。

「面倒くさいな、いちいちそんな顔しないでくれ。じゃあ、左。右だと明らかにドレス負けする」

そして、言葉通り面倒そうに言って、彼はソフィーナが読みかけで置いていた本を勝手に開いた。

(この人が私を一番想ってる？　……同じ人の話とはとても思えないのだけど)

ついさっきアンナやエドワードから聞かされた話と、目の前のこの人がどうしても重ならない。

「……ソフィーナさま」

アンナがため息をつきながら、フェルドリックが選ばなかったドレスを指さし、『セルシウスさま』と口パクする。

(あ……)

フェルドリックが選んだのは、彼が贈ってくれたもの。もう一方は兄が贈ってくれたものだった。

気づいてしまうと怒る気にもなれなくて、ソフィーナは口をへし曲げる。

(ほんと、この口、どうにかならないのかしら……？)

自分の贈ったドレスを選ばなかったから、拗ねているのはわかったが、彼の言葉で傷つくのも確かだ。

(だからって泣いて引っ込んで、ただ気づいてくれるのを待っていても仕方がない……)

「その言い方、傷つきます」

「へえ。でも事実だし」

ちゃんと思っていること、感じたことを伝えよう、とムカつきを口にしたというのに、そこはフェルドリックだ、反省する様子は一切ない。

やっぱり傷つくけれど、ここで落ち込んで引っ込み、謝ってくれるのを期待しても、無駄なだけということももうわかった。

(じゃあ、次――謝らせてみる……)

「となると、私のことを好きというのは、やっぱり事実ではない？」

「……」

「何も仰らないんですね……」

静かに息を止めたフェルドリックに、悲しそうに、でも泣く訳ではなく諦めたかのように、ソフィーナは計算して顔を作る。

「……僕に君の兄さんやアレックスみたいなのを期待したって無理だからね」

「わかっています。そもそもの想いに差があるのでしょう。愛されていますから、彼女は……」

フェルドリックが眉根を寄せた。

「…………わる、かった」

ため息を吐き出した後、しぶしぶとはいえ、彼が謝ってきたことで、ソフィーナは演技の続行に失敗する。思わず肩を震わせれば、フェルドリックは片頬を引きつらせた。

「……性格が悪くなってきたようだな」

「朱に交わってしまった結果かしら」

声に笑いが混ざってしまう。

「君から性格のよさを取ったら、何が残るというのかな」

「……お顔の造作だけが強みの殿下にご心配いただく必要はございません」

が、それもすぐに消えてしまった。

「——それぐらいになさってください」

睨み合っていたソフィーナとフェルドリックは、涼やかな声に同時に固まる。

「そうやってやり合った後、お二人ともいつもうじうじ悩まれるでしょう。アレクサンダーさまやフォースンさま、護衛のお二方から色々お話、伺っております。いい加減学習なさってください」

声の主であるアンナはドレスを手に、脅しているように見えなくもない微笑みを残して退出していった。

「……君の侍女、本気で強くなったね」

「それぐらいでないと、この国ではやっていけないと彼女も気づいたのかと」

閉まる扉を見守った後、情けない声でフェルドリックがぼやく。

応じたソフィーナの声も大概だ。

「馴染んできたってことでいいのか……」

「そうですね。アンナも、それから私も」

「……なるほど」

金と緑の目をみはった後、フェルドリックは七年前そっくりの顔で笑う。

そして、長い指の目立つ手をソフィーナの頭に乗せると、ぐしゃぐしゃっとそこを撫でた。

終章

子供の頃、母の言いつけで親書を携え、とある寺院を訪ねたソフィーナはその道中で結婚式を見た。

田舎育ちらしい、純朴な印象の新婦と新郎の顔立ちは、強く記憶に残るものではなかったように思う。高く澄んだ青空の下、丁寧に準備されたとわかる衣装を身につけ、色とりどりの花でできた冠を頭に載せて着飾った二人は、家族と友人、村人、はては行きずりの旅人たちの祝福を受けながら、古めかしいけれどよく手入れされた村の教会の前に、寄り添って立っていた。

幼いソフィーナの脳裏に焼きついたのは、祝福の花びらが舞う中、新婦と新郎がお互いの顔を見て微笑み合った瞬間。彼らの顔立ちも衣装や花の美しさも、まるで問題ではなかった。二人の優しいその顔はひたすら幸せそうで、美しく見えて、彼らをまったく知らないソフィーナでさえ、なぜか嬉しく、温かい気持ちになった。

彼らの微笑を目にする人々皆が喜んでいる——。

そして、ソフィーナはあんなふうになりたいと心の底から憧れた。あんなふうに信頼し合って一緒に、穏やかに生きていける相手を見つけたい。

＊＊＊

「これ以上、仕事を押しつけないでください」

「なんで？　初夜と引き換えにするくらい、仕事好きだろ？」

カザック王国王太子の執務室の重い扉の奥。窓辺で冬の庭園を眺めていたフェルドリックは優雅に首を傾げながら、突如現れたソフィーナを振り返った。

「あ、あの時は、それぐらいあなたが嫌だったというだけです」

「その頃から好きだったと言ったくせに」

「っ、そういうところが嫌なんです！　とにかく！　この仕事はお返しします！」

微妙に恥ずかしい記憶を持ち出されたソフィーナは、赤くなるのを防ぐべく、フェルドリックに書類を突きつける。

「信頼しているソフィーナにだからこそ、任せられるんだ」

唇を引き結び、眉をひそめて睨むソフィーナに、完璧な美貌の彼は優しく甘く微笑みかけてきた。

「……」

思わず見惚れてしまえば、次いで顔に血が上ってきた。

「……くっ」

「っ」

（うぅ、またやられたわ、あの笑顔が黒さそのものだって知っているのに、また……ああ、もう、これで何度目！）

結局真っ赤になってしまったソフィーナは、そう歯嚙みする。

仕方がないとは思っているのだ。先に惚れたほうが弱いというのは多分本当で、アレクサンダーもヘンリックもエドワードも皆そうだ。

そう思うことで、ソフィーナは日々自分を慰めているのだが、性格的にも母の教え的にも、やられてばかりではいられない――。

「……では、昨晩仰っていた湖西地方の査察、お一人でお願いいたします」

「はあ？　ちょっと待て、ソフィーナ。あれは祖父への顔見せを兼ねて、しばらく一緒に離宮に滞在しようという話だっただろう？」

「またの機会ということで。あなたの信頼に応えたいのです。建国王さまにお会いできないのは残念ですが……」

弱々しく微笑んでみせるソフィーナの顔も、含みでいっぱいだ。

敵のフェルドリックも、それに気づいて一瞬で動揺を消した。

「負けないようになってきたね」

「おかげさまで」

そうして、互いに微笑む――これはソフィーナが憧れた夫婦の微笑み合いでは、間違ってもない。

「失礼しま……いえ、本当に失礼しますっ」

（フォースンの顔、本気で引きつっていたわ……）

入ってきたフォースンが、直後にすごい音を立てて扉を閉め、脱兎《だっと》のごとく逃げていったのは、その証拠と言っていいだろう。

（……まあ、いいか、理想とは大分違うけれど）

ソフィーナはため息をつくと、苦笑へと笑いの種類を変えた。

「？」

フェルドリックが訝しげな顔を見せたのは、多分それに気づいたからだ。

性格も口もどうしようもなくひねくれているこの人は、それぐらいソフィーナのことを注意深く見てくれている。

（憧れと違っていたって、私、すごく幸せだし）

フェルドリックの瞳を、ソフィーナはじっと見つめた。

冬の雲間から一瞬差し込んだ陽光を受け、彼の目は木漏れ日のように見える。

「では、仕事も査察もこなします。代わりに一つ、質問に答えてくださいますか？」

「？　どうぞ」

「私と国、どちらか選べと言われたら、どちらを選びますか？」

ハイドランドの更待月の下、お互いの想いを確認した晩からずっと抱いていた疑問を口にすれば、フェルドリックの顔から表情が抜けた。

「……国」

「私もです」

「知っている。そういう君だから選んだ」

「知っています」

自分たちは王族だ。肩にたくさんの人の命と人生がかかっている。

想いが通じた今も、自分の幸せのために彼らを捨てられる気は、やはりソフィーナにはしない。そして、それはフェルドリックも同じなのだろう。

「……」

自分たちがそんな立場であることが少し寂しくて、でも彼がそんな人であることが嬉しくて、ソフィーナは複雑な笑みを零す。

「だが、そもそも前提がおかしい」

「？」

フェルドリックは、まっすぐソフィーナを見つめた。

「君か国か、どちらか選べなどと迫る人間の存在を、僕が許す訳がない」

「……」

「同様に、僕か国かと君に選択を迫らせるような状況も作らせない——絶対に」

真顔で言い切られて胸が震えた。言葉が出てこない。

冬の入り口だというのに、冷え込みは厳しい。窓の外では、空を覆う雲から地表の冷気を確かめるかのように降りてきた微量の雪花が、風に乗って弱々しい陽光と戯れ始めた。

（ああ、この人は多分本当にそうしてくれる、この夏、そうしてくれたように——）

ソフィーナは泣き笑いを零す。

「愛しています」

「…………引っかからない」

ソフィーナがようやく探し当てた言葉に、フェルドリックは目を丸くした後、不機嫌そうに顔を背けた。

それに小さく笑いを零す。ソフィーナから見える、彼の耳朶が赤いことに気づけるようになったから。

「では、失礼いたし、っ」

「茶ぐらいつき合え」

踵を返したソフィーナの手を、フェルドリックが後ろからとらえて引く。

「い、そがしいので。その、査察に間に合わせないと」

「僕が選んだ妻は、その程度の時間が取れないほど無能じゃない」

（それをなんであなたが決めるのよ。本当にどこまでも傲慢）

後ろから抱きしめられる形になったソフィーナは、身をよじって背後のフェルドリックを睨み上げる。

だが、真っ赤な顔では怖くもなんともなかったのだろう。フェルドリックが小さく吐息を漏らして笑った。

「……」

鼓膜を打つ、無防備なその音に胸が詰まる。限られた視界に入る、金と緑の瞳はどこまでも優しい。

「お茶にするなら、誰か呼びましょうか」

「もう少し後でいい」

（本当に我がまま）

後ろから自分を包み込む腕に自らの手を添えて、ソフィーナも笑い声を零す。

「笑うな」

「殿下だって笑っていらっしゃるでしょうに」

「……それ、いい加減、やめろ」

「殿下がソフィと呼んでくださるなら考えます」

「………………ソフィ」

「なんですか、フェルドリック」

背中から、温かい熱と共に小さな振動が伝わってきた。

「また笑った……嬉しい？」

「それは君だけだ」

なんとか顔を見ようともがけば、阻むためにか腕の拘束が強まり、右の眦《まなじり》には邪魔するように口づけが落とされた。

ソフィーナが憧れたのは、名も知れない、小さな教会の前で微笑み合っていたあの夫婦――残念なことに、自分たちは彼らのように正面から笑い合う関係には、やはりなれないようだ。

でも――

「やっぱり笑っているじゃないですか」

「気のせいだと言っている」

ソフィーナの視界の端に映る彼の唇は、それでもちゃんと弧を描いている。

あとがき

人って失敗するんですよね。努力して、努力して、それでなお。

なぜかと言うべきか、当たり前と言うべきか、大事な人や場面を前にする時ほどうまくやれないから、なおさら凹《へこ》むことになります。

そんな時、失敗や間違いのない、それゆえ傷もない完璧な人生を、同じく完璧な相手と歩んでいけたら、とついつい考えます。努力が報われると保証されていればいいのに、そうすればもう少し頑張れるのに、とも。けれど、現実そんなことは起こり得ない。

経験上、本、物語は私たちのそういう状況に寄り添ってくれるものだと思っています。

ある本は「こんなふうにあれたら」と思う、理想の人々の、カッコいい人生を目の前のページの中で展開して、読み終わった私たちを元気にしてくれる。

ある本は私たちに似た人々の、ちょっと無様なところのある生き様を描いて、私たちの中に何かを置いていってくれる。

本作の主人公たちは一見恵まれた立場にいながら、何かしらの生き辛《づら》さやコンプレックスを抱えています。また、外見を重視するソフィーナとどうでもいいフェルドリック、王族の責務を果たす自分を誇るソフィーナと愚かだと思うフェルドリックといった具合に、価値観が大きく違うのに、共に言葉足らずでそれに気づけず、相手の言動を捻《ね》じ曲《ま》げて捉えます。結果無駄に傷を負って負わせて、という失敗だらけの人たちで、舞台は架空の世界ですが、そういう意味で現実の私たちに近い存在かもしれません。

　それでも悩んで苦しんで、迷ったり怯《おび》えたりしつつ、足掻《あが》いて努力して、相手と自分に向き合っていく——王女王子の恋愛話としてありなのか？　と思わないでもないのですが、そんな様に寄り添い、楽しんでくださる方に届けば本当に嬉《うれ》しく思います。

　本作は小説投稿サイト「カクヨム」さまのコンテストにて特別賞を頂き、出版に至りました。カクヨム運営の皆さまにこの場をお借りしてお礼申し上げますと共に、「着飾らせる必要のない姫」などという、ソフィーナのみならず読者の方にも誤解を招くこと請け合いの出だし、しかもその真意の回収は二巻などという暴挙をお目《め》溢《こぼ》しくださった担当編集さま、改稿中に屍《しかばね》と化していた私をこの上なく美しいカバーイラストで生き返らせてくださった斬《ぎり》さま、感想などでたくさん笑わせてくださった読者の皆さま、表紙デザインや校正、組版、印刷、製本、営業、販売などでご助力くださった皆さま、関わってくださったすべての方に感謝を捧《ささ》げます。直接間接を問わず、多くのことを考えさせられ、教えていただきました。本当にありがとうございました。

　最後になりましたが、お会いできて光栄でした。あなたの次の物語、本との出会いがどうか素敵なものでありますように。

＜初出＞

本書は、2022年にカクヨムで実施された「第8回カクヨムWeb小説コンテスト」で恋愛（ラブロマンス）部門《特別賞》を受賞した『冴えない王女の格差婚事情』を加筆・修正したものです。

メディアワークス文庫

冴《さ》えない王女《おうじょ》の格差婚事情《かくさこんじじょう》2

戸野由希《とのゆき》

2024年3月25日　初版発行

発行者　山下直久
発行　株式会社KADOKAWA
〒102-8177　東京都千代田区富士見2-13-3
0570-002-301（ナビダイヤル）
装丁者　渡辺宏一（有限会社ニイナナニイゴオ）
印刷　株式会社暁印刷
製本　株式会社暁印刷

Printed in Japan
ISBN978-4-04-915412-2 C0193

メディアワークス文庫　https://mwbunko.com/

本書に対するご意見、ご感想をお寄せください。

あて先
〒102-8177　東京都千代田区富士見2-13-3
メディアワークス文庫編集部
「戸野由希先生」係

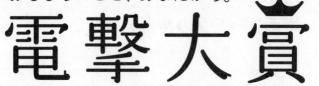

本書は二〇〇四年四月・八月に経済界より刊行された『銀翼艦隊（1）（2）』を再編集し、改訂・改題したものです。

なお本書はフィクションであり、登場する人物、団体等は、現実の個人、団体、国家等とは一切関係のないことをここに明記します。

長編戦記シミュレーション・ノベル

超武装攻撃編隊㊤

新鋭巨大機奇襲作戦

◆

林　譲治

コスミック文庫

目　　次

第一章　新型Z機、飛翔！

計器を信じるならば、田島泰蔵はすでにハワイ諸島を通過したはずだった。日本からハワイ諸島まで約三五〇〇浬《カイリ》（約六五〇〇キロ）、だが北米本土は、なお遠い。サンフランシスコまで二一〇〇浬、ロサンゼルスまで二二七八浬、東海岸まで足を伸ばすためには、なお一〇〇〇浬を加えねばなるまい。

アメリカまでの道のりは決して平坦ではない。ここまでは無事に到達できた。しかし少なくとも、あと十数時間は飛び続けなければならない。さもなくば、いままでの苦労は無駄になる。

百里を行く者は九十里を半ばとす。田島はその言葉こそ真理だと思う。そして言葉の通りなら、自分はまだ中間地点にも到達していない。

田島泰蔵は、ここまで一睡もしていなかった。彼の乗るこの「Z機」は新型機だ。それはつまり、完成された機体ではないということになる。航空技術者兼パイロットの田島には、誰よりもそれがわかっていた。

一応、この機体にも最新式の自動操縦装置がある。ジャイロを内蔵し、決められた高度と方位を維持しながら飛行を続ける装置である。

しかし、田島はそれを使っていない。この機体はまだ完成された機体ではない。図面の上では完成されていても、いざ飛行機として運用した時、どこに爆弾が潜んでいるともかぎらない。田島にはそれを見つけ出す責任があった。

「Z機」そのものは太平洋を横断するのが主目的だ。しかし、田島が目指しているのはそれにとどまらない。この機体を完成させ、量産し、そしてアメリカへと斬り込む。目標は太平洋の先にある。

「爆弾か……」

田島はそんな言葉を声に出してつぶやく。「Z機」には、いま田島一人しか乗っていない。自動操縦装置を搭載しているのも、操縦員を二人にするより機械に任せた方が軽いとの判断からだ。

そう、この機体は極限まで軽量化がなされていた。そして、機体重量のほとんどが燃料だった。

――燃料タンクに羽とエンジンを付けただけ。

口の軽い連中は、そう言った。田島もそれを否定はしない。信頼性はあるが非力なエンジンで太平洋を横断するために、胴体は小鳥のように細く、小さく、そのかわり主翼は鳳凰《ほうおう》のように長い。テーパーの印象的なその機体は、グライダーのようにさえ見えた。空気抵抗を軽減するために胴体の形状は流線形にされ、このため視界は著《いちじる》しく制約されていた。それだけに飛行に際しては計器だけが頼りだった。

その華奢《きやしや》な機体は燃料で満たされている。胴体然《しか》り、翼にしてもインテグラルタンクの採用で、翼で飛んでいるのか、燃料タンクで飛んでいるのかわからないほどだった。

――空飛ぶ爆弾。

「Z機」のことを、そう呼んでいる人間がいることも田島は知っている。何しろインテグラルタンクの変形に伴う燃料洩《も》れが一番の技術課題だったという機体だ。火気厳禁なのは操縦室ばかりでなく、滑走路でもそうだった。太平洋を横断するとは、それだけ技術的ハードルが高いのだ。

極限までの軽量化。それが、この機体で太平洋を横断するための解答だった。

田島は薄暗い操縦席の中で、小さな金属製のケースに目をやる。なかにはアンプルと注射器が入っている。眠たくなった時にこれを使え。彼はそう言われて、このケースを受け取った。

だが、もちろん薬物を使うつもりはない。薬物を使うくらいなら自動操縦装置を使う。この「Ｚ機」がなにものか、それを見極めるには己の目を薬で曇らせるわけにはいかないのだ。

すでに一日寝ていないが、田島は不思議と眠気を感じない。計器の一つひとつが、エンジン音のささやきが、彼に緊張を強《し》いるからだ。

彼は飛行機が好きだった。愛していると言ってもいいだろう。そして飛行機の可能性は信じていたが、機械としての飛行機は信用していなかった。

プロペラの回転を止めただけで、飛行機は墜落する。飛行機がその性能を一〇〇パーセント発揮するには、飛行機のすべての部品が一〇〇パーセント働かねばならぬ。しかし、数千、数万の部品からなる機械でそんな状態が長続きするはずもない。幾つかの部品の性能が満たされないばかりに、飛行機が設計した性能を出せないことは珍しくない。それどころか一つの部品の故障が致命傷になることさえある。

だから田島は眠らない。彼にとって操縦とは、機械と人間の闘いだった。人間が機械を手懐《てなず》けたなら人間の勝ち。機械が人間の油断につけ込み、人間を裏切れば機械の勝ち。賭け金は人間様の命。そう考えれば安い賭け金ではない。

こうして機械と闘っているからこそ、彼は孤独に耐えられた。というより、耐えなければ勝負に負ける恐れがあった。ただ自分に語りかけることだけは、この勝負のルールでは認められていた。だから彼は、このルールを使っている。

自分に問い、自分で答える。一日以上こうして飛び続けていると、自分との会話の中に機械が口を挟むことさえあった。機械の不調という形で。

そのたびごとに田島はスロットルを調整し、バルブを捻《ひね》る。それが適切なら、機体は飛行を続けるという形で応えてくれた。

九十里を半ばとす。その言葉の意味をはっきりと自覚したのは、立川の飛行場からの定時連絡を済ませた時だった。

あと三〇分ほどで、「Z機」は敵地に乗り込むことになる。西海岸はすでに指呼《しこ》の距離。だが、田島泰蔵はそのことに気づかないでいた。

寝ていたわけではないが、さすがに注意力が散漫になっていたのだろう。眠らないようにと、出発時に握り飯を食べてからすでに丸一日何も食べていない。口にしたのは水筒の水だけ。それも最低限度の量だ。

すべては軽量化のため。それでも水は、まだいい。いざとなれば小便をすればすむ。それだけ機体も軽くなる。

喜びと落胆は、ほぼ同時にやって来た。計器盤はすでに「Z機」が北米大陸上空を飛行していることを示していた。狭い操縦席の中で、田島は身体全体がこわばっていることも忘れ、両手を力いっぱい握り、勝利の喜びを全身で表した。

誰も見ていない。しかし、「Z機」だけは、それをわかってくれたような気がした。

だが、彼の勝利の時間は短かった。

『田島、降りて来い』

無線機はろくに理由を説明せずに、そう一方的に命じた。田島は不審をいだきながらも指示に従う。すでに燃料の大半を消費した機体は、グライダーのように軽やかに立川の飛行場に着陸した。多摩地区上空を延べ数千キロにわたって周回する「Z機」の試験飛行は、こうして終わった。

田島は誰もが快挙に喜び勇んで、自分と「Z機」の前に飛んで来ることを予想していた。だが数人の技士や整備員が不機嫌そうな表情で出迎えただけだった。

田島の問いに技師が答える。

「何があった？」

「航空局ですよ」

彼は、それでもう十分だろうと言いたげな表情を田島に見せる。

田島はそれを聞いた時には、すでに滑走路を走っていた。だがろくに食事もとらず、眠ってもいない身体では無理は出来ない。すぐに倒れ込み、気がつけば医務室に運ばれていた。

目が醒《さ》めた時、側には相棒の安田がいた。地上で田島を支援していたのがこの男だ。彼に着陸を命じたのも。

「航空局は……」

聞くまでもなかった。答えは安田の顔に書いてある。

「我々の『Z機』は飛ばん。航空局は何があっても絶対に『Z機』への耐空《たいくう》証明は出さないことに決まったそうだ」

「どうしてだ。『Z機』の性能はお前だって……」

「航空法施行規則だよ。『Z機』は第一種には該当しない。そうなると第二種ということになるが、だとすると機体強度がたらんのだ」

「何を馬鹿な！『Ｚ機』は試作機だ。第二種なんてのは実用機に対するもので……だいたい航空法なんてのはフランスの法律の直訳じゃないか！」

「それくらい俺が知らないとでも思ってるのか！　俺だって何度も説明した。だがな、問題は『Ｚ機』にあるんじゃない！」

「なら、何にあるんだ」

「川西だよ。川西が航空局の機嫌を損ねたんだ」

それを聞くと、田島は怒りより先に強い無力感に襲われる。何という低い次元で物事が決まってしまうのか。

「あの『Ｚ機』なら太平洋無着陸飛行は必ず成功したな」

安田は、ぽつりとそうつぶやいた。田島はただ首を低く動かすだけだった。

彼らの「Ｚ機」は、すぐに航空局の手により解体が命じられる。ミスビードル号が三沢村から離陸し、四一時間一〇分の飛行の後にワシントン州ウェナッチに着陸したのは、この半年後、昭和六年一〇月四日のことであった。

第二章　太平洋航路

昭和一一年八月。川西航空機株式会社の技師菊原静男は、多忙な中を密かに社長である川西龍三に呼ばれていた。それはいささか尋常ではない雰囲気を伴っていた。

「ここか、ありがとう」

菊原はタクシーの運転手に金を払うと、そのまま旅館に入る。タクシーを使えと言うのは社長の指示だった。場所的には都心から少し離れた程度だから、電車でも移動できないことはない。だが、それでもタクシーを使えと言うのは、人目を避けろということだろう。

旅館は周囲を綺麗に手入れされた木々で囲われており、その木陰が炎天下の東京ではやさしかった。タクシーでは気がつかなかったが、いささか小高い場所にあるのだろう。吹き抜ける風が心地よい。普段ならうるさい蝉《せみ》の声も、いまは夏の風情を感じさせてくれる。

しかし、菊原も多忙な身。そうそう感傷に浸っている時間はない。社長の用向きはよくわからないが、それが終わったならば、すぐに横須賀に戻らねばならぬ。そこでも会議が待っている。

菊原が多忙な理由。それは先月の一四日、海軍きっての名操縦士とうたわれる近藤中佐によって初飛行が行われた九試大型飛行艇にある。

それは飛行艇の性能で、日本を世界のトップレベルにするはずだった。じじつ試験飛行の性能は、海軍の出した当初は苛酷《かこく》とも思われた要求のいずれをも上回っていた。

すでに海軍はこの飛行艇に対して四号機までの試作命令を出すと共に、改修点を織り込んだ生産型の開発指示さえ出していた。実用試験が終了し、早ければ来年早々にも量産がなされるはずだった。

新型機の開発というのは容易ではない。試作機が要求性能を満たしていなければ、開発チームはそれを実現するために不眠不休で働かねばならないだろう。しかもこの場合、彼らが働いたからと言って結果が出る保証はない。要求仕様そのものに問題があるかもしれないからだ。

逆に九試大型飛行艇のように、要求性能を満たしたら満たしたで忙しい。短期間で量産体制を整えねばならないからだ。

それは試作機を製造するのとは、また別次元の技術的課題が待っている。良くも悪くも、航空機技術者に暇な時間はないのだ。

旅館は社長とは馴染みであったらしい。お待ちしておりました、とそのまま奥座敷へ案内される。仲居に至るまで会合の段取りを心得ているようだが、当の菊原には皆目見当がつかない。

「お連れ様がおつきになられました」

そう言って奥座敷の襖《ふすま》を開けると、そこには社長ともう一人の男がいた。どこかで見たことがあるような……。

「どうぞ、ごゆっくり」

仲居がそう言って座敷を後にするまで、川西社長は男を紹介しなかった。あるいは菊原がすでに知っていると思ったのかもしれない。ともかく彼がその男の名前を知ったのは、社長に席を勧められてからのことだった。

菊原は座の席次では三人の末席だった。そして社長も上座ではなく、上座にはその男が座っている。

川西航空機株式会社の社長と言えば、日本でも名士だ。会社社長は日本にも何万といるだろう。しかし、陸海軍の大きな仕事を請け負える会社は数えるほどしかない。そんな一流企業の社長が川西龍三だ。その人物より上座とは。しかも菊原もこの男とはどこかであったことがある。しかし、誰か……。

「その様子では、彼が誰だか覚えておらんようだな」

「はい、申し訳ございません。どこかでお会いした記憶はあるのですが……」

「覚えていらっしゃらなくても仕方ありますまい。もう何年も前の話だ。川西航空機株式会社が、まだ航空機製作所と名乗っていた時代ですからな」

男がそう言っても菊原には覚えがない。業《ごう》を煮やしたのか、川西は言う。

「この人は田島泰蔵さんだ。世が世なら、世界初の太平洋無着陸飛行を成功させていた人間だ」

「あっ、あの！」

田島泰蔵。彼はまだ川西が株式会社ではなく航空機製作所と名乗っていた時代、航空技術者兼パイロットとして活躍していた人物だ。太平洋無着陸飛行は、昭和三年ごろの計画だっただろうか。

当時、川西は太平洋横断機として「K12」という機体を準備していた。本命はこちらで、この機体は川西が将来的に本格的な航空輸送部門に進出するための第一歩となるはずだった。

これに対して川西の一部では「Z機」という機体も並行して開発していた。「K12」がどちらかと言えば、将来の旅客機の雛型《ひながた》という汎用性を指向していたのに対して、「Z機」は太平洋無着陸飛行だけに用途を絞った専用機的な性格を帯びていた。だからこの機体は、成功したとしても川西が将来的に計画している輸送部門へは直接の貢献はないはずだった。

ただそれでも川西の飛行機が太平洋を無着陸で横断したとなれば、それは大変な宣伝となる。つまり「Z機」は先端技術開発という側面はあったものの、川西としては「K12」が失敗した場合に備えての保険のような機体であった。

菊原は「K12」の方にかかわっていたため、田島とはそれほど面識があったわけではなかった。しかし、陸軍の立川飛行場から飛びたち、多摩地区上空を三角形を描きながら、非公式記録ではあるが三六時間で八〇〇〇キロを飛行した田島の飛行記録と、この前代未聞の記録が「Z機」の最初で最後の本格的な飛行試験であったことは、彼とても知らぬはずはなかった。

結局のところ、川西の太平洋無着陸横断計画は、陸軍などの支援を受けたものの、根回しの不手際から航空局の反感を買い、飛行許可が降りなかったのである。

むろん法規を根拠に飛行許可を出さない航空局の言い分は、合法的ではあった。しかし、その少し前までは航空局もこの太平洋無着陸飛行に対して関係し、協力していたことを思えば、飛行不許可の理由にしてもためにする議論でしかなかった。ともかく航空局の部長レベルの人間を怒らせたために、「K12」も「Z機」も、片方は一度も、片方は一度しか、空を飛ぶことはなかったのである。そして、その半年後には太平洋無着陸飛行の栄誉はアメリカ人の手に渡ることになる。一人の役人がへそを曲げたために、日本は半年前に手に入ったはずの栄誉を失う結果となった。

そして太平洋無着陸飛行計画は中止され、「K12」も「Z機」も解体される。飛行許可の出ない機体は飛行機ではなく、使わない機体を遊ばせることは固定資産税の対象となるからだ。むろん航空局が飛行許可を出そうが出すまいが、空を飛ぼうが飛ばなかろうが、税務署にとっては「K12」も「Z機」も飛行機には違いなく、そして贅沢品である飛行機の税金は高かった。川西としても解体するよりほかに手段はない。彼らは株主に責任があった。そして田島泰蔵は相棒の安田と共に川西を去ったのだった。

「田島さんは、いま何を？」

「満鉄の下請けのような仕事です」

田島は意味あり気に笑う。そして杯を運ぶ。気がつけば、まぁ一つと菊原は田島から酌《しゃく》をされていた。川西を去ってから何があったか知らないが、苦労人と呼ぶにふさわしいような経験を積んだのは間違いあるまい。

「満鉄の仕事と言うと鉄道で？」

「田島さんが蒸気機関車の仕事なんぞするものか、蒸気飛行機の仕事ならするかもしれないがな。この人は根っからの飛行機屋だ。新京航空の社長さんだ」

「まぁ、社長と言っても満鉄の下請けで、飛行機を飛ばすような仕事です。飛行機の製作から鉄道のない場所への人や物資の輸送など。時には国境も越えます。何でも屋みたいなものですよ」

「国境も越えるんですか」

「もちろん、飛行機ですから」

「しかし、満州で飛行機に乗るような人がいるんですか。満鉄関係者ですか？」

「満鉄関係者……まぁ、広い意味では」

「広い意味……」

「満州にいるのは、満鉄だけじゃあるまい」

菊原が状況を飲み込めないようなので、社長が助け船を出す。それで、さすがに菊原も状況を理解した。

田島が妙に遠回しな言い方をするのも道理。社長の言う満鉄関係者とは、関東軍のことだ。もちろん、満鉄の下請けで輸送業務もしないわけではないだろう。しかし、どうやら田島の口調では、彼は関東軍に太い人脈を築いているようだ。

考えてみれば、満州で何の後ろだてもなく飛行機の製造や飛行が出来るはずがない。国境を越えるに至っては問題外だ。

関東軍の仮想敵がソ連であることを考えるならば、「国境を越える」という何気ない一言の持つ意味も違ってくる。そんな仕事に目の前の男は従事している。そしてどうやら川西龍三社長も、そういう田島の仕事を知っている。

田島がかつて川西の社員だったことを考えれば、この座での待遇は破格と言えよう。それをあえて行うことの意味は一つ。社長は田島の後ろに関東軍、ひいては陸軍の姿を見ているのだ。

そして、軍隊は航空機会社にとって最大の顧客である。菊原自身、いまの仕事は海軍の機体だ。彼は具体的には何もわかってはいないものの、田島と川西社長が自分をここに招いた理由がおぼろげながら見えて来た。ただ川西にも人材は他にもいる。その中で、なぜ自分なのか。

だが社長も田島もしばらくは、この話題に触れようともしない。話の中心は昭和三年のあの時、「Z機」が飛んでいればどうだったか、というような話だ。

正直なところを言えば、菊原にとってそれはさして興味のある話題ではない。昭和三年と昭和一一年。この八年の間に日本の航空機産業は著しい発展を遂げている。かつては欧米の模倣でしかなかった日本の航空機も、いまでは日本独自の機体を設計製作できるまでになっている。

もちろん菊原とて、田島をはじめとする先人たちの苦労や功績を否定するつもりは毛頭ない。ただ彼は過去の失敗に終わった事業を嘆《なげ》くより、明日の日本の航空を考える方がはるかに有意義だろうと思っただけだ。

それは、菊原自身が日本の航空界をリードしている一人であるという自負からのものだったが、彼自身はそのことに自覚はなかった。すでに彼はこの田島という人物を会社経営には重要かもしれないが、日本の航空界にとっては過去の人間ではないかと感じていた。

だがそれは、菊原が田島という男を知らないが故の認識不足であることを、すぐに彼は知ることになる。

その話題は、太平洋無着陸飛行の失敗という話題の中から、ごく自然に現れた。

「まぁ、航空局に文句を言ってもはじまりません。連中は法律を楯にいちゃもんをつけてくる。ならば、法律を守った上で太平洋を横断できるような機体を開発すればよい」

「田島さんは、まだ諦めちゃいないのか」と川西。

「もちろん、諦めちゃいないですよ」

この場でしていい質問か、菊原は迷ったが、もとより疑問を放置できない性分なので彼は尋ねる。太平洋無着陸飛行はすでに為されたというのに、それ以上何をするのかと。

それに対する田島の答えは、菊原が考えてもいないことだった。

「太平洋無着陸飛行は、手段であって目的ではない。まぁ、私の『Z機』にしても、太平洋無着陸飛行が可能か否かの技術検証が主目的であって、いわば次のステップのための準備のようなものです」

「とおっしゃいますと……」

「太平洋航路だ。田島さんは太平洋航路の開拓を計画されているんだ。東京・ハワイ・サンフランシスコを結ぶような路線だ」

菊原が驚いたのは、そう説明する川西龍三社長の表情が真面目であるということだ。太平洋航路開拓がどの程度現実的な計画かはわからないが、どうやら川西はその計画にかかわるつもりらしい。それもかなり深い部分で。となれば、菊原がここに呼ばれたのは……。

「どのような機体を田島さんはお考えなんですか」

田島はその瞬間、やっと食らいついてきたかという表情を浮かべるが、菊原はそれに気がつかなかった。そして川西はと言えば、また別のことを考えているようだった。

「航空局が『Z機』に対して許可を出さなかった理由は、構造強度に問題があるという点だった。法に定められた強度を満たしていないというわけだ。

だから太平洋航路を飛ぶような機体は、航空局からの横槍を受けないためにも十分な構造強度を持つ必要がある。それに、どのみち輸送業務に用いるためには、安全性も図らねばならないからな。波濤《はとう》の彼方に人間を運ぶとなれば、それは絶対必要だろう」

「具体的に、どれほどの構造強度が必要とお考えなんですか」

「軍事輸送が可能な程度かな」

田島はそう言うと、自分の前の杯を一気に呷《あお》る。その時の彼の表情が意味するものを、菊原は必ずしも読みとれたわけではない。ただ田島はそれほど軍事輸送を重視していないような印象は受けた。

「軍用機を開発すると？」

「そうじゃない。それとも君は、日本からハワイやアメリカまで部隊を運ぶ機体が必要だとでも考えているのかね」

「いや、そういうわけでは……」

「何を運ぶか、それは顧客が決めることだ。我々が関知することではないし、我々から何を運ぶなと顧客に命じるようなことではあるまい」

川西社長がそう言うと、田島は言葉を止める。どうやら川西と田島の間には、いささかの意見の違いがあるらしい。

「部隊が運べるとは、武人の蛮用に耐えられる丈夫な機体ということだ。兵隊が運べるなら誰だって運べる道理だ。

菊原君ほどではないにせよ、私も航空技術者として、多少は航空機技術について知っているつもりだ。開発すべき機体は、私の予想ではエンジン四発は必要だろう。構造強度を持った機体は重い。したがって、四発のうち二発は構造強度の増加分を補う。飛行のための二発プラス二発、合わせて四発だ」

「この日本で、いま四発を任せられるのは、菊原静男しかおるまい」

川西龍三の言葉は、称賛でもあると同時に命令でもあった。

田島と川西の接触がいつから始まっていたのか、菊原にはわからない。しかし、四発の旅客機あるいは輸送機が、九試大型飛行艇の開発とその試験飛行での海軍側さえ驚いた高性能により具体化したのは間違いないだろう。

「たしかに九試大型飛行艇は量産化も約束されておりますが、しかし、まだ私の方もやるべき……」

「やるべき作業で他の人間に委《ゆだ》ねられるものは、そいつに任せればいい。必要な人間の手配は、社長である私の仕事だ」

菊原静男が意外に感じたのは、どうやら川西社長は九試大型飛行艇の大成功をそれほど喜んでいないということだった。だがこの飛行艇の成功は、海軍に対して飛行艇に川西ありということを強く印象づけたはずだ。なのになぜか？　その回答は、すぐに川西自身の口から明かされた。

「わしも九試大型飛行艇のことは高く評価しているつもりだ。海軍に行っても、あれの成功から待遇が違うほどだ。海軍の戦略にとって、九試大型飛行艇の存在は決して小さなものではないだろう。

しかし、川西にとってはどうか。むろん、あの機体の量産による利益は決して小さくはない。それ以上ではないのだ。

なるほど川西は、水上機と飛行艇では確固たる評価を築いたかもしれん。だが水上機は陸軍には売れる機体ではない。そして海軍とて、購入する水上機や飛行艇の数には限度というものがあるだろう。しかも必ずしも川西だけが水上機を製造しているわけではない。水上機だけを作っていては、川西航空機株式会社の将来はたかの知れたものにしかならんのだ。

とは言え、戦闘機だの爆撃機だのを開発しても、それらはすでに三菱や中島の寡占状態にある。川西が新規参入するのは困難だ」

「だからこそ、新しい分野を開拓し、先覚者とならねばならんのです。前人未踏の領域を開拓した者は、その世界の覇者となれる。その世界のルールは先覚者が決めることが出来るのですよ」

「その先覚者に川西が……それは復讐ですか」

菊原の問いに、川西も田島も答えない。だが、沈黙がすべてを雄弁に語っていた。

この時期、すでに日本には国策会社として日本航空輸送があった。政府から補助金として、この時代の金額としては決して少なくない、二〇年で一九九七万円を支給されるなどの優遇策を受けていた。

わかりやすく言えば、この会社は政府補助金だけで駆逐艦二隻を建造できるだけのものを受け取れるわけである。それだけ政府の要求に応えなければならない面もあったが、経営面で民間航空会社はとうてい闘って勝てるわけもない。

しかもこの日本航空輸送は、それ以前から航空輸送事業にかかわっていた東西定期航空会や川西・日本航空などの既存の航空会社から既得権を無償・無保証で譲渡させたという経緯があった。この時それらの航空会社のパイロットや一部従業員は日本航空輸送に移籍することになったという。

譲渡と言えば聞こえはいいが、要するに没収である。それが可能であったのは、既存の航空会社は逓信省より航路一キロにつき二五ないし三五銭の補助金を受け取っていたためで、この補助金は新会社発足と同時に打ち切られることとなった。

何をどうやっても、民間航空会社は日本航空輸送に勝てないようになっていたのだ。そしてこの辺の事情もまた、川西の太平洋無着陸横断計画が頓挫《とんざ》した遠因でもあった。

「四発機を開発する理由は、そこにもある」

不自然な間の後に田島が言う。

「我々が太平洋航空路を開拓しようとした場合、逓信省の援助などまったく当てにはできない。したがって、我々は国になぞ頼らずに自力で採算が図れる方法を考えねばならない。そのための解答は、ただ一つ。機体の大型化にある。

大型機でも小型機でも、一回の飛行当たりの運用経費にそれほど極端な差はない。そして運べる人間と言えば四、五人程度だ。ならばこの選べる人数を一〇人、二〇人と増やすことが出来るなら、運用経費に大きな差がない以上、政府補助金などなくとも十分に採算がとれるはずだ。

そして、我々の機体だけが日本からハワイ、サンフランシスコと無着陸で飛行できるなら、日本航空輸送など恐れるに足らん。彼らにはそれだけの長距離を飛行できる機体がない」

「そして逓信省が何と言おうとも、陸海軍にとって、それだけ長距離を飛行できる機体が存在することは、戦略的に重要だ。民間もそして陸海軍も、この新型機を必要とするはずだ」

川西龍三はそこで杯を傾ける。菊原には、しかし、彼が酒と共に飲み干した言葉の内容がわかりすぎるほどわかっていた。その機体を開発するのは、菊原静男、君だと。

菊原の中では矛盾する感情が動いていた。こんな厄介な話など耳にしたくなかったと思う自分。そしてこれだけ野心的な計画に参加できる喜びと。

四発の大型旅客機。それは簡単に開発できるようなものではないだろう。しかし、九試大型飛行艇を開発した自分にとって、困難ではあるが不可能な課題ではない。そして、困難と不可能ではまるで意味が違うのだ。

そして菊原は、すでに頭の中でこの新型機のコンセプトを思い描いている自分を認めないわけにはいかなかった。航空技術者として、この機体に背を向けるわけにはいかない。そんな思いを彼はすでに抱いていた。

「田島さんは、具体的にどのような旅客機を考えられているのですか」

菊原はそう尋ねることで、田島に対して攻めに出る。田島もまた航空技術者であると言う。ならばこの男が何と答えるか、それによりこの男の力量の程を探るためだ。

だが田島は菊原よりも、なお役者が一枚上だった。伊達《だて》に関東軍相手の仕事はしていないということか。

「まず、旅客機の経営という観点から考えるなら、乗員を含め五〇人を輸送できるのが望ましい」

田島は「経営」という航空技術者である菊原が考えていなかった視点から切り返してきた。航空機のスペックを予想していた菊原は、ここで議論されている機体が、陸海軍相手の飛行機とは違う文化のものであるらしいことにようやく気がついた。そういう意味では、田島は容易に菊原の土俵には上がるまい。

「五〇人ですか……」

「完全武装の歩兵一個小隊を運べる程度か」

誰に向けたものか、川西はそう言う。

どうやら田島と川西の間には、やはり微妙な認識のずれがあるらしい。ただそれは、少なくとも田島の側には十分わかっているようだった。

「まぁ、そういう数え方もあるか。ただし、五〇人を東京からハワイまで運ぶ四発の旅客機を開発する技術的な問題が容易ではないことは、自分も理解しているつもりだ。ちなみに九試大型飛行艇の航続距離は？」

「海軍の要求は二五〇〇浬です。ただ現段階で試作機の航続距離は、それを若干上回っておりますが」

「だがそれにしたところで、直接は日本からハワイまでは飛行できないな」

「そうなりますか」

「これが軍用機であれば、東京・ハワイ間の航続距離を要求しながら、それが実現できないとなれば大事だろう。しかし、経営とはそういうものではない。多額の開発費を投じて、採算を度外視してまで高性能機を開発する必要はないのだよ。たとえばサイパンかどこか、適当な島に着陸できるようにするなら、要求される旅客機の航続距離も短くて済む。重要なのは東京・ハワイを航空機で移動することだ。

　こう言うと航空技術者の君などには、技術的に大きな後退と思えるかも知れない。しかし、現実を見たまえ。いま日本の空を飛んでいる旅客機で、東京・ハワイ間を移動しようとしたら、どれだけの中継点が必要かということを。

　その中継点を一つに出来るだけでも、利便性と経済性、そして技術的現実性が高くなる。そして、仮にその日本とハワイ航路の中継点そのものに価値があり、利用者が多ければ、その路線だけで採算は得られるはずだ」

「必ずしも航続力は重要ではないということですか」

「そうじゃない。航続力は何よりも重要だ。そうでなければ日本航空輸送との競争には勝てん。

連中が飛べないだけの長距離を我々は飛ばねばならない。ただそれが、日本からハワイまで直接飛べるほどの航続力である必要は必ずしもないというだけだ。旅客輸送だからマージン込みで、そう六五〇〇キロの航続力があれば、東京・ハワイ間の直接飛行は可能だろう。しかし、画期的と言われる九試大型飛行艇でも航続力は四六〇〇キロを超える程度でしかない。旅客輸送に余分なものをそぎ落とした軍用機だから四六〇〇キロ。軍用機から見て余分なものばかりの旅客機なら四〇〇〇キロか、必要な航続力は」

菊原はこの田島という男に対して、敗北感とは違う、格の違いのようなものを感じていた。

菊原は菊原なりに、自分は航空機のことは何でも知っているという自負があった。しかし、田島の前ではそんな自負など、所詮は世間知らずに過ぎないことを感ぜずにはいられない。

少なくとも、経営という観点から飛行機の性能を割り出すという発想、そして要求仕様の求め方に関する合理的な思考の流れは、彼にははじめてのものだった。言ってしまえば、彼は軍から与えられた仕様の実現しか、やったことはなかったのだ。

菊原は自分の視野の狭さを恥じると共に、航空機開発という事業の奥深さもまた再認識していた。

「どうだ、出来そうか？」

社長の声で菊原は我に返る。田島という男の発想に圧倒されながらも、彼は要求される旅客機のアウトラインを示すことは出来た。詳細設計でいろいろと変わるだろうが、大枠はこれでいいはずだ。

「だいたい機体の全備重量は二五トンから三〇トン前後。全幅その他はおおむね九試大型飛行艇と同じか、やや小さい程度。巡行速力一一〇ノットで航続距離は四〇〇〇というのが、この旅客機で要求される性能だと思います。これならば九試大型飛行艇の経験から考えて、十分に実現可能だと思います」

菊原が自信満々に出した回答は、しかし、田島の合格ラインには至らなかった。

「それは軍用機の仕様だろう。旅客機はそれでは駄目だ。軍用機のように壮健な若者たちだけが乗るんじゃない。老若男女誰もが快適に乗ることが出来なければならんのだ。

軍用機なら乗員に我慢を強いることが出来るかも知れない。しかし、旅客機は乗員に我慢を強いてはいかんのだ。寒ければ暖め、暑ければ冷やす。長距離飛行ともなれば食事も出さねばならず、それも冷めた料理ではなく温かい料理でなければならないだろう。

　乗員に航空服など着せるわけにはいかんのだ。普段着で乗り、普段着で過ごし、普段着で降りる。それを実現しなければ、旅客機とは呼べん。人間専用貨物輸送機を君に頼んでいるのではない」

「ならば田島さんの考えは？」

「大きさと航続力はいいだろう。ただし機体の総重量は三五トンから四〇トンにはなるはずだ。そして巡行速力は三五〇キロから四〇〇キロは必要だろう」

　菊原は、田島の要求のあまりの数値に反発を通り越して、怒りさえ覚えた。いままでのやりとりから、田島が航空の素人でないことはよくわかった。ならば田島とて、この数値がいかに途方もないものであるかくらいはわかるはずだ。わかってて、この性能を要求するのか。

「その性能は経営から割り出したものですか」

「その通りだ。むろん技術的可能性も考慮して出したつもりだが」

「失礼ながら、私には技術的に不可能に近い性能だと思いますが。機体重量は一〇トンも重く、そのくせ速力は倍近く速い。どうやればそんなものが可能でしょうか」

菊原は田島の表情から、彼が自分の出した性能が破格のものであることを十分に承知していることを確認できた。田島は菊原の反発に動じる様子もない。

「君は技術屋だ。ならばこの性能が不可能なら不可能であるという技術的な根拠があるだろう。根拠もなしに、この性能が出せないとは言えまい」

「発動機です。いまの日本で手に入る一〇〇〇馬力の発動機では、たとえ四発でもこの性能は不可能です」

「なら六発にするかね」

「何ですって！」

「すまん。いまのは冗談だ。要するに発動機さえ何とかなれば、不可能ではないということだね」

「発動機さえ何とかなれば可能です」

「そうか、それはよかった」

のちに菊原静男はこの時の会見での、この「発動機さえあれば可能」という自らの発言が、いかに高いものについたかを思い知らされることになる。

昭和一一年九月。牡丹江《ぼたんこう》の駅には数台のトラックが並んでいた。いずれも車体には目立たぬように東亜通商という社名が掲げられている。貨物列車の並ぶ操車場では、それらのトラックへと荷物の積み替えが行われていた。

それは、いささか不自然な風景であった。こうした作業に普通なら従事するだろう中国人や満州人の姿はなく、全員が日本人であった。そして満鉄の人間たちも、視界の中にそんな人間もトラックもないかのように振る舞っていた。

「どうだい、少しは安心したか」

作業全体を指揮できる位置に、二人の人間が立っている。いずれも背広姿の男。一人は田島泰蔵、もう一人は書生くずれのような眼鏡をかけた背の高い男。田島に話かけたのは、その背の高い男だ。

「おおいにね。すべての計画は大尉の……」

「大尉とは何のことだね？」

「失礼、東亜通商の渉外担当部長でしたね、町田さん」

「部長でいい。ここではな」

町田部長は、そう田島をたしなめる。年齢では田島は町田よりも一〇歳は上だろうが、力関係では町田が上だ。それは、田島も町田もわかっている。

町田部長は、日本陸軍の町田大尉でもある。関東軍の参謀の一人。彼が渉外担当部長をしている東亜通商は、なるほど日本人の経営する商社であったが、実態は関東軍が工作活動に利用するための特殊会社である。役員は関東軍首脳の親族の名前がつらなり、現役の陸軍将校が背広姿で東亜通商の人間として、中国や極東ソ連に出張することも稀《まれ》ではない。

もっとも似たような会社は、じつはソ連も満州内部に持っている。そして日ソともにその存在を知っていた。それでも互いに相手を潰さないのは、あまり派手な真似さえしないなら、温存しておく方が重宝だからであった。土壇場の場面では、ダミー会社同士で接触する方が、公式な接触よりも便利なことが多いからだ。謀略の道具は、相手の意図を知り、こちらの意図を伝える。時に互いのコミュニケーション手段としても使えた。

そのような存在は、複数は有害であるとしても、ゼロというのも益にはならない。一つだけなら自らに利益となり、損害は看過できる範囲に限局される。ことほど左様に謀略戦というのは単純なものではない。

「しかし、正直、ソ連が売ってくれるとは思いませんでしたよ」

「そうかね？　私には確信があったがね」

「確信が？　なぜです」

「田島さんにはわからないかも知れないが、なに、単純な戦略理論だよ。ソ連にとって、いま最大の敵はドイツだろう。何しろ公然と自分たちを敵視している男が指導者なんだからな。彼らにとっての悪夢は、西からドイツが、東から日本が攻めて来ることだ。二正面作戦を避けたいのは、どこの国でも同じことだよ。

とりあえずソ連としては、東の脅威を何とかしたい。そこへ日本が欲しい物を売ってくれと言ってきたんだ。日本に欲しい物を供給しているかぎり、日本が自分たちを攻めて来る可能性はずっと低くなる。

ソ連にとってこの貿易は、貿易であって貿易ではない。安全保障の手段なんだよ。だからこれを拒むことは出来ない」

「さすがに関東軍ともなると、商売さえ戦略的に考えるわけですか」

「関東軍って何？」

「……関《かん》・東軍《とうぐん》という私の知り合いです。気になさらないでください。こっちの話ですから」

「なるほど。まぁ、その関とかいう人物が私の知っている人物と同じかどうかは知らないが、もしも同じであったとすれば、彼はそういう戦略的な考え方はしないよ」

「そうなんですか」

「そもそも関さんの一家は大所帯だ。長男次男いとこにはとこ、いろいろな奴がいる。なるほど中には戦略的にものを考えられる奴もいるだろう。しかし、そいつは妾《めかけ》の子、嫡子《ちゃくし》ではない。なまじ出来の良い妾の子は、とかく嫡子からは煙たがられる」

「町田参謀のようにですか？」

「町田参謀って誰？」

「……町田さん、どのようにですかって言ったんです。気になさらないでください。私が悪いんです。しかし、だとすると部長が勝手にこんな商売をして立場が悪くなったりしませんか」

「別に。妾の子には、妾の子なりの嫡子のあしらい方というのがあるんだ。ソ連との商売を非難するのは恐露病だと言ってやれば、たいていの奴は沈黙する。嫡子の皆さんは兄弟の間で恐露病と呼ばれることを何よりも嫌うからな。一旦そんな風に思われると、出世もおぼつかん」

「関さんの家も大変ですね」

「御家の事情があるのは、田島さんも同じだろう」

「田島って誰です？」

「君だよ」

「……御家の事情と言っても、私のところは経営問題だけですから楽なものです。言ってしまえば、金で解決できる問題ですから。関さんの家の問題のように複雑じゃありません」

「それはどうかな。畢竟《ひっきょう》、満州問題も、日本全体で見れば金の問題に行きつくさ。と言うか、高邁《こうまい》な理念を金の問題にしてしまう小人が多いのだがな。地主なんぞ解体して自作農を増やせば、なにも農家の小倅《こせがれ》を満州に送り出す必要もないのさ。内政の失敗を満州に押しつけるようでは、満州のあるべき発展はありえん」

「部長の考えは、まるで赤みたいですよ。それだから妾の子などと言われるんじゃないですか」

「それは違うな。関の家はソ連を仮想敵と考えてはいるが、それは要するに連中がロシアだからだ。革命が起こらずあのまま帝政ロシアが続いていたとしても、やはり仮想敵だったはずだ。体制はどうであれ、地政学的な必然だ。

そして関さんの家では、それほど社会主義の考え方は嫌われていない。高度国防国家を建設するためには、経済・産業の合理的な統制が必要だ。青年が兵役を安心して務められるようにするためには、農地を国有化して、農民の生活を安定させねばならない。

そのための手段として、社会主義は悪い選択肢ではない。そう考える人間は多い。嫡子であろうと妾の子であろうとな。それを考えると、ソ連との商売にはいろいろと学ぶ点は多いのさ」

「私は関さんの家が考えている革命の道具なんですかね」

「君だって、自分の夢を実現するために、関家の力を利用しているじゃないか。貸し借りはなしだよ」

「でも、私の飛行機が完成すれば、関さんの利益にもなる」

「それは純粋に商売の話じゃないか。そもそも君の飛行機が成功するという保証はないんだ。それでも協力する関さんの家の善意を信じて欲しいね」

「関東軍の善意ですか」

「関東軍って何？」

「私、何か言いました？」

「いや、何も」

「でしょう」

その時、木箱をトラックに積み替えようとしている現場で、簡易クレーンのロープが切れた。木箱は地面に落ち、箱が壊れる。

「おい、大丈夫か！」

田島は町田大尉の前であることも忘れ、現場に飛んで行く。

「ロープが切れて……」

「そんなことはどうでもいい！　積み荷は、発動機は無事か！」

「はい、箱が砕《くだ》けたおかげでエンジンには傷はついていないようです」

箱の下を調べていた男が報告する。田島は、ほっと息を吐いた。

「注意してくれよ。一二基しかないんだからな。それからこいつは、幌《ほろ》か何かかぶせて中身が見えないようにしておけ」

「わかりました」

男たちは作業にかかる。こうして箱のすき間から姿を見せていたソ連製の航空機エンジン、のちに完成度を高めＡｓｈ82一族として知られることになるその機械は、すぐにその姿を幌に隠された。

第三章　処女飛行

「だいぶ形になってきましたね」

昭和一五年七月下旬。田島泰蔵の女房役である安田は、ベニヤ板で組み上がった四発旅客機のモックアップをいとおしそうに見上げた。

この旅客機は、公式には新京航空の依頼で川西航空機株式会社が開発している。新京航空そのものの法人格は満州国にある。したがってこの契約は実態はどうあれ、公式には外国企業からの発注である。

もっとも会社の格となると、川西航空機と新京航空では資金力でアメリカと日本ほどの違いがあった。それでも新京航空が対等な立場でいられるのは、田島と川西の人間関係もあるが、彼らのバックに関東軍がいることが大きかった。

菊原がこの旅客機の構想を打ち明けられた翌月末、田島は一二基のエンジンを船で神戸にある川西の甲南工場へ持参してきた。それは間違いなくソ連製の航空機エンジンだった。

満州国独立で何かと落ち着かない大陸で、一介の航空会社が関東軍の了解もなしにソ連からエンジンを輸入できるはずがない。川西の誰もが目の前のエンジンと運んできた男を見比べた。そして、この男の器量だけは認めないわけにはいかないことを、川西側の関係者は肝に銘じた。

しかしながら、開発に当たっている川西の甲南工場には、田島泰蔵よりも女房役の安田三助が顔を出すことが多かった。彼もまた田島ほど癖は強くないが、優秀な航空技術者だった。そしてある意味で、田島以上に飛行機に対して妥協を知らなかった。

菊原は田島よりも、この安田と衝突することが多かった。安田は温厚な人物で、議論が続いている間も声を荒らげるようなことは一度もなかった。しかし、自分が納得するまで微塵《みじん》も妥協しない人物であった。彼には脅したりすかしたりは通用しない。論理的に筋道立てて説得するという方法以外手はないのだ。

菊原にとっては扱いやすい半面、説得の難しい人物だった。彼は思う。田島という人物はいまもって何を考えているかわからないが、少なくとも人間を見る目だけはある。

「初号機が完成するのは来年ですか？」

「ええ、来年の春までには飛ばしたいと思ってます。まぁ、それは私の一存で決まることではありませんが」

「いや、大丈夫でしょう。ここまで具体的な形になったんです」

そう、それは同感だ、と菊原は思う。

いま彼らの目の前には全幅三五メートル、全長二八メートルに及ぶ四発機のモックアップがあった。この形に落ち着くまで、どれほどのスケッチを描き、どれほどの議論を交わしたであろうか。議論では決着がつかず、模型を飛ばしてみたり、小さな風洞までしつらえなければならなかったほどだ。

「確かに形にはなりましたが、こいつはまだ模型です。これからさらに詳細仕様を詰め、図面を引き、製作に入る。やることは多い。仕事は忙しい。身体は一つです」

川西航空機株式会社の技師菊原静男は、この時期多忙な日々を送っていた。川西と田島が組んだ国際路線用の四発旅客機の開発と並行して、海軍から新たな大型飛行艇の開発を委ねられたからだ。

海軍は九試大型飛行艇を九七式飛行艇として制式採用する一方、それらが量産され、部隊に行き渡った昭和一三年夏、川西に対して再び飛行艇の開発を指示してきた。それが一三試大型飛行艇、のちの二式飛行艇である。

菊原静男はすでに社内秘匿《ひとく》名称Z機として、例の四発旅客機の開発に取り組んでいた。正直なところ、菊原は開発に着手してからこの機体にかかわったことを後悔しないではなかった。

技術的な問題もさることながら、一番の問題は、軍用機と旅客機の要求仕様の著しい違いが最も彼を悩ませることとなる。居住性能という点に関しては、九七式飛行艇の経験はほとんど役に立たなかった。

にもかかわらず、彼が一三試大型飛行艇の開発を引き受けたのは、一つには海軍側の希望ということもあるが、もう一つは、やはり四発である一三試大型飛行艇の開発経験とZ機の開発経験を互いに流用できるのではないかという思惑からだった。

海軍から提示された一三試大型飛行艇の性能は、最高速力毎時四四〇キロ以上、巡行速力毎時三三〇キロ以上で、航続力が八三〇〇キロ以上というものであった。

この性能はZ機で要求されるものと多くの部分で重なっていた。陸上機と水上機の違いはあるにせよ、開発過程で参考になる部分は多いと考えたのである。

むろんこの時点でも軍用機と旅客機の違いという問題は、菊原も認識していた。しかし、彼は航空技術者として、まだこの問題の本質を理解するまでには至っていなかったことになる。

彼は似たような性能の機体であれば、核となる機体構造は変わらないと考えていた。飛行機の性能は人間の願望とは異なり、純粋に科学的・技術的な条件から最適な姿に収斂《しゅうれん》するはずだ。だから軍用機・民間機の違いは核となる機体からの派生形で対処できるというのが、彼の意見だ。

彼の中では最大の問題は、陸上機と飛行艇という胴体形状の違いであり、軍用機・民間機の性格の違いは兵装を撤去した分、居住施設を追加することで賄《まかな》えると考えていたのであった。

だが、いざ設計に着手してみると、両者の設計思想の違いは決定的だった。速力や航続力が似ているから似たような機体でいけるという前提が根本的な誤りだった。そうではなく、まったく性質の異なる飛行機で、強いて同じ点をあげるなら速力と航続力が似ていると考えるべきだったのだ。

たとえば機内の暖房や冷房の装備は、機体を与圧するかどうかという構造上の問題と密接にかかわっていた。機体の与圧区画とは、素人が考えるような密閉した容器の内部を一定圧力にするわけではない。客室が閉じている必要はなく、開放されていても構わない。開放されていても、客室から逃げる分以上の空気圧を補充し続けさえすれば、客室の圧力は然るべき水準を維持できる。

現実には気圧を一定に保つ調圧装置も必要であり、また開放式とは言え、加圧ポンプの能力以上に空気の漏出があってはならないので、それなりの気密性も要求される。要するに単純な密閉式ではないということだ。

この開放するという点は重要だった。なぜなら密閉した与圧区画では、万が一なんらかの事故により空気が漏出するようなことがあれば、内部の圧力を維持できないためだ。対して開放式ならば極端な話、胴体を銃撃されても気圧の減少は緩慢なものに抑えることが出来る。

Z機は航続力を稼ぐために、空気抵抗の少ない高高度を飛行する必要があった。その中で乗客を運ぶとなれば、機内の与圧は必要不可欠である。長距離旅客機であるということは、客室を与圧して高高度を飛行するということと同義であった。

これが冷暖房とかかわるのは、与圧とは気体を圧縮する行為だからである。気体を圧縮すると熱を持つ。簡単な物理の法則だ。つまり、単に機内圧力を一定に保とうとして与圧を続けると、外は氷点下にもかかわらず客室は高温ということも起きてしまう。圧縮して熱を持った気体を供給するからだ。したがって、氷点下何十度という高高度を飛行するかもしれないなかで、冷房も別に考えなければならなかった。

そして、これらのことはすでに述べたように、遠大な航続距離を実現するためには必要不可欠な要因だったのである。

ところが、一三試大型飛行艇は違う。こちらも高高度を飛行するが、訓練された搭乗員が酸素瓶につながった酸素補給口から供給を受けるようになっていた。海軍にとっては、誰でも乗れる航空機を目的としているわけではない。機内を与圧するのに無駄な重量を割くならば、そのぶん魚雷の一本も余分に運びたいというのが彼らの考えだ。何しろこの一三試大型飛行艇は偵察のみならず、艦隊決戦時には対艦攻撃の一翼を担うことまで期待されているのである。

ことほど左様に軍用機と旅客機では、そのよって立つ文化の背景が違っていた。それは菊原が当初考えていたような、核となる機体の派生型で解決できるようなものではなかったのである。しかし、それをはっきりと認識した時にはすでに手遅れ。二つの機体の開発は後戻りできないところまで進んでいたのである。

さらにZ機と一三試大型飛行艇の飛行機としての違いを決定的にしたのは、発動機の問題だった。菊原がZ機が可能だと最終的にあの時に納得できたのは、田島が本当にソ連製の航空機用エンジンを持って来たためだった。すべてで一二基。エンジン試験やあれやこれやに使う分を差し引いて、Z機を二機製造できる数である。

田島の話によると、このエンジンはソ連で開発されたばかりの新型であると言う。じっさい一二基あったエンジンは、基本的にすべて同型ではあったものの、電装品などに関して、微妙にどれも異なっていた。

要するに一二基全部が機械として異なる。その個々の微妙な違いを一から一二まで並べてみると、隣接する番号同士では差異は無視できるものの、一番と一二番ではかなり仕様が異なっていた。

しかもエンジンのロット番号とおぼしき数字はかなり若い。どう考えても、このエンジンは二〇基以上の量産は行われていないようである。田島は新型エンジンと紹介したが、菊原の見るところ、これは新型どころか開発途上のエンジンであるように思われた。

このように量産品という観点ではかなり不安な材料のある装置であったが、その性能は違った。二列一四気筒の空冷星型エンジンは、架台に取り付けての予備実験で軽く一五〇〇馬力を突破し、その後の燃料やオイルのチューニングを済ませると一七〇〇馬力を記録した。

もっともこのソ連製のエンジンが試作段階のものであるというのは、どうやら当たりらしい。と言うのは、エンジンの性能と安定性に、よく言えば個性がある、率直に言えば気分屋だったためだ。

菊原がこの点を指摘すると、田島も不承不承その事実を認めた。どうやら開発しているソ連の方も、このエンジンは勝ち馬と認識してはいるが、いま一つ実績がないため、外国に売ってそのデータを得るという目的があったらしい。要するに、新基軸のリスクは外国に押しつけようということだ。

まぁ、イギリスなども日本に戦艦金剛《こんごう》を売りつけて、運用成績が良好なのを見極めてから自国用に改良型を生産したという事実もあり、兵器を外国に売ってデータを得るというのは、必ずしも珍しい話ではない。

しかしながら、試作品とは言え、どうしてソ連でこのような高性能エンジンが開発できたのか？　それはソ連におけるマネジメント能力の問題に帰着する。

昭和の日本の場合、国を動かしていた人間の大半が法科出身であるため、工業技術の官側からの指導は見識も戦略も一貫性もなく、場当たり的に行われてきた。逓信省は逓信省の都合で、商工省は商工省の都合で、内務省は内務省の都合でばらばらに企業や工場を指導していた。

確かに日本の工業化のテンポは速かった。しかし、その工業基盤の内情は、適切な行政指導を欠いていたため、多くの問題を孕《はら》んでいた。

この時期の日本では、従業員五〇人以下の企業が全体の九〇パーセントを占め、労働者の三七パーセントがこうした企業に就労していたが、それらで生産されるのは、全体の二六パーセントに過ぎなかった。つまり、労働生産性の低い工業施設を多数抱えていたということだ。じじつ昭和一一年の段階でも、一万二〇〇〇の企業体が生産施設に何らかの機械式動力を用いていなかった。工業製品の多くが手と道具で加工されていたのである。

いわゆる列強諸国で、日本は工業生産に関する中小企業への依存率が著しく高かった。欧米で高い方とされるドイツと比較してさえ、五〇パーセントも高いのだ。

これは昭和一〇年の段階で、昼夜生産能力五〇〇トン以上の溶鉱炉が日本には二基しかなかったのに対して、アメリカには一六〇基以上あり、ソ連の二大鉄鋼工場マグニトゴルスク及びクズネツスキー冶金工場だけで、日本と朝鮮を合わせた以上の銑鉄《せんてつ》生産をあげていることからもわかる。

資源量を勘案しても、その工業設備や工業システムに日本は大きな欠陥を抱えていた。技術や科学を知らない法科出身の人間に、工業技術の采配をさせようという点からして大きな間違いなのだ。

対してソ連の場合、内戦その他で国内は著しく疲弊した。反面、工業基盤を再構築しなければならないということは、老朽施設の問題は考えなくてもいいということでもある。というより頭を悩ますほど老朽施設が残っていなかったこともあるようだが。

ソ連の指導者にしても近代的な工場を運営するための能力や知識、訓練に恵まれているとはお世辞にも言えなかったが、少なくとも日本の法科官僚よりは技術の重要性を認識できたし、より現実的な問題解決が可能だった。良くも悪くも、日本のように既得権益を守るために不合理な存在を維持したりはしなかった。また、必要もなかった。彼らが既得権益擁護に汲々《きゆうきゆう》とするまでには、つまり守るべき権益が誕生するまでには、まだ時間が必要だった。

航空機用エンジンに話を戻すと、当局者はソ連が自力で航空機用エンジンを開発生産できるようになるためには、金属産業、機械産業、化学産業、電気産業など関連企業体全体の水準が上がらなければ駄目だということを明確に認識していた。

当たり前と言えば当たり前の認識だが、当時の日本にはこの認識が決定的に欠けていたことを思えば、これはまさに卓見と言えよう。日本の場合、個々の航空会社が自力で解決しなければならなかったのだから。

御多分に洩れず、ソ連の航空機用エンジンも最初は海外からのライセンス生産からはじまり、それにより経験と技術を習得していく。ただこの一九二〇年代から三〇年代までの時期は、これらの生産は散発的で合理性を欠いていた。

そこで一九三〇年になり、ＴｓＩＡＭ（中央航空エンジン製造研究所）が創設され、機材と人材がここに集中することになる。このＴｓＩＡＭは必ずしも成功した組織とは言いがたい面もあるが、ここから後にソ連航空界を牽引する数多くの人材が生まれたのも事実である。そして一九三〇年代の終わりには、すでにソ連内部には生産設備を持ったエンジンの試作設計局が創設されていた。ミクーリン、クリモフ、シベツォフなどが特に有名であろう。

田島が持ち帰ったのは、この中のシベツォフエンジン試作設計局のエンジンである。ミクーリンなどは主に水冷エンジンの開発を担当していたが、シベツォフの設計局は空冷エンジンを開発していた。

彼らも最初はアメリカのライトサイクロンエンジンのライセンス生産から着手し、

やがて技術を取得するに従い、それらのエンジンを独自に改良するようになった。そういう意味では菊原が手に入れたエンジンは、ライトサイクロンエンジンの孫のようなものである。

その中で彼らが開発・試作した二列一四気筒星型空冷エンジンが、後にＡｓｈ82一族として知られることになる一七〇〇馬力級のエンジンであった。このエンジンは改良され、昭和一七年ごろにはＡｓｈ82ＦＮとして一八五〇馬力をたたき出し、その後も改良され、馬力を向上させていく。このＡｓｈ82はラボーチキンＬａ5戦闘機のエンジンとして採用されたほか、ツポレフのＴｕ2爆撃機などにも搭載されている。

このように筋の良いエンジンなのであったが、菊原のもとに届けられた時点では、まだ試作段階なのである。それでも技術者として菊原はこの試作品を調べてみて、これがものになることを確信した。

いろいろと細かい不満はないではないが、それは比較的簡単な改修で対処できるだろう。それよりもこのエンジンには、致命的な問題と言うべき欠陥がない。本質さえ摑めているならば、このエンジンは必ずものになるだろう。菊原は、そのことを見抜いていた。

また本音を言えば、ものになってもらわねば困る。一七〇〇馬力のエンジンが使えるか、使えないかで四発旅客機の性能は天地ほども違って来る。

さすがに試作品だけあって、その後のエンジンの購入はそうそう円滑にはいかなかったが、川西サイドも機体設計に難航し、いますぐエンジンが必要な段階には至っていなかった。彼らとしては、エンジンの完成度を確認するための購入のようなものだった。

じつは一三試大型飛行艇の開発を命じられた時、菊原の脳裏にあったのはこのＡｓｈ82だった。彼はこの発動機を一三試大型飛行艇の発動機として考えていた。海軍の野心的な、あるいは苛酷な性能要求も、この発動機を使えば難しくない。

だが、これは二つの理由で実現しなかった。一つは海軍当局が一三試大型飛行艇の開発にあたっては、国産のエンジン使用を条件としていたことだ。

なるほどＡｓｈ82は高性能なエンジンかもしれない。しかし、海軍戦略の重要な部分を担う航空機の心臓部たるエンジンを外国に頼るというのは、賢明な方針とは思えない。それが同盟国とでもいうならまだしも、ソ連のようなはっきり言って得体のしれない国の機械を用いるというのは問題外である。

また海軍としては、まだ揺籃《ようらん》期にある日本の航空産業、とりわけ発動機部門の強化育成を重視していた。何しろ航空機産業の最大の顧客は陸海軍なのだから、軍用機が国産品を積極的に用いねば産業は育たない。また金星や火星と言ったエンジンが実用化を迎えつつある中、あえて外国製のエンジンに頼る積極的な理由もないというのが当局の意見であった。

じっさい航空産業界に身を置く菊原としても、海軍側のこうした意見には反論できなかった。新京航空との四発機開発がなかったなら、彼自身も全面的にこの意見に与《くみ》していたはずだからである。

一三試大型飛行艇でＡｓｈ82が採用できなかったもう一つの理由も、このことと必ずしも無関係ではない。じつはＡｓｈ82に関して表面化しなかったものの、一つの問題があった。それはライセンスに関するものだった。

川西とシベツォフエンジン試作設計局は、直接の接触はなかった。そして、菊原が開発に着手した時点においてＡｓｈ82は、まだ開発途上の試作品にすぎなかった。川西サイドがしばらく製品購入を続けていたこともあり、エンジン製造のライセンスの問題については日本側・ソ連側のいずれからもアプローチはなかった。

しかし、航空機の心臓とも言えるエンジンを外国に頼るというのは、それが民間機であろうとも製造する側には面白くない。そして、エンジンに関して一切のライセンスの交渉がなかったために、川西は最初に購入したエンジンの幾つかを完全に解体し、コピーを製作しようとした。可能であれば、このＡｓｈ82を川西航空機株式会社で製造しようという考えのもとでだ。

この辺は知的所有権に関してうるさくない時代だからできたとも言える。またライセンスの曖昧さが、こうしたことを可能にしたとも言えよう。

だが一番の理由は、川西龍三社長の経営者としての判断でもあったらしい。日本の航空産業界を支配する三菱と中島、とりわけ中島飛行機に関しては川西航空機株式会社としてはいろいろとこだわりがあった。川西からみれば中島にはだまされたという思いもある。

川西が中島などに伍する航空機製作会社になるためには、エンジンの開発製造能力を持たねばならない。そして後から先行グループを追うためには、彼らが持っていないもの、大出力エンジンの製造こそその切り札となる。川西にとっては、このエンジン製造は経営戦略上の布石を意味していた。

だが、この計画は頓挫する。理由は簡単である。発動機製造に経験のない川西にＡｓｈ82のコピーは製造できなかった。それだけの技術がないのである。

ただ川西の名誉のためにつけ加えるならば、Ａｓｈ82のコピーは中島でも三菱でも不可能であっただろう。ソ連には帝政ロシアからの冶金技術の伝統と蓄積がある。日本人が知らなかっただけで、彼らは非常に高い水準の金属加工技術を有していた。

それにすでに述べたように生産施設の問題もある。日本の発動機部品は、たとえば鋳造部品にしても中小規模の工場で熟練工の腕に頼って作ることになる。対するソ連は馬鹿でかい機械を使い、可能な限り機械力を用いる。鋳造部品一つとっても製造方法が違う。それはすでに加工技術の問題ではなく、もっと上位の生産技術の問題である。

このような技術があればこそ、のちの独ソ戦においてドイツ戦車よりも技術的に優るT34などの戦車を量産できたわけである。

信頼性は低く、整備性は最悪で機動力は劣悪だが、火力と装甲はややましなタイガー戦車をドイツが細々と生産している間に、ソ連では巨大なプレスでT34の砲塔を量産していたりするのである。ドイツ側は戦争が終わるまで、一部の戦車がT34より火力と装甲でやや上回る以外は技術的に負け続けていたのも理由のないことではない。

ともかく斯様《かよう》な理由から、一三試大型飛行艇は火星エンジンを搭載することとなり、川西のZ機はAsh82を搭載する前提で設計が進められた。菊原にとっては、似ているようでまったく異なり、しかも片方の設計が必ずしももう片方の設計に役立つとはかぎらない航空機の設計を並行して続けなければならなかった。そうした中で、やっとＺ機のモックアップまでこぎつけたのであった。

Ｚ機のモックアップを安田は必ずしも巨大だとは感じなかった。彼もこの甲南工場へは何度となく足を運んでいる。

ここは九七式飛行艇の製造工場でもあり、それらと比較すると、本物とモックアップの違いもあって、それほど巨大だという印象は受けない。だが旅客機として考えた時、Ｚ機は間違いなく日本最大の機体であった。すでに日本航空輸送は昭和一三年一〇月よりダグラス社から購入したＤＣ‐３を運用していたが、Ｚ機はそれよりも大きかった。

ただ双発と四発の違いの割には、ひとまわり大きいとまではいかない。日本最大の旅客機は、四発機としては非常にコンパクトな機体として設計されていた。これは航空力学的な要求と言うよりも、主に経営的な要求であった。小さな機体の方が安いのだ。

「来年の春までですか。なるほど忙しいですね」

「図面が了承されたなら、治具《じぐ》の製作に入ります。何しろ大型機ですからね、急いでかからないとなりません。一三試大型飛行艇も控えてますし」

「しかし、大丈夫でしょうか。日米関係もこんな状況で」

安田の懸念は、菊原の懸念でもあった。すでに昭和一五年一月二六日には日米通商航海条約の期限切れを迎えていたが、アメリカ側は依然として条約の再締結の意志を示していない。というより、拒否の姿勢は明らかであった。これにとどまらず、六月三日には工作機械の対日輸出禁止処置がとられていた。

日本の製造業、特に航空機産業界は、その工作機械の多くをアメリカに頼っていた。日本の工作機械技術も長足の進歩を遂げてはいたものの、欧米の工作機械とは材料や冶金技術の面で、差は依然として大きかった。

日本が明治維新を迎えるころ、すでにイギリスなどは転炉で鋼の大量生産を行っていた。しかも日本は明治のかなり後の時期まで、昔ながらのたたら製鉄が鋼生産の中心だった。このような落差は一朝一夕で埋められるものではない。

しかも前年の昭和一四年九月から、ヨーロッパでは戦争が始まっていた。欧米からの輸入と言っても現実には、日本はアメリカからの輸入しか頼るものがなかった。

特にヨーロッパと異なり、熟練工の著しい不足から工業化を始めねばならなかったアメリカ製の工作機械は、汎用製ではなく専用工作機械として、高い生産性を持っていた。世界に先駆けてモータリゼーションがあったことも大きいだろう。

菊原も工作機械不足に対して、社長を通じて田島に打開策を提案はしている。つまりエンジン同様、工作機械もソ連から輸入しようと言うのである。これは、はっきり言って博打《ばくち》だった。ソ連が売ってくれるという保証もなく、売ってくれたとしても機械の品質がどんなものか見当もつかない。

ただ菊原は、技術者としてある程度の確信はある。工業製品としてのＡｓｈ82は、かなり高度な工作技術がなければ製造できない。少なくとも自分たちは、それに失敗しているほどだ。それを製造できるからには、工作機械もそれなりの水準を持っているはずだった。

もっとも菊原が、それを社長経由で田島に打診したのは先月のこと。田島は再び満州に戻り、その後いまのところ返答はなかった。

むろん当面の試作に関して言えば、いまの機械類で問題はない。工作機械も消耗品とは言え、明日明後日にはなくなるようなものではないからだ。ただ日米関係が悪化すれば、陸海軍からの航空機の発注は増える。そうなれば工作機械は確実に不足するだろうし、稼働率が上がれば損耗率も上がる。長期的には、これは不安材料だった。

また日米関係の悪化は、東京・ハワイ・アメリカという航空路開発にも影響を及ぼすのは必定だ。ただそこまでは、菊原が口を挟めることではない。川西社長の思惑はどうであれ、それは新京航空の考えることだ。

ただ田島という人物は思考が柔軟なのか、臨機応変に対処できる人らしい。川西社長の紹介で、関東軍ばかりではなく海軍にも人脈を築いているという。すでにZ機による東京・台湾・香港ルートなどが計画されているとも耳にしている。海軍の南進政策にあわせて航空路線を開拓するらしい。菊原にとって、やはり田島は読み切れない男である。

「おい、こんなところにいたのか！」

「田島さん」

菊原はもちろん、安田も田島の突然の歴訪に驚きを隠せない。相方の安田でさえ驚いているということは、よほど急な来訪なのだろう。

しかし、Z機のモックアップを見るのは彼もこれがはじめてのはずなのに、それにも気がつかず何を慌てているのか。その疑念は、田島をよく知る安田の方が強かったらしい。

「どうした、戦争でも起きたのか！」

「あぁ、戦争が起こるかもしれん」

田島は手に電報のようなものを握りしめていた。どうやら然るべき筋から彼宛に某《なにがし》かの情報が送られたらしい。それは、彼にモックアップの存在すら忘れさせるものなのだろう。突然の来訪も、そのためか。

「戦争が起こるかもしれないとは？」

戦争となれば、いまの情勢ではアメリカだろう。日米戦争となれば太平洋航路計画は消滅する。

「これだ」

田島は安田より先に、菊原に握っていた紙きれを渡す。

「コメヤ　コメ　クズユ　キレタル　モウ　ダメポ……何ですか、この馬鹿な文面は？」

「そんな馬鹿な！」

菊原にはさっぱり意味がわからなかったが、安田にはその深刻な内容が理解できたらしい。まぁ、暗号とはそういうものである。

「どういう意味なんですか」

答えたのは安田だった。

「この電報通りなら、アメリカは石油と屑鉄《くずてつ》を対日輸出許可品目のリストに加える決定をしたということになります」

「対日輸出許可品目……しかし、それはいますぐ売らないということではなく、許可品目に加えたということに過ぎないのでは？」

「菊原さん、アメリカに売る気があれば、許可品目などという面倒なことはしませんよ」

すでに英米はこの七月に対日資産凍結を行い、マレー方面からの鉄鉱石輸入は途絶えていた。それに続いて屑鉄が途絶えるとなれば日本国内の鉄材、特に鋼生産に重大な影響があった。ただこれには多分に商工省などの鉄鋼生産に関する行政指導の稚拙さも影響していた。

昭和一五年当時の日本の鋼材生産力は五一一万トンで、民間が五五パーセント、日鉄四五パーセントであった。民間の鋼材生産の中心は平炉による冷銑屑鉄法であった。

なぜかと言えば、コストの問題だ。インドの銑鉄とアメリカの屑鉄はトン当たり

の単価が極めて安かった。インド銑鉄などトン当たり三六円だったが、国内産では
これが五一円と価格競争力では話にもならない。
また鉱石から銑鉄を作り、それを鋼生産の材料とする一貫製法でも、平炉に比較
して四パーセントほどコストがかかった。日本の鋼材生産は経済原理により、海外
からの安価な鉄材に過度に依存していたとも言える。屑鉄などその七割がアメリカ
産だ。
もちろんこのような状況は安全保障上問題がある。また満州事変以降の鉄消費の
増大もあって、民間からも高炉建設による鉄材の一貫生産ライン建設申請が次々と
出されることとなる。
安価な屑鉄利用も鋼生産が小規模なうちはいい。しかし、それでは輸入した屑鉄
以上の鋼は生産できない。高炉を伴う一貫生産ラインであっても、規模の拡大で生
産コストは下げられるはずだった。
しかし、商工省は日鉄中心主義をかたくなに守っていたため、民間からの高炉建
設の許可申請はほとんど無視状態であった。認可が出るまで二年近く放置されてい
た例さえあったのである。
さすがに日華事変が起こると、こうした態度も改められ、民間の高炉建設に許可

が降りる。それでも日鉄中心主義からの脱却は、簡単には進まなかった。

また、高炉建設というのは時間がかかる。一朝一夕に完成するものではない。政府が民間に一斉に設備拡大を命じても、必要な資材入手は簡単ではなかった。

しかし、政府は景気の良い鉄鋼増産計画をぶちあげる。先に昭和一五年の鉄鋼生産は五一一万トンと述べたが、鉄材全体の生産はざっと五五〇万トン。だが、政府の計画では昭和一五年の生産は実際より三四〇万トン多い八九〇万トン。つまり、ほとんど意味のない計画を立てていたことになる。

じっさいこの数字は、日華事変後の昭和一三年の生産量と大差ない。すでに鉄鋼産業は法律により政府の厳しい統制を受けていたが、統制はマネジメントとは別物らしく、まったく生産増強には寄与していなかった。

国内の屑鉄依存の体質もほとんど変化しておらず、日本の鉄鋼業界はアメリカの制裁処置が直撃しやすいようになっていたのである。でも、統制だけはしっかり行われていた。

「鉄材が入らないと、Z機の量産はおぼつかないのではありませんか」

菊原がそう質《ただ》した時、田島はようやく目の前にあるモックアップがZ機のものであることに気がついたらしい。彼は目を赤くして、その姿に見入っていた。

「これが飛ぶわけだ……」

田島は菊原の質問など、すでに耳に届いていないらしい。ただ我が子を愛《め》でるかのように、モックアップに触れ、その周囲を歩む。

「量産はさせるさ」

田島の言葉が自分の質問への返答だと、菊原はしばらく気づかなかった。なぜなら彼がそう言ったのは、一〇分以上の時間をかけ、モックアップを一周してからだったからだ。

「まだアメリカと戦争になると決まったわけじゃない。石油と屑鉄の禁輸は、日本の命運にかかわる問題だ。政府だって馬鹿じゃない。本腰をいれて日米交渉にあたるはずだ」

菊原には、田島は言葉とは裏腹に、対日交渉にそれほどの信をおいていないように思われた。その根拠は、じつのところよくわからない。ただ彼としては田島の陸海軍の人脈から憶測できるだけだ。

もっとも日米交渉が簡単な話ではないだろうというのは、彼にもわかる。アメリカは中国からの日本軍の撤退を条件にあげているらしい。しかし、陸軍がそれを呑めるか。さらに陸軍がそれを呑んだとしても、国民はどうか。

菊原の近所にも日華事変により夫や息子を失い、生活が困窮している家もある。家族は言う。自分の夫や息子が戦死したというのに、どうして大陸から撤兵するのかと。

肉親を失った家族にとって、撤兵とは肉親の死がまったく無駄だったと国に宣言させるに等しい。そういう家族は多い。そうした国民を政府は、どう納得させるのか。

事は陸軍部隊の移動だけで片づけられる問題ではない。戦争とは結局、海外で展開する国内問題なのかもしれない。菊原はそう思うことが、ここしばらく増えていた。

「それでも田島さん、戦争になったら」

田島は菊原には向かわず、モックアップの正面を見据える。そして、未来の旅客機に語りかけるように、こう答えた。

「どんな戦争であろうとも、戦後は必ずある」

「おかげさまで、今日のこの日を迎えることが出来ました」

昭和一六年夏。田島泰蔵は陸軍の立川飛行場のタラップから「銀鯨号」へ乗り込む一人一人の手をとり、挨拶をする。

銀鯨号、それはあの四発旅客機Z機の量産一号機であった。乗員数は乗客四〇名、その他操縦士を含む六名。いまその四〇名が順次タラップを上がって行く。

「おめでとう」

「ありがとうございます」

招待客の面子《めんつ》は時局を反映していた。川西航空機株式会社関係は、川西社長と菊原静男のみ。商工省など高級官僚が三分の一、残り三分の二は陸海軍の人間だった。飛行場が立川であるところからも明らかなように、陸海軍ではやや陸軍の人間が多い。

新京航空は、いましばらくこの銀鯨号で満州の航空路を開拓しなければならない。そうなると関東軍は大事な顧客となる。それに陸軍省や参謀本部は本音の部分で、関東軍への統制を強化したいと考えていた。その場合、日本と満州を短時間で結ぶこうした航空機は、中央から人間を送り込むのに重要な意味がある。

そのためか、陸軍関係者は控室でも小さなグループにまとまり、他の集団とは違った微妙な雰囲気を周囲に放っていた。

その意味では海軍関係者は気楽だった。彼らとしては噂のZ機がどの程度使えるものか、純粋に技術的な興味だけで来ているようだった。特に大西とかいう海軍少将などは、四発の国産機に妙にはしゃいでおり、同行の海軍将校に「陸攻にしたら魚雷三本はいけるぞ」などと話しかけていた。

そんな人物に混じって、背広姿の妙に浮いた人物が田島に挨拶する。

「あっ、御無沙汰しております、町田参謀」

「町田参謀って誰です？」

「えっ、あの、その」

「私は商工省の関係で招待された者ですが」

「あっ、東亜通商の町田部長でしたか」

「東亜通商って何です？」

「えっ、いや、あの、その」

「私は昭和通商の町田ですが、では失礼」

唖然《あぜん》とする田島をよそに、関東軍のいまは少佐に昇進した町田参謀は、タラップを登って行った。

昭和一六年春。社内秘匿名称Z機の試作初号機が完成。航空局などとの折衝は、その前から続いていた。

しかし、陸海軍の人脈を背景に、田島は同じ過ちは繰り返さなかった。十分な根回しと、丈夫というより頑強な機体構造を提示することで、耐空証明も無事に交付された。それは異例の速さであったが、そこに陸海軍の思惑が働いていることは田島も十分に承知していた。

ただ航空局が耐空証明をすぐに出した最大の理由。それは、川西航空機株式会社と新京航空による国際路線が中止されたことによる。国策会社である日本航空輸送の直接の脅威にならないのであれば、航空局は機体自体には寛大だったわけだ。

彼らに残されたのは、新京航空による東京と新京を結ぶ航空路線だけだった。それとて法的には東京から新京ではなく、新京から東京を目指すものでしかない。同じことのようだが、意味はまるで違った。

東京を起点とするならば、日本国内のどこにでも航路を伸ばすことができる。日米関係が落ち着けば、ハワイ経由の北米航路も可能だろう。東京発、それは国際線を展開するための必要条件であった。

だがこれに対して、新京を起点とすることはまるで意味が違った。新京を起点として路線を展開するかぎり、それは満州内部の航空路線でしかない。そして新京航空は、日本国内に航空機の中継基地を設けることは許可されていない。日本の領空を無断で通過することも認められていない。戦争のさなかに中国へは路線は拡大できない。樺太《からふと》から台湾までの領域は通過できない。中継基地もない。新京航空は、ソ連かモンゴル以外に海外路線を展開することは不可能だった。

つまり、高性能旅客機であるZ機をもってしても新京航空はハワイ航路などは絶対不可能なのである。北極圏を飛行するという方法もないではないが、それとてソ連上空を飛行せねばならず、なおかつこの航路ではZ機でさえ航続力が足りなかった。

田島は航空局の官僚たちによる組織的な嫌がらせの才能に、怒りを感じるより、かえって感心してしまった。行政的なちょっとした許認可の匙《さじ》加減一つで、陸海軍を怒らせずに新京飛行機だけを狙い撃ちに出来るからだ。

陸軍は新京と東京の間を飛行機が飛べば、どこが起点であろうが関係ない。むしろ満州の航空路を充実するならそちらの方が望ましい。海軍とて台湾までの航路はすでに日本航空輸送が確立しており、新京航空らの参入がなくても失うものはない。

そして川西が開発した機体は手に入れられる。

川西も大きな計画は頓挫したが、Z機の開発経験と生産設備は残っている。この機体を販売することで利益は得られる。極端な話、日本航空輸送に売ってもいいのだ。貧乏籤《くじ》を引かされたのは、田島の新京航空だけだった。

だが、田島も伊達に大陸で苦労はしていない。保険の意味でZ機開発の過程である布石を打っていた。

Ash82の国産化にいまだ成功していないなか、田島の協力がなければ、川西航空機株式会社はZ機を量産できない。この事実を利用して、田島は川西と新京航空の間に、四対六の出資比率でZ機製造のためだけの子会社を創設していた。

子会社の社長は田島泰蔵である。そして、この子会社に関しては商工省の人間に積極的に働きかけ、OBを役員として迎え入れるようなことまで行っていた。

航空局がZ機の生産に関して田島に圧力をかけようとすれば、自動的に商工省と戦争をする覚悟がいる。陸海軍も軍用への転用も可能な高性能機の生産で、航空局が障害になるとなれば黙ってはいない。

もっとも、この子会社が航空局の妨害なしに出来たのは、彼らがZ機など失敗すると考えていたためもある。DC-3よりも高性能な旅客機を日本で開発できるはずがない。故に新京航空が泥を被《かぶ》るであろう新会社設立を黙認したのである。そういう意味では、Z機の周辺は田島と航空局の痛みわけという側面があった。

ただ田島の航空局への怨《うら》みは深い。だからこの日も航空局の人間には招待状は出していない。出すのが利口だというのは、十分すぎるくらいわかっている。しかし、田島も自分はまだそこまで利口にはなれないことも十分にわかっていた。

「どうぞ記念にお持ち帰りください」

招待客たちは和服姿の若い女性二人からパンフレットを受け取る。この日のために田島が用意させた二色刷りの小冊子だ。そこには銀鯨号の構造図や機内サービスなどについて書いてある。

こんな時代でなければ、何千部と印刷し、飛行ごとに乗客に渡すはずだった。だがいまは一〇〇部しかない。印刷屋が引き受けてくれた最小部数が一〇〇だからだ。それさえも半分近くが余ってしまう。

「おっ、こりゃありがとう」

パンフレットを受け取るどさくさに手を握ったのは、大西とかいう海軍軍人だった。海軍航空の重要な役職を担っていると言うのだが、田島はこんなのが上にいて、日本の海軍航空は大丈夫なのだろうかとふと思う。もっとも人間誰しも意外な一面がある。これが地なのか、意外な一面なのかはわからない。

田島がそう感じたのは、大西の挙動にいささか不自然なものを感じたからだ。何か大きな心労があり、それが彼にこうした行動をとらせてしまう。日米開戦の可能性さえささやかれるいま、第一線に立たねばならないかもしれない人間の労苦は、やはり苦労人の田島にはわからないではない。

和服姿の女性二人は、新京航空のエアガール、後の世で客室乗務員などと呼ばれる職業だ。本当なら田島は二〇人ほどのエアガールを雇うつもりだった。しかし、国際線の野望が頓挫したいま、雇ったエアガールは二人だけ。それもいつまで雇えるかわからない。時局がすべての計画を立てにくくしていた。

出発前に手短な挨拶を済ませ、田島は席につく。最後尾の乗員控室のような空間だ。

経済性を考え、この銀鯨号は四発機としては小型な機体に多数の客席を設けていた。このため、席はいささか窮屈な感じもしないではない。最前列と最後尾は一列二席、他は一列四席。四席列が九列に二席列が前後に一つで、合計四〇名だ。このことから予想されるように、操縦席は二列でかなり窮屈な感じであった。

機体のドアが閉まると、銀鯨号はゆっくりと動き出す。タラップを移動した後、トラクターで機体を滑走路の然るべき位置まで移動するためだ。トラックでは馬力不足であると判断され、野砲の牽引車が銀鯨号と鉄パイプのアームで連結され、移動する。

こんな面倒なことをしないで、プロペラを回して移動する方法もある。しかし、試験飛行でそれをやってみたところ、四基の一七〇〇馬力エンジンのつくり出すプロペラ風の威力は馬鹿にならず、また基本的に普通の乗客を運ぶということで、安全を考えこの方式でいくことになった。

お客を安全に運ぶ。そのためには単に乗り心地のいい飛行機を製造するだけでは駄目だ。飛行場の支援機材など飛行機の乗り降りのためにも考えるべき機材がいる。田島はこの機体の開発過程で、そのことを何度も思い知らされていた。

戦車と同じディーゼルエンジンを搭載した牽引車は、かなり大きなエンジン音を響かせていたはずだが、ドアを密閉すると、外部の音はほとんど気にならない。陸海軍将校の何人かは、手荷物の中から大型のカメラなどを取り出している。偵察機として活用した場合のことでも考えているのだろう。この飛行機の航続力を考えるなら十分にあり得る話だ。

機体はしばらく移動すると、停止する。窓から履帯をはいた牽引車が下がって行くのが見えた。

静寂を破ったのは、エンジンが始動した時だった。四基のＡｓｈ82エンジンが一斉に始動すると、機内の静寂はエンジン音にとってかわられた。もっとも静寂が破られたと言っても、機内で会話は出来た。それは機体の機密性を表していたが、それに気がつく人間は少ないようだった。

銀鯨号はゆっくりと陸軍の立川飛行場を進み始める。窓からは陸軍の戦闘機らしい機体の列が流れて行く。

慣性がついたのか、機体の速力は目に見えて速くなって行く。そしてふわりという感じで機体は浮き上がっていた。床の方からごろりという感じで、機械が動く音がした。主脚の収納が為されたのだろう。

「本日は新京航空の銀鯨号にお乗りいただき、本当にありがとうございます」

エアガールが和服姿のまま、そう挨拶し、機体が正常に飛行していること、現在の気象、新京の気象などと一緒に到着予定時間を知らせる。

日本航空輸送のエアガールなどと違って、田島が彼女らに和服を着せているのは、建前では満州国の五族協和の理念に敬意を表しているのだが本音は別。うら若き女性が和服姿で勤務することで、この四発大型機の安全性と快適性を印象づけるのが目的だ。少なくとも今日の招待客には、その効果はあったようだ。

ベルト着用の赤ランプが消えたので、何人かの乗客は席を移動し始める。機械として、この銀鯨号に興味があるのだろう。

「やぁ、成功のようでなによりだね」

乗員控室にそう言って入って来たのは、町田参謀だった。

「町田参謀!」

「町田参謀って誰です?」

「……昭和通商の町田さんでしたっけ」

「はい、昭和通商の町田でございます」

町田はそう言うと名刺を差し出した。そこには「昭和通商渉外担当部長　町田武」と書かれていた。

「昭和通商と言うと、東亜通商と同じものですか?」

「東亜通商って何です?」

「……今日はお通じの方はいいですかと言ったのです」

「おかげさまで胃腸は丈夫な方でして、いたって健康です」

町田がそうやってはぐらかすので、田島は昭和通商がいかなる会社かすぐに理解できた。

昭和通商とは簡単に言えば、陸軍などが旧式兵器をしかるべき団体に売却し、その見返りに重要資源などを購入するためのダミー会社であった。ただ資源確保が主目的ではあっても、各種工作や情報収集なども行った。

また、取り扱う重要資源の中には大陸で生産される阿片も含まれていた。だから阿片を売って資源を手に入れたりもする。仮想敵に阿片を大量に送り込んで、組織的に腐らせるようなことも活動には含まれていた。

ようするに昭和通商がやっていたことは、これが二一世紀の世界でその活動が暴露されれば過激派に武器を供給する「国際テロ支援国家」として多国籍軍が日本の首都東京を空襲して、日本人市民が何千人か誤爆で死んでも、国際テロ撲滅のためには仕方がない犠牲と主張する根拠となるくらいの行為なのであった。町田がしらを切るのもある意味で当然のことだった。

「しかし、大変なことになりましたな」

「大変なことを？」

「ソ連ですよ。ドイツ軍は破竹の進撃を続けています。ソ連が負けることはそうそうないでしょうが、勝つまでには数年かかるでしょう。海外と貿易を続ける余裕があるかどうかですな」

独ソ戦は昭和一六年六月二二日に突如始まった。この知らせに衝撃を受けた人間は政府にも多かったが、田島は民間人として、この戦争に強い衝撃を受けていた。新聞などを読めば、ソ連が崩壊するのに三ヵ月もあれば十分という予想さえ、それなりの説得力を持っていた。

田島個人は、ソ連という国にもドイツという国にもとりたて思い入れがあるわけではない。どちらも遠い外国の話だ。しかし、彼が実現しようとする国際路線にはソ連のＡｓｈ82が不可欠だった。菊原の話では試行錯誤を繰り返しつつも、Ａｓｈ82の国産化の研究は続けられ、歩留まりは悪いものの、使える発動機が完成しつつあるとも言う。

だがそんな話を聞かされて、かれこれ一年以上になる。なるほど国産エンジンはいつか完成するだろう。けれども田島がエンジンを必要としているのはいまなのだ。少なくとも国産エンジンが実用化するまでは、ソ連から輸入しなければならない。

幸いソ連側は、シベリア方面には独ソ戦の影響が及ばないのか、現在契約中のエンジンに関しては供給を約束してくれた。それ以降も可能な限り協力してくれると言う。田島としては、その言葉を信じたかった。

「ソ連が負けないと言うのは、陸軍は独ソ戦をそう分析しているわけですか」

「陸軍って何です？」

「いや、つまり関東軍が……」

「関東軍って何です？」

「町田さんの意見は、誰の意見なんです！」

「もちろん、私の意見です。同僚たちは年内にスターリンが降伏すると考えているようですが、それはないでしょう。ロシアの征服なんて、ナポレオン将軍の天才をもってしても出来なかったのに、ドイツ陸軍の伍長風情に出来るわけがないじゃありませんか」

「はぁ……。でも言われてみれば、ソ連側はエンジンの供給は約束してくれたな。その程度の余裕はあるわけか」

「そんな余裕などないでしょうな」

「何ですって！　じゃあ、彼らは私に嘘を言ったんですか」

「彼らの主観じゃ嘘でもないでしょう。ただ田島さんが期待している水準で約束が果たせるかどうかわからんというだけのことです。少なくとも彼らは必死でエンジンを供給しようとしますよ。ある段階まではね」

「ある段階？」

「ソ連のヨーロッパ正面は大変なことになっている。ここで極東で日本軍に動かれでもしたら国家の一大事でしょう。だから日本に戦争の口実を与えないために、最優先で必要なものを供給する。それが自分たちに向けられる兵器に転用されるかも知れない危険を承知でね。

彼らとしては、未来の日本軍の兵器よりも、ソ満国境の関東軍の方がより現実的な脅威なんです。それに彼らも自分たちの供給しているエンジンが、とりあえず銀鯨号向けであることはわかっているでしょうしね」

「ならエンジンの供給は安心していいわけですか」

「そうは楽観できないでしょう。田島さんは、この大型機の製造会社の人間だ。新京航空のことは忘れ、そっちに集中した方がいいと私は思いますよ」

「何か動きがあるんですか。何か知っているんですね、町田参謀！」

「町田参謀って誰です？」

町田はそのまま自分の席に戻る。田島はしばらく自分の席で身動き一つできなかった。

何か大きな動きがある。だが彼は、やがて鏡で自分の身だしなみを整え、客室へと戻る。新京航空の社長として客に接する義務があるからだ。それでも彼は客室に入るまで顔がこわばっていないかが気になった。

やがて銀鯨号は新京飛行場に着陸する。飛行場の周辺では歓迎の垂れ幕などが用意されている。すでに安田が出迎えの指揮を取っているはずだ。

何かがあったことは、安田の表情を見た瞬間、田島にはすぐにわかった。安田と二人だけで話が出来るまで、なお三〇分が必要だった。それは田島の人生で最も長い三〇分だった。

「何があった?」

安田の返事は短かった。なぜなら、それだけですべての用が足りるから。

「日本が日独伊三国同盟を結びました。日本はソ連の敵国になったんです」

日独伊三国同盟締結。昭和一六年九月二七日のことだった。

第四章　一二月八日

昭和一六年一〇月。川西航空機株式会社と新京航空が開発したZ機の周辺は、にわかにあわただしさを増していた。

公式には誰も認めないものの、独ソ戦の勃発と日独伊三国同盟の締結の影響により、ソ連からのＡｓｈ82の供給が著しく困難になったのだ。生産施設がドイツ軍に破壊されたというのがソ連側の言い分だが、どこの何という工場であるかまでは説明しようという素ぶりさえ彼らは見せなかった。

ともかく、手持ちとウラジオストックの倉庫に眠っているストック以外は、当面の入手は不可能と考えなければならなかった。

「だから国産の発動機を使うべきなのだ」というような後知恵をもっともらしく語る人間は多かったが、そういう人間にかぎって有効な代案はない。それにＡｓｈ82がなければ四発旅客機は、最初から存在すらしなかったのである。

田島にとって幸いだったのは、相方である安田三助の用心深さだったかも知れない。彼は叔父が共産党の活動家で、そのおかげで親戚全体がまきぞえをくらい、辛い少年時代を送ったという経験があった。苦学の末にようやく専門学校を卒業し、下からの叩き上げで技師にまでなれたのだ。

安田は多くを語らないが、この叔父という人は、何かの理念があって共産党の活動家になったわけではなかったらしい。生まれながらに勤労意欲がなく、そのくせ虚栄心だけは強い。努力しないで良い目だけ見ようとしているわけだから、成功するはずもない。だが彼は自分が出世できないのは自分の怠慢と虚栄のためではなく、世間が悪いからだと考えたらしい。そうして世間を怨んで共産党の活動に入ったようだった。

そういう意味では共産党も被害者のようなものだが、しかしながら、そんな奴を入党させてしまうというのも政治組織としてはいかがなものか。ともかく安田の叔父は、そういう人物だった。

姉である安田の母親にも再三無心に訪れたらしい。もっとも本人は持たざる者は富める者から奪う権利があると、無心を恥じる様子もない。そして、甥っ子である安田に「勉強するような奴は馬鹿だ」などと吹聴《ふいちょう》していたとも言う。

こういう原体験が安田という温厚な男に、共産主義に対する決定的な不信感を植えつけたとしても、不思議はないだろう。そして実際の行為は、不信感と言うより憎悪の発露に近かった。

たとえば関東軍の一大動員演習——じつは対ソ侵攻をも可能性として含まれていた部隊動員——である関特演の時期をわざわざ選んで、こちらの言い分を聞かないと軍事紛争の口実に使われかねないぞ、とヤクザまがいの方法で大量にエンジンを発送させ、ソ連側から執拗《しつよう》に催促されるまで代金の支払いを遅らせるということまでやっていたらしい。

一事が万事で、安田は代金未払いのものまで含めると、満鉄の倉庫に分散する形で一〇〇、二〇〇の単位でエンジンを確保していた。数えると田島が使えるエンジンは——代金未払いで、ほとんど満州国内にあるのだが——四〇〇基弱になりそうだった。

もっともこの中には試作や実験に使ったエンジンも含まれる。それでもZ機を一〇〇機近く生産できるだけのエンジンは何とかなりそうだった。安田には悪いが、田島は彼の叔父という人間の屑《くず》に内心で感謝していた。おそらく人間の屑が社会に役立った、最初で最後の事例だろう。

だが発動機が確保されたのもつかの間、田島はこのことを素直に喜べない事態に直面していた。すでに大本営陸海軍部は昭和一六年九月の時点において、近い将来起こるであろう戦争に備え、作戦準備に着手した。

たとえば陸軍は、九月一八日に日本航空輸送の幹部に出頭を命じていた。内容は日本航空輸送の機材と人材により陸軍特設第一三輸送飛行隊の編成を命じるというものだ。もともと有時の際の航空輸送任務もこの会社には期待されていたから、この命令は日本航空輸送の首脳人にとっては来るべきものが来たと受け取られていた。

同様のことが田島にも起きていた。かねてより陸海軍は川西と新京航空が開発していたZ機に注目していた。もちろん、成功すると考えていた人間は、その野心的な性能と所詮は民間の計画ということで少なかった。それでも試作機が飛行する時点では、陸海軍の航空関係者の注目を浴びていた。じじつ陸海軍からは、輸送機としての非公式の打診は何回となくあったのだ。

そして、開戦の可能性が現実のものとなるこの昭和一六年一〇月、陸海軍双方から田島に対して、生産したZ機の全機納入が打診される。命令ではなく打診であるのは、生産機数や能力を陸海軍とも正確に把握していなかったためである。

さすがに田島も、現下の状況で国際線の運航が現実的ではないことは理解していた。そして会社経営を維持するためには、自分の会社を自分の物とし続けるためには、陸海軍と手を握るしかないこともわかっていた。

だが、陸海軍双方から全機納入を打診されてもそれは無理な話。田島は自前の人脈や川西航空機の力も借り、軍への全機納入は了解したものの、陸海軍への納入比率は当事者同士の話し合いで決めてもらいたいと申し入れた。

田島の人脈と力関係では陸軍が優勢かと思われた。しかし、海軍側の代表は海軍第一一航空艦隊参謀長大西瀧治郎少将であった。招待飛行でエアガールに何かと言えば話しかけていた御仁だ。

彼の執拗な主張に陸軍側の担当者も辟易《へきえき》したらしく最終的には、昭和一六年一一月一日段階で完成している四発機については二対一の割合で陸軍に納入するものの、以降は陸海軍比率を一対一とするということで陸海軍の話し合いはまとまった。

文面だけ見ると、海軍に著しく不利なようにも見えなくはない。しかし、この時点での生産状況では一一月一日の段階で完成している機体は六機だった。陸軍が四機、海軍が二機、それを納入する。これ以降は納入比率は一対一である。とりあえず一〇〇機分の材料があるなら、五二対四八機の差はそれほど大きな違いではない。量産が進めば進むほど、二機の差など問題ではなくなるわけだ。この二機は、つまり陸軍の面子分である。

こうして社内秘匿名称Z機は、昭和一六年に陸海軍に制式採用された。海軍でのZ機の名称は二式輸送機。陸軍も普通に考えれば二式輸送機なのだが、陸軍としては先にこの機体に目をつけていたのは自分たちであると言う主張もあって、陸軍でのZ機の呼称は一式輸送機であった。言うまでもなく同じ生産ラインで製造される同じ機体だ。

その一式及び二式輸送機は、制式採用と同時に生産ラインに改修命令が出されていた。搭乗口を広くしろという命令だ。観音開きにして間口を倍以上広くするわけだ。陸海軍ともに同じような要求だったので、田島はどちらも同じ図面で改修するように命じた。

ただこれは、田島が考えていたほど簡単なことではなかった。陸海軍から派遣されて来た監督官が陸海軍で同じにしてはいけないと駄々をこね始めたのである。両方の主張を受け入れると、海軍仕様では陸軍仕様より五センチほど扉の位置をずらさねばならない。

最初は田島も説得しようとしていたが、監督官らは軍の威光を背景にいばりくさるだけでまったく田島の意見に応じようとしない。彼らは虎の威を借りるという点では息がぴったりあっていた。だが田島泰蔵という人物の評価を決定的に誤っていた。

「馬鹿野郎！　ようしわかった。入口の位置を五センチかえてやらぁ。その代わり覚えておけ。これで陸海軍への納期が遅れたら、そいつはお前らの責任だからな！　問題にするなり軍法会議にかけるなり好きにしろ！　その代わりにいいか、俺もだまっちゃいない。お前らが輸送機生産を妨害した一部始終を書類にして軍法会議に提出してやる。俺が地獄に行く時はお前らも道連れだ！」

だいたい工場の監督官などというのは陸海軍でも出世の本道から外れた人間がなるもの。先がない軍人ほど民間をいじめて偉ぶりたがる。が、そのじつ反撃には弱いし、上からの権威にはからっきしいくじがない。そして彼らも、この田島は陸海軍の航空分野に関しては上層部に人脈を持つことを思い出していた。

ともかく、「戦争になったら俺と一緒に最前線に出ろ！」などと言い出すに及んで、監督官らも自分が喧嘩すべきでない人間と喧嘩していることをはっきりと悟った。

陸海軍の指定工場で大きな問題を起こしたとあれば、最前線は絵空事ではない。特に陸軍の監督官は、田島が「ソ連国境の冬は寒いぞ！　そこが日本の最前線だ！」などと言い出した時には、完璧にびびっていた。

虎の威を借りていた二人の監督官が、借りて来た猫のようになるのにはさほどの時間はかからなかった。結局のところ、出入口の位置など陸海軍当局にしても、そこまで厳密な仕様を立てていたわけではない。二人は田島の意見を了承した。

ただそこは田島も苦労人。監督官らがノンキャリアの悲哀を感じていることも知っている。それもあって、大喧嘩の後は、二人を陸海軍の代表としてしかるべき対応し、それなりの待遇で毎日接するようにし、社員や工員にもそれを徹底させた。

こうして田島は陸海軍の監督官を借りて来た猫から飼い猫へと改造していった。

工事が難しいのは、すでに完成していた機体と完成間近の機体だった。六機のうち三機がこれに該当した。残り三機は製造途中であったので、まだ追加の改修は比較的容易だった。ロットナンバーの七号機以降は、この完全輸送機型が中心となるはずだ。

だが、その予測は意外に早く覆《くつがえ》されることとなった。

それは陸軍の監督官から申し渡された。「ソ満国境の冬は寒いぞ！」という台詞がよほどトラウマになったのか、それこそおそるおそるという体《てい》で彼は田島に相談する。

「田島さん――すでにさん付けだ――陸軍としてお願いがあるのだが……」

田島もさすがに多少は反省しているので、陸軍の監督官である大竹中尉にはそれなりに丁重に接する。

「何でしょうか、監督官?」

「一式輸送機のことなのだが、大至急、改造してもらいたい機体がある。年内に二機、可能だろうか?」

「どの程度の改造かにもよりますが……」

相当の改造だな。田島は直観した。なぜならば大竹中尉は、その改造がどの程度のものか、なかなか口にしようとしなかったからである。

「一式輸送機の積載重量は最大幾らだった?」

「七トンですが」

「七トン以上は運べるかね?」

「物にもよりますが、無理と考えていただいた方がいいでしょう。離着陸するのも簡単ではありません。かなり長い滑走路が必要です。それに構造的に無理がかかり、思わぬ事故を招きかねません。また、機体の寿命を著しく損なう結果になります」

「だろうな……」

「何を運ぶための改造ですか？」

「それは軍の機密事項だから言えない。ただ、そうだな、長さ五メートル、幅、高さともに二メートルの箱を出し入れできるように改造してもらいたい」

「箱ですか」

「箱だ」

はっきりとはわからないが、どうやら陸軍は一式輸送機により自動車、おそらくはトラックなどを運ぶことを考えているようだ。なるほど補給面を考えると、飛行機で自動車が移動できることの軍事的なメリットは大きい。トラックか何かと積み荷で併せて七トンというところか。計算は合うか。

ただこうなると、胴体の構造はかなり影響を受ける。Z機は同じ旅客機でもDC-3などと車輪の配置が異なる。DC-3などは主翼側に主脚があり、尾輪で支える構造になっている。機首はだからやや斜め上を向いた恰好だ。

対してZ機は、主翼の主脚と機首の着陸輪で支える構造となっている。機体は水平だ。これはZ機の方が機体の長さが長いため、斜め上向きだと操縦席からの下方視界に制約があるためだ。

この結果、Z機の胴体は地面と接する部分がなく、かなり空間が空いている。箱の出し入れのためには、これを何とかしなければならない。

「年内ですか？」

「年内に二機。できるか？」

できませんと言うのは簡単だった。ただ田島はこの大竹監督官の要求は無碍《むげ》に断れないと思った。出入口を五センチ動かせというようなどうでも良い要求ではない。全長五メートル、おそらくはトラックと思われる車両の出し入れというのは、大竹レベルで決められる話ではない。日本を取り巻く周辺状況の緊迫感を考えるなら、この要求にはかなり重要な意味があるはずだ。つまりもっと上の方の要求となる。

「一つ伺ってもいいでしょうか、監督官？」

「何だろうか」

「この改造は、この二機だけでしょうか。それとも陸軍としては、今後生産する輸送機はすべてこの形状にするか、少なくともこの型を中心とすべきなのでしょうか。それによって納期なども違って来るのですが」

その質問は、大竹中尉にとってかなり難しいものであったらしい。彼にもある程度の情報は持たされてはいるらしいが、それを地方人――陸軍からみた民間人のこと――に話してよいかどうか。その決断を彼は迷っているのだ。

「そうした問題について返答する権限は、自分には与えられていない。しかし自分の考えでは、この機体を二機に限定したのは、納期の問題を考えてのことであり、時間的余裕があればより多くの発注が為されたはずだと思う」

「なるほど、わかりました。監督官がそこまでおっしゃるならば、私も二機の改造を約束致します」

「ありがとう」

大竹中尉は、不器用ながら田島の手を両手で強く握った。彼にとってこの二機の改造が間に合うかどうかは、かなり大きなことだったのだろう。過去のいきさつを考えるなら、田島がへそを曲げて納期を遅らせることだってあり得たのだ。大竹は何度も何度も手を握る。田島もまた握り返した。

田島は思う。この男も決して悪い人間ではないのだ。ただ自分に対して自信が持てないと言うだけなのだ。彼が陸軍という組織に首まで浸かって忠誠を尽くすのも、陸軍にいるかぎり彼は社会の中に自分の居場所を持つことが出来る。陸軍がなければ、帰属する集団がなければ、彼は社会の中に存在しない。

監督官に約束はしたものの、具体的に何をどうするか、田島には何もわかっていない。こういう時は机にしがみついても駄目。彼は輸送機の製造工場へと足を運ぶ。

彼も航空技術者のはしくれ。現場から何かを読み取るくらいの力量はあるつもりだった。

製造現場は比較的閑散としていた。機体が大きいから作業と作業の邪魔にならないように配置すると、予想以上に間が空くためだ。そして、生産現場はまだ決して田島の理想とする水準に到達していないこともある。

機体は流れ作業で順次部品が取り付けられる……という具合にはなっていない。工場内のしかるべき空間に、ぞれぞれ治具が据え付けられ、その上で胴体の組み立てが行われ、それを中心に翼やエンジンが取り付けられて行くショップ制で動いていた。

何のかんの言っても、会社は利益を追求する組織だ。愛国心は愛国心として、それとは別に陸海軍に納入する兵器を製造しても利益は追求されねばならない。

陸海軍も中小企業で少数生産されるような、安価な兵器なら強い立場で買い叩くこともできる。しかし、戦艦のような巨大な兵器や、航空機のように高価で数が出る兵器の場合、生産できる企業がかぎられているだけに、価格設定も強気に出られる。軍需産業とて大手ほど強いのだ。

田島は輸送機製作会社の経営権は握っていたが、工場や人材の多くは川西の人間だった。それだけに、川西の経営を優先しなければならない立場でもあった。採算度外視の量産工場にはできない。

たとえば、この輸送機を陸海軍が万単位で購入してくれるというのであれば、工場は文字通り生産ラインの名にふさわしいシステムになるだろう。工場の内部を機体の部品が流れて行く。それらの流れはやがて次々と合流し、最終的には機体として完成する。

こういう生産施設では機械力も違う。専門の各種工作機械により、製造工程の多くが自動化され、生産性の向上に寄与するのだ。これは必ずしも夢物語ではない。エンジンの輸入に関して、ソ連側と接触していた時、田島はそういう話を耳にしている。

昭和一四年ごろ、ソ連のあるトラクター工場の労働者が五台の旋盤を連結し、それとベルトコンベアを組み合わせ、自動加工ライン――この自動化ラインを世界最初のトランスファーマシンと呼ぶ人もいる。世界初のトランスファーマシンは公式には一九五〇年にソ連のエルムス（金属工作機械実験科学研究所）が造り上げた自動車のエンジンピストンの加工ラインだと言われる――を造り上げたのだと言う。旋盤もベルトコンベアも、ソ連だけでなく本邦にもある。それ自体は珍しいものではない。ソ連の機械工に出来たものが、日本の技術屋に出来ないことはなかろう。

だが経営という観点から見れば、そうした生産ラインは非現実的だった。

どう考えても陸海軍が四発の大型輸送機を万単位で量産するなどありえない。どういう戦争を考えているかにもよるが、一〇〇機以下ということはない——それでは開発費も回収できない——だろうが、では一〇〇〇機以上の生産が見込まれるかと言うと、かなり疑問だ。現実的な生産機数は一〇〇以上、一〇〇〇未満というところだろう。

ならばそれに見合った生産設備というのがある。この程度の機数であれば、あえてショップ制を覆す必要はない。それが経営判断というもの。技術者としての田島と、経営者としての田島は、そういう意味では常に対立する立場にいた。

田島は、もうじき完成する輸送機の下に立つ。胴体の最後尾は、こうして田島が立てるくらい地面とのストロークがある。

田島は目を閉じて機体と箱を考える。この機体から長さ五メートルもあるような箱を出し入れしようと思えば、側面の扉を拡張するというのは問題外だ。構造強度的に胴体の片側にそのような巨大な開口部を作るのは望ましくない。それに構造強度は何とかなるとしても、出し入れが大変だ。

大型機のモノコック構造の胴体とは、見方を変えると金属の筒ということになる。筒であれば、頭か尻かどちらからしか物の出し入れは出来ない。機首には操縦席があるから、残るのは尻の部分。そうなると開口部の位置は自ずとかぎられてくる。

田島は惚《ほう》けたように、輸送機の後ろを眺めていた。箱が出入りできるだけの空間は確保できそうだ。田島はさらに考えを進める。いま自分の後ろにはトラックがある。輸送機の胴体の後ろには大きな穴が空いている。それをどうやって載せるか？

トラックは地面にあり、開口部はかなり高い部位にある。

「台か何かがいるな」

地面から金属板か何かで傾斜を用意してやれば、トラックは地面からそのまま自走して機内に乗り込むことが出来る。自走して乗り込めるというのは、重要な点だ。それができるなら輸送機が離着陸できる平地さえあれば、どこにでもトラックを空輸できる。平坦地が多い大陸でなら軍用面で大きな威力を発揮するだろう。

そこまで考えて、田島は大竹中尉があまり多くを語らない理由がはっきりと理解できた。大型輸送機で兵員とトラックを輸送する。平坦地さえあれば、敵の後方に部隊を集結させ、自動車の機動力で敵を包囲殲滅《せんめつ》することも可能だ。

もしかすると、自分は潜在的におそるべき兵器を作り出してしまったのかも知れない。田島はその考えに、目の前の機体が一回りは大きく見えた。金属板とは言え、それもこれもトラックが自走して機内に収納できればの話だ。金属板のスロープを使えばいいとは言え、それをどうするかが問題だ。

単純なのは、輸送機にそのための金属板を積み込むことだ。トラックの車輪の幅とマージン分があればいいから、幅四〇センチほどの金属板が二枚もあればいいだろう。ボックス構造にして軽量化のために丸穴をたくさん空ければ、軽量化と強度は両立可能だ。

両立可能なのは可能だが、田島はいま一つ、その方式が面白くない。それはどう考えても車両を載せる時以外には役に立たない機材を運ばねばならないからである。いかに軽く作ろうと、それなりの大きさと強度を兼ね備えたとなれば、一〇〇キロ、二〇〇キロという重量にはなるだろう。そんな余分な重量を運びたいとは思わない。陸軍だってそんなもので一〇〇キロも無駄にするより、機関銃の一丁も余計に積みたいはずだ。

最低限の見積りは立っているが、田島にはもっとスマートな回答があるはずだという確信がある。こういう時、彼が向かうのは菊原のところだ。

それは田島がこの四発機の開発現場の経験から、菊原という男を高く評価しているからにほかならない。が、相談を受ける菊原にとっては評価されるのは嬉しいが、迷惑でもある。田島は輸送機のことだけを考えていればいいが、菊原は川西航空機株式会社の人間として、あれこれやらねばならないことが多いのだ。

田島は川西の社内を——何しろ輸送機の工場は川西の工場を間借りしている状態だ。専用工場を建設するかどうか、まだ決まっていないためだ——探しまわり、工場近くにあるほとんど使われていない資材置場でその姿を捕まえた。

資材置場と言うよりも建てつけの悪い物置のような建物だ。ほとんど使う人間もいないため、なかには菊原しかいない。菊原は古びた机の前に座り、急須と湯飲みを前に、ノートに何か書いている。仕事の構想を練るのに、人気のない場所を選んだのだろう。

菊原にとって、そうやって一人で構想を練っていられる場所は大事なものであったらしい。だから田島の姿を認めると、それほど露骨ではないが、明らかに不愉快そうな顔をした。

「どうしました？」

菊原はそう尋ねたが、それはどうやら田島の用件を早く聞いて、厄介事はさっさと済ませたいと考えているためらしい。

「じつは輸送機のことなんだが……」

田島は大竹中尉のことや自分の憶測のことは伏せて、菊原に車両を自走で載せられる輸送機のアイデアについて話した。

「トラックの側に板を持たせたらどうなんですか」

それは確かに、田島も考えていない視点だった。飛行機の側で何とかしようと思っていたが、なるほどトラックの側で何とかするというアプローチもあるか。しかし、それは視点としては面白いが、田島としては採用できない案でもある。陸軍のトラックに乗車用の機材を積めと要求はできない。それに、結局は無駄な重量を運ぶことになるのは変わらない。

「何を書いているんだね」

田島は菊原のノートをのぞき込む。菊原も田島相手にそれを隠そうとはしない。ノートには機体のラフスケッチが幾つも描かれている。赤鉛筆で大きく×を付けられたスケッチも多いようだ。

「戦闘機か」

「社長命令ですよ。航空輸送業で水上機専門メーカーからの脱却を考えていたが、時局こんな時局ではそれは無理だ。大型輸送機も数がはけるかどうかわからない。時局を考えるなら、高性能戦闘機で飛躍の道を探ろうということです。小型機の方が数が出ますからね」

「三菱、中島に伍する戦闘機を開発するのは容易ではないだろう」

それは取り様によっては菊原に対して礼を欠いた疑問に聞こえなくはない。しかし、田島の真意はそうではないことは、菊原にはわかっている。そして航空技術者として、それは当然の疑問でもあった。

「ええ、私だっていきなり第一線で活躍できる戦闘機が設計できるとは自惚《うぬぼ》れてはおりません。ただ、それでもやりようはあるんです」

「やりようって？」

「社長の仕入れた情報ですが、三菱の一四試局地戦闘機の開発がかなり難航しているらしいんです。ならば、局地戦闘機で勝負に出られるだろうと」

開発時期は間に合うのかと質問しかけて、田島は気がついた。川西はすでに水上戦闘機として海軍から一五試水上戦闘機の開発を命じられていた。そちらの担当も菊原だったが、おそらく川西はこの一五試をベースに局地戦闘機を開発するつもりなのだろう。

「エンジンはどうする？　火星か？」

「これはここだけの話ですが、あの例のＡｓｈ82の国産化にメドがつきそうなんです」

川西がソ連とライセンス契約を結んだという話は聞かないから、ここだけの話というのは本当にここだけの話なのだろう。それに完璧なコピーではなく、国内生産のためにいろいろと改修は為されてはいそうだ。

「まぁ、精密鋳造など未解決の部分もあるので、歩留まりが悪いんですが、その分、専用機械を入れて生産性を上げるようにはしています。冶金技術が上がればもっと良くなるんですけどね、なかなかそれが……ロシア人ってのは冶金に関してだけはたいした連中だと思いますよ」

「まぁ、あちらには伝統や歴史があるからな、冶金に関しては。周期律表なんてのを作り上げるような奴がいる国だ。金属の扱いには慣れているんだろう。それより専用機械って何だ？」

「田島さんが以前に言ってたじゃないですか。ロシアには旋盤とベルトコンベアを組み合わせて自動工作機を作った奴がいるって。

我々の発動機は、物が物なので、あまりおおっぴらに生産もできませんから、そうそう外注にも出せません。この局地戦闘機だって、いましばらくは三菱などにも伏せておかねばならない。社内で内製しようとすると人手が足りない。となれば機械に頼るよりないわけです。

まぁ、汎用工作機械を組み合わせてリレーなんかで制御しているんですが、決められた場所に正確に同じ穴を開ける程度のことは出来るようになりました。ネジ穴からピストンの穴まで」

川西がそこまで本気でＡｓｈ82の国産を目論んでいたとは、田島も初耳だった。よほど秘密を守っているのだろう。噂では、海軍などは中島の新型エンジンにかなり入れ込んでいるとも言う。ここで川西の新型エンジンの存在を知れば、思わぬ横槍が入らぬともかぎらない。

ただ菊原の話は、なかなか田島にも興味深い点が多かった。彼はとりあえず輸送機のことは忘れ、じっくりと話を聞くことにする。

「面白そうな話だな。ところで私にもお茶をもらえないかな？」

「そっちの方に湯飲みとやかんがあるはずです。気をつけてくださいよ、建てつけが悪いですから。無理に開けようとすると外れます。コツがいるんですよ」

「大丈夫だよ、建てつけの悪い戸なんぞ」

物置と思っていたが、電気は通っているらしい。もともと人が住めるようになっていたのだろう。

菊原が言っている戸の向こうは土間になっていて、床よりも一段低い。そこは昔は厨房か何かだったのだろう。コンクリート製の流しのような所には、電熱器とやかんが置かれているのが戸のすき間から見える。人が入るには細いので、田島は手をかけて開けようとする。

「気をつけてくださいよ」

菊原の声を背中で聞いて腕に力をいれるが、戸が開かない。えいやっ！　とやってみると、戸は外れてしまった。ガタンという大きな音とともに戸板は土間へと倒れ込む。

「そうか、この方法があったか！」

田島は閃《ひらめ》いた。こうすれば輸送機に簡単に車両を載せられる。機体の改造も最小限度で済むだろう。

ちょっと、この戸板をどうするんですか、という菊原の抗議もなんのその、田島は急いで工場へ戻る。これが一式及び二式輸送機のランプ式搭乗口が生まれる原点であった。

昭和一七年二月。佐々木中尉は何度となく機内にある時計で時間を確認する。すべては計画通りに進んでいるのか。それを確かめるためだ。

もっとも陸軍の一式輸送機の貨物室の中では、計画が順調に進んでいるかどうか、他に確かめる術《すべ》もない。中止命令も戦闘も起きていないなら、作戦は進んでいる。彼にわかるのはそれだけだ。

――これは現実なのだろうか。

佐々木は灯火管制のため機内の薄暗い電球に照らされる光景を見ながら自問する。輸送機に陸軍の兵士が乗っている。それだけなら別に驚くようなことはない。輸送機とは、まさにそのための飛行機だ。

だが、いま佐々木中尉の目の前の光景はそれ以上のものであった。彼の乗っている一式輸送機には、彼と彼の部下の他に軽戦車が搭載されていたからだ。軽戦車とは言え、戦車が飛行機で運ばれるなど誰が考えようか。

彼らの目の前にあるのは、九八式軽戦車ケニと呼ばれるもので、九五式軽戦車の後継機種である。九五式軽戦車よりも二〇〇キロ軽いことが、今回の作戦にこの軽戦車が選ばれた理由だ。

性能的には、これも九五式も大差ない。決定的なのは重量であり七・二トンというのは、公称七トンと言われる一式輸送機の積載量の、掛け値なしの限界だった。これ以上は紙切れ一枚載せられないという重量だ。じっさい離陸までの滑走時間が、心なしかいつもよりも長かったような気さえする。

佐々木中尉の僚機の方は、おそらくこれよりはましだろう。そっちには九二式重装甲車が二両搭載されている。いわゆる豆タンクと呼ばれる三・五トンの九二式重装甲車ならなんとか二両合計七トン、なんとかなる。余裕はないが。

重でも装甲車の方が軽でも戦車の半分というのも妙な気もしないではないが、そんなことは任務の重要さに比べれば些細なことだ。

貨物室内は殺風景だった。重量を軽くするため、機内のベンチさえ撤去しているほどだ。それでもこれは飛行機だ。にもかかわらず、軽とは言え戦車を載せながらも圧迫感を覚えさせないだけの空間がある。佐々木はいまさらながらにこの一式輸送機の大きさを感じていた。航空技術者たちはよくやってくれた。ならば自分たちも、それに応えるまでだ。戦場での働きによって。

「始まったか」

思った以上に時間が経過していたのを感じたのは、窓から光が入って来たからだ。作戦の成否は奇襲が成功するかどうかにかかっている。空中戦の可能性と奇襲の効果。それらの妥協点として、作戦は未明に行われることとなった。

そして、いま窓の外が光る。それは朝日ではない。敵の対空砲火、高射砲弾が炸裂した光だ。写真のフラッシュのように、窓からたて続けに閃光がきらめく。しかし、激しい対空砲火にもかかわらず、輸送機はそれほど揺れはしなかった。高射砲陣地は砲撃こそ激しいが、照準はかなりずれていた。待ち構えてではなく、意表をついてこちらが現れたからだろう。奇襲の第一段階は成功だ。

この作戦には陸軍が使える一式輸送機がすべて投入されている。工場から完成したばかりの機体も含め、その数、八。それらのうち三機が佐々木中尉の機体と行動を共にしている。

ブザーが鳴る。操縦席からの指示だ。

もうすぐ着陸する。着陸し彼らを降ろして、この機体は再び離陸する。この方面を受け持つ四機すべてが着陸して、離陸する。まだ数の少ない一式輸送機を地上での戦闘で失うわけにはいかない。それらの機体には、後続部隊の輸送という重要な役割があるからだ。

ブザーを了解したことを、返信用のボタンで操縦席に伝える。そして彼は部下と共に九八式軽戦車に乗り込む。戦車を固定しているワイヤーが着陸の衝撃で切れても安全なようにだ。着陸したことがわかったら、固定は自分で解かねばならない。

飛行機に積まれた戦車の中で着陸を待つ。それがどんな気分なのか、佐々木にもよくわからない。マレー半島のカハン基地を飛び立つ時には、軍属である新京航空の操縦士は同社でも特に腕のいい男だとは聞いている。確認してはいないし、確認する術もない。ただ信じるだけだ。

ただ噂が間違っていないことは、佐々木中尉はすぐに確認できた。機体はさほど揺れることもなく、滑走路に降り立った。

中尉はハッチから飛び出ると、急いでワイヤーを解き、戦車を固定から外す。そのころには後ろの扉も開き、地面へと接地していた。

一式輸送機乙型、いわゆる車両輸送が可能な型は、甲型がほとんど旅客機と変わらない構造なのに対して、このように後部扉が地上と機体との間をつなぐカーゴランプになっていることだった。単純な構造だが、これのおかげで車両にかぎらず物資の搬入がどれほど楽になったか。

しかし、そんなことを感心している余裕はなかった。ここは敵の真っ只中。彼らが降機に手間取っていれば、輸送機の危険は増すばかりなのだ。非武装の輸送機、攻撃には脆《もろ》いだろう。

九八式軽戦車の統制型六気筒直噴式空冷ディーゼルエンジンは、力強いエンジン音と共に始動し、白煙を機内に充満させた。操縦士は前面のハッチを開け、慎重にカーゴランプに履帯を載せ、軽戦車を前進させた。砲塔は後向きだ。車体がカーゴランプを降り、完全に地面に接触するや、佐々木中尉はすぐさま砲塔を正面へと向ける。

「遂に来たか」

作戦を聞いた時は嘘だろうと思ったものだ。しかしいま、自分はここにいる。ここはパレンバン飛行場、蘭印作戦の要衝、そしてパレンバン製油所とも指呼の距離にある。

周囲は激しい風だった。一式輸送機は、すぐさま離陸できるようにエンジンはかけたままだ。四発機の威力がどれほどのものか、佐々木は戦車に乗りながらも肌で感じる。気のせいか、軽戦車さえこの風圧で位置がずれそうだった。

戦車はすぐに機体の右後方に移動する。操縦席からも彼らが降りたことがわかるだろう。

佐々木中尉は砲塔のハッチから操縦士と目線があったような気がした。本当に視線をかわしたのかもしれない。機体はそのまま僚機とともに離陸態勢に入っていく。

「馬鹿野郎!」

幾つかの機銃座が輸送機に銃弾を打ち込もうとしていた。佐々木は、とっさに砲弾を掴む。主砲の三七ミリ砲に装填すると、ほとんど勘で引金を引く。当たらなくてもいい。この輸送機が離陸するまで牽制になればいい。

確かに飛行機から戦車が現れ、発砲したというのは、相手にとってかなりの牽制になった。機銃座は戦車を狙うか、飛行機を狙うか、迷いがある。あくまでも軍事的価値ということを考えるのであれば、飛行場の守備隊は迷わず輸送機を撃墜すべきであっただろう。

滑走路のど真ん中に大型飛行機が居座っているかぎり、後続部隊はこの滑走路を使えない。それにいまの日本陸軍にとって大型輸送機はその空挺部隊と機動力の要《かなめ》である。数少ない大型輸送機を失うことは、彼らにとって大きな痛手だ。

だが、奇襲を受けた守備隊にそこまでの冷静な判断はできなかった。目の前の戦車は差し迫った脅威である。周囲の機銃座は佐々木中尉の九八式軽戦車に銃弾を集中する。

しかし軽戦車とは言え、戦車相手にそんなものが通用するはずもない。佐々木中尉はすぐに手近の機銃座から砲撃で潰して行く。

そしてその間に一式輸送機は離陸をはじめ、宙に浮かぶ。すでに夜は明けた。射撃には好都合な空だ。じじつ執拗に機銃弾を打ち込む者もいた。しかし、一式輸送機は守備隊が慌てていたとは言え、かなりの銃弾を受けているはずだった。にもかかわらず四発機は悠然と飛行場を後にして行く。

「たいした飛行機だぜ」

佐々木はハッチを開きながら、その脇から輸送機が離陸するのを見ていた。戦車さえ運べるのだから当然かも知れないが、思っていた以上に頑強な機体のようだ。田島が旅客機として要求した頑強な構造は、戦時に意外な形で功を奏していた。

九八式軽戦車は最新鋭の機材であったが、いささか使いにくいところがあった。砲塔ハッチの丁番《ちようつがい》が前側についているのである。だからハッチを開くと前方視界が妨げられる。おそらくはハッチを戦車長の防楯代わりにしようと考えたのかもしれない。前方からの銃弾を、これで防ぐのだ。

しかし設計者の思惑とは異なり、これはいささか危険な構造だった。後ろは無防備だし、前を見ようとすれば、ハッチの脇から顔を覗かせねばならない。同様のレイアウトはソ連のT34の初期型でも採用され、前述の欠点から改善された。日本軍においても、後にこの部分は改善されることになる。

だが後の戦車の改良はともかく、いま現在、佐々木は苦労しながら、周囲の状況を把握する。周囲は銃弾が飛び交い、彼の戦車の砲塔にも数発が命中した。

「どこだ、連中は……」

佐々木中尉は、敵陣の攻撃より先に友軍との合流を果たさねばならない。彼と同様、一式輸送機乙型で運ばれた九二式重装甲車が二両、この近くにいるはずだった。彼の戦車の真横を巨大な機体が通過する。佐々木は戦車の視界の悪さを呪う。こんな巨大な物が近くにいながら、離陸するまで気がつかぬとは。

しかし、この機体のおかげで、彼は重装甲車の居場所を見つけることが出来た。佐々木はすぐに僚車と合流する。重装甲車の一三ミリ機銃と軽戦車の三七ミリ砲。それらで敵陣を牽制しつつ、彼らは残り二機の輸送機が着陸すべき拠点を確保した。上空では一式戦闘機隼《はやぶさ》などが制空権を確保している。彼らには他に地上の対空火器の牽制という重要な役割もある。

じっさいのところ佐々木中尉が降下してから、まだ一〇分と経過していない。彼らはまず近くの機銃座と高射砲陣地を攻撃し、沈黙させた。機銃座はまだしも高射砲と軽戦車が真正面から闘えば、戦車の側に勝ち目はない。火力が違う。

だが、高射砲の水平撃ちによる対戦車攻撃はそう簡単に出来るものでもなかった。対空戦闘中は特にだ。幾つかの陣地は、戦車が現れたことで撤退に入っていた。飛行機から戦車が現れるなど、前代未聞だ。それに飛行場には高射砲は用意されていても、対戦車砲まで手がまわらない。

そもそも、戦車がこんな所にいきなり現れるような状況など誰も考えていない。だが誰も考えてもいないような戦術が実行されるのが、戦争なのであった。

佐々木中尉は新京航空がどんな航空会社なのかまるで知らないが、少なくとも操縦士の腕が一流なのは確かなようだ。もっとも彼らにしてみれば、関東軍系のあまり公にできない仕事で、佐々木中尉でさえ経験していないような危ない橋を何度となく渡っているという自負がある。危険な任務からの生還は、己の技量の証《あかし》である。

ともかく二機の輸送機は、佐々木らが確保している地点にピンポイントで着陸した。これらは旅客機タイプの一式輸送機甲型。ただし乙型からヒントを得て、タラップを使わずとも昇降口のドアを倒せばタラップとして使えるようになっている。ドアが開くと文字通り飛び出るように空挺部隊の人間たちが下りて来る。その数、一個小隊。輸送機は二機だから、兵員は二個小隊だ。

兵員が降りたことを確認すると、輸送機はそのまま離陸にかかる。やはり何発か機銃弾が命中しているはずなのだが、彼らは速力を緩めない。そうして無事に離陸する。

パレンバン飛行場守備隊の将兵には、このわずか一五分ほどに目の前で展開した出来事が信じられなかった。

気がつけば戦車三両――九二式重装甲車は履帯式なので、戦車のように見える。というよりこれは豆戦車である。それが重装甲車と名乗っているのは、開発時に騎兵科が戦車を保有することへの抵抗を緩和するため――と歩兵二個小隊が目の前にいた。

普通なら遮蔽物《しゃへい》のない滑走路に無闇に降下すれば、それは周囲から十字砲火を浴びるだろう。しかし、空挺部隊である挺進団は事前にこのパレンバン飛行場で働いていたことがある人物を捜し出し、話を聞くなどして飛行場の構造についてかなりの詳細を摑んでいた。

佐々木中尉らが降下した場所は、飛行場の管理施設のすぐ近くであった。ここを戦車と空挺部隊で占領した後、次々と隣接する陣地を攻略して行く。

作戦がここまで進展すると、飛行場側守備隊の抵抗は急激に弱くなって行く。じつは第一挺進団は飛行場襲撃部隊と油田襲撃部隊に分かれていたが、飛行場襲撃部隊の主力は佐々木中尉らとは別だった。こちらは残りの一式輸送機や他の輸送機、重爆撃機などから落下傘降下し、飛行場の後方に集結していた。つまり飛行場の中と外から守備隊を挟撃するのが作戦の骨子だ。そして、これは図に当たった。

ともかく飛行機から戦車が現れ、自分たちを攻撃して来るという事実こそが、空挺作戦そのものよりも彼らにとっては十分に奇襲となっていた。しかも日本軍の別働隊が自分たちの後方に降下したという知らせは、彼らに抵抗を諦めさせるのには十分だった。

いまの状況で後方の部隊が戦車を持っていないと断言は出来ない。敵は飛行機で戦車を運ぶ連中なのだ。

守備隊の指揮官は、自分たちの退路を寸断されることを何よりも恐れた。そのため陣地の兵器を破壊し、撤退に入ったのである。幾つかの陣地は頑強に抵抗していたが、それも友軍を逃すための時間稼ぎの行動だった。すでに彼らはパレンバン飛行場を確保することを諦めていた。

このことはパレンバン製油所の戦闘にも影響していた。飛行場の占領と、空挺部隊が戦車で現れたという不確実な情報、さらには佐々木中尉らが飛行場の確保後に、製油所へ援軍として派遣されたことも過大に伝えられた。このため、製油所の守備隊も施設を破壊する十分な時間もないまま撤退に移る。

こうして昭和一七年二月一四日。パレンバンの飛行場と製油所は、夜までに完全に日本軍の掌握するところとなった。そしてこのことは、陸軍に輸送機を多用した機動戦。航空機と空挺部隊による浸透戦術の可能性を検討させるのに十分なきっかけとなっていた。

陸軍が、田島の会社に対して、一式輸送機乙型の生産を中心とするように命じたのは、このすぐ後のことであった。

パレンバンの空挺部隊の活躍は、昭和一七年二月一六日の新聞に最初は小さく扱われた。なぜならばこの日の一面のトップはシンガポール陥落であったからだ。イギリスのアジアにおける要衝、難攻不落と唱われたシンガポールが陥落したのだ。

だが、その翌日から陸軍空挺部隊の活躍は、連日のように報道される。じっさいは海軍の空挺部隊によるメナド攻略の方が陸軍よりも一ヵ月も早かった。しかし、発表は伏せるようにとの話し合いで、空挺部隊の戦果発表は陸海軍同時であった。

過去の作戦と現在進行形の作戦では、報道の扱いが違う。多くの国民が、日本初の空挺作戦は陸軍によるものだと信じていた。田島泰蔵もまた例外ではない。

そんな彼のもとに陸軍参謀本部長名で感状が送られた。柄にもなくかしまこって受け取った田島泰蔵ではあったが、どうして感状を賜ることになったのか、彼にはさっぱりわからない。

心当たりは幾つかないではないが、数少ない一式輸送機と軍属として作戦に参加している新京航空の操縦士たちは、開戦からこっち、やや誇張して言えば全アジアを移動している。作戦によっては社員の所在が社長である田島にさえわからないことも珍しくない。

だから、「昭和一七年某日某方面における某部隊の作戦に……」という書き出しで始まる感状からわかるのは、ともかく陸軍にとって一式輸送機は有用な存在であるということらしい。

田島にとって、それは複雑な気持ちだった。国の役に立つのはそれなりに嬉しくはある。しかし、陸海軍の仕事に深入りするということは、民間航空にあまりかかわれないということでもある。軍機に触れる場面も多いとなれば、陸海軍は田島の会社が民間と接触することは決して望むまい。

田島が陸軍や海軍に接近したのは、自分の夢を実現するためだった。そしてある面では陸海軍の後ろだてのおかげで今日の田島がある。だが、それは彼が思っていたよりも高い買物になりそうだった。

「まぁ、いい。戦争はいつか終わる」

ただいつ終わるのか、それは田島にもわからない。

第五章　仮称一号局地戦闘機

開戦当初、田島は陸海軍関係者から「戦争は半年もあれば終わる」と聞かされていた。これは田島だけではなかった。幾つかの軍とも取引のある工場へ行くと、そうした話は幾つも耳にした。

「戦争が終わる前に、うちの工場も民生品の生産へ転換を計画してるんですよ。軍需で稼げるのも戦争の間だけですからな」

だから田島も、陸軍から一式輸送機乙型の生産増強を命じられてはいたが、生産施設の抜本的な拡張には消極的だった。当面の発注数はいまの施設でこなせる。それに川西から間借りしている現在の状態をやめ専用工場となると、川西との資本金比率など面倒な話もしなければならなくなる。戦時だから軍用機の需要も多いが、それも戦争が終わるまでだ。

戦後は民生中心となれば、余剰軍用機の払い下げも起こる。一式輸送機甲型ならば旅客機への改修は簡単だ。もともと旅客機なのだから。しかし、乙型は内部構造にかなり手をいれているから旅客機とする改修も容易ではない。経営コストを考えるなら、田島としては乙型は最小限度にとどめ、甲型を生産の中心としたかった。彼や周辺の工場主たちがそう考えたのも無理はない。何しろ陸海軍の軍人たちがそう言っているわけだし、また新聞を見てもそうだ。真珠湾を皮切りに、日本は連戦連勝、無人の野を行くがごとくの快進撃を続けている。これだけ勝っていれば、常識で考えても戦争はすぐ終わる。

だが、そうはいかなかった。開戦から半年が経過しようとしているが、和平交渉が行われるでもなく、英米が降伏するでもない。

しばらくすると、政府筋や大政翼賛会からは長期持久体制などという話さえ聞こえてくる。大政翼賛会とは体制翼賛会であるから、それはこの戦争は短期間では終わらないということだ。

これは田島だけでなく、他の工場主たちも同じ判断であるらしい。彼らや田島は、再び自分たちの工場管理に関して戦時体制を前提に考えなければならなくなった。田島はもとより、政府筋さえこの時点では把握していなかったが、日本は開戦から半年程の間、軍需生産が低下していた。戦争は短期で終わるという話を信じた会社経営者や工場主たちが、施設などを軍需から民生中心に転換をはかっていたためだ。海の向こうのアメリカでは自家用車生産さえ中止して、戦時体制を構築していたのとまったく反対のことを行っていたわけだ。

このように当局者の無責任な楽観論のために、日本は本格的な戦時生産体制の確立が半年遅れることとなる。この半年の遅れがどれほど高くついたか、戦争指導の不手際がいかに重大な結果をもたらすか、彼らは後に痛いほど感じることとなる。

だがそれはまだ先の話だ。この時、日本は勝っていた。

田島が長期持久体制にあわせ、輸送機生産について川西と話し合いに入ってすぐ、彼はある試作機の試験飛行に立ち会うこととなった。

場所は追浜《おっぱま》にある海軍航空隊の基地である。彼は関係者として招待されたわけだが、それは新工場建設に関する川西側からの田島への意志表示でもあった。

「これがあの新型戦闘機か」

田島のその川西の試作戦闘機――仮称一号局地戦闘機――の第一印象は、無骨な機体というものだった。聞けば試作機のエンジンは田島が輸入したＡｓｈ82のストックらしい。最後の最後に輸入できた量産品であるという。大きさ的には零式艦上戦闘機とほぼ同じか。幅は同じで胴体の長さはやや短い。このためか、全体にずんぐりした感じだ。

田島はエンジンがソ連製だから、機体形状もなんとなく日本人離れした無骨な形状なのかと思ったが、それは半分正解、半分誤りだった。

無骨な印象の理由は、エンジン径の大きさから、胴体が太いことにあるらしい。エンジンが原因というのは正解だが、これは火星を用いている三菱の局地戦でも同様らしい。つまり、エンジンがソ連製であることは関係ない。

「強そうな機体だな」

田島は設計主任の菊原を見つけると、新型戦闘機に対する大人の印象を述べる。

「強いでしょう。二〇ミリ機銃も四丁装備してますからね。それを零戦の倍近い馬力で引き回すんです」

「しかし、倍近いエンジン馬力なら、機体の構造も華奢にはできないだろう。必然的に重くなるが、空戦性能はどうなんだ？」

「これは局地戦闘機です。侵攻する敵の爆撃機などを撃墜するための戦闘機ですからね。上昇力と速力、そして火力が最優先なんです。運動性能じゃありません」

「海軍がそれで納得するかね？」

「局地戦に軽戦並みの運動性能などいりません。偉い人にはそれがわからんのです」

「わからんでは済まんだろう」

「実戦で結果を出せば、否応なくわかってくれますよ」

田島の知るかぎり菊原は控えめな人間だ。それがこれほどの自信を示すからには、この試作機はよほどの性能なのだろう。少なくとも図面の上では。

「そう言えば、水上戦闘機はどうなった？」

「これですよ、目の前にある。こいつにフロートを取り付ければ水上戦闘機です」

これで田島にもからくりが読めた。目の前にある低翼単葉の局地戦闘機をいままでは田島は水上戦闘機の転用だとばかり思っていた。じっさい川西の人間もそう言っている。

しかし、それは表向きの話。じっさいは局地戦こそが本命で、これがものになればゲタ履きにして水上戦闘機にすればいい。

川西がいきなり陸上戦闘機である局地戦を開発したいと言っても、海軍航空本部は三菱や中島の手前、そう簡単には首を縦には振るまい。だからこそ、どこからも文句が来ないだろう水上戦闘機を引き受け、陸上機である局地戦を開発し、海軍に提案する。

三菱の局地戦開発が遅れていることも幸いし、局地戦闘機として海軍から許可がもらえた。仮に水上戦闘機としての性能が思わしくなく、そちらが不採用になったとしても、こちらの局地戦が採用されれば元はとれる。そして、次への飛躍の一歩となる。すべては冷徹な計算の上に行われていたのだ。

そんな田島の考えを読んだのか、菊原は言う。

「そもそもフロート付きの機体で運動性能は期待できない。空気抵抗も馬鹿にならない。しかし、エンジン馬力があれば、速力は出せる。もとより水上戦闘機という存在は、局地戦と運用形態が同じなんです。だから最初から運用を織り込んで設計すれば、両者の転用は難しくない」

話を聞きながら、田島はある可能性に思い至る。

「できたのか？」

菊原相手にわざわざ「Ａｓｈ82の国産化に成功したのか」などとまわりくどいことを尋ねるまでもない。できたのか、それだけで十分だ。

「難産の末にですが、ようやく立てるようになりました」

「いまが一番可愛い盛りかね」

「産みの苦しみの後には、育てる苦労はありそうですがね。でも、親として、この子は大器晩成するという手応えはあります」

田島はどうやら川西龍三社長をいささか甘く見ていたらしい。あの社長は川西を日本で一番の航空機会社に本気でするつもりのようだ。

田島はいままで国際線という視点でだけ川西とかかわりを持って来ていた。別に川西である必要はなかった。ただ古巣であったという、いわば偶然により自分の構想を持って行っただけだ。川西が駄目だったならば、他を当たるつもりだったのだ。

だが川西は、田島の話に最初は航空機製造以外の旅客輸送を、そして計画が具体化する過程で、高性能エンジンを前提とした総合的な航空機製造会社への発展の可能性を見たのだろう。

そもそも川西が苦労して自前でＡｓｈ82を国産化する必要などないのだ。エンジン開発は多額の開発費がかかる。三菱や中島のように開発経験があればともかく、それもないなかでの国産化だ。ゼロからの開発ではなく、手本となるエンジンがあるとは言え、それを国産化するというのは大変なこと、まさに一つの事業と言って良い。

それでも川西がエンジンの国産化を行ったのは、単なる水上機メーカーからの脱却を図るためだ。最初に局地戦で三菱のシェアを奪う。そしてこの局地戦から派生する形で、陸軍なり海軍の次期主力戦闘機の受注を請け負う計画ではないのか。たとえば川西と中島飛行機の確執を考えるなら、川西が陸軍の主力戦闘機を中島から奪うことは、経営の問題以上に意味があるだろう。

「兄弟を作るつもりかね？」

「一人っ子では寂しいですからね」

「陸か？」

「たぶん先に海でしょう」

二人の間だけでしか意味の通らない会話が続く。田島は仮称一号局地戦闘機の次に戦闘機を開発する予定があるのかを菊原に質した。そして彼は、それを肯定する。

ただいささか意外なことに、川西は陸軍の次期主力戦闘機ではなく、海軍の次期主力戦闘機を射止めようと考えているらしい。局地戦で勝てると判断したのか。

「海にしろ、陸にしろ、世間様に出せば、否応なく喧嘩の一つもしなければなるまい。御宅の子どもたちは勝てるのかね、喧嘩に？」

「大きな家の子が強いとはかぎりませんよ。海の方は、いまは強そうに見えるかもしれません。でも、餓鬼大将はしょせん餓鬼どもの中の大将であって、大人には大人の喧嘩の仕方があるんです」

「御宅の子どもは大人かい？」

「ええ、成長できます。海さんはできない。華奢な子どもですから。周囲の子どもたちが成長しても、骨が細い子どもですからね。成長はいまが限界でしょう。大人にはなれません。大人の喧嘩には大人が出ないとね。うちの子だけですよ、大人なのは」

川西はこの仮称一号局地戦闘機を開発するに当たって、三菱や中島の戦闘機を相当研究したようだ。田島は零式艦上戦闘機がどんな戦闘機かよくわからない。連日の日本軍の勝利の中、本土上空で零戦が敵機と空中戦を演じるような光景などを見られるはずもない。せいぜい滑走路に並んでいるのを目にする程度だが、それでは精悍な戦闘機という印象以上のことはわからない。

だが菊原が言わんとしていることを察するに、零式艦上戦闘機は高性能を実現するために極限まで軽く作っているらしい。その辺の設計者の気持ちは、かつて太平洋横断機を作ろうとした田島泰蔵には痛いほどよくわかる。重量こそ航空機設計者にとって親の敵なのである。

同時に軽量化のために構造強度が犠牲になると言う菊原の見解もまた、田島には理解できた。あの太平洋横断機が頓挫したのも、航空局から構造強度の不足を指摘されたためだ。

菊原の言う成長とは、おそらく戦闘機の性能のことだろう。それは、速力や運動性能などいろいろな要因が考えられる。しかし、いずれにせよエンジン出力の向上があればこその話だ。

だが機体構造が華奢であれば、大出力のエンジンは搭載できない。つまり機体構造の限界から、搭載可能なエンジン出力に限界があり、それはつまり戦闘機の性能の限界を意味する。

しかし、この仮称一号局地戦闘機の兄弟たちは、その心配はない。すでに零式艦上戦闘機の倍近いエンジン出力を前提としている機体設計なのだ。おそらくＡｓｈ82の出力向上型についても何か策があるのだろう。だとすれば、菊原らの考え方として、空力的・重量的な制約などはエンジン出力でねじ伏せるということなのかもしれない。

空戦性能を重視している海軍の航空機搭乗員が、馬力に物を言わす戦闘機を受け入れるかどうか、その点は田島にも疑問がある。しかし、戦争が長期持久ということになれば、次期主力戦闘機が必要になるのは明らかだ。

おそらく三菱もその開発は進めているだろうが、一四試局地戦闘機の開発さえ思うに任せない状況では、それらの開発も順調とは思えない。三菱が次の弾を撃てないという状況であれば、川西の戦闘機が採用される可能性は低くない。仮にそれが三菱の戦闘機が完成するまでの繋ぎであったとしても、主力戦闘機として採用されたという事実は川西にとって決して小さくない。彼らにとり、この戦闘機は戦略上の重要な布石であるわけだ。

「いよいよ、です」

滑走路に置かれている仮称一号局地戦闘機に海軍の操縦員が乗り込む。彼は機体に画板を持参して乗り込むと、計器類に目を光らせ、細かい操作性などを確認する。やがて滑走路側からの合図とともにエンジンが始動する。

「おぉっ！」

海軍関係者の席から一斉にどよめきが起きた。

そのエンジンの威力は、見慣れてきた零戦のそれとはまったく異なるものであった。機体の大きさは零戦とさほど違わない機体にもかかわらず、搭載エンジンの馬力が天と地ほども異なる。

そのことは操縦桿を握る海軍のテストパイロットにもはっきりとわかったのだろう。試験飛行の場合、いきなり離陸はしない。まず滑走路を移動して、機械としての各部の動きを確かめるところから始める。それらの試験で不都合がないことを確認した後、飛行機は離陸する。それとて最初は浮かび上がる程度のところから始めるのだ。

人の命を預かる以上、試験飛行は臆病なほど慎重に行われる。武人の蛮用に耐える機体に育てるためには、臆病なくらいがちょうどいい。

「おい、ちょっと菊原君！」

「えぇ、あれは……」

予想外のことは、その時起きた。

最初はゆっくりと滑走路を移動していた仮称一号局地戦闘機は、急にエンジンの回転数をあげると、まっすぐに移動し、明らかに速力をあげていた。

「飛ぶつもりか！」

そう田島が叫んだ時、機体は浮き上がる。着陸脚を収容したというのは、しばらくは降りて来ないつもりらしい。下からは無線電話で搭乗員に盛んに呼びかけているが、どういうわけかすべてが正常な試験機の中で無線電話だけは不調なのか、呼びかけにさっぱり返答はない。

「貸してください！」

菊原は田島が持参してきたツァイスの双眼鏡を有無を言わせずもぎとると、上昇を続ける機体を追う。

「すごい上昇力だ」

機体は下から見ると垂直に上昇しているかのように見える。その迫力に下から無線電話で呼びかけていた声さえ、いまは沈黙し、上を見上げていた。上昇から水平飛行。翼端で空気が急激に圧縮されたためか、高空では二本の白い水蒸気の糸が延びて行く。

「すまん。こいつが飛ばしてくれとうるさくてな」

唐突に無線電話から声がする。仮称一号局地戦闘機の搭乗員の声だろう。菊原はすぐに無線機に走ると、マイクを握る。

「無茶です。すぐに降りてきてください！　そいつは試作機なんですよ！」

「お前、誰だ？」と無線機からは不審そうな声。

「設計者です！」

無線電話の音質はあまり良くなかったが、相手は菊原が設計者と知ると、あきらかに感動した声で答えた。

「あんたがこの機体の設計者か。俺はいままで愛国心は軍人の専売特許だとばかり思っていたが、今日から考え直すことにする。この飛行機は、技術屋の愛国心だよ。こいつは国のために働ける！」

それは菊原にとって、予想もしない答えだったらしい。彼はマイクを握ったまま、身動き一つとれなかった。そして田島も。おそらく搭乗員の言葉に菊原がどれほどの衝撃を受け、そしてそれを理解できるのは自分だけだろうと田島は思った。

彼らが仮称一号局地戦闘機に見ていたことは、航空機会社の経営戦略に過ぎない。彼らにとって、この局地戦は良い商品なのである。

にもかかわらず、これに乗るであろう航空機搭乗員たちは、それを愛国心の成果だと語ったのだ。自分たちはこの飛行機に関して、自分たちの都合しか考えていない。

――俺たちはもしかすると、取り返しのつかない過ちをおかしかけていたのかもしれない。

機体は降下してきた。着陸脚を出し、着陸態勢に入る。菊原はその音に我に返る。彼の自己嫌悪の表情を田島は認めた。それは、おそらく菊原が田島に認めたものと同じであっただろう。田島は小さく頷き、菊原もそれに頷くことで返す。

「私たちは……」

「過ちは正せばいい。後悔する余裕は我々には許されてはいまい。戦時だからな」

「はい……」

機体は無事に着陸する。すぐさま搭乗員は機体を降りると、こう呼びかける。

「この機体の設計者の方はいませんか！」

「行けよ」

田島は菊原の背中を押す。

「私が彼に……」

「君以外に誰が行く。俺もついて行くよ。いま、この瞬間から、俺たちは変わらなければならないからな」

菊原はそうして搭乗員から、仮称一号局地戦闘機の感触を搭乗員が閉口するまで尋ねた。尋ねなければならなかった。設計者として、これに命を託すであろう人間のことを最大限に知るために。

午前中の試験は、この初回で離陸という思わぬアクシデントのために、ここで終了となった。そしてこの日の試験は、これで中止となる。午後の飛行でエンジントラブルに見舞われたためである。

試験項目にはエンジンの換装があった。整備性の高さも、この機体の目立たないが重要な売りである。エンジンは一時間としないうちに交換された。交換されたエンジンはAsh82を国産化したものであった。午後は決して離陸しないという約束のもと、地上試験が行われるからである。

だが交換した途端に、エンジンはかからなくなった。試験台では稼働したが、機体に装着すると、動かない。その原因の解明に半日かかってしまったのだ。エンジン国産化は簡単な事業ではなかったのであった。

時に昭和一七年四月一〇日のことであった。

昭和一七年四月一八日。海軍航空隊の渡部大尉は、担当している仮称一号局地戦闘機の性能に惚れ込んでいた。もちろん試作機であることもあり、戦闘機として見た時、手放しでは喜べない部分もある。一番の問題は、トルクだった。離陸時にプロペラトルクで機体が左に首を振る癖があるのだ。

ただそれは、この仮称一号局地戦闘機が高性能であることと裏返しの理由である。

プロペラトルクで機体が首を振るのは、エンジン馬力が大きいからで、この機体の圧倒的な上昇力や速力もまた、エンジン馬力が大きいからにほかならない。

川西の設計者もその辺のことはわかっているらしく、脚部は意外に丈夫に作ってある。低翼にしているのもこの辺の理由らしい。考えていると思ったのは、着陸脚が左よりも右側を丈夫にしてあるということだ。

左にまわるので右のフットレバーを踏む。構造が弱いと折れてしまう。それがないように右側を左より補強してあるのだと言う。

確かにトルクの問題は無視できない。しかし、練達《れんたつ》の操縦員なら十分に対応できる問題だ。それにトルクを抑えるためにエンジン馬力を落とし、低い性能で甘んじるなど本末転倒と言うべきだろう。気になるのはエンジンの信頼性というか、エンジンによって性能のバラツキがあることだが、それは新型エンジンを開発するための税金のようなものだ。

いずれにせよ、試行錯誤で完成度は高くなる。最初から機械が完璧であるならば、自分のようなテストパイロットなどこの世に必要ないのである。

「おう、来たか」

いつものように本部の建物に立ち寄ると、上官である木場少佐が待っていた。

「川西とも相談したんだがな、機銃の試験、予定を繰り上げて今日やっちまおうかと思うんだがな、どうだ？」

「別に構いませんが。標的機の手配は？」

「そっちはこれからだが、最悪、標的なしで空中射撃の戦技だけでも確認したいと思うのだがな」

「標的なしで、ですか。それでは飛行中にちゃんと機銃が作動するかどうかの確認程度にしかならないと思いますが」

「まぁ、とりあえずいまはその点だけでも確認しておきたいのだがな」

「何か、あったんですか」

木場は渡部を手招きして、小声で説明する。

「哨戒部隊が敵空母と遭遇した。空母接近を報告後、一切の通信を絶った。空母のおおよその位置と敵機の航続力から考えて、本土に対する攻撃は明日以降と思われる」

「日本本土に対する攻撃ですか……そんな馬鹿なことをアメリカはやりますかね」

「なぜ、そう思う？」

「真珠湾でめぼしい軍艦を沈められ、米太平洋艦隊の大型軍艦と言えば空母くらいしかありません。それだって数は知れてます。

日本近海に虎の子の空母を進出させるような危険な真似をアメリカがするでしょうか。陸攻隊が、それこそ雲霞《うんか》のごとく襲って来るのは間違いないでしょうに」

「真珠湾という敵の一大海軍基地を空母部隊で奇襲する馬鹿な真似を実行したのは、どこの国の海軍だ？　馬鹿な作戦の前例は我々が作った。連中が同じことを考えても不思議はあるまい。

そこでだ。うまくすれば明日、この局地戦闘機で敵機を撃墜できるかもしれないわけだ。標的機じゃない、実戦でこいつの実力を確かめられる。どうだ？」

「明日に備えての、今日ですか」

本当に敵機がやってくるのなら、それと一戦交えるというのは、局地戦闘機の実力を知るのにこれ以上のものはないだろう。試験飛行でいくら良い成績を出したところで、実戦で使えなければ意味はないのだ。

聞けば海軍航空隊の零式艦上戦闘機は、英米の戦闘機に対して無類の強さを発揮していると聞く。そして渡部大尉の見るところ、この局地戦は迎撃戦闘ではその零戦をも凌《しの》ぐ能力があるはずだった。

大馬力のエンジンで、零戦以上の速力と上昇力をこの戦闘機は持っている。速力一つとっても敵のF4Fより七〇キロは速いはずだ。

ただカタログスペックだけで戦闘機の能力は測れない。数字は戦闘機というシステムのごく一部しか表していないからだ。たとえば信頼性などは実戦では最も重要な要素の一つだが、数値化することは難しい。特に試作機では未知数の部分である。

「なるほど。機銃が使えるかどうか、その辺の試験だけでもやっておきますか」

「ああ、頼む」

こうして仮称一号局地戦闘機の機銃に二〇ミリ機銃弾が装塡される。仮称一号局地戦闘機の二〇ミリ機銃は四丁。翼の中に左右一丁、それらの下にさらに一丁装備される。

かぎられた大きさの中で二〇ミリ機銃を四丁搭載するための工夫だ。おかげで翼にはちょっとした膨らみが出来ていたが、それで渡部大尉が操縦上の不都合を感じたことはいまのところなかった。

渡部機はいつものようにエンジンを始動し、離陸する。ほんのわずかいつもより機体に重さを感じるが、それはおそらく四丁の機銃に全弾装塡しているからだろう。

一丁当たり六〇発装塡できる弾倉が四つ。二〇ミリ機銃弾の重さはおおむね二〇〇グラムだから、弾の重さだけで四八キロにはなる。小柄な大人一人を翼に積み込んだようなものだ。しかし、機体はそれをものともせずに飛んでいる。

川西によると、この自社生産のエンジンはロハ一七と呼んでいるらしい。ロはイロハ順に数えて二つ目を意味する。つまりロの前にイというエンジンがあったのだろう。そいつが完全な試作エンジンで、それを改良し、実用化させたのが二番目のロなのだろう。ハは発動機のハ。一七はこれが離昇出力一七〇〇馬力であることを示す。だから川西が将来、二〇〇〇馬力級の新型エンジンを開発したとすると、ハ二〇になるかもしれない。

ロハ一七とは、中島が寿や栄、三菱が火星や金星などと名付けているのと比較すると、情緒的なそれらとは異なり、乾いた合理性を体現したような印象を受ける。その辺は会社の色なのかもしれない。

ただ詳しいことはわからないが、このエンジンはソ連のものを参考に川西が独自に開発したのだという。それが命名にかかわっているとも耳にした。ソ連製のエンジンをライセンス料も払わないでコピーした、ただでコピーしたからロハだというのだが、真偽のほどはわからない。それに独ソ戦が続いている状況では、ソ連にしてもライセンスの話し合いなど出来る状況ではないだろう。

機銃の試験であるから人家の上で発砲はできない。不発弾があったりすると危険だからだ。特に七・七ミリ機銃などと違って二〇ミリ機銃弾は、言わば小型の爆弾のようなもの。万が一の場合には、殺傷能力は十分にある。そのための銃弾だ。

渡部機はそのため、飛行試験も兼ねて東京湾から千葉方面に入る予定だった。木場少佐の連絡で、木更津の基地から標的機が出るからだ。陸攻から吹き流しを流してくれるとのこと。双発機の距離感も摑めということらしい。それにどうせ機銃の試験をするなら、防御の厚い大型機相手に襲撃訓練もということだろう。

「あれか」

テストパイロットをやるくらいだから、渡部大尉は視力は良い。遠くに双発機が飛んで来るのが見えた。しかし、機銃の試験をするというのに、その高度は異様に低い。

木場少佐からの無線は、その時入った。

『標的機は変更になった。赤とんぼでやる。陸攻というのは、何か向こうの勘違いだったらしい。敵空母接近であちらも大童《おおわらわ》なんだろう』

「えっ、ちょっと待ってください。陸攻は飛んでいないんですか？」

『あぁ、これから赤とんぼを飛ばすと言うことだが、どうした？』

「前方に双発機が……しかも複数」

『そんな馬鹿なことがあるか。木更津は、今日はそっちに陸攻を飛ばす予定はなかったはずだぞ。ちょっと待て』

どうやら木場少佐は、電話で木更津の基地に問い合わせているらしい。返事を待つ前に渡部は高度を維持したまま、その双発機に接近を試みる。

「馬鹿な……」

渡部大尉は生まれてはじめて、我が目を疑うという言葉の意味を実感した。

まず目についたのは、双尾翼という形状だ。渡部大尉はテストパイロットでもあり、海軍はもちろん、陸軍の航空機についても一通りの知識はある。最初は、それを九六式陸攻だろうかと彼は思った。双尾翼の双発機というと海軍では九六式陸攻くらいしかない。海軍の陸攻はすでに一式陸攻が中心ではあるが、機種転換は完全には至っておらず、まだあちこちの基地では九六式陸攻が使われている。この辺を飛行していても不思議はない。

だが、渡部大尉も九六式陸攻がいかなる機体であるか、十分に理解している。彼は日華事変で九六式戦闘機で陸攻の護衛をしたこともあるのだ。それがどんな機体であるかぐらい瞬時にわかる。塗装と言い形状と言い、あれは九六式陸攻ではない。

ならば、陸軍か。なるほど陸軍にはイタリアから繋ぎで購入したイ式重爆という双尾翼双発の爆撃機はある。しかし、それとも違うような気がする。何よりイ式重爆は五年も前の機体。いまどきこんな場所を飛行しているとは思えない。

そして決定的だったのは、米軍機を示すマークだった。アメリカの双発機がどうやって？ まさか空母から……。

『渡部、やはりいま飛んでる陸攻はいない。みんな出払っているそうだ』

この日、敵機動部隊の空襲に備え、海軍の第二六航空戦隊の陸攻と戦闘機併せて四四機は、機動部隊撃滅のために太平洋上にあった。他にも帰国途上の南雲部隊が攻撃を検討していたが、これは遠距離過ぎて間に合わなかった。

「飛行隊長、あれは敵機です！ 米軍の双発機が東京に向かっています！ これより攻撃にかかります、いや機銃の試験を行います！」

渡部機の一報は、すぐさま海軍航空隊、ついで大本営海軍部から大本営陸軍部に伝達され、そこから陸軍の担当する部隊に伝達された。もっとも陸軍中央から伝達された時には、現場部隊はすでに動いていたが。

「頼むぞ、相棒！」

じつはこの日、海軍の霞ヶ浦航空隊などからも戦闘機が迎撃に出ていた。もっとも彼らも本格的な攻撃があるとすれば明日と思い込んでいたことと、セオリー通りに高度三〇〇〇で飛行していたため、この米軍の双発機——のちにB‐25であることがわかる——を発見することが出来なかった。彼らは地上すれすれを低空飛行していたからである。

だが渡部大尉の場合、何しろ試作機であるから上官からも高く飛ぶなと厳命されていた。初回に急上昇などをやってしまったためだ。

この時の渡部機の高度は一〇〇〇。単純計算で低空飛行している飛行機でも、高度三〇〇〇より九倍大きく見えることになる。しかも彼は洋上を飛行していた。双発機の識別は比較的容易である。

渡部機が急降下で接近すると、B‐25は上昇した。低空飛行をしていた以上、降下では逃げ切れない。だがパイロットのその判断は、この時、致命的な失敗であった。

のちにドーリットル隊として知られることになるこの部隊は、空母から陸軍の双発爆撃機を発進させ、東京を空襲後、そのまま中国に不時着するという大胆とも無謀とも思える計画を立てていた。

これを実現するために、彼らはB‐25の装備を可能な限り剝ぎとり軽量化し、その分だけ燃料搭載量を増やしていた。この剝ぎとられた重量の中には、後部機銃座と下部機銃座が含まれていた。これらを剝ぎとったのは、低空飛行なら下から敵機の攻撃を受けることはあるまいという考えだった。

だが、彼らは急上昇することで、その前提を自ら潰してしまった。爆撃機の急上昇に渡部機は一旦すれ違ってから急上昇で追尾し、敵爆撃機の無防備な下方面に対して、機銃弾を続けざまに撃ちこんだ。

上昇中の両者の相対速度が比較的小さかったことで、至近距離からの射撃時間は長かった。そして、いかに丈夫であっても二〇ミリ機銃四丁の火力は無視できない。

左翼側のエンジンは直撃弾を受け、破裂するように停止。そして銃弾の幾つかは翼から操縦席を貫通する。そのB‐25はしばらくは慣性で上昇を続けていたが、そのまま急角度で墜落し、海面に激突する。

「我、東京湾上空で敵機と交戦中！」

渡部大尉は無線電話で敵機との戦闘を報告する。そして敵が双発爆撃機であることと、低空を飛行していることも忘れない。

だが陸海軍全体で見ると、最も重要な報告は、渡部大尉よりも先に漁船から行われていた。ドーリットル隊の将兵も後に証言するのだが、彼らは東京へと向かう途中で、漁船の姿を認めている。彼らにとって印象的だったのは、日本の漁船の多くが一九世紀的な帆走漁船ではなく、エンジン付きの二〇世紀的な漁船を活用していることだった。

そして、それらの漁船の多くは無線設備を持っていた。日本の漁船が無線設備を最初に装備し始めたのは、早くも大正七年。昭和八年には船舶安全法により一〇〇トン以上の漁船には無線設備が義務化されていた。戦前の段階で、すでに漁業無線は一〇〇〇の数に迫ろうとしていたのである。

彼らは最初はB‐25を海軍さんの爆撃機かなにかと思って手などを振っていたが、戦闘機と交戦するに及び、これは一大事と考えた。どっちが敵かわからないが、ともかくどっちかは敵だ――ちなみに複数寄せられた報告の中には、海軍の爆撃機を陸軍の戦闘機が攻撃しているというものもあったらしい。

いったい東京湾のどこで戦闘が起きているのか？　戦闘中の渡部大尉の報告よりも、漁船からの報告の方が、敵機の位置的情報ははるかに正確だった。

しかも戦闘を直接目撃していない漁船も、それを傍受してそっちの方を監視したり、移動したりしていたため、漁船からの通信のリレーにより、何が何機、どこにいてどこへ向かっているか、陸海軍の当局者は、かなり正確にそれを把握できた。そうであれば、迎撃機を飛ばすのは難しくない。

その間、渡部機はさらに一機を撃墜し、もう一機に銃弾を撃ちこみながら、なお仕留められないでいた。渡部は次の一撃が勝負と踏んでいた。もう残弾は、それしかない。すでに下は海から陸になっている。これ以上の敵機侵入は許せない。

だが渡部も、そのB‐25には容易に接近できないでいた。上部機銃が的確な反撃を加えて来るからだ。よほど腕の確かな男なのだろう。

しかし、そのB‐25の幸運もそこまでだった。機体が小高い丘を避けようとしたため、一瞬だが、B‐25は機体の背中を渡部機に晒《さら》した。彼は何かを考える前に引金を引く。残り数発の銃弾が機体に吸い込まれ、炸裂し、機体を墜落させる。

渡部はこの時、自分の状況を理解していなかった。この時、東京で少なくない数の市民が、大きな米軍機を小型の日本軍機が撃墜する様を目の当たりにすることになる。写真撮影に成功した者もおり、そうした写真が翌朝の朝刊を飾るのは当然のことだった。

ちなみにそれが夕刊ではなく朝刊であったのは、海軍の新型機の姿が写真に写っていたためで、それを写真から消す検閲作業のためであった。

米空母から出撃したB‐25は一六機。このうち名古屋、大阪を爆撃した一団は目立つほどの損害は与えられなかったものの、撃墜された機体もなく、ともかく日本の領空から脱出することには成功していた。しかし、東京空襲を目指していた主力部隊は、彼らほど幸運ではなかった。渡部大尉により撃墜された機体が三機。これは幸運も作用したとは言え、搭乗員の技量と新型機の性能ゆえの戦果であった。

そして、ドーリットル隊主力の損失はそれだけにとどまらなかった。彼らは東京上空に到達する前の東京湾内を移動中に発見されてしまった。しかも漁船の無線を利用した連絡網により、その正確な位置は比較的短時間に——大本営陸海軍部よりも早く——陸海軍の現場部隊に伝達された。

漁船にこれが可能だったのは、無線機の普及とともに漁業権や漁場の連絡にからんで、迅速な情報伝達の仕組みが出来ていたためであった。いつの世でも、経済的刺激が効率の良いシステムを構築する方向に人々を動かす。日本の漁民もその例外ではなかった。

そしてこの点が、ドーリットル隊にとって最大の盲点でもあった。日本の漁民は動力装置の漁船を中心に操業していることすら、彼らは知らなかったのだ。

この無知の代償はあまりにも大きかった。主力の多くは、渡部機の襲撃で組織的な行動が出来なかった。よもや試作機が試験飛行している現場に出くわすなどと考える奴はいない。彼らは敵戦闘機隊の襲撃に疑心暗鬼になり、無駄な回避行動により時間を浪費してしまった。

この時、霞ヶ浦航空隊の零戦六機が近くを飛行していた。彼らは渡部大尉の無線通信を傍受すると、すぐさまその方向に向かう。

渡部機の襲撃をかわした主力部隊の残りは、この六機の零戦隊と交戦することとなる。すでに彼らは編隊も乱れ、高度も低空ではなかった。しかし、防御火器の欠如はそのままである。

零戦隊の搭乗員たちは実戦経験も豊富だった。相手の弱点をすぐに見抜くと、B-25の下方から急上昇しながら機銃弾をその機体に浴びせた。

この空戦は海上から川崎上空にかけて展開され、やはり多くの市民が海軍航空機が敵爆撃機を撃墜する光景を目撃することとなる。一部のB-25の搭乗員はパラシュートで脱出を図るが、高度が低すぎたため、全員が死亡する結果となった。この時のB-25は民家に墜落し、二〇余名の死傷者を出した。だがこの事実は、ほとんど新聞などでは報じられなかった。

結果的に東京空襲は、首都圏に爆弾を投下するという点だけで考えれば、成功ではあったが、軍事作戦としての爆撃としては失敗であった。爆弾の死傷者より、都市部で墜落したB-25による損害の方がはるかに大きかったほどだ。

爆弾による死傷者の唯一最大のものは小学校に落ちたもので、これによる児童の死傷者数は三〇名以上。日本政府はこの事実を米軍の非人道性として盛んに宣伝したが、米軍側も自分たちが爆撃したのは軍需工場であり、日本は軍需工場に小学生を動員していると逆宣伝を行うこととなる。

事実は前者であるが、生憎《あいにく》と日本は対外的に有効な情報メディアを有しておらず、世界は枢軸国も含め、アメリカの報道を事実として受け取ることとなる。

アメリカがそうまでして宣伝をしなければならなかったのは、この東京空襲作戦で日本上空を脱出できたB‐25が一機もなかったためである。

ほとんどすべてが海軍航空隊により撃墜された。一機だけは陸軍の戦闘機により撃墜された。ちなみにこの陸軍の戦闘機は、水冷エンジン搭載型の試作戦闘機であったという。奇遇にも日本陸海軍の試作戦闘機が共にドーリットル隊を撃墜したことになる。

翌日以降の日本の朝野《ちようや》は、このドーリットル隊の空襲であわただしい動きを見せることとなる。

まず房総沖から東京湾にかけて、無線伝達を行った漁連と漁船の乗組員たちは、帝都防空への功績大として、政府・陸海軍より讃えられることとなる。公式に代表が表彰されるほか、新聞などでも「銃後の海は我らが護る！」と盛んに宣伝された。

偶然にもB‐25を撃墜した零戦搭乗員の一人が、この漁村の出身者——漁師が嫌で飛行機に乗りたくて海軍に入隊したのだが、もちろんそういう事実はマスコミには伏せられている——であったことから、親子二代の愛国者として、昭和一七年いっぱい地方の講演会などに招かれ続けるということもあった。

ともかく多くの市民が、陸海軍の戦闘機が敵爆撃機を撃墜する現場を目の当たりにしたことの効果は大きかった。帝都の護りは完璧という点に疑いを抱くような人間はいなかった。

そうした余裕のためだろう。ドーリットル隊の空襲から一週間後、墜落した機体などから回収された米軍将兵を弔う大規模な集会が行われた。

一つには日本の人道主義を誇示するという意味と、本土防空の誓いを新たにすることで、国民の統制強化という意味合いもあった。日本にせよアメリカにせよ、利用できるものは利用する。その点だけは一致していた。

官主催のドーリットル隊合同慰霊祭には、渡部大尉も主賓の一人として参加が命じられていた。しかしながら渡部大尉は、ひどく座り心地の悪い想いでいた。平時ならば人を殺したその当人が、殺された人間の葬儀に主賓格で参加するなどあり得ないし、考えられない。

しかし、戦時という現在の状況では、それは考えられるし、あり得ることであった。事実彼は、ここにいる。

ある意味で、この催しは茶番とも言えた。慰霊祭とはいうものの、葬儀ではないらしく、神父も牧師も坊主さえ姿を見せていない。これは政治的なイベントであって、宗教行事ではないということか。

じじつ爆撃で死亡した児童の葬儀は、別にやはり官主導で行われるらしい。渡部はそちらにも参加が義務づけられていた。自分の愛国心に嘘はないつもりの渡部だったが、正直、こんな儀式につき合わされるならB‐25など撃墜するのではなかったと思わないでもない。

それが傲慢《ごうまん》な物言いであることは百も承知している。しかし渡部大尉が、この慰霊祭なる儀式には何ともついていけないものを感じているのも間違いない。それは式次第を目にして、ますます強くなる。

結局のところそれは、日本本土空襲という危険な作戦に身を捧げた米軍パイロットの勇敢さを讃えると言いながら、本土防空の鉄壁さを誇示するとともに、死ぬのがわかっている作戦に若者たちを送り出した、アメリカの非道を非難するというのがその内容だ。

日本人の学童を殺戮《さつりく》し、自国の若者を無駄に殺したアメリカ。結局はそれを宣伝するための場が、この合同慰霊祭なるものの正体だ。そのせいだろうか、この儀式には渡部大尉は招待されても、爆撃で殺された子どもたちの親は呼ばれていない。学校関係者がいるだけだ。

渡部も学校長も発言できることはかぎられて、というよりすでに決められている。勇者を讃える日本の度量と、アメリカの残虐性への告発。

大本営の誰が考えたのか、宣伝としてはよくできている。しかし渡部は、そこに人間としての残酷さも認めないわけにはいかなかった。

慰霊祭とは言え、当局に敵兵を勇者と讃えるつもりなど微塵もない。ただ宣伝の道具として利用するだけ、その意味ではあきらかな侮辱でもある。

「敵地で死ぬもんじゃないな」

渡部はつぶやく。おそらくこんな光景は日本だけではないだろう。もしも自分がアメリカを爆撃するような任務について、同じ様に撃墜されたのなら、やはり米軍により宣伝の材料として活用されるのだろう。

彼の宗派は日蓮宗だったが、そんなことにはおかまいなく、死体は牧師なり神父の立ち会いのもと、手厚く葬られるかもしれない。野蛮なアジア人をキリスト教徒の高みまで引き上げてやるというアメリカの寛大さを示すために。

「昔はよかったな」

渡部大尉は過去を回想するような歳ではなかったが、それは本心だった。

彼の父親もまた海軍に奉職していたことがある。下士官にはならず水兵のままで終わった。海軍にいた時期はごく短い。そのごく短い時期に日本海海戦があった。

父親は何度となく、その時の話をしてくれた。いま思うと大砲を撃つだけの単純な時代だったと思う。兵器の発達以前に、こんな厄介な宣伝戦なんか無縁だった。

軍人は大砲さえ撃っていればよかった。宣伝の主人公にされることもない。だがいまは、宣伝への協力も軍人の仕事のうちだった。

慰霊祭が始まるまで、渡部は控室にいるように言われていた。よくわからないが大本営が選んだ何人かの新聞記者から取材を受けるらしい。写真撮影もあるから、前の日は床屋に行けとも言われていた。

取材とは言うが、何を聞くべきかとか、何を聞いてはいけないかなどは、大本営海軍部から然るべき要望が出されているらしい。上官の木場少佐にも話は通っていて、彼も上官として幾つかの取材に答えていたようだ。

写真では笑顔でなどと言われていたが、渡部にとって儀式もさることながら、この取材も辛い。木場少佐の話では「空の軍神 渡部大尉」のような見出しになるらしい。

B-25が撃墜できたのは、新型機の性能と、相手の爆撃機が防御火器をほとんど装備していなかったからだが、それについては一切語ってはならないと命じられている。

新型機について語らないのはわかる。あの局地戦闘機の存在はいましばらく伏せておくというのは、機密保持の観点から渡部にも十分に理解できることである。ただ相手の防御火器について触れるなというのは納得できなかった。すでに「無理な長距離飛行をするために、機銃さえ外した機体に載せられたアメリカの若者」というような宣伝がなされている。いまさら渡部がそれを語っても不都合はないはずだ。

だが大本営海軍部としては、「空の軍神 渡部大尉」の宣伝の邪魔になる事実は、彼の口からは語らせたくないらしい。彼はあくまでも敵重爆三機撃墜の英雄でなければならないのだ。

渡部大尉にとって耐えられないのは、自分が生きているのに軍神にされることだけではなかった。軍神というものは、隠れていた英雄が発見されるものだと信じていたにもかかわらず、現実には作られて行くものだということがわかったためだ。彼もまた日露戦争の英雄などに憧れ、海軍に志願した口だ。だが彼の慣れ親しんで来た英雄・軍神が自分と同じように作られてきたものだとしたら……。

何より耐えられないのは、たまたま運が良かった自分が軍神に作り変えられ、さらに自分を軍神と信じた青少年が海軍に志願することだ。そんな青少年の中には、自分のように戦果をあげ、軍神として作られて行く者もいるかもしれない。彼はその時、自分、渡部大尉をどう思うだろうか。

渡部は戦争の悲惨さとは、人が死ぬことだとばかり思っていた。だが、いまは違った。戦争の悲惨さとは、人が道具にされてしまうところにある。

ある者は道具として死ぬ。ある者は道具として軍神になる。両者では天と地ほどの違いがあるように一見みえる。だが、戦争の道具という点では変わらない。

何より軍神とて戦争が続けば戦死するかも知れないのだ。そして戦死してから軍神にされる人間もいる。そう考えれば、両者の違いは時間と順番の違いにすぎないだろう。

「おめでとうございます」

声のする方に顔を向けると、正装した田島泰蔵がいた。どうやら彼も招待された人間の一人らしい。まぁ、例の局地戦開発のあれこれを思えば、呼ばれても不思議はないだろう。

「ありがとうございます。これもあの新型機のおかげですよ」

渡部はほっとした。少なくとも田島相手になら、新型機のことは口に出来る。

「新型機は機械にすぎません。練達の搭乗員が操ってこそ、その能力を発揮できるんです。局地戦も渡部大尉に操縦桿を握られ、本望でしょう」

「いえ……」

渡部は言葉にならない返事をする。いまの彼には褒められることは、それが善意からによるものであれ、苦痛でしかなかった。

「川西も喜んでましたよ」

「川西が？」

「海軍航空本部から連絡がありまして、仮称一号局地戦闘機は二式局地戦闘機として制式採用されることになったそうです。私としては痛しかゆしですがね」

「どうしてです？」

「局地戦とエンジンの取り合いになるからです。ただ数がでた方がエンジンとしての信頼性は向上する。判断が難しいところですよ」

渡部は、この会うたびごとに輸送機の話をしないではいられない田島という男に、あることを尋ねたくなった。だから尋ねた。

「田島さん、自分の行動が、いや、存在がかな、ともかくそれが人の役に立つのだろうか。そんなことを考えたことはないかい」

田島はその言葉の意味をどう解釈したのか、渡部にはわからない。ただ彼は、こう返答する。

「自分にとって良いことは、国にとっても良いことだ。そう思って私は飛行機を作ってます」

渡部大尉は田島泰蔵が羨《うらや》ましかった。

第六章　ミッドウェー海戦

「結局、これも対症療法に過ぎないということだ」

昭和一七年四月二二日。南雲中将指揮の第一航空艦隊は、帰国したばかりにもかかわらず、山本五十六連合艦隊司令長官より招集をかけられていた。山本は日本海軍の最新鋭艦である戦艦大和《やまと》の作戦室で、第一航空艦隊の首脳陣を迎えた。

連合艦隊司令部の人間たちは、この新鋭戦艦に第一航空艦隊の首脳陣が某かの反応を見せることを期待していた。だが、その期待は裏切られた。

南雲長官以下、第一航空艦隊の首脳陣は戦艦大和を長門《ながと》より大きな軍艦程度の目で見ているだけだった。さすがに作戦室の大きさには驚いたようではあるが、それは軍艦の巨大さに対するものとはまた別種のものであった。

幕僚らが揃ったことを確認すると、山本長官は過日のドーリットル隊による東京攻撃から語り始めた。敵機は全滅させたものの、それは対症療法でしかないと。

「状況を子細に検討したところ、ドーリットル隊の帝都空襲を最小限度の被害におさえ、敵爆撃機隊を全滅できたことは、偶然であるとしか言いようがないことがあきらかになった」

第一航空艦隊首脳陣にとって、その発言は控え目に言っても不可解、はっきり言わせてもらえば不愉快ですらあった。ドーリットル隊の撃滅に第一航空艦隊は直接参加はしていない。しかし、海軍航空隊が敵爆撃機隊に対して全機撃墜という偉業を成し遂げた事実はかわらない。それを偶然であると言われれば、海軍航空にかかわる者として愉快なはずはなかった。

ただ南雲司令長官は山本の発言をどう感じたのか、いま一つ態度が読めない。はっきりと異を唱えたのは、第一航空艦隊参謀長の草鹿龍之介少将であった。

「長官は、何らかの偶然がなければ、我が海軍航空隊の敵重爆隊の全機撃墜はなかったとおっしゃるのですか！」

それに対する山本の答えに、南雲でさえ一瞬顔色を変えた。

「その通りだ。それどころか、一機も撃墜できないまま敵爆撃機をとり逃した可能性も高いのだ」

「一機も撃墜できない……長官は部下の技量を、そのようにお考えか！」

「技量の問題ではない！」

山本のいつにない激しい反応に、草鹿でさえ息を飲む。そして山本長官は、自分の悲観的な予測の根拠を幕僚たちに説明した。

「なるほど帝都を狙った爆撃機は、全機撃墜できた。しかし大阪、名古屋を狙った爆撃機に関しては、撃墜はおろか発見することもできていない。むろん空母から双発爆撃機を発進させたり、超低空飛行で本土に侵入するなど予想外の事実もあった。だがそんなことは、撃墜に失敗したことへの言い訳にはならぬ」

山本の指摘にあえて異議を挟む幕僚はいなかった。確かに帝都東京こそ敵爆撃機を全機撃墜できたものの、対照的に名古屋・大阪方面での戦果は何一つとして見るべきものがなかった。

爆撃隊が東京を主要目標にしていたため、両都市の損害が軽微だったことと、東京での戦果が印象的だったため、彼らの失態が目立たなかっただけだ。海軍航空隊の実力という話をするならば、当然それらの実力も問わねばならない。

ただこの事実を前に、山本長官の「技量の問題ではない」という一言の意味する部分は重い。東京で全機撃墜できたということは、搭乗員の技量が劣っていることが、大阪、名古屋での結果を招いたわけではないことを意味するからだ。つまり、問題は末端の搭乗員レベルではなく、もっと上にある。

「東京と他の都市との戦果の差を生んだ理由は何か？　それはただ一つ。帝都東京は他の都市よりもいち早く敵爆撃隊を発見し、その位置を漁船の助けにより正確に把握できたからだ。敵の正確な位置をより早く察知できた。それが、この違いを生んだのだ。

そして重要なのは、東京がいち早く敵を察知できたのは、たまたま試作機がその上空を試験飛行していたからに過ぎない。もしもそこにその試作機がなかったならば、我々は完全に帝都を奇襲されていただろう。

貴官らは、このことの意味がわかるか？　あのB‐25の編隊は、帝都に対する完璧な奇襲にほぼ成功していたのだ。もしもあのまま彼らが帝都に侵入していればどうなったか？　貴官らの多くは航空畑の専門家だ。ならば都市爆撃で何が重要かわかるだろう」

「ランドマークですか」

草鹿参謀長はいささか腰が引き気味に言う。

「そう、ランドマークだ。そして帝都東京で最大のランドマークは何か！」

「国会議事堂ですか」

「そうじゃない。皇居である！」

皇居という単語を口にした時、山本長官は姿勢を正す。幕僚たちも子どものころからの習性で、それにならう。そして彼らは姿勢を正したことで、事の重大さをはっきりと認識した。ミシェル・フーコーの言うところの「意味によって編まれた身体」の典型的な事例である。

フーコーと言えば同じ名前で振り子の研究をした人がいたが、この時の第一航空艦隊司令部の人間たちもまた、その考えが振り子のように楽観から悲観へと揺れる。

B-25の搭乗員で捕虜になった者はいない。大半は撃墜された機体と運命を共にし、大阪、名古屋方面を襲撃した機体は、すでに日本を後にした。彼らが具体的に何を攻撃しようとしていたのか。それはわからない。しかし、皇居を攻撃するというのは十分にあり得る話だ。

皇居は間違いなくランドマークとなり得るし、日本の面子を潰すのに皇居爆撃ほど効果的な作戦はない。真珠湾を奇襲され、面子を潰されたアメリカも、皇居爆撃で面子を回復できる。

現実には、アメリカは皇居空襲など考えてはいない。それは政治的にあまりにも微妙な問題であり、なおかつ技術的にも困難が多かった。彼らが東京上空にとどまれる時間は短く、低空飛行ではどこが皇居か発見するのは容易ではない。皇居爆撃など不可能であった。

しかし、そのような背景を連合艦隊も大本営も知るはずもない。特に天皇への個人的な敬愛の念が強い山本五十六大将にとって、自分たちが敵の皇居空襲を回避できたのが、如何に偶然に左右されていたかが明らかになると、身体が震えるほどの衝撃を受けていた。

アメリカに勝つためには戦場でイニシアチブを握り続けねばならないと主張していた山本ではあったが、帝都の空が敵に対して如何に無防備であるかが明らかになると、その積極路線にも軌道変更が迫られた。ここに帰国したばかりの第一航空艦隊の司令部要員を招いたのも、そのためにほかならない。

「さて、今回の教訓は何か？　それは敵艦隊に大打撃を与えたとしても、帝都の空、いや本土防空が完璧とはかぎらないということだ。

極端な話をすれば、我々がアメリカ本土を艦隊で攻撃している時でさえ、アメリカは日本を攻撃することが可能であるということだ」

「長官、それはいささか大袈裟すぎるのではないでしょうか。我々がアメリカ本土を攻撃しているような状況では、敵空母が日本近海に接近することは不可能です。

潜水艦ならあるいは接近くらいは可能かも知れませんが、本土攻撃は現実的とは思えませんが」

「そうかな、一航艦参謀長。あのＢ・25は空母から飛び立ち、日本を攻撃した後、中国大陸に不時着した。ならば中国大陸から出撃し、日本を空襲後、着水し、搭乗員だけ潜水艦で回収するような作戦も可能だろう。アメリカなら一〇〇や二〇〇の爆撃機を使い潰すだけの国力がある。

もちろん、アメリカがそのような作戦を実行するという根拠はない。だが重要なのは、空母から陸軍の爆撃機を飛ばすような非常識な作戦――幕僚の何人かは、あんたがそれ言いますか、という顔をしたが、山本長官は大人なのでそういうことには怒らない――が前例となっている以上、常識の範囲で可能不可能は論じられないということだ。

我が海軍の伊号潜水艦など、爆装した飛行機を飛ばすことも出来る。アメリカが類似の兵器を開発しないという根拠はない。

ようするに、部隊を本土から離れた場所に展開していても、それだけでは本土の安全は図れないということだ。攻勢を維持しつつ、本土の安全を確保する方策を立てねばならない」

「何か策がおありですか」

南雲長官がはじめて口を開く。その声には少なからず諦めが混じっていた。それは放蕩者《ほうとう》の亭主が、もう博打は二度としませんと詫びるのを聞きながら、お前さんが博打を止められるわけがないじゃないのさ、と諦観《ていかん》している恋女房に似たものがあった。

「まず今回の戦訓で明らかなことは、敵を一センチでも本土から遠くで発見することが、鉄壁の防空を実現する鍵であるということだ。その点では漁船によるものとは言え、船舶による無線通信網が帝都防空にどれほど大きな効果をもたらすかが証明されたと言っていいだろう。

むろん漁船に艦艇の真似はさせられん。しかし、特設艦船を適切に用いることで、前進哨戒をいま以上に確実なものにすることは可能だろう。これに関しては地上の通信隊の拡充及び現在の哨戒任務に当たっている漁船を本土に戻し、特設水上機母艦などをこれに代えるべきだと考える。

漁船では敵部隊と遭遇した場合、生還は期しがたい。事実、犠牲者が出ている。水上機母艦であれば、航空機の機動力と安全性が確保できるであろう」

「なるほど、良い案ですな」

南雲のそれは、不始末を妻に尻拭いしてもらったので、妙に親切な放蕩者の亭主を持つ女房の態度だった。たまに真っ当なことを言っても、本音はそこにはないことぐらい当の昔にお見通しだ。

「ただし、漁船を特設水上機母艦と交替させる程度では、まだ完璧とは言えぬ。哨戒を完璧にするとともに、アメリカに対して圧迫感を与えねばならぬ。敵を守勢に追いやり、なおかつ敵の本土に対する反撃を事前に察知する態勢を構築しなければならぬ」

「どこを攻撃するんですか？」

その質問に対する室内の空気は二つに分かれていた。すでに結論を知っている連合艦隊司令部と、これから聞かされる第一航空艦隊司令部に。

「ミッドウェー島を占領する」

山本の回答に、南雲はさほど表情を変えなかった。真珠湾攻撃からこっち、この程度のことでは男南雲忠一、驚きはしない。正直、彼は山本の口からハワイ攻略という言葉が発せられることさえ覚悟していたのだ。

もっともかつては剃刀《かみそり》の異名をとっていた南雲にとって、ミッドウェー島占領がハワイ攻略の布石であるくらいすぐに理解できた。

「ミッドウェー島占領はわかりましたが、それと我々とどのような関係があるのでしょうか？　空母で島は占領できません」

南雲一航艦司令長官はしれっとそんなことを言ってみる。もっとも彼とて目標は理解できたものの、山本の作戦案までは理解できているわけではない。島を攻略するという作戦に関して、空母をどう運用しようと言うのか？　だが山本は、その質問を予期していたかのように構想を明らかにする。それは南雲忠一の「脳内山本五十六」の発言と比べれば、常識的な作戦だった。

「空母で島は占領できない。しかし、制空権は確保できる。また敵の陣地を空から破壊することも可能だろう。制空権を確保し、陣地を無力化できるなら、占領はたやすい」

「まぁ、制空権の確保や地上攻撃はできますが……」

連合艦隊側はともかく、一航艦の方は話を聞けば聞くほど当惑の度合を強めて行く。しかも山本以外は、どうも作戦そのものに乗り気ではないような雰囲気も感じられた。

「しかし、陸戦隊が舟艇で上陸するとなれば、潮や月齢を考えなければなりません。最適の日時はかぎられますし、それがいつかはミッドウェーの守備隊にもわかるはずです。作戦を成功させるには奇襲という要素が重要と思われますが、その意味では奇襲攻撃は難しいのでは」

「舟艇で上陸するなら、一航艦長官の言う通りだ」

「舟艇でなければ、何です？」

「舟艇でなければ、空挺に決まっとる！」

この四月末から、のちにミッドウェー海戦と呼ばれる作戦が行われる六月までの足掛け三ヵ月、実質二ヵ月の間に起こったことは、日米ともに誤算と錯誤の連続だったと言っていい。そしてこの誤算と錯誤の連続が、ミッドウェー海戦の運命を大きく左右する結果となった。ある意味でそれは、不幸なめぐり合わせの結果とも言えた。

主な要素をアメリカ側から順番に見て行くと、次のようになるだろう。

この時期、アメリカ海軍は日本海軍が五月末から六月にかけて大規模な軍事作戦を計画していることを把握していた。ただどこを目標としたものか、その判断に関しては米海軍中央と米太平洋艦隊司令部では意見の対立を見ていた。

キング長官をはじめとする米海軍中央は、日本の大規模な作戦の向きは、フィジー、サモアなどオーストラリアとアメリカとの交通を遮断するための南方作戦になると分析していた。これに対して米太平洋艦隊司令部は、日本海軍が中部太平洋方面での活動を活発にしていることなどから、ミッドウェー島などの攻略と判断していた。

これはある意味では仕方がない。何しろ軍令部は南へ向かうと主張するなか、連合艦隊はミッドウェーを主張し、その調整はこの時点ではまだついていなかったのである。当事者でさえどこを攻撃するかわかっていなかったのだから、米海軍にそれがわかるはずもない。

だがこの状況分析には、ある重要な問題が影を落としていた。それはドーリットル隊の東京空襲失敗である。なにしろ唯一成功した空襲らしい空襲が小学校への爆撃という事実は、日本側の宣伝も含め、ホワイトハウスは公開しなかった。しかし、東京を空襲したB・25が全機撃墜されたという事実は隠しおおせるものではない。

厄介なのはこの作戦は大統領が希望し、米陸海軍の首脳部が計画し、米太平洋艦隊が作戦の実行指揮に当たり、撃墜されたのは陸軍将兵であったことだ。攻撃が成功すればみんな幸せになれただろうが、失敗となると責任問題となる。そしてスケープゴートにされたのは、第一六任務部隊の指揮官ハルゼー提督であった。

「陸軍の爆撃機に海軍の戦闘機が護衛についていれば、B‐25は撃墜されることはなかった」

海軍の艦載機にそれだけの航続力があれば、何もB‐25を空母に載せる必要などなかったわけだが、このためにする議論は、多くの人々には説得力を持って受け入れられた。また空母ホーネットなどがドーリットル隊を発進させた後、すぐに反転したことも、このような世論の前では厳しい視線を向けられる。

「臆病者、W・F・ハルゼー」

「勇気あるハルゼーだけが、良いハルゼーだ」

「仔羊提督」

市民に与えられる情報がかぎられ、また意図的な偏向が加えられたこともあり、世論のハルゼーバッシングは激しかった。陸軍は被害者の立場を選び、キングもハルゼーをかばわなかった中で、唯一ハルゼーを護ったのが米太平洋艦隊である。

空母艦載機の航続力の問題や空母が反転したことの意味を広く世論に訴えかけたが、数字を使ったそれらの広報は、「目にみえる形の責任者」を求める市民にはかえって反感を持って受け止められた。

キング長官は、暗にハルゼーの更迭もしくは左遷をほのめかしたが、米太平洋艦隊司令部のニミッツ長官らが激しく抵抗したため、ハルゼーが作戦失敗の責任をとることはなかった。しかし、この事件は米海軍中央と米太平洋艦隊司令部との間に深刻な溝を生む。

日本海軍に対する情勢分析は、こうした状況下で行われた。この感情的な対立の中で二つの異なる情勢分析が客観的に比較されることは期待できなかった。

こうした状況と並行して日本海軍側もミッドウェー島攻略作戦が正式に決められるまでには、軍令部対連合艦隊、連合艦隊対第一航空艦隊などの対立をおさめていかねばならなかった。結局、ＭＯ作戦（南方進出）を支援するものとしてＭＩ作戦（ミッドウェー島攻略）も行うという軍事とは違う次元で作戦方針はまとまった。

米海軍中央も米太平洋艦隊司令部も、この昭和一七年春ごろには、まだ日本海軍における意志決定のプロセスまで把握はしていなかったのだ。米海軍は、ＭＯかＭＩかその判断に迷っていた。じつはＭＯとＭＩだったのである。

そんな中で、昭和一七年五月三日、日本はソロモン諸島のツラギに上陸する。ツラギにはオーストラリア軍の水上機基地程度しかなかったが、ここが活動を続けると以降の作戦の支障となるため、真っ先に攻撃を受けたのであった。

ソロモン方面における日本海軍の活動に関しては、米太平洋艦隊はある程度把握してした。しかし、彼らは日本軍はミッドウェー攻略を計画しているとして、特に報告も警告も出してはいなかった。そこに起こったツラギ攻撃である。オーストラリア軍にとっては青天の霹靂《へきれき》であった。

彼らにとってそれが如何に予想外の事態であったかは、通信隊が最後に送った電文でもうかがい知れる。

「ニホングン　ジョウリク　キュウシンゲキ　シキ」

これは暗号文ではなく平文で打電された。「シキ」の意味だけがわからない。ただちに米太平洋艦隊のジョゼフ・ロシュフォート中佐らの暗号解読班に送られ、最終的な結論は、敵襲があまりにも急だったので、本当は「シキュウ　エングンモトム」とでも打電しようとして途中までしか出来なかったのではないかという結論となった。

このことは、さらに大きな問題を米海軍に投げかけた。米太平洋艦隊司令部が、海軍中央の分析に従いオーストラリア軍にソロモン方面の日本軍の動きを通知していれば、ツラギの奇襲は回避できたというものだ。

現実に情報が流れていたとして、ツラギ占領を阻止できたかは大きな疑問であったが、米海軍中央と米太平洋艦隊の対立は、そんなことを問題としないほど険悪になっていた。

さらに数日後には珊瑚海海戦が起こる。これは太平洋艦隊司令部にとっては悪夢であった。

米太平洋艦隊は中央への反発もあり、ツラギ攻撃は小規模であったことなどから、ミッドウェー島攻略のための陽動作戦と判断していた。このため、キング長官からMO攻略部隊に備えと命じられた時でさえ、二隻の空母を出せたにもかかわらず、フレッチャー少将の空母ヨークタウンを出しただけだった。

結果的に空母ヨークタウンは撃沈され、ポートモレスビーは日本軍の空母三隻の圧倒的な航空戦力の支援を背景にした攻撃に陥落。ニューギニア島及びオーストラリア北部の軍事バランスは大きく連合国側に不利に動く結果となった。

さすがにキング長官もこの事態に決断を下す。ニミッツ長官の解任は、半年前にキンメルを更迭したばかりもあって行わなかったが、その代わりジョセフ・ロシュフォート中佐らの暗号解読班は解散させられた。

表向きは暗号解読体制の一本化による戦力強化であったが、事実は中央が情報を握ることで米太平洋艦隊をコントロールするためだ。その証拠に身分的にはワシントンの海軍情報班に属していたロシュフォート中佐は、この中央機関には受け入れられず、戦史編纂室へと転属となった。

こうして米太平洋艦隊はこの決定的な時期に、独自に暗号を解読する手段を失ってしまう。彼らはワシントンから解読された暗号以外に非常にかぎられた通信でしか日本軍の状況を知ることが出来なくなっていた。戦後ある戦史家はこう記す。

「日本海軍の渡部大尉は、三機のB‐25を撃墜したことで、米太平洋艦隊をも沈めてしまった」と。


「何人だ？」

「五人です」

機長の西沢大尉に副操縦員の雨宮中尉は、ただ人数だけを機械的に知らせる。

「その数字には……」

「我々二人も含まれています。我々を除けば生存者は三人です」

「そうか」

西沢もそれ以上言うことはない。いまさら何を言うことがある。

「我々はいまどこを飛んでいるのでしょうか」

「ミッドウェー島の近く。それ以上はわからん」

そういいながらも、西沢大尉は視線を計器類に走らせる。しかし、計器類は相変わらず意味不明の数値を示すだけだった。高度計や速度計は正常に動いているらしいが、じっさいのところ本当にそうなのかどうかわからない。

彼らは自分たちの方位さえ把握していなかった。なぜならば、彼らは雲の中を飛行していたためだ。雲の中なら敵機に見つかるはずもない。

「発動機はどうなのだ？」

「いまは順調に動いています。整備員の話では」

「機関員は？」

雨宮は沈黙し、西沢もその意味を理解する。海軍の二式輸送機――ということは、とりも直さず陸軍の一式輸送機も――は安定した飛行を実現するために、専属の機関員と整備員が常駐していた。基本的にこの輸送機は正副操縦員、機関員、整備員、通信の五名で操縦する。

機関員はエンジンの調整を、整備員は機体内部の整備を行うのだが、整備の中心はやはり発動機であり、二人の職掌《しょくしょう》は大幅に重なっていた。ただ機内での部署が異なっていた。どちらかが倒れても、離れた場所にいるもう一人によりエンジン調整は行える。これにはそうした意味がある。

そしてそのことの正しさが、いま西沢大尉の二式輸送機で確認されようとしていた。機関員はすでにこの世の人ではない。のみならず現在の状況では西沢たちも遅かれ早かれ機関員の仲間になりかねなかった。

「発動機は順調か。くそ、だったら最初から順調に動いてろ！」

西沢はそう悪態をついてみるが、それ以上は何も言わない。言葉で状況が変わるなら、悪魔を讃《たた》えることとていまの彼なら躊躇《ちゅうちょ》しなかっただろう。

彼らは海軍陸戦隊の人間だった。緒戦における陸海軍空挺部隊の活躍は、大本営に大きな印象を与えていた。戦艦は飛行機で沈み、いままた飛行機が陸戦を劇的に変えつつある。本次大戦は航空機の闘いという印象からすれば、空母と空挺は彼らの中では同じカテゴリーの中にあった。

さすがに陸海軍ともに師団規模が航空機で移動するような部隊運用まで考えてはいない。日本の国力から、それはまず実行できないだろうし、それ以前に大本営は航空機の有用さは認識したものの、それは古い軍事思想の中での航空機の認識に過ぎない。航空機を用いた最適な軍事力の構築という発想ではなかった。

それでも空挺部隊の考えは陸海軍、特に海軍に大きな影響を及ぼした。これは大所帯の陸戦兵力である陸軍と小規模な陸戦兵力である海軍陸戦隊との違いだろう。陸軍の全部隊の空挺化は不可能だが、海軍が主要な陸戦隊を空挺化するのは容易だった。

特に二式輸送機乙型――とは陸軍の乙型の海軍版。生産ラインも同じ――の採用から、落下傘部隊を養成しなくとも、既存の陸戦隊を空挺部隊として運用できる点は大きかった。このため海軍陸戦隊は編成を変えられ、一部の陸戦隊は固有の航空隊を有するようになっていた。

二式輸送機乙型とそれを護衛する戦闘機、そしてそれらで選ばれる地上部隊と、航空機の整備要員という編成だ。簡単に言えば、小規模の航空隊と、輸送機で運べる程度の陸戦隊を一つの戦術単位としたものである。

そして、この陸戦隊の初陣がミッドウェー島攻略作戦だった。第一航空戦隊の空母により制空権を確保すると同時に、空挺部隊がミッドウェー島の飛行場に強行着陸し、島の内外から攻撃するというシナリオだ。

二式輸送機は軽戦車なら一両、豆タンクなら二両運ぶことが出来る。重火器を持てない空挺部隊にとって、これは福音であった。そして西沢大尉らの輸送機は、九四式重装甲車を二両運んでいる最中だった。

ところが、基地を出発してからしばらくして、空挺部隊の中で西沢機だけがエンジントラブルに見舞われた。速力が急激に低下し始めたのである。しかし、彼らは帰還しようとはしなかった。

すでに工程の半分を過ぎ、基地に帰るよりミッドウェー島に向かった方が近いというのが一つ。さらに大きかったのは、自分たちは戦車を輸送しているということだった。

空挺部隊用の戦車は彼らだけが運んでいるわけではなかったが、二両の九四式重装甲車の存在は、空挺作戦を進める上で少なくない戦力となる。これをミッドウェー島へ運べるかどうかで、戦死者の数も変わって来るはずだった。

重量物を搭載していることもあり、基地に戻るには燃料が足りない。彼らにはこのままミッドウェー島に向かうより選択肢はなかった。

空挺部隊の投入は、奇襲が重要であるため無線機は使えなかった。彼は僚機に対して窓から翼を振ったりライトを点滅させるなどして、遅れて行くことを伝える。

この段階では、西沢機の不運は単なる遅れだと思われた。だが不運は、それだけにとどまらなかった。

「機長、あれは何でしょう？」

雨宮が空の一点を示す。そこには幾つか黒い点があった。それは、はっきりしないが飛行機に見える。

「追いついたのか、まさかな」

「一航艦の攻撃隊でしょうか」

「いや、それだと時間と場所がおかしい。数も中途半端だしな」

機影らしいそれは四つ。どうやら輸送機のような大型機ではなく、単発の小型機らしい。こちらに向かってくるようだが、どうにもはっきりしない。

「ミッドウェー島の敵機か」

「方向がまるで違いますが」

「ならなんだ……まさか空母か？」

「そんな馬鹿な。ミッドウェー島方面に空母は展開していないはずです」

連合艦隊が無線傍受などで把握しているかぎり、ミッドウェー島方面に空母はいないはずだった。幾つかの周辺情報を総合すると、米海軍中央と米太平洋艦隊の間はどうもしっくりいっていないらしい。捕虜の尋問などによっても、それを否定する材料はなかった。

この捕虜というのは補給部隊の人間たちで、事故で船が沈没し、漂流していたところを哨戒任務に就いていた日本海軍の飛行艇に発見されたものである。

生死の境を彷徨《さまよ》い極限状態にあったためか、彼らは暗号関係の書類こそ退艦時に処分していたものの、他の事務的な書類は処分していなかった。そしてこの書類を解読すると重要な事実が明らかになる。

それは補給計画の修正に関する命令書で、米太平洋部隊の空母群は、日本海軍のMO作戦に備え待機すべしというものだった。そして、わざわざ「ミッドウェー島方面での空母による作戦行動は禁じる」と記されていたのである。

飛行艇が発見しなければ、補給部隊の人間たちは死んでいたわけで、これが謀略とは思えない。日本海軍は赤十字に彼らが日本軍の捕虜になっていることをMI作戦終了まで伏せることとし、作戦を実行する。

MI作戦の目的は明快である。ミッドウェー島の占領だ。だから空母がこの方面にないというのは、空挺作戦を行う上でも好都合だった。

だがその前提は、いま崩れつつある。目の前の飛行機。あれは何なのか？

それでも西沢大尉は、このことをすぐには無線で報せたりはしなかった。無線封鎖ということと、不用意な電波の発信が、味方の空挺部隊の奇襲効果を奪うことを恐れてである。相手が何者か、はっきりわかってからでも遅くはない。

その判断が妥当だったかどうか。西沢にはいまもわからない。四つの黒点は、四機の敵戦闘機であった。F4Fワイルドキャットである。

銃撃は一方的だった。彼らの輸送機に武装はない。反撃など出来ようはずもない。

「来るぞ！」

西沢大尉に出来たのは、機内に向かってそう叫ぶことだけだった。それでも最初の一機は操縦で何とかかわすことが出来た。敵の戦闘機隊の技量は、それほどでもないらしい。

先頭の一機とその後続機は、西沢機に一発の命中弾も出さないますれ違って終わる。しかし、相手の技量の稚拙をいつまでも頼るわけにはいかなかった。

三機目のパイロットは、少なくとも最初の二機よりは状況判断が正しかった。僚機と示し合わせ、西沢機に機銃弾を浴びせてくる。

六丁の一二・七ミリ機銃弾が輸送機に向けられ、機体を貫く。それらの幾つかは搭載していた九四式重装甲車の車体に当たり、装甲を貫通しないまま跳弾となって機内の人と物を傷つけた。結果的には機内の損害を大きくしたのは、この跳弾であったかもしれない。少なくとも何人かの人間は、これにより命を失っている。

西沢大尉にとって数少ない幸運は、どういうわけかこんな時になってエンジンの不調が直ったことと、二式輸送機の構造が想像以上に頑強なことだった。華奢な機体であれば、とうの昔に分解していただろうに、機体は孔だらけになりながらも飛んでいる。

おそらくは原型が旅客機という点が良かったのかもしれない。田島という人間の強力な個性が、この飛行機を旅客機として生存性の高いものとしていたからだ。

「三番発動機から火災！」

「消火装置作動」

計器には発動機の火災を知らせるランプが点灯する。雨宮が消火装置を作動させると、エンジンの火災はおさまった。計器でも火災のランプは消え、目視でもそれは確認される。すぐに三番エンジンの燃料系統を切断し、燃料供給を止める。

計器を信じるかぎりエンジンは止まっている。そしてそれは、やはり目視と高度計で確認された。エンジンは止まり、機体は高度を下げている。

この二式飛行機の消火装置は二酸化炭素式ではなく、発泡式だった。田島らの実験によると、炭酸ガスよりも確実にこちらの方が消火が出来たためである。この辺は日本のシール技術の問題とも関係する。

「おい、副操縦員、後ろの連中と一緒に固定索を外せ！」

「固定索を……捨てるんですか、戦車？」

「あれを捨てれば軽くなる！」

機体の高度は下がりつつあり、戦闘機隊はなおも彼らを狙う。時間はなかった。

固定索を外す作業は、しかし、容易ではなかった。作業が出来る人間が三人しかいなかったからだ。ほとんどは死んでいるか、死につつある。

それでも雨宮は他の三人と共に固定索を外す。その間も銃弾は彼らの機体を貫いた。戦車の陰にいなければ、またも跳弾で死人が出ただろう。だが銃弾の数はすでに馬鹿にならない。雨宮たちには機体がいつちぎれるか、それればかりが気が気でなかった。

「外しました！」

「よし、しっかり捕まっていろ。荒行に出るからな」

荒行の意味が彼らにはすぐにわかった。機体後部のカーゴランプが降りていく。よほど孔が開いているのか、予想したような突風が機内を走るようなことはなかった。

このカーゴランプが降りたことで、西沢機の速力は急激に二十数キロ低下した。

それが良かった。なかなか墜落しない西沢機に業を煮やしたのか、戦闘機隊は操縦室めがけて正面から銃撃をかけてきたからだ。それがこの速力低下でタイミングが狂った。

銃弾は意味のない空間を貫き、その後を西沢機は通過する。そして彼はここで機体を急上昇させる。

間が悪いというか、運が悪いというか、ともかく悪い星のもとに生まれる人間はいる。この時のF4Fの一機がまさにそれだった。

彼はこの時、後方から西沢機に接近を試みた。機体後部のカーゴランプが下がった時にも、それをさほど気にとめはしない。むしろ機内に直接銃弾を叩き込めると内心喜んだほどだ。

彼は後方の僚機と連絡を取り、襲撃のチャンスをうかがう。まさにそのタイミングである。

あろうことか真正面から戦車が降ってきた。もちろん彼は死ぬまでそれが何であるか理解できなかった。戦車のようなものが降ってくるとは思ったが、それ以上のことを考えるだけの時間は彼の人生には残されていなかった。

Ｆ４Ｆ戦闘機は、二式輸送機から捨てられた戦車と正面衝突し、瞬時に一つの金属塊となって落下する。第二次世界大戦を通して、空中で戦車と正面衝突して戦死したパイロットは、このＦ４Ｆ戦闘機のパイロット――ジョージ・ブッシュさん、二〇歳――が最初で最後であった。

しかし、彼らの不運はまだ続いていた。二式輸送機から投下された九四式重装甲車が僚機と衝突したのを見た後続機は、自分にも接近しつつある戦車の姿を認めた。

そして彼は、反射的にそれらに引き金を引く。引くべきではなかった。六丁の一二・七ミリ機銃弾の何発かが戦車に命中してやはり跳弾となり、そのうちの一発がパイロット自身に命中する。

運のない人というのは、運がない時にはとことんないもので、この一発の跳弾は真正面から頭部を貫通した。こうして彼も自分に何が起きたのか理解できないまま即死した。すべてのプロセスを知ったなら、死んでも死にきれなかったことだろう。

戦闘機隊は四機のうち、半分が瞬時に原因不明で撃墜されたため、急いで帰還する。西沢機もこの機を逃さず雲の中に入った。仲間など呼び込まれてはたまらない。今度は確実に仕留められるだろう。

ここにきて西沢大尉も無線通信の必要性を痛感した。そこで連絡を入れようとするも、彼の幸運もそこまでだった。

「無線機が使えません」

整備員の悲痛な声は、機内全員の気持ちを表していた。

「修理できるか！」

「わかりません。が、やれるだけやってみます」

じっさい西沢機の損害は大きかった。飛ぶと言うことでは飛んではいるが、無線機は故障しており、他の計器類もどこかおかしい。自分がどこに向かって、どこを飛んでいるのか、彼らにはまるでわかっていなかった。それが彼らの現状だった。

無線機が直ったらしいという整備員の報せは襲撃から二時間近く経過してからもたらされた。

「基地か艦隊と交信できるんだな！」

「残念ながら、それは……」

「どうしてだ。無線機が直ったんじゃないのか」

「直したのは送信機です」

それはこういうことだった。

Ｆ４Ｆの銃撃により無線機は送信機も受信機も破壊された。しかし、両方の使える部品を組み合わせれば、送信機は修理可能だった。幸いにも送信機の重要な真空管である送信管は無事だった。壊れたのは一般的な増幅などに用いる真空管だったのである。そしてそうした真空管は統制され、規格が——のちの世の基準では規格の名に値するようなものではないが——定められており、運が悪くなければ互換性があった。

さらにこの整備員が、たまたまラジオマニアであったことも幸いしたと言えるだろう。そうでなければ、壊れた送信機と受信機から使える送信機を作り上げるような真似は出来ない。

じっさい修理と言っているが、送信機の真空管を一本減らすなど、オリジナルの回路とは変更が加えられている。並の整備員にできるような芸当ではなかった。

いまの状況では敵空母の存在を報せることが重要であり、こちらが周囲の状況を知ることではない。知るに越したことはないが、出来るのは送信か受信のどちらかである以上、決断が迫られた。そして、彼は送信を選択したのであった。

「それ、電波はちゃんと出ているんだろうな？」

「出ているはずです」

通常の送信機には、それを確認するための機能も備わってはいるのだが、現状ではその装置は機能していない。送信機の真空管の状態から、機械として正常に作動しているらしいことを予測するよりなかった。

西沢は整備員に状況を報告するように命じた。通信員はすでにいない。

整備員はラジオマニアなので、モールス信号については心得があった。が、海軍暗号の作製の仕方については知らなかった。というより彼は通信員が電文を暗号化したり、復号したりしているという行為そのものを理解していない。それは通信員が機内の整備が出来ないのと同じだ。

整備員は躊躇《ためら》うことなく、暗号化されていないまま平文で自分たちの状況と、空母がいるらしいことを打電する。

「機長、ここはどこでしょう？」

当然の疑問だった。さっきから雲の中を飛び続け、方位も何もわからない。西沢大尉は操縦を雨宮に任せ、自分は後部の航法席に移動する。そこで予備の六分儀を取り出す。機体の固有装備である機内六分儀はやはり破壊されているからだ。

カーゴベイの中は明るくなる。そしてその壁面には細かい血しぶきと、部位さえもわからない細かい肉片がこびりついている。そうしたものを太陽の光は明るく照らし出す。

太陽が照らしたもの。それは地獄絵図ではない。単なる戦場の現実に過ぎない。
太陽の当たっている方向では、機体の壁面に無数の星空がある。星の一つ一つが、機銃弾で貫通された孔だ。そこからも太陽の光は入り込む。それも現実。

白く明るいカーゴベイに、血しぶきと肉片がまき散らされる。西沢は日華事件にも参加したことのある軍人だ。戦場がどんなところか知っているという自負もあった。

だがそれは傲慢であることを、太陽が教えてくれた。血しぶきと肉片。自分らが撃ち込む機銃弾で、人間は人から容易に物になる。人を殺すという行為さえ、人を物にしてしまうことに比べれば、まだしも救いがあるように西島には思えた。

彼は吐き気を抑えながら、六分儀を持つ。機体は孔だらけだが、それで良かったと思う。少なくとも孔が開いているから臭いだけは気にならない。

西島は測定を終わる。まっすぐ飛んでいたつもりだが、かなり風に流されていたらしい。しかし、ミッドウェー島には比較的近かった。すでに空挺部隊は島に強襲をかけているはずだ。

その時、二式輸送機は大きく傾いた。

「どうした！」

「敵機です！」

機体は再び雲の中に遁走《とんそう》する。その刹那《せつな》、西沢は雲の切れ目からはっきりとそれを確認した。

「いたぞ、空母だ！」


接近戦で物を言ったのは、銃でも銃剣でもなく、スコップだった。あるいは拳銃があればそれが最善だったのかも知れないが、日米双方ともに拳銃の数は少なかった。

「危ない」

佐伯曹長が振り向いた時、そこには銃を逆さまに持った米兵がいた。その銃は見るからに銃として使い物にならないことはわかった。しかし、長い鉄の塊は、頭に叩きつければ簡単に人を殺せる。

この時、佐伯曹長が持っていたのは、三八式歩兵銃だった。海軍陸戦隊の装備は陸軍の最新式の装備よりは古いものがある。そして輸送機で敵前に降下可能となったため、陸戦隊の装備にはアンバランスな面があった。サブマシンガンを装備している陸戦隊もあるが、今回の作戦では装備されていない。

　空挺の奇襲により滑走路は瞬時に占領され、敵は降伏するというシナリオが考えられていた。過去の南方方面のメナドやパレンバンでの陸海軍の空挺作戦は、そうだったからだ。

だがこのミッドウェー島は違った。なるほど軽戦車や重装甲車の投入で滑走路の占領は短時間に成功していた。だが空挺部隊はそれより先の前進を阻まれていた。海兵隊を中心とする米軍兵士はこんな珊瑚礁に塹壕を掘り、障害物を造り、陣地を構築し、頑強な抵抗を止めようとしない。

　陸戦隊は、塹壕を一つ一つ白兵戦で攻略するという状況に陥っていた。

　このことは第一航空艦隊の作戦にも影響を及ぼしていた。急降下爆撃機や機銃掃射で地上の陸戦隊員を支援しようにも、白兵戦で敵味方が入り乱れる状況では、迂《う》闊《かつ》な攻撃は同士討ちになりかねない。結果的に対空火器などを地上部隊ではなく、航空兵力で叩くことになるのだが、それは急降下爆撃機を中心に当初の計画以上の犠牲を出す結果となっていた。

だが陸戦隊員たちは前進を止めなかった。攻撃は最大の防御。ここで攻勢を止めれば、すぐに米軍は彼らを潰しにかかるだろう。混乱は航空隊の支援を受けにくくしていたが、同時に相手の戦力を混乱させ、集中を難しくするという効果もあった。

「てぇーっ！」

意味のわからない叫び声と共に佐伯曹長は動いていた。小銃を向ける暇などない。彼は咄嗟《とっさ》に銃口を前にする形で、それを横払いに振り回した。銃床を前にすべきというのは後から言えることで、咄嗟に出来るのはこんなことだ。

それは確かに相手にそれほどのダメージは与えられなかったが、ともかく鉄砲を脳天に叩きつけられることだけは避けられた。

すぐに佐伯曹長は槓桿《こうかん》を操作しようとする。だがあくまでも銃に頼ろうとしたのが、せっかくのタイミングをふいにする。目の前の米兵は彼の小銃を摑むと、それを奪おうとし始めた。

佐伯は、その米兵が自分よりは二〇センチは背が高いことに初めて気がついた。空から覆い被される。それは彼が、その時感じた正直な気持ちだった。

あるいは彼がそう思った瞬間、勝敗はついていたのかもしれない。米兵は小銃を力任せに奪いとると、それを佐伯に向け引き金を引く。

――いつもの銃声とは違う音。

佐伯がそう思った時、米兵は塹壕の下に血だらけでうずくまっていた。横には銃身が破裂した小銃がある。どうやら銃口に砂か何かを詰めてしまい、そのまま槓桿を操作してしまったらしい。あのまま引き金を引いたら、佐伯がこうなっていた。

米兵は生きていた。手首を吹き飛ばされ、出血も激しかったが生きている。しかし、佐伯は何も出来なかった。さっきまで自分を殺そうとしている人間が死にかけている時、どうすればよいのかわからなかったからだ。どうする。

「前進！」

佐伯は逃げると言うより、前進という命令に促され、その血だらけの米兵を放置して前進する。

罪悪感はなかった。ただ生きていて嬉しいとも思わなかった。ただ憂鬱だっただけだ。そして彼は、次の塹壕に飛び込む。気がつけば彼は、あの米兵が捨てた壊れた小銃を持っていた。

「謀略の可能性はないのだな」

「それは考えなくてもいいでしょう」

第一航空艦隊は、その少し前から、行方不明の二式輸送機からの報告に少なからず衝撃を受けていた。


——米海軍の空母はいない。


それが作戦前の状況分析であった。それが間違っていたというのだ。もちろん発見された空母は一隻、対して第一航空艦隊は空母瑞鶴も修理を終えたこともあり、依然として空母六隻を有していた。一対六で恐れるものはない。

彼らが問題としていたのは、空母の数ではなかった。ないはずの空母がいるという現実に対してだ。自分たちの状況分析に間違いがあったなら……。

彼らがこのことを問題とするのは、空挺部隊が滑走路こそ占領したものの、その後の前進が芳《かんば》しくないためだ。この計画の齟齬《そご》はどこに由来するのか？

こんなことがここで問題となる背景には、ミッドウェー島攻略作戦そのものに対して、反対意見が多かったこともある。無茶な作戦だからうまくいかないのだという意見だ。ただそんな情緒的な話をここでする人間はいなかったが。

より切実な問題も別にある。南雲長官の第一航空艦隊が敵空母の存在に神経質になるのには、大きな理由がある。戦闘機である零式艦上戦闘機に問題があったためだ。それもたった一つの。

零式艦上戦闘機は二〇ミリ機銃装備という火力の点で優れた戦闘機であった。だが問題は、まさにこの二〇ミリ機銃にある。

じつは第一航空艦隊の席の温まる暇もないほどの連戦により、この二〇ミリ機銃弾の生産が間に合わず払底《ふってい》状態にあったのであった。何しろこの年の一月にはドイツにまで発注するという騒ぎになったのであるから事態は深刻であった。二〇ミリ機銃が使えなければ、七・七ミリ機銃二丁しか零式艦上戦闘機は使うことが出来ない。戦闘力の低下は明らかだ。

もっとも弾道特性の違いから七・七ミリ機銃の方が二〇ミリ機銃よりいいと言う意見もなくはない。しかし、それも両者を比較しての話であり、二〇ミリ機銃に弾がないことを肯定するわけではないのだ。つまり、第一航空艦隊の艦戦は艦爆でもないのに爆弾を抱えていたのである。

もちろん特定の航空戦隊に機銃弾を集中し、その戦闘力を高くするという采配も考えられなくはない。だが日本の場合、ある面で平等が非常に重視——別のある面では非常に軽視——される。

特定の部隊にだけ資源を集中するというのは「平等」という面で内部的に大きな問題を生んでしまう。このため、機銃弾は六隻の空母で平等に補充されていた。だからどの戦隊も「平等」に機銃弾不足という問題を抱えていたのであった。敵空母との空母戦など、可能であれば避けたいところだ。しかし、相手のあることであり、すべてがこちらの思惑通りに進みはしない。

「空母は一隻なのだな」

「報告ではそうなっております」

草鹿参謀長に対して別の参謀が異議を唱える。

「目撃された空母が一隻だけであって、空母が一隻しかいないということにはならないと思いますが。そもそもここには空母はいないはずだったのです。にもかかわらず空母がいる。

ならば、発見された一隻が空母のすべてであるとは言えないのではないでしょうか」

「くだらん議論はもういい！」

そう言ったのは草鹿ではなく源田参謀だった。

「敵空母が一隻だろうが二隻だろうが、一航艦の前にどれほどの違いがあるというのだ。どれほどの違いが！」

「敵空母の数が不明というのは軍事的に……」

「聞いたような口をきくな！」

源田は海軍参謀が同じ海軍参謀に対して使うには、あまりにも無礼な口調で相手を一喝する。それは議論の終了を意味していた。

「米太平洋艦隊には空母が何隻あるか。一隻かもしれん、二隻かもしれん、三隻あることも考えられよう。

だが、六隻はない！　我が航空隊は歴戦の勇士ばかりだ。数で勝り、質で勝る我々に一隻や二隻の空母がどうだというのだ」

そして源田は急に改まった口調で、南雲に向かう。第一航空艦隊司令部には自分と長官さえいれば十分だとでも言うように。

「いまこの空母を放置すれば、あとあと厄介です。敵空母の現状位置さえわかっているいま、早急に航空隊を送るべきです」

「送るとして、誰を？」

草鹿の問いに、源田はしばし沈黙する。

「そう、さなぁ……」

「航空参謀、誰を出撃させるべきか、それを決めるのは長官か、航空参謀か、どちらなのだね？」

草鹿の冷笑に源田は顔を紅潮させたが、ここで感情を爆発させるほど彼は愚かではなかった。知的ではないにせよ、源田には知恵はある。

「もちろん長官だ。本職は職域として、長官に適切と思われる意見を具申するだけである」

「で、その適切な意見とは？」

「幕僚として意見を具申するのは本職よりも、まず参謀長の職務ではないのか！」

「貴官が参謀長という職があることを覚えていてくれて安心したよ」

そして彼は源田など相手にはしないと言わぬばかりに、長官に問う。

「長官のお考えは？」

「五航戦を出す」

五航戦の名前は、その場にいる誰にとっても予想外の名前であった。誰もが練達の一航戦もしくは二航戦の名前を予想していたからだ。

「珊瑚海の雪辱を晴らさせてやれ」

南雲司令長官のこの言葉は、良くも悪くも「情の人、南雲忠一」を決定づける一言となる。

戦後に一航艦の幕僚だった人々は、自伝の中でミッドウェー島について頁を割いてきた。その内容は客観的なものから自己弁護に終始するもの、事実関係を意図的にねじ曲げるものなど様々である。

あさましい事実ではあるが、艦隊参謀は海兵の成績で選ばれるわけで、人間性で選ばれるわけではない。知性と人格の備わった人間も参謀にいれば、ただ秀才であっただけの人間もいる。そんな玉石混淆《ぎょくせきこんこう》の体験談ではあるが、この南雲忠一の一言だけは必ず引用している。

しかし、じつは南雲忠一自身は、この言葉を決して情から言ったわけではなかった。彼は簡単に情に溺れるような人間ではない。かつては剃刀とまで言われた男だ。

彼が五航戦の名前を出したのは、それを源田も草鹿も考えていないことがわかっていたからだ。源田は一航戦、草鹿は二航戦を考えていた。自らの参謀が考えそうなことは、長官たるもの把握している。

だからこそ、彼はあえて五航戦の名前をあげた。一航戦や二航戦の名前をあげれば、司令長官が対立する参謀のどちらかの肩を持つ形になる。ミッドウェー島攻略作戦という一大作戦の最中に航空参謀と参謀長が対立するなどあってはならないことだ。そうであれば残された選択肢は五航戦ということになる。

これとは別に彼の「珊瑚海の雪辱を晴らさせてやれ」という発言について、練度の低い五航戦に実戦の機会を与えるためという解釈もあるが、それは間違いである。じつは全体で見ると、この時期の第五航空戦隊は他の戦隊よりも戦力的には勝っていた。なぜかと言えば、第一航空戦隊と第二航空戦隊は真珠湾以来の熟練搭乗員の多くが陸上基地に転属になり、戦力の中心が代替要員になっていたためだ。

熟練者が陸上基地に転属になったのは、多くが教官としてである。すでに日本は真珠湾から半年の間に、少なくない数の熟練搭乗員を失っていた。それらの補充と育成には教官が必要だが、それらは実戦部隊で賄わねばならない。個々の搭乗員の技量は高かったが、海軍航空隊全体の人材育成システムは人材の大量養成にいまだ成功しているとは言いがたい状況だった。

日本は前線から熟練搭乗員を呼び戻してでも人材を養成しなければならなかった。アメリカに対して圧倒的に有利に見えながらも、その戦力はすでに危険な状態だったのである。

結果的に、現状では第五航空戦隊に最も熟練搭乗員が多い――正確には、搭乗員の飛行時間の平均が最も長い――というのが現実だったのである。島の占領は空挺と後続の陸戦隊・陸軍部隊と考えていたならば、敵空母にはもっとも練度の高い部隊と考えるのは当然だろう。

多くの手記では、源田と草鹿は南雲司令長官のその一言に感動したことになっている。もちろん感動した部分もあったかもしれない。だが二人がじっさいに感じていたのは、恥であったらしい。

源田と草鹿にとって、南雲の返答は航空参謀と参謀長のどちらを選ぶのか、その判断を迫るものであった。だが南雲は、そのような私闘にかかわるつもりはないことを五航戦の名前を出すことで二人に示した。彼らは、そう解釈したのであった。

「確かに五航戦にも……」

「雪辱を晴らす機会が必要ですか」

二人の参謀は、そうやって南雲に自分たちの考えを示した。私闘はつつしむと。

こうして第五航空戦隊が動き出す。

　さて、西沢大尉が発見したのは、やはり空母であった。存在しない空母が存在した理由。空母が存在しないと判断していた艦隊司令部の分析は、じつは正しかった。じっさい米海軍中央も、そこに空母がいるなどとまったく知らなかったほどである。彼らは独自の通信施設により、西沢大尉の無線を傍受し、はじめて空母部隊がミッドウェー島近海に進出していることを知ったくらいなのだ。

　これもまた、中央と現場の意見の対立の結果であった。米太平洋艦隊司令部は中央への反発とともに、自分たちの分析こそが正しいと考えていた。何よりも彼らは、日本海軍と直接ぶつかるのは自分たちであるという自負がある。ワシントンあたりの官僚たちによる勝手な言い分で、自分たちの作戦計画に掣肘《せいちゅう》を加えられたくないという思いがある。

　キング長官が立案した日本爆撃計画が大失敗に終わった結果、太平洋艦隊が貧乏籤《くじ》を引くこととなった。ミッドウェー島が万が一にも日本軍に占領された場合、その責任は太平洋艦隊がとらされることになる。少なくとも責任を中央が率先してとるとは思えない。

　こうした考えから、米太平洋艦隊は空母の移動を禁じられていたものの、独自にミッドウェー島の兵力増強には着手していた。彼らは米海軍司令部の了解のもと、航空機輸送を行っていた。

　ただしその航空機を輸送していたのは、空母であった。そして航空機の輸送に関しては中央の了解をとりながらも、その具体的方法に空母を用いることは伏せていた。ミッドウェー島に何かあった場合、この空母がものを言う。

　過去の日本軍の闘い方の分析から、米太平洋艦隊は、南雲機動部隊がじつは防衛に関して必ずしも兵力を割いていないことを突き止めていた。だから航空隊がミッドウェー島の攻撃に全戦力を投入している時に、空母に奇襲をかけることで、日本海軍に大打撃を与えることが可能であるはずだった。

　大打撃を与えられないまでも、日本海軍のミッドウェー島攻撃は米空母の存在により大きく掣肘を受けるだろう。場合によっては作戦中止もあり得る。

　そして、米太平洋艦隊にとってより重要なのは、ミッドウェー島を死守出来ても出来なくても、メリットがあるということだ。

　ミッドウェー島を失ったならば、その理由は海軍中央の不適切な命令によるものだと主張できる。死守出来たなら、自分たちの判断こそが正しいことを証明できる。どういう結果になるにせよ、日本海軍がミッドウェー島を攻撃することが、米太平洋艦隊がフリーハンドを握る根拠となるのだ。

こうした理由から、米太平洋艦隊はミッドウェー島に空母を派遣したのであった。表向きの理由は航空機輸送だが、本音はミッドウェー島の防衛にある。そしていま、米太平洋艦隊の予測は的中したのであった。

「空母の数は不明か」

第五航空戦隊攻撃隊の総指揮をとるのは嶋崎重和飛行隊長であった。艦攻、艦爆を中心に艦戦を伴った攻撃隊は、ほぼ六〇機。

それは巨大な戦力であった。そして第五航空戦隊の搭乗員たちは、おそらく世界で最も実戦経験が豊富な搭乗員と言っていいだろう。

しかし飛行長からの情報は、嶋崎少佐に一抹の不安を与えていた。

「敵空母の数は一隻ではないのですか」

嶋崎の問いに飛行長は事実を伝える。

「確認されているのは一隻だ。ただそれ以上はわからん」

敵空母を発見した二式輸送機は、敵襲により無線機が破壊され、彼らは修理したそれで報告を行っていた。このため、彼らには詳しい情報を問い合わせることができなかった。受信機が使えないためである。しかも現場の修理では限界があったのだろう、送信機の電波もだんだんと不安定になり、ついに真空管が切れたのか、電波は途絶してしまう。

二式輸送機が二隻目の空母の存在を報告していない以上、一隻だけと判断することも可能ではあった。だが第一航空艦隊司令部は、そうは単純な結論は出さなかった。いや、出せなかった。

空母一隻といえどもその存在を把握することが出来なかった以上、他に空母が存在しても、それの存在に気がつかない可能性は少なくない。

彼らがそう判断した根拠は、自分たちの戦力だった。今回の作戦は空挺主体であり、空母六隻とその支援艦艇、さらに陸軍部隊の輸送船団を護衛する部隊の大きな二つの艦隊により編成されていた。連合艦隊主力は相変わらず軍港に碇《いかり》を降ろしたままだった。無駄に石油を使うこともないからだ。それにポートモレスビー攻略後ということもあり、その方面への艦隊の展開も必要だった。

そういう意味では、連合艦隊の一部の戦力しかミッドウェー島攻略作戦には投入されていない。しかしながら、それでも空母六隻という戦力がある。

第一航空艦隊のことは米太平洋艦隊もすでに知っている。そして、それらからミッドウェー島を防衛するために空母を派遣するとすれば、一隻という数字はあまりにも不自然に思われた。アメリカが日本の南進に備えて空母部隊の集中運用を意図としている以上、一隻で活動するはずがない。それが彼らの考えだった。事実は米海軍の御家の事情だ。

「じっさいどれくらいの空母が投入できるでしょう?」

「現実的な数字としては最大三隻。ミッドウェー島の滑走路は空挺が押さえているから、そっちからの攻撃は無視していいだろう」

「最小で一、最大で三。まぁ、中をとって二隻くらいですか」

「わからん、現状ではな」

なんとも不細工な話ではあったが、それでも司令部は五航戦のみの攻撃隊という方針を変えようとはしない。これは第一航空艦隊司令部の御家の事情である。

いずれにせよ、攻撃は実行されなければならなかった。嶋崎少佐率いる六〇機あまりの戦爆連合は、敵空母を目指す。

雲量は任務に支障を来すほどではなかったものの、少なくはない。もっとも少なくないからこそ二式輸送機は敵に発見されることなく逃げおおせたのであろうが。もっとも、いまも逃げおおせたままであるかどうかはわからない。

輸送機からの通信は完全に途絶えている。それはおそらく無線機の故障と思われてはいたが、撃墜の可能性も少なくない。こちらが空母を発見した以上、あちらが輸送機を発見することは十分に考えられる。四発の大型機だ。単発機よりも発見される可能性は高い。

嶋崎機は周囲の雲量などを確認しつつ、目標となる空母へと針路をとる。第五航空戦隊の六〇機あまりの飛行機は、教科書通りの陣形で進んでいる。先頭は艦攻隊で高度は四〇〇〇メートル。それより二〇〇〇メートル後ろを五〇〇〇メートルほど高く艦爆隊、そしてその二〇〇〇メートル後方をさらに五〇〇〇メートル高く、艦戦隊が行く。それらが高度を下げるのは、目標が確認出来てからである。

理屈の上では高度四〇〇〇メートルなら、半径二〇〇キロの範囲が見えるはずだが、それは幾何学的に水平線までの距離が二〇〇キロ以上あるというだけのこと。じっさいに目視できるのはせいぜい数十キロのオーダーだ。

だから艦攻隊にとって、それはまったく予期できなかった。

「なんだ！」

目の前を何かが光ったと思った、次の瞬間、艦攻隊の先頭機が炎上し、墜落した。その空間を明らかに戦闘機らしき機影が飛び去って行く。

状況から考えて、それらの戦闘機隊はあきらかに五航戦を待ちぶせていた。偶然にこれだけの戦闘機がここに現れるはずがない。

「空母は一隻か」

嶋崎少佐がまっさきに思ったのはこのことだった。相手が待ちぶせていたのは明らかだ。どのような手段かは知らないが、彼らがやって来ることを知ったのだ。

そうであるとすれば、この戦闘機隊の数は少なすぎる。総勢で二〇機はないだろう。複数の空母がいるならば、もっと多数の戦闘機隊が待ち受けていなければならない。

嶋崎飛行隊長は、すぐさまこの事実を打電する。

「敵艦戦部隊と交戦中。その数、二〇。敵空母は一隻と思われる」

「敵襲！」

じっさい戦闘機の数は少なすぎた。確かに最初は二、三機の攻撃機が撃墜されはした。だが奇襲効果が持続した時間は短かった。

すぐさま零戦がＦ４Ｆと空戦に入った。零戦の数は一五機。数ではやや劣る。しかし、搭乗員の練度はまるで違った。

米海軍はいまもって無傷の零戦を手にいれていない。そのため、この戦闘機とF4Fで交戦するための適切な戦技をまだ確立していなかった。F4Fのパイロットたちは、自分たちの戦闘機の性能を信じ、日本海軍の零戦と空戦中を挑み、そして散って行く。もちろん零戦隊の中にもF4Fに撃墜される機体もあった。しかし、キルレシオは圧倒的に零戦に有利だった。

空母側の思惑とは異なり、F4F戦闘機隊は阻止戦力としては機能していなかった。艦攻艦爆を中心とする攻撃隊主力は、敵戦闘機を零戦隊に任せ、そのまま空母を目指した。

敵空母部隊の姿は、すぐに水平線の彼方に見え始めた。空母はヨークタウン級らしい。艦名まではわからない。空母はやはり一隻だったが、それは予測していたことであり、いまさら驚くにはあたらない。

「何を考えているのだ……」

嶋崎が驚いたのは、護衛艦艇の貧弱さであった。その数、駆逐艦が四隻。他に艦艇の姿はない。嶋崎は一瞬、この空母部隊を本隊から日本海軍を引き離すための陽動部隊かとさえ思った。

じっさいはこれも米太平洋艦隊が米海軍中央との確執により、これ以上の部隊を動かすことが出来なかったためなのだが、むろん嶋崎にそこまでの事情がわかるはずもない。いまの彼にはこれが囮《おとり》にせよそうでないにせよ、攻撃するだけのことだ。

日本海軍航空隊の攻撃に対して、四隻の駆逐艦と空母はすでに対空火器以上の防衛方法を持ってはいなかった。彼らの戦闘機隊はすでにない。

だが、これらの艦艇の対空火器は激しかった。日本海軍の駆逐艦も対空戦闘能力はあるということになっていたが、現実は対空戦闘が不可能ではないという水準にすぎない。火砲の構造や照準装置など、一般的な駆逐艦で対空戦闘を行うのは決して現実的ではなかった。

対して米海軍の駆逐艦は両用砲を装備しており、照準装置にもその性能があったため、対空戦闘能力には侮《あなど》れないものがある。技術的には日本海軍も両用砲や対空戦闘も可能な射撃盤の開発は可能であった。ただ軍令部にそれらの必要性を考えるだけの能力がなかっただけである。意識のないところに技術の発展もない。

こうした事情もあって、攻撃隊にとって駆逐艦四隻の対空火器は予想以上に手ごわいものであった。迂闊な機動をしていた艦爆や艦攻は、たちまちそれらの火器に撃墜される。駆逐艦周辺の弾幕は決して薄いものではなかった。

それでもやはり四隻というのは、あまりにも数が少なすぎた。対空火器の薄い部分を突いて、まず艦爆が突入する。それらにも空母の高角砲が容赦なく襲いかかる。砲弾の破片により、翼をもぎとられ墜落して行く機体もある。しかし、その飛行甲板に爆弾を命中させた艦爆もあった。

最初に命中したのは二五〇キロ爆弾が二発。一つはアイランドに命中し、指揮中枢機能を一時的に麻痺させる。そしてもう一発は、飛行甲板のエレベーターから格納庫内部で爆発した。内部にはまだ飛行機が残っている。それらに引火することで空母は火災を起こした。

アイランドへの爆弾命中は、この火災に対する消火作業を遅らせたばかりではなく、対空火器の射撃指揮装置を作動不能とした。つまり空母の対空火器は、この瞬間から著しく命中率が低下する。

もっとも第五航空戦隊の将兵にとって、空母の対空火器の命中率にまで意識はまわらない。彼らの意識が向かっているのは、爆弾であり魚雷である。艦爆についで雷撃機が攻撃する。

皮肉なことに雷撃の成功をもたらしたのは、四隻の駆逐艦であった。雷撃隊は護衛艦艇の対空火器の薄い部分に殺到した結果、同時に左右両舷から雷撃を行う形となる。空母は左右どちらに逃げようとしても、どちらかの魚雷に側面を曝《さら》すことになる。そして直進すれば、やはり両舷からの攻撃が待つ。

そしてその空母は、この状況では最悪の判断をしてしまった。左舷に舵を切ったのだが、それまでの判断に迷いがあったため、舵を切るのが遅れてしまった。空母が動き出す前に右舷に魚雷が命中し、やっと左に舵を切った時、そちら側の魚雷が命中する。

大量の浸水で動きがほぼ停止した空母に対して、ふたたび艦爆隊が襲う。相手は対空火器のないに等しい静止目標。外れっこない。この時に命中した爆弾は、有効だった水中弾も含め六発。空母の命運は、それにより尽きた。

攻撃から空母の沈没まで三〇分とかからなかった。いわゆるミッドウェー海戦は、まさにこの瞬間に終わったと言える。ただし終わったのは海戦である。ミッドウェー島での地上戦は、なおも続いていた。

「撃ち方、止め！」

西沢大尉は部下たちに命じる。前方一〇〇メートルの塹壕からは米兵たちが白旗を振っていた。

「Come on！」

西沢は慣れない英語で、塹壕の米兵たちに命じる。文法が正しいかどうかは気にならなかった。何をどうすべきか、言葉よりも弾丸が雄弁に語ってくれたからだ。

塹壕からは疲弊し切った米兵たちが両手を上げて歩いて来る。その数二〇名ほどか。それに呼応するように西沢の部下たちも遮蔽物から武器を持ったまま姿を現す。疲弊という点では、日米ともに遜色《そんしょく》はない。

「こいつもよく闘ってくれた」

西沢は部下たちが出てきた遮蔽物に戦友を見るような視線を送る。じつそれは戦友だった。それはいまは遮蔽物でしかないが、三日前までは二式輸送機として空を飛んでいたのだ。

空母を発見し、ミッドウェー島に着陸した時、地上戦はまだ終わっていなかった。二式輸送機はこのため着陸時に滑走路を逸脱し、そこで飛行機としての生涯を終える。それ以降、この機体は滑走路を米兵から護り抜くための陣地となっていた。

すでに何度かの戦闘を耐え抜き、脚は折れ、翼は陣地の材料とするために分解された。そうして三日間、彼らはこの場を死守した。

地上戦が苛烈《かれつ》であったことは、輸送機の機長である西沢が、海軍将校であるという理由だけで、指揮官を失った部隊を臨時に指揮しなければならなくなったことでもわかる。海軍組織として、そのような命令系統や命令が有効であるかどうかは問題はある。はっきり言えば法的には無効だ。

だが生きるか死ぬかの極限状態において、西沢の指揮は適切であり、部下たちは自分が生きるために西沢の命令に従った。

命令を命令としていたのは、階級ではなく、彼の力量であった。階級は士官だが、力量がないために部下に射殺された指揮官がいたという噂も後に耳にしたが、西沢にはそれが嘘でも本当でも、どちらでも信じられた。航空機搭乗員が米兵の死体から奪った機関拳銃で応戦しなければならなかったような戦場だ。何があってもおかしくない。

ミッドウェー島の海兵隊員が全員降伏するのには、なお一日が必要だった。昭和一七年七月一日。多大な空挺と陸戦隊員の犠牲を伴いながらも、ミッドウェー島についに日の丸の旗が立てられた。こうしてミッドウェー作戦は終わった。

第七章　初　陣

昭和一七年七月。世間はミッドウェー島という、ほんの数日前までは世界にそんな名前の島があることさえ知らなかった島に、またも日章旗が立てられたことに湧いていた。

どこにあるのかわからないような島の占領で世間が湧いている理由は、新聞の地図にある。そのミッドウェー島なる小島は、ハワイのすぐ近くにある。ハワイが米太平洋艦隊の拠点であることは子どもでも――学校でも教えるし――知っている。

――戦争は日本の勝利で終わる！

日本の新聞は強制されてと言うより、ほとんどが積極的に世論を煽《あお》る。その方が新聞が売れるからで、煽られた世論がまた、新聞の方向性を決める。

ともかく新聞を読むかぎり、ハワイの占領は時間の問題であり、そうなればアメリカの降伏も時間の問題である。日本から和平を求める必要はなく、日本が連合国に譲歩する必要もない。そういう新聞ばかりだから、世論もまたそのように考えていた。何しろ他にメディアがないのだから、判断材料と言えば新聞程度しかないのである。

おかげで新聞はよく売れた。特に大手の新聞は、大政翼賛会がメディアの統合を必要としたこともあって、小新聞を統合した結果、それらの代替物として入り込み、市場占有率と発行部数を共に大幅に伸ばしていた。大手新聞社は戦争の受益者の一人であった。で、あれば報道の内容も自ずと決まって来る。

このことは田島泰蔵にも大きな影響を与えていた。先のポートモレスビー攻略や、今回のミッドウェー島攻略でも陸海軍の空挺部隊が目覚しい活躍をした。それらもまた新聞で大きく報道される。そして空挺の活躍の影には、常に四発の大型輸送機があった。それを製造しているのが田島の会社である。

気がつけば、彼は英雄となっていた。少なくとも愛国者として世間では通っている。

田島が自分の開発した旅客機転用の輸送機が、世間でどれほど評価されているかを知ったのは、近所の駄菓子屋に行った時だった。そこには粗末なボール紙の箱に入って、「海軍二式輸送機」と描かれたソリッドモデルのキットが売られていたからだ。

どうやら軍需生産で使った余剰の木材を適当に加工したものらしい。翼のような板切れと胴体に加工するらしい棒切れが入っている。塗装などまったくされていない。

素人考えでも、これを飛行機らしく加工するためには、相当切ったり削ったりしなければならないはずだ。ソリッドモデルとしては戦時下であることを加味しても粗悪なものだろう。

ただこのモデルを売っている業者は、少なくとも画才はあるようで、箱に描かれた飛行機の姿――たぶん新聞写真の模写と思われる――は田島から見てもよく出来ていたし、なかに入っている設計図と描かれた薄紙の図面は、四発機の特徴をよく押さえていた。

そして田島が驚いたのは、こんなソリッドモデルを近所の子どもたちが、小遣いを握り締めて次々と買いに来ることだった。空挺隊ごっこか何かに使うらしい。

日本全国の子どもたちが、同じようになけなしの小遣いを出して、こんな模型を買っているのかと思うと、田島は嬉しいと思うよりも、自分がやったことに恐くなった。それで金を儲けていることに——それが正当な経済活動による、正当な利潤であったとしても——恥ずかしささえ感じた。

だがもっと驚いたこと。それはこの粗末なソリッドモデルを購入していたのが、子どもだけではなかったことだ。海軍航空本部総務部長大西瀧治郎少将もまた、それを購入した一人だったのである。

「塗装だな、やはり」

大西瀧治郎少将は、誰が頼んだわけでもないのに全長二五センチほどの木製の模型を持参していた。こんなものを持ってこられたら、田島としても「部長が作られたんですか」とか「苦労なさったでしょう」程度のことは尋ねなければならない。尋ねられれば、苦労話を滔々《とうとう》と語りたがるのがこうした人種である。

「塗装が大変なんですか」

「あぁ、何しろ工場で余った木片、しかも一つじゃなくてあちこちの工場から集めた木片を適当な大きさに加工しただけのものだからね。胴体にしても杉や松のこともあれば、桂とかラワンのこともある。表面が磨かれているものもあれば、そうでないものもある。その辺の素材の見極めからはじめないと、塗装はうまくいかんな」

「塗粉を塗ったりですか」

「その前に汚れを落とすとかいろいろと作業がある。一番大事なのは材料の見極めだ」

「見極めるって、箱を開けて？」

「まさか。他人様の売り場を勝手に開けるわけにはいかんだろう。それは社会常識の問題だよ」

「それじゃ、わからないと思いますが。それとも一〇個、二〇個と買い込むとか？」

田島は模型のことはよくわからないが、大西にとって、その指摘はかなり金的に近かったらしい。彼は一瞬口ごもる。

「まぁ、大人買いをするという方法も……わしもしたことがないとは言わないが……いや、大人買いみたいな真似をするのは、まだまだ素人だ。わしくらいになると触っただけでわかる」

「本当ですかぁ……透視術が使えるとでも？」

「いや、材料が違うということは、重さも違う。あと堅い木と軟らかい木では振った時の音も違うわけだ。だから箱を手にとって振ってみれば、わしほどの年季を積めば自ずと中身の見当もつく」

「海軍の航空行政もそのように見積りが立つとよろしいですな」

「……………」

田島は何気なくそう言ったのだが、大西はかなりへこんでしまったらしい。海軍航空の采配に彼も相当悩んでいるのだろう。

じっさいメーカーの立場なので口にはしないが、海軍航空の試作・開発には「このような新型機の開発はいかがなものか」と言いたくなるようなものもないではない。その辺は大西も立場的に悩んでいたのであろう。しかし、大西の立ち直りは早かった。

「ともかく材料の選定さえ間違わなければ、半分は完成したも同じだ。見てみるかね？」

「はい」

立場上、拒むわけにもいかぬ。ただ大西がわざわざ持参するだけあって、その輸送機はよく出来ていた。試しに息を吹きかけてみたら、プロペラが回転したほどだ。

エンジン部分も冷却フィンの部分まで削りこまれている。真鍮《しんちゅう》を使って無線機や無線方向探知機のアンテナまで再現されている。実機を製造している田島には、その精密な再現ぶりがはっきりとわかる。

「よく、ここまで精密な細工が出来ましたね」

「何事も段取り七分だよ。幸いにも写真も手に入るからな」

大西は鞄から書類の束を取り出す。海軍の場合、航空機も艦船も部外者には影も見せないが、関係者には製造工程のあれこれまで写真に写したものが報告書とともに然るべき役職の人々に送られる。関係者そのものは、法的に定められている。

しかし、日本の官僚機構というのは、なかなか法規通りには動かない。直接の関係者でないにもかかわらず、報告がないとゴネる御仁も少なくない。そういう場合、関係者は厄介事を嫌うので、関係ないがうるさい部局にも報告を送る。これは結構、事務手続きや作業を滞らせる原因となった。

かぎりなく公私混同に近い気もするが、確かに大西の持っている写真類は精密な模型製作に役立つだろう資料であった。田島はその写真を確認しようとして、うっかり書類の束を落としてしまう。

書類の束の中に、多数の航空機の写真が混ざっているのは、大西少将の職域を考えるなら不思議はない。それらの幾つかが、陸軍の最新鋭機らしいのも、日本の航空産業を考えると解釈すれば納得できる。だが、どう考えても戦車や装甲車、その他よくわからないが占領地で発見したらしい英米の航空機、戦闘車両の写真も少なからず混ざっているのは、田島にもいささか理解しかねた。

とどめはガリ版刷りの小冊子だ。それが陸海軍の公文書の類と異なるのは、表紙を一目見ただけでわかる。何しろ妙な書体で『凄いぞ！ 帝国陸海軍秘密兵器集 伍』と描かれた――それは「書かれた」ではなく「描かれた」と表現すべき字体であった――その小冊子は、小冊子にしては製本も丁寧で、妙な執着心によって製本されたらしいことをうかがわせた。

五とあるからには、その前に一から四が存在しているのだろう。これが陸軍もしくは海軍の資料であれば、「帝国陸海軍」という表記はしないはずだ。よしんば海軍がそのような資料を作成するとしても「帝国陸海軍」ではなく、「帝国海陸軍」とするだろう。それはつまり公的な機関のものではないことになる。だいたい公文書に「凄いぞ！」はなかろう。

「総務部長、この同人誌のような資料は何です？」

田島が拾い上げたその小冊子を奪い取った大西の手の動きは、田島には確実に音速を突破しているように思われた。

「こっ、これは陸海軍の秘密兵器に関する資料だ！」

「それは表紙を見ればわかりますが……どうして陸海軍なんですか？　陸海軍と描いてあるからには、陸軍のものでも海軍のものでもありませんよね？」

「いや……陸軍と海軍のだよ」

「陸軍と海軍？」

「細かいことにうるさいなぁ……あぁ、だからあれ、あれだよ、そ、総力戦だ。これからは総力戦の時代だろう。だから陸海軍という垣根があってはならんのだ。陸軍は海軍のことを理解しなければならず、海軍もまた陸軍を知らねばならない。だからこうして陸海軍の有志が互いに研究会を開いているわけだ」

「なるほど……ですが、総務部長」

「なんだよ、まだなんかあるのか」

「この裏表紙の印刷所というのは、私の記憶では民間の、どちらかというといかがわしい雑誌などを印刷している印刷所だったと思いますが」

「どうして田島社長にそんなことがわかるんだね！」

「いえ、その外神田にある印刷所って、妻の実家の近くですから。なんか幼い少女の春画めいた雑誌とかを印刷しているので、近所でもいろいろと風紀が乱れるとか問題になっているんですよ。近所も警察に取り締まってもらおうかと相談しているくらいで」

「えっ、あそこ、そんなに評判が悪いのか」

「やはりご存知なんですか」

「……だからさぁ、陸海軍の秘密兵器だからぁ、そういう目立たない印刷所に頼むのが一番なんだ。いかがわしい雑誌を出しているから、万が一にも情報が漏れても誰も信じないだろう」

「まぁ、春画とか同人誌の印刷で食ってるような印刷所でしたけどね。たしかに信じないと言えば信じませんか」

「そうだよ、木を隠すには森の中というだろう」

「言いますが、この場合とは違うと思いますが。でも、やはり民間に印刷させるのは……」

「だから、総力戦と言っただろう。戦争は軍だけでは駄目なんだ。民間の力を活用して、はじめて長期持久体制が確立するんだ。じっさい民間人でも志ある人物には、この資料を見てもらったりするんだ」

「同人誌を売ることはないんですか」

「……だから愛国の至情《しじょう》を抑えきれないような、志のある人には、適切な価格で販売しないこともない。それもこれも総力戦体制のためだ」

「どこで売るんですか？　陸海軍の関係者が集まる場所というのはないと思いますが」

「大本営政府連絡会議とか……まぁ、君が考えている以上に陸海軍の交流はあるんだ」

「大本営政府連絡会議では、民間人は参画できないのでは？」

「晴海埠頭などで人目につかないように適当な倉庫を借りて同人誌即売会……じゃなくて総力戦の研究会などを開いたりするんだよ。まぁ、民間人まで招くのは年に夏と冬の二回くらいだが」

「総力戦体制は我々が知らない間に着実に出来上がっているのですね」

「も、もちろんだ」

「夏と言うと、今年のも近いわけですか」

「いちおう来月だが」

「私もその勉強会に参加できますか」

大西は傍目《はため》にも非常に困った表情をする。いままでの話は嘘ではないようだが、かなりの歪曲がなされているらしい。

「わしの一存では即答できん。陸海軍の首脳も参加するからな」

「首脳と言うと、山本長官とかもですか？」

「海軍に関して言えば山本さんが始めたようなものだからな。もっとも何をすかしてるんだか、宇垣参謀長は、こういう活動にはいたって冷淡で……まぁ、いろいろだ、参加者は」

そう言うと大西は急いでその『凄いぞ！　帝国陸海軍秘密兵器集　伍』と関連資料らしい書類を書類鞄の奥に詰め込む。その背中は激しく「誰にも知られたくない」と語っていた。よほどの極秘情報が詰まっているのか。

だから田島は気がついたことを指摘しなかった。小冊子とは別に『凄いぞ！　帝国陸海軍秘密兵器集　陸』の原稿らしい下書きの束が見えていたことを。写真はそのために使うらしい。来月の然るべき時期に、愛国の志豊かな人々の手に届くのは、おそらくこの『凄いぞ！　帝国陸海軍秘密兵器集　陸』なのだろう。

「さて、田島社長、わしの模型を見て気がついたことはないかね？」

「よくできていますね。これだけ器用に細工できれば総務部長は模型屋で食っていけますよ」

「……いや、そういうことじゃなくてね……こう、形態で気がついたことだよ」

田島はそう言われて、改めて大西の持参したソリッドモデルを見る。確かにそれはよく見ると通常の二式輸送機ではなかった。真鍮の針が幾つか胴体から出ているのは、おそらく固有の武装を意味しているのだろう。真鍮の針はどれも同じではなく、細いのと太いのがある。七・七ミリ機銃と二〇ミリ機銃を意味しているらしい。機首と胴体上、そして尾部に二〇ミリ機銃、胴体左右両舷に七・七ミリ機銃という配置だ。おおむね一式陸攻などと同様か。

確かに先のミッドウェー島攻略でも機体構造の頑強さに助けられたとは言え、敵襲に対して二式輸送機があまりにも無力であるという指摘は田島のもとにも届いている。

敵機を撃墜できなくとも、寄せつけないだけの武装は欲しいと言うことか。それを考えれば五丁の機銃というのは、なかなかの武装だ。大西が自分の模型にそうした防御を施したがるのも理解できなくはない。

それよりも田島が気になったのは、尾翼に描かれている記号である。昭和一七年七月というのは、海軍航空隊の外線部隊が番号表記となる時期だ。

ポートモレスビーを占領し、ミッドウェー島を占領し、日本海軍航空隊の拠点は次々と拡大して行ったが、それは航空消耗戦のはじまりでもあった。ポートモレスビーがオーストラリアからの連合国軍の航空隊と激しい航空戦を展開するのは予想されていたことではあったが、ミッドウェー島でさえも、航空戦が始まっていた。それらは夜間に飛行艇による嫌がらせ爆撃とか、陸上機にフロートを履かせて水上攻撃機（?）ごとき機体で小艦艇を襲撃するなど、攻撃規模は小さかったが、哨戒基地としてのミッドウェー島の活動に大きな支障を与えていた。また潜水艦が偵察のために張りついているのか、哨戒機がハワイに向けて飛行すると、待ちぶせ攻撃を受けることが頻繁にあった。

「二式飛行艇への改善意見。航続距離は半分でいいから、防御を厚くすること」

「理由は?」

「ハワイ偵察は片道任務だから、燃料は半分でいい。その分、防御が厚ければ基地に遺言を打電する時間が稼げる」

水上機航空隊の乗員たちからは、そんなブラックジョークさえささやかれているらしい。現地では撃たれ強い二式輸送機を偵察機として運用し、毎回ぼろぼろになりながらも生還を果たしているという話も田島は耳にしていた。

おかげでミッドウェー島への航空機による物資輸送は、輸送機の偵察機への転用により、大幅に滞っていた。噂では二式飛行艇で物資輸送を行い、輸送機で偵察を行うようなことも試みられているという。

このため、戦闘機隊の派遣も行われようとしているとも聞いた。まぁ、民間人の田島の耳にも入るのだから、相当大きな部隊なのだろう。

このような状況であるから、新設された海軍航空隊の数は開戦当初の予想を大幅に上回っていた。名前で管理できるような数ではなく、番号で管理する必要が生じたわけである。特設航空隊で常設航空隊の消耗を埋めるようなことも行われているから、これは必要なことであった。

田島も海軍航空隊の番号化については、割と早くから知らされてはいた。生産した輸送機は戦線の拡大と損失の増大で引く手あまたであり、治具に部品が据えられた段階で、その機体の納入先が決まっているほどだった。少し誇張すれば、工場から最前線まで飛ばすようなことが行われていたのである。否応なく、部隊の番号化については知ることになる。

その田島が尾翼の番号に首をかしげたのは、それが「連合艦隊飛行機識別規定」に当てはまらないものだったからだ。

開戦からこっち、海軍に納入されている輸送機は、連合艦隊の各艦隊に付属させられていた。それらは、たとえば「第一艦隊輸送機隊云々」という呼称で扱われる。

当然、機体の記号もそれらの輸送機隊の属する艦隊の所属を示すことになる。

田島の会社がいま最も多数の輸送機を送り出しているのは、ポートモレスビーを中心にニューギニアで航空戦を闘っている第一一航空艦隊向けである。だが尾翼の記号が示しているのは、そんなものではない。

もちろん航空戦は消耗戦であり、その結果として「連合艦隊飛行機識別規定」も改定はなされている。しかし、それは表記の仕方の問題である。大西の模型のそれは、そのまま解釈するなら、存在しない部隊のものだからである。

大西は尾翼を怪訝《けげん》そうな表情で見つめる田島に満足そうな顔をしていた。どうやらそれが論点であると、田島も察する。

「この尾翼の記号なんですが、どこの部隊の機体なんでしょうか」

「第一航空輸送隊だ。まだ正式な辞令は出ていないが、すでに部隊編成の作業は進んでいる。早ければ今月末にはラバウルに進出することになろう」

「第一航空輸送隊ですか」

大西の話によれば、それは艦隊付属ではなく、独立した航空輸送隊で、特に問題が生じないかぎり、類似の航空輸送隊が複数編成され、年内には第一航空輸送艦隊となる計画なのだと言う。

「二式輸送機は優秀な輸送機だが、四発機の整備を他の航空隊の支援で行うのには無理があるからな」

それは田島も納得できる話だった。第一一航空艦隊付属と言っても、個々の輸送機の整備は指定した航空隊で整備が行われていた。しかし、最前線部隊では陸攻や艦戦の整備が優先され、輸送機は後回しになることが多かった。

背に腹はかえられないし、四発の大型機の整備は、これくらいの大きさの飛行機としては簡便な方ではあったが、それにしたところで戦闘機などよりは手間がかかる。

ただでさえ少ない輸送機が、整備不良で稼働率が落ちるという問題があり、結局、田島の会社の人間が、軍属として最前線を飛び回るというのが実情だった。このため二式輸送機の何機かは、整備機械や機材などを搭載した工作船ならぬ工作機に改造されていた。

しかしながら、数機の工作機で太平洋全域になろうかという戦線を回れるはずもなく、稼働率の問題は無視できなかった。部品生産の計画にも影響するからだ。

「整備要員も確保した。すでに部隊の正式編成前に整備戦隊だけは活動している。戦線は待ってはくれないからな。田島さんのところの工作機についても、いずれ改めて相談させてもらおう」

「はぁ……」

相談させてもらうと言われたが、専門の航空機輸送隊の話などはじめて聞いた。つまり相談というのは、海軍の既成事実ができてから、民間がそれに合わせる工夫をするということらしい。とは言え、輸送機など陸海軍以外に買ってくれる相手もない弱い立場では、「相談」に応じるよりほかにないのだ。

しかし、航空輸送隊の話が「いずれ改めて」であるとすれば、大西は何をしにやってきたのか。どうもこの男は、意外に剣呑《けんのん》な人物らしい。同人誌のことは偶然だろうが、この輸送機の模型に関しては、単に自慢しに来ただけではなさそうだ。そして、それは的中した。

田島が大西の意図を理解したのは、何気なく模型をひっくり返した瞬間だった。

「えっ……」

田島はそれですべてを理解した。理解したが、しかしこれまた無茶な……。

「この胴体の細長い切れ目は何ですか？」

「さすが目が高いな」

気がつかないわけがないだろう、というのは田島の心の叫び。

「よくできているだろう。爆弾倉扉だよ」

「輸送機航空隊の輸送機にどうして爆弾倉が？」

「その心は、輸送機を陸攻に改造することは可能か？　あるいはこの輸送機を元に陸攻を開発できないかということだよ」

「爆撃機化ですか……」

「爆撃機じゃなくて、陸攻だってばぁ……」

「陸攻とおっしゃいますが……輸送機ですよ。魚雷の輸送はできますが」

どうやらこの真鍮の針は輸送機の防御火器ではなく、陸攻のそれを意味しているらしい。下部に機銃がないのは爆弾倉扉の関係か。あるいはあまり深く考えた構想ではないのか。

「まず、陸攻としては速力が遅すぎるでしょう。運動性能も輸送機としては良好でしょうが、陸攻として用いるには……」

「もちろん輸送機に爆弾倉扉をつけて、はい陸攻の出来上がり、などという安易なことはわしも考えてはいない。それほど陸攻は単純なものではあるまい。それくらい模型を作っていればわかるさ」

この部分だけを聞けば、田島にもそれなりの説得力はあるような気はしたが、言っているのが模型どころか実物や実戦を熟知しているはずの日本海軍航空本部総務部長という部分が彼には悲しかった。本当にわかっているのか、田島には不安なものがある。

「海軍として、二式輸送機の陸攻化としては、魚雷三本もしくは爆弾三トンを搭載できるというのが基本条件だ。その他の部分については、既存の陸攻と同等で構わない」

大西は「既存の陸攻と構わない」としれっと言ってのけたが、田島はその条件に頭が痛くなった。既存の陸攻と同じにしろということは、速力で一〇〇キロ、航続力で一〇〇〇キロ増強しろということに等しい。田島はその疑問を大西にぶつけるが、彼の返答は単純明解だった。

「軽くすればいいだろう。輸送機よりも積載量は減らせるわけだし、余計な装備をはぎとってしまえば、速力と航続力は出るのではないか」

「余計な装備とは?」

「いろいろあるだろう。もともと二式輸送機は旅客機を改造した機体だ。武人の蛮用を考えて作られた機体ではない。内装類などで減らせるものは多いはずだ。

ミッドウェー島に着陸した機体など、数百発の機銃弾を撃ちこまれて、それでも無事に着陸したそうだが、そこまで過剰に丈夫にする必要もないだろう。どうせ実戦では戦闘機も陸攻と共に行動するわけだからな。それに例の与圧装置。あれもいらんだろう。軍用機なのだ、旅客機のような装備は過剰な重量だよ」

「そのようなお考えでしたら、お引き受けしかねます」

田島は自分でも馬鹿だと知りつつも、大西総務部長に対してそう返答していた。ここは「考えておきます」程度で逃げるという方法もあることは彼とて百も承知、二百も合点のことである。しかし、自分がそこまで利口になれない人間であるのは、一〇年も前にわかっていることだった。

「引き受けられないとは、どういうことだ?」

大西瀧治郎総務部長は、自分の申し入れを拒否されたことに、怒るよりも前に当惑していた。戦時下のいま、海軍航空本部に逆らうような人間がいることなど彼には信じられなかった。

田島の会社など海軍航空本部がその気になれば、川西に買収させることだって不可能ではない。力関係が違う。にもかかわらず、田島は拒否してきたのである。逃げようとさえせずに。

「まず、二式輸送機は旅客機の改造機ではありますが、不要な装備は何一つございいません。この機体には人間が乗るんです。民間人か軍人か、そんなことは関係ない。それどころか軍人だからこそ、危険な場所を飛ばねばならない。飛行機なんてのは、戦艦でなければ、戦車でもない。アルミ板一枚で機体を支えているんです。

戦地で敵弾が当たった時、最後の拠りどころは構造強度しかないんですよ。何をどう工夫しても、結局はアルミ板で敵弾に耐えなきゃならない。装甲板なんて贅沢はできないんです。だからこそ頑丈に作らねばならない。丈夫丈夫とおっしゃいますが、旅客機で考えれば並の上くらいなものです。

日本はアメリカより人口が少ない。だからこそ、将兵一人一人の命は米兵よりも貴重なはずだ。その貴重な将兵の命を護るための丈夫な構造なんだ。それをたかが陸攻に改造するために蔑《ないがし》ろにはできん！」

「民間人と軍人は……」

「同じ日本人だろう！　乗っている人間を一分一秒でも長生きさせるための工夫ならいくらでもするが、そうでない改造はお断りする。それとも総務部長は海軍航空隊の将兵の命など、鴻毛《こうもう》より軽いとお考えか！」

こんな風に正論で強気に出られると、大西総務部長も返答に困る。将兵の命が鴻毛より軽いとは彼も考えてはいなかったが、「輸送機を軽く作って陸攻にする」という案が防御力の犠牲に結びつくことに気がつくほど視野は広くなかった。漠然と民間機は過剰に安全に作られていると思っていただけで、要するに世間知らずなので軍用機のことは知っていても民間機のことには興味も知識もないのである。

「むろん、精鋭を無駄死にさせるわけにはいかん。しかし、彼らも国のために不便を忍ぶ覚悟がある。たとえば与圧装置などなくとも……」

「不要なものは装備していない。与圧装置も同様だ。あれがあるから輸送機は高高度に退避することもできる。それに作戦において死地に向かう将兵だからこそ、敵地に降り立つ瞬間まで、可能なかぎり快適な状態を維持するのが上に立つ者の努めではないのか？　地上となんら変わらない機内だからこそ、地上に降りた将兵がその持てる力を存分に発揮できると考えるべきだろう。氷点下で凍えた将兵が、仮にそれがいかなる精鋭であろうとも、いざ作戦で実力を発揮できるとは思えない。いかがですか、総務部長！」

「そりゃ、そうかもしれないけどぉ……」

「それに総務部長には贅沢品に見えるかもしれないが、あの機体は与圧装置によって、ある程度の内圧を維持することで構造強度を補っている部分もある。そもそもエンジンの機構と密接な関係を持たせた装置なので、重量軽減のために撤去することは出来ない。

陸攻化というとこの模型のように、固有火器も必要だろうが、そうなれば速力は期待できない。余計な荷物がない分、航続力は何とかなるかもしれないが」

田島もさすがにいささか冷静になり、発言に含みを持たせる程度の判断は出来た。言いたいことを言ったからかも知れない。

だが、大西総務部長は反論しなかった。別に頭を下げるわけではないが、海軍の責任ある地位にいる者として、田島の言い分を頭から否定できないためであった。

陸攻は、というより戦時である以上、現用機の後継機種の開発は必要だ。ただそれは大西が考えていたのとは、別の観点で見直すことが必要なようである。彼もそれは認めざるを得なかった。

「速力が遅いのなら、陸攻化は可能ということか？」

「積載量の多い九六式陸攻のようなものでよければ、改造は必ずしも不可能ではないかもしれません」

二人はすぐに妥協点を模索し始める。さすがに積載量が九六式陸攻より大きいだけでは、後継として性能に疑問がある。とは言え、陸攻の後継機はできませんでは済まないし、またこの程度の打ち合わせで否定的な結論を出すのは早すぎる。田島も大西も立脚点は違っていたが、互いの結論は同じであった。

「技術的な最大の問題は何だ？」

「エンジン馬力でしょうなぁ」

「誉を使う予定はないのか」

「可能ならそれは避けたいですな。ロハ一七は誉より直径が大きく、馬力も小さいエンジンかもしれませんが、信頼性は高い。それに誉が二〇〇〇馬力と言っても調子が良い時であって、前線ではロハ一七より劣るというじゃありませんか」

大西はそれには答えなかった。田島のところは海軍機としては傍流であったのと、そもそも民間機の改造であるため、エンジン選定もメーカー任せであり、命名もロハ一七という社内名をそのまま通していた。

しかし、三菱や中島などの大手に対しては、新型機のエンジンは誉を採用するように強く行政指導を行ってきた。もちろんすべてが誉ではなかったが、少なくともそれを無視することはできなかった。

しかしながら、良い材料と良い工作をして、良い燃料で動かせば二〇〇〇馬力が可能であった誉だが、戦争となり良い材料も、良い工作も、良い燃料の三つが揃わなくなると性能は急激に低下した。特に信頼性の低下は致命的であった。ただ調子良く動いた時の新型機の性能は、確かに印象的であり、それもあって海軍はなかなか誉から脱却できないでいた。

田島がこんなことを知っているのは、じつは社内的に二式輸送機に誉を搭載する案を検討したことがあったためだ。その結果、田島は誉の採用を見送っていた。理由はエンジンの生産台数などいろいろあるが、一番大きな要因は、やはり信頼性だった。

ソ連からの輸入ストックであるAsh82やそれを国産化したロハ一七はエンジン径で誉よりも大きく、馬力は劣るが、それだけに工作に無理も少なく信頼性は高かった。もっとも、これでさえ国産化は容易ではなかった。ともかくソ連辺りでは当たり前にやっている精密鋳造などでさえ、日本では出来なかったのだ。それを可能にするために、鋳造技術の確立や専用工作機械の開発などを行い、やっとここまで育て上げたのだ。

川西にそれが可能だったのは、総合的な航空機メーカーになるという経営陣の強い意志と戦略、さらにこれ以外のエンジン開発を行っていなかったことが大きいだろう。資源と人材を一つに集中できたからだ。それにゼロからの開発ではなく、コピーであったことも成功の大きな理由だった。

信頼性は四発機では非常に重要な問題だった。いま仮にエンジンの信頼性を九〇パーセントとする。単発機であれば、信頼性はそのまま九〇パーセントになる。しかし、双発機になると左右両方のエンジンが稼働するのは八一パーセントとなる。そしてこれが四発では稼働率は六五パーセントにまで低下する。

もしもエンジンの信頼性が八〇パーセントだとすると、四発機の稼働率は四〇パーセント。到底実用的な数値とは言えない。そして田島の調査では、誉の信頼性は完璧な整備が期待できるならばともかく、現実の戦場ではどう考えても八〇パーセントの信頼性も難しかった。

つまり四発機で誉を採用してしまうと、四つのエンジンすべてが正常に動くというのはほとんどあり得ず、輸送機は滅多に飛べないという悲惨な結果になってしまう。輸送機としてはロハ一七で不都合はなく、誉を採用するにしても、信頼性が向上してからでも遅くはないというのが田島たちの結論だった。むしろロハ一七を改造して出力増大を図った方が現実的だと思われた。

じっさい大西も田島に向かってそれ以上は、誉の名前は出さなかった。立場上、彼も誉にまつわる問題点は耳にしているのであろう。

「ロハ一七の馬力を向上させることは無理なのか？」

「エンジンは川西の開発ですので、私には確たることは言えませんが、改良は行われているそうです。成功すればハハ二〇という二〇〇〇馬力級のエンジンになるらしいですが。ただ完成は年内に間に合うかどうからしいですが」

「開発がそうなら、実用化はさらに先か……となるとロハ一七で当面は何とかしなければならないな」

この時期、誉を除けば日本で最も大馬力のエンジンは――護をどう評価するかが微妙だが――ロハ一七である。誉を使わずに馬力を上げるとなると、ロハ一七で解決するよりなかった。

「ろっぱつは可能かな？」

大西の「ろっぱつ」が「六発」であることを、田島はすぐにはわからなかった。わかりたくなかったのかもしれない。潜在意識はすぐに「六発」と理解したが、あまりにもあまりなものを意味するとしか思えないので、表層意識に丸投げしたとでもなろうか。

「六発ですか……機体の構造などにも影響はあると思いますが……研究させていただきましょう。返答はそれからいたします」

田島はそう応じた。客観的に考えるなら、六発機の開発など無謀な試みと言える。二式輸送機の単純な拡大版ではおさまらない可能性も少なからずある。

ただ彼は、いままで四発の可能性だけを考えていたが、六発については検討したこともなかった。そして大西の話を聞いて彼が——表層意識で——考えたのは、六発機であれば本当に太平洋横断旅客機が可能かも知れないということだ。少なくとも、ハワイくらいまでは無着陸で飛べるだろう。

戦況は相変わらず日本が有利に進めている。この調子で行けば、来年には戦争も終わるだろう。ならば六発機の開発が戦争に間に合うという保証はない。だが太平洋を横断できるかも知れない旅客機の開発は、戦争に間に合わなかったとしても確実に国のためになる。

海軍の資金で戦争に間に合わないかも知れないものを開発するというのは、考え方によっては不正な行為なのかもしれない。だが海軍もまた、国のために存在する国家機関の一つにすぎぬ。ならば、その資金で国のためになる飛行機を開発することは、税金の使い方として、決して無駄ではないはずだ。国会議員が選挙目当てという私的な理由で、無意味な鉄道や道路を建設するのと比べればずっとましだろう。

「あぁ、宜しく頼む」

大西はどこか安堵した表情を浮かべた。

大西が帰るとすぐに、田島はラフスケッチを描いてみる。絵になると、荒唐無稽に思えた六発機も不思議な現実味を帯びてくる。そして描き上がったスケッチを眺め、田島はふとあることに気がついた。

「あれ、この機体は……」

一瞬のことなので田島も断定的なことは言えない。ただ、大西海軍航空本部総務部長が落とした『凄いぞ！　帝国陸海軍秘密兵器集　陸』の原稿の中に、六発の大型機のスケッチがあったような気がしたのである。もっとも田島は、それ以上のことは考えなかった。そう人間、知らない方が幸せなこともあるのだ。

田島泰蔵たちが、二式輸送機の陸攻化の検討に着手したころ、現実は彼らの先を進んでいた。それは、昭和一七年八月九日の出来事だった。

この時、ラバウルには第二五航空戦隊と共に先月末日付で新編されたばかりの第一航空輸送隊が、とりあえず一〇機の二式輸送機とともに進出していた。部隊の機体定数は四八なのだが、ラバウルに移動を完了したのが一〇機ということだ。

もっともそれ以上は必要ない。四八機のほとんどが日本とトラック島など中継地点との物資輸送に従事していたからである。そういう点では、航空輸送隊にとっての戦場は、第二五航空戦隊などの戦場とは性質の異なるものだった。

「爆撃機にしろって……本気ですか？」

第一航空輸送隊整備科の整備長である岡部機関少佐は、司令である河合大佐に何かの冗談かどうか確かめるように尋ねる。もちろん、河合大佐の表情には「本気」としか描かれていない。

「あのぉ、念のために復唱いたしますが、みなさん輸送機は輸送機だってご存知なんですよね。機銃一丁ついていないことも」

「丸腰だということも知っているが、二式輸送機が撃たれ強い機体だということも知っている。ガダルカナルの話を知ってるだろう」

「知ってますけどね。しかし、三川艦隊はツラギの敵艦隊を撃滅したんじゃなかったんですか？　二五空の陸攻隊がやってるのは残敵掃討じゃなかったんですか」

これより前の八月七日。ガダルカナル島とフロリダ島のツラギに米軍が奇襲攻撃をかけてきた。このガダルカナル島にはすでに日本海軍設営隊が進出し、飛行場建設を進めていた。軍令部の米豪遮断作戦の一環によるものである。これにはポートモレスビーなどニューギニア方面の航空戦での連合国側の攻撃圧力を分散させ、低下させるという意味もあった。

そして、飛行場がほぼ完成しようかという時、米軍は上陸し、武装らしい武装を持たない海軍設営隊や他の部隊を圧倒し、飛行場を占領した。これに対して第八艦隊の三川軍一司令長官はすばやく対応し、敵部隊に対して殴りこみ同然の攻撃を行った。攻撃は日本海軍の圧勝に終わる。日本海軍の夜襲能力の高さを見せつけたこの海戦は、のちに第一次ソロモン海戦と呼ばれることになる。

しかし、ツラギからの緊急電で動いたのは、水上艦艇部隊だけではなかった。第二五航空戦隊司令部はすぐさまニューギニア向けの陸攻隊を、急遽ツラギ方面の敵艦隊攻撃に差し向け、第四航空戦隊や三沢航空隊なども、それに続いた。

攻撃の順番から言えば、すでに七日のうちに出撃していた航空隊の方が早い。最初の攻撃は三川艦隊が出動する前に行われていた。

じつは第一次ソロモン海戦成功の陰には、この航空隊の存在があった。航空隊自身の戦果は、かぎられた機数での水平爆撃だったこともあり、それほどの戦果は上げられなかった。上陸部隊を小規模な部隊と考えていたからである。

しかし、上陸部隊は空母を伴うほどの大規模なもので、艦艇の激しい対空火器により陸攻隊は戦果を上げるどころか、逆に三機を失う結果に終わる。

航空戦隊司令部では敵部隊の規模に驚き、今度は雷撃を行うことになった。これにはかなりの陸攻が投入されたが、米軍側もレーダー等で警戒を怠《おこた》らず、空母の戦闘機により前回以上の損失を航空隊は被ることとなった。第四航空戦隊などは、二六機の雷撃機のうち一八機が撃墜され、隊長以下が戦死するという悲惨な結果に終わってしまった。

護衛の戦闘機が少なかったことと、零式艦上戦闘機であっても、ラバウルからガダルカナル島を往復するとなれば、空戦可能な時間は非常に限られていた。十分な陸攻の警護は出来ず、実質的に戦闘機なしで攻撃を行ったに等しかった。

陸攻隊の攻撃は終わった。上陸部隊へはほとんど損害を与えることは出来なかった。

しかし、空母の指揮官は、相続く航空機の攻撃に空母の安全を図るため戦場から退避した。これにより彼らの航空戦力はゼロになる。その状況で三川艦隊が突入して来たのであった。圧倒的な戦果の陰には、こうした圧倒的とも言える犠牲があったのである。

「どうも残敵掃討などという話ではないらしいんだ」

そうして河合大佐は、ツラギの米軍上陸から三川艦隊の活動までを知っている範囲で説明した。

「このガダルカナル島の飛行場占領は、連合軍もかなり本気の作戦かもしれないぞ」

「どうしてです？」

「ツラギ攻撃からニューギニア方面の戦線で大規模な攻勢が行われているからだ。こりゃ、どう考えてもガダルカナル島上陸のための陽動作戦だろう。じっさい陸攻隊も動けん状態だ」

「だからって、輸送機を爆撃機にしなきゃならないほど切迫してるんですか」

「切迫していなければ、こんな非常識な依頼、いや実質的な命令は出ないだろう。どうだ？」

どうだというのは、どうだやれるかという意味だ。質問の形をとっているが、半分は命令だ。

「爆撃機と言っても、単に爆弾を上から落とすだけの機械じゃありませんからね。しかも、今日中に出撃しろって言うんですから……」

しかしこの時、岡部機関少佐は何をすべきかおおよそのアウトラインは出来上がっていた。いまから改造して出撃となれば、どう考えても夜襲になる。夜襲であれば敵機を警戒する必要は少ないだろう。ならば間に合わせでも何とかならないではない。

「胴体にぶら下げたり、翼から吊り下げたりする投下器を製作している暇はないですな。しかも爆撃照準器もなしで爆撃しなければならない」

「何か策があるのか？」

「さきほどのお話だと、輸送船を攻撃するんですよね」

「あぁ、そうなる。上陸部隊の補給物資を爆撃すれば、敵は継戦能力を失うからな」

「なら、一つだけ方法はあります。二式輸送機の乙型でしかできませんが」

こうして作業は始まった。岡部機関少佐は鉄材をL字型に加工すると、それで細長い鉄枠のようなものを作らせた。出来上がったそれは、駆逐艦などの爆雷の投下軌道によく似ていた。

「これをどうするんだ？」

河合大佐の質問は、周囲の人間たちの疑問でもあった。

「まず、前提条件を整理しましょう」と岡部機関少佐。

「この爆撃は爆撃照準機などありません。勘を頼りに爆弾を投下するだけだ。となれば、爆弾の命中率を上げるためには爆弾の数を増やさねばならない。相手は貨物船です。上陸部隊への支援物資が満載されているなら、弾薬なり燃料なり、可燃物も多いはず。ならば六番――六〇キロ爆弾――あたりの爆弾で致命傷を与えられる。船が沈まなくとも、積み荷は使い物にはならないはず。そして、ろくな武装のない貨物船なら低空から接近出来る」

「つまり、こいつで雨のように爆弾を投下すると言うのか」

「その通りです」

その間に合わせの投下軌道は三段に重ねられていた。爆弾投下の時にはカーゴランプの端まで移動し、斜めに傾けて爆弾を投下する。爆弾が互いにぶつからないように三段に重ねられた投下軌道の先端部は位置がずらされていた。

先端部分は太い鉄の棒で爆弾を押えるようになっている。爆撃開始と同時に、この鉄の棒を抜き、滑車で投下軌道を移動し傾ける。そうすると、爆弾は次々と転り落ちるという寸法だ。

「まぁ、理屈ではうまくいきそうだが……」

自分で命令しておきながら、いざそれが具体的な形になると、河合司令はにわかにこの攻撃がうまく行くのか非常に不安になって来た。

だが現場の士気は不思議と高い。陸攻隊が出来なかったことを自分たちがやりとげたら、もういままでみたいに連中だけにでかい顔はさせない。そんな空気が輸送航空隊を支配していたからだ。

海軍もまた国家機関であり、公的な機関なれば、わずかな差異を根拠に人間をわけ隔てすることは珍しくない。見下す側は気がつかないが、見下される側はそれを忘れない。日本の社会がそうなのだ。軍隊だけが別ということがあろうはずもない。

「うまく作動するはずです」

「ずいぶんな自信だな」

「えぇ、作った責任がありますから、私も出撃します」

それから数時間後。岡部機関少佐はいささか自分の軽率さを後悔していた。昔からおっちょこちょいと言われていたが、海軍に奉職し、機関少佐になったいまもそれ変わらないらしい。

だいたい航空隊の整備長が出撃して、万が一のことがあったら航空隊の業務に支障がでる。司令もその辺のことを考えて止めろよな、などと思ってもすでに彼は機上の人。止めるべき河合司令が、感動を全身で表しながら「貴官こそ海軍軍人の鑑《かがみ》だ」などと一人で盛り上がってしまっては、いまさら後戻りもできない。

結局のところ、輸送船の夜襲に参加した二式輸送機乙型は五機にとどまった。ポートモレスビー方面に至急運ばねばならない機材があったからだ。

河合大佐としては、戦果よりも出撃したという事実が大事だったのかも知れない。ここで戦果が出なければ、航空戦隊司令部も馬鹿な要求はしてこないだろうという読みもあったのかもしれない。それにいまごろ気がつくと、ますます自分の軽率さが恨めしい。

「整備長、そろそろです」

「わかった」

機長の言葉に岡部も重い腰をあげる。泣いても笑っても、この攻撃でけりがつく。彼は滑車を点検し、投下軌道の固定を確認する。

「あれか……」

岡部は輸送機の窓から外を確認する。機内は消灯しており、ここの灯が外部に漏れることはない。そして、外の灯はよく見える。

おそらくは夜間でも揚陸作業を行っているのだろう。灯火管制に注意を払っているにせよ、作業に支障が出ない程度の灯ともなれば、この距離からも見える。おそらく電球の傘に覆いでもしているのかもしれない。上空からは見えないが、低空からだと存在はわかる。

岡部がそう思っていると、ブザーの音と共にカーゴランプが動き始める。こんな空爆ははじめてなだけに、作業手順はいきあたりばったり。何が起こるかわからない。あと数分これがずれていたら、下手をすると岡部は海面にころげ落ちていたかもしれない。

カーゴランプを開きながら飛行すると、どういう原理からか風が勢いよく吹き込んで来た。そして岡部は眼下を流れて行く夜の海面を見る。

海は完全な闇ではなかった。波間に夜光虫の淡い光が、波の輪郭を作り出す。そして低空で飛ぶ飛行機は、その海面を恐ろしい速度に感じさせた。

だがそれも、やがて闇に消える。海があることはわかるが、それ以上ではない。それは深度と関係があるのか、海は無数に表情を変える。岡部は自分がいま、爆弾を投下しに行くというのがひどく不思議に思えた。

窓から僚機の姿は見えない。位置が悪いのと、エンジンの排気炎を抑える工夫を施したからだ。細工はうまくいっているようだが、おかげで僚機の位置は岡部からははっきりしない。ただ前方にある何かの光に自分の機体が向かっているのが見えるだけだ。

機長の指示で岡部は位置につく。部下と共に投下軌道を移動させ、安全ピン代わりの鉄の棒を抜く。棒を抜いても爆弾は転がり落ちない。傾斜させていないし、細い針金がかろうじて爆弾の前進を阻んでいる。

位置につくと、岡部には下げられたカーゴベイからの景色しか見えなかった。さすがに視界が開けると、おぼろげながらも自分たちの位置関係はわかる。見えなかった僚機も左右に二機ずつついて来ているのがわかる。ある程度の幅を持たせて、爆弾の雨を降らせようというわけだ。

どうやら自分たちは、ガダルカナル島の海岸付近を飛んでいるらしい。揚陸作業をしているのだから当然か。

突然、地上から曳光弾が昇る。方向はかなりずれているが、あきらかに岡部らの機体を狙っているらしい。

「あっ、そうか！」

ここに来て、どうして誰もこんな単純なことに気がつかなかったのか。五機の四発機が低空で接近すれば、夜間だろうがエンジン音でわかるだろう。

しかし、地上火器は正確な位置まではわからなかったらしい。そして相手を確かめずに発砲したことは、あきらかな失敗だった。火器の音でエンジン音もわからなくなるからだ。

それでも地上火器は発砲を止めない。高射砲の準備は出来ていないようで、撃っているのは機銃だけらしい。それでも岡部には生きた心地はしない。ここに弾が飛び込んだら、自分たちの命はないからだ。

「投下してください！」

機長の指示に従い、岡部らは投下軌道を持ち上げる。転がって行く爆弾は、重さで針金を引きちぎると、次々と機外へと落ちて行く。五秒ほどたって最初の爆弾が爆発する。

「しまった！」

どうやらタイミングを間違えたらしい。爆弾の大半は、輸送船の手前で投下されてしまったようだ。爆弾の炎で、岡部はいままさに眼下に輸送船が通過しようとしている光景を目にしていたからだ。

「当たれ……当たってくれ！」

一番最後の爆弾は、たった一発だけ輸送船に命中した。当たりどころが悪かったのか、輸送船は炎上する。そして岡部は二つのことを知る。

「たった二隻……」

米軍の上陸部隊は、日本軍の攻撃を恐れ、輸送船のほとんどを九日のうちに退避させていたのである。残っていたのは揚陸作業の遅れている二隻だけだった。そして爆弾が命中したのは、その中の一隻のみ。

それだけであったなら、岡部はひどく落胆しただろう。しかし、爆弾は予想外の結果をあげていた。

「海岸線が……燃えている！」

爆弾は海岸で作業中の照明を揚陸作業中の輸送船と誤認してしまったらしい。だがそれが結果的には吉と出た。

ガダルカナル島の部隊は、日本軍の攻撃を恐れ、ともかく貨物船から強引に物資を揚陸する。そうして船は避難できたが、大量の物資は依然として海岸に積み上げられたままだった。トラックなども揚陸されてはいたが、占領したばかりで道路等もまだほとんどが未整備である。

貨物船一五隻分の物資は避難を急ぐあまり不十分な量しか揚陸されていなかった

が、それらの物資でさえ飛行場周辺にはほとんど移動できていなかった。岡部らの爆撃は、その海岸に積み上げられた大量の物資を根こそぎ爆撃する結果となった。燃料、弾薬、食糧、およそ燃えることが可能なものは、次々と炎上する。

「大成功ですよ、整備長！」

狂喜する部下たちとは裏腹に、岡部にはこの大戦果をそのまま鵜のみにはできなかった。輸送機による奇襲攻撃と、それによる大戦果。この先、輸送航空隊は輸送任務だけでは済まなくなるだろう。輸送機は輸送機であって爆撃機ではない。そのことを上層部が再認識するまで、どれだけの犠牲が出ることになるか。

「勝ちすぎだな」

岡部はそうつぶやいた。その日、ガダルカナル島の空は一晩中、赤く燃えていた。

日本の新聞が第一次ソロモン海戦の大勝利を書き立てているころ。田島泰蔵は妻の実家に挨拶に出向いていた。

彼にとって妻の実家は頭の上がらない場所の一つだ。満州に流れていた彼がそれなりに事業に成功するためには、妻の実家にはひとかたならぬ世話になった。関東軍との人脈も妻の両親のつてである。だからこそ、田島は機会をみては妻の実家に出向く。会社社長として事業が順調であることを彼らに納得してもらうためだ。

そんな田島が陸軍の町田少佐と再会したのは、近所を散策している時だった。

「町田少佐！」

背広姿で大きな事務鞄を下げていても、長年のつき合いだ。見間違うはずはない。

「やぁ、田島さん！　町田少佐って誰です？」

どうやら町田少佐は何か重要な要件があって満州から日本に来ているらしい。その重要な用件には、どうやら田島と会うことも含まれていたようだ。町田が固辞したので、妻の実家ではなく、近くのカフェに入る。奥まった席に座ると、町田から切り出した。

「一式輸送機だが、長距離爆撃機にする研究に着手しているそうだね」

「えぇ、まぁ、そうですが」

「それは満州からシベリアの要衝を空襲することは可能かな？」

「研究段階ですから、確定的なことは言えませんが、たぶん……」

町田の恐さはこの情報収集能力だった。そして手に入れた情報を自分たちの戦略にどう組み込むか。彼にはそれを考える能力がある。

「たぶん？　そんな弱気になることはないだろう。不可能を可能にするのが田島泰蔵じゃないか。それに、六発の大型機でハワイにまで飛ぶというのが目標なんだろう」

「大西さんですか？」

六発機構想を知っているのは、大西少将くらいしかいない。田島の会社や川西でさえ、研究段階で知っている人間は一〇人もいないのだ。

「まぁ、そんなところさ」

町田は否定しない。そして兵力量で劣る関東軍が極東ソ連軍に勝つためには、シベリア鉄道の寸断が必要だという戦術理論を聞かされることとなる。

「補給を寸断されれば、部隊規模が大きいほど自滅しやすい。大型爆撃機の存在は、敵の利点を欠点に変えることが出来るわけさ」

田島と町田はカフェを出ると、右と左に別れる。別れる間際、田島は訊いた。

「先ほどの六発機の構想ですが」

「あぁ、六発大型爆撃機だな、それが？」

「もしかして『凄いぞ！　帝国陸海軍秘密兵器集　陸』でお知りになったんですか？

こちらに来た大事な用件とは、それ関係ですか」

「えっ、いや、その……同人誌って何です？」

動揺を隠しつつ、町田少佐は外神田から晴海方面へと消えて行った。

第八章　敵爆撃機、来襲！

川西航空機株式会社が将来的な経営戦略の一環として海軍に提案していた航空機、仮称一号局地戦闘機は、ドーリットル隊のB‐25撃墜に目覚ましい戦果をあげる。

二〇ミリ機銃四丁というその武装は、海軍の戦闘機でも飛び抜けて重武装と言えた。そのことも対爆撃機迎撃機としてのこの戦闘機の威力を印象づけた。

そして早くも昭和一七年七月、この仮称一号局地戦闘機は二式局地戦闘機として制式化されることとなる。それは異例の早さであった。敵機撃墜に戦果があったとはいえ、仮称一号局地戦闘機はまだ試験段階だったのだ。

だが、この性急すぎるとも言える制式化には理由があった。日本海軍航空隊は、優れた局地戦闘機を必要としていたからだ。

「だいぶ叩かれとるな……」

渡部大尉は、部下と共に二式輸送機を降りる。輸送機はほぼ旅客機仕様の甲型。物はそれほど運べないが、乗り心地は快適だ。やれと言われれば、いまからでも出撃できる自信がある。

だがそんな爽快な気分も、赴任先であるポートモレスビーの航空基地を一目見るまでだった。

航空基地としては機能している。現に自分らはこうして着陸した。だがその基地機能の水準は、決して高いとは言えそうにない。

滑走路には幾つか爆弾孔が埋められずに放置されている。補修作業中の孔《あな》もあるが、トラックに間に合わせの排土板をとりつけたようなのが、細々と作業を行っている程度だ。機体の掩体施設も不十分だし、対空火器も不足している。配置が不自然なのは、幾つかの高角砲が撃破されてしまったためだろう。

そんな光景の中に、自分たちに向かって近づいてくるトラックの姿があった。天幕が密集している辺りからやってくるそれは、どうやら基地の迎えらしい。

「やっと来たか、待ちかねたぞ」

「渡部以下、二〇名、ただいま第三〇〇空に着任致しました！」

「そんなことくらい見りゃわかる。それより、トラックに乗れ！」

渡部は運転席に乗り、他は貨物室に乗った。それと同時にトラックは動き出す。

「今日から、お前らの上官になる藤井大佐だ。よろしく頼むぞ」

「渡部です、こちらこそ」

「まぁ、挨拶なら俺よりも敵さんにしてやってくれ」

「こっちはかなりひどいようですが」

「ポートモレスビーの次には、オーストラリア本土への侵攻となるのは子供でもわかる理屈だからな。俺も再三、上に増援を言っていたのだが、どうやら今回は本気になってくれたようだ。何しろ新型機に帝都防空の守護神を送ってきたんだからな」

渡部にとって、過日のB‐25撃墜は、いまとなっては苦い思い出でしかなかった。

自分の義務を果たしたことに悔いはない。が、何をするにも、どこへ行くにも「B‐25撃墜の渡部」という評判はついて回る。実戦部隊への転属が認められ、喜んでいたのもつかの間、ここにも彼を軍神かなにかと思っている上官がいる。

「現戦力は？」

渡部大尉は話題を変える。

さすがに上機嫌だった藤井大佐の表情も、この話題では曇ってくる。

「陸攻に関しては一一航艦が近々増援されるはずだ。まぁ、手持ちはほとんどないらしい。よその航空隊となると、どうも話が遠くてな。

二式局地戦は、先日配備されたのが一二機。いまはこれが精一杯だ。飛行隊長は何か聞いているか？」

渡部は第三〇〇空では飛行隊長として着任していた。この三〇〇航空隊というのは、横須賀鎮守府に属し、局地戦闘機を運用する、特設航空隊であることを表していた。

海軍は戦線の拡大と戦闘の激化から、外線部隊の航空隊は番号化することを検討していた。部隊数が増大し、名前では管理しきれないためだ。当初の計画では一一月ごろに切り替えるはずだったが、ポートモレスビーやラバウルなどでの戦闘の激化から、一部部隊については、番号航空隊化が前倒しされていた。

じつを言えば、渡部も赴任先が三〇〇空と聞いて、現地の状況が厳しいだろうことは予測していた。番号航空隊は特設・常設航空隊の区分をも表すが、特設航空隊が多いということは、航空戦による消耗が増大していることとほぼ同じだ。常設航空隊の穴を埋めるのが特設航空隊。この発想がさらに進んで、後に空地分離という形になる。

「川西では量産を急いでいるらしいですが、制式化されたのが最近なので、まだ数は揃えられないようです。ただ輸送機の量産に合わせて、機体工場を建設するとか」

「そうか、工場ができればずいぶん違うな。まぁ、当面は、この一二機が我が隊の全戦力か」

藤井の話はきわめて心細かったが、正直、そうなのであろう。三〇〇空そのものが最近になって編制された部隊にすぎない。何もかも揃っていることを期待するのが無理だろう。

「まぁ、こっちが苦しい分、敵も苦しい。激戦の後は互いに休みが続くようなことが続いている。だから先にどんと戦力を投入した方が勝ちになる。日本に関して言えば、あまり時間的な余裕はないかもしれん」

「余裕がないとは？」

「敵軍は、どうもニューギニアのどこかに秘密の航空基地を持っているらしい。まだ大した規模ではないようだが、そいつが本格的に動き出したら厄介なことになる。喉元に合口《あいくち》を突きつけられるようなものだからな」

トラックはそんな会話の合間にも宿舎に近づいて行く。半分は木造の家、半分は天幕だ。爆弾でも落ちたのか、木造家屋は半分ほど不自然になくなっていた。

あと少しというところで、サイレンが鳴る。すると基地内の様子がにわかに慌ただしくなった。

「行けるか？」

「そのための転属です！」

トラックは急ターンすると、もと来た道ではなくそこから少し離れた誘導路に向かう。すでにそこには一二機の二式局地戦闘機が発進準備を整えていた。

どれが誰の愛機などと言ってはいられない。渡部以下、一二名が競争で機体に駆け寄って行く。

「燃料、弾薬は？」

「完了です！」

発着機部員の言葉が終わらないうちに、渡部大尉は機体を滑走路に出していた。

ロハ一七の力強い加速感が渡部をつつむ。操縦桿を引くと、機体は急上昇に入っていた。

「あれか」

渡部は前方に見える三つの黒点を認める。それは四発の爆撃機。噂に聞くB‐17

だろう。

「敵重爆、前方に三」

渡部は敵の姿を認めると、不思議と冷静になれた。ほとんど意識しないまま、彼は部下たちの状況を無線電話で把握し、同時に敵に対してどう動くべきかを簡潔に伝える。

何がどう違うのか。渡部大尉にはよくわからないが、川西のこの局地戦闘機は武装とは別に無線電話の性能が良かった。不思議なことに、それは三菱の零戦などと同じ空一号無線電話機だ。ただ川西の機体のそれは三菱より優れていた。

どうも三菱の戦闘機は機体設計者が一番偉くて、機体に艤装品を合わせるような設計だという。ところが川西のそれは、輸送機開発で旅客機とも関わったせいか、機体は発動機、艤装品など含めて全体で一つの機体であるという発想があるらしい。

その違いが無線電話の性能の違いとなっているのだろう。

何のことはない、こっちの無線機の性能が良いと言うより、こっちの機体が無線機本来の性能を引き出しているということなのだ。

そんな設計思想の違いなど、些細なことなのかもしれない。しかし、渡部にとっては、自分や部下はこの機体になら命を託すことを納得できた。

監視哨をかなり前進させているため、警報から出動にかかっても、時間的余裕はまだあったようだ。しかし、それでも敵爆撃機は飛行場とは指呼の距離にある。

渡部はともかく部隊を三機一組に分けると、それぞれに敵爆撃機攻撃を指示した。

B-17はどうやらオーストラリア軍のもので、比較的初期型であるらしい。

まず渡部は、三機編隊の左端に位置するB-17に対して、その右舷下方から、激しく銃撃しながら上昇する。それに対して反撃を加えるのはB-17の下部の球形銃塔だったが、それは計算された襲撃だった。

球形銃塔が渡部機を撃墜すべく動いているわずかの合間に、残り二機の二式局地戦闘機が、左舷後方から銃撃をしながら上昇を図る。

まず球形銃塔が撃破され、続いてB-17の下方面にはおびただしい二〇ミリ機銃弾が撃ち込まれた。側方機銃の機銃手たちは、下からの銃撃にはまったく無防備だった。幾つかは機械類が防いでくれたが、一部の銃弾は機銃手を傷付ける。

三機の二式局地戦闘機は、B-17の脇を抜けて上昇し、一転して降下に入る。すでにB-17には先ほどの襲撃で火器に死角ができている。三機は雪崩をうって、その死角に突入した。

B-17は頑強な機体だった。頑強ではあったが、しかし、航空機であることには変わりはない。数百の数に達する二〇ミリ機銃弾の洗礼を受けて、無事でいられるはずがなかった。

主翼の桁《けた》が最初に崩れた。主翼は折れるように変形し、そしてそのまま地面に激突する。

そこは飛行場ではなかったが、ポートモレスビーの市街地ではあった。時ならぬ爆撃機の墜落に、幾つかの民家が吹き飛んだ。

三機のB‐17は三〇〇空の奮戦により撃破された。だが渡部大尉には初陣での勝利による高揚感はなかった。彼はただ、最前線の苛烈な戦闘に将来への漠然とした不安を感じていた。

「連合国が三機ではなく、六機投入していたら、いまの闘いは違った形になったはずだ」

そして六機のB‐17というのは、決してあり得ない数字ではなかった。少なくとも二式局地戦闘機がいまの倍になる可能性よりは。

第九章　二式輸送機丙型

「こう言っては何だが、不細工な形状になったな……。図面を見た時は、それほどとも感じなかったのだが」

新京航空の社長、田島泰蔵は完成したばかりの二式輸送機丙型を見て、そう感想を漏した。

そこは川西の新工場である。新工場は用地を確保しなければならないという条件と、工業地帯に近いことという条件から姫路に造られていた。船や鉄道で部品を姫路まで輸送し、そこで組み立てるというのが当面の作業形態だ。

また、ここはロハ一七などの航空機用エンジンの生産も行う。周辺に下請工場なども少なく、姫路工場の部品の内製化率は否応なく高めなければならない。機体の場合は、それでも内製化率を高めると言っても限界がある。

その点、発動機はすでに半一貫生産の自動化ラインのようなものを川西自身で開発していることもあり、内製化率の向上が期待できた。それは菊原や田島をはじめ、誰も自覚していなかったが、世界屈指のエンジン製造用トランスファーマシンであった。

装置の扱いさえ可能なら——さすがにド素人では困るが——熟練工である必要は必ずしもない。何より工程の多くを機械が半自動的に行うため、品質が一定していた。重要部品は外部から送ってもらわなければならなかったが、発動機の品質はこの装置で大いに向上した。

そんな姫路工場での生産第一号が、この不細工な機体であった。

「不細工とは思えませんが。個性的とは思いますけどね」

設計者の菊原技師が反論する。もっとも彼はいま、例の二式局地戦のこともあり多忙で、この輸送機改修設計はアウトラインの指示を出しただけとも聞いている。田島は川西とは深い関わりを持ってはいる。しかし、所詮は部外者であり、社内のことでわかることは限られる。

この姫路工場も川西航空機株式会社と新京航空の協同出資ということになっているが、実質的に川西の工場であり、田島は名目上の工場長という立場にいた。それなりに権限は与えられているが、フリーハンドまでは持っていない。

「しかし、よく設計が間に合ったな。どう考えても大改造だろう?」

そこにいたのは田島と菊原の二人だけだった。工場の他の場所では、ショップごとに同じような形状の機体の生産が続けられている。これらは試作機のはずであったが、戦線の拡大と同時に、限られた検査だけで前線に送られることになっている。実績が認められているが故の検査の簡略化と思いたいが、どうもそれ以上に前線の戦闘は苛烈化しているというのが実情らしい。

戦争が終わるまでに一〇〇機も生産すれば十分という目論見は、早々に撤回しなければならないようだ。企業経営者としてはうれしい誤算だ。ただ日本国民としては喜んでばかりもいられない。この戦争、いよいよ長期化は必定のようだ。

「そうでもありませんよ。もともと旅客機開発の過程で主翼配置に関しては低中高と比較検討していました。それに飛行艇では高翼の経験も積んでいます。ゼロから何かしたというわけではないんです」

「なるほど。まぁ、もともと旅客機を改造した輸送機だからな。開発と改造では違いもあるか。それで軍の要求は満たせるのか?」

「田島さんは簡略化が性能低下をもたらすとお考えのようですが、軍用機と割りきるなら、むしろこの形状の方がいいくらいです。模型実験の結果も良好です」

「しかし、量産性はどうなんだ。けっこう複雑な改良にも思えるが……まぁ、いまさらな言い方かもしれないがな」

「量産と言っても一日に一〇〇機作るための量産と、一〇機作るための量産では違いますから。一日一〇〇機が必要なら、ショップ制で生産する体制から考え直さないとなりませんよ」

「なるほどねぇ」

そう言いながら、田島は輸送機のタイヤを蹴飛ばしてみる。タイヤの直径は一メートル前後。そんなタイヤが二個、一つの降着装置により縦に並んで取りつけられている。タイヤはしっかりと衝撃を受け止めた。機体の左右両側にある降着装置はびくともしない。

タイヤはこれだけではなく、機首の真下にそれらとはやや小さめのタイヤが二個、串刺状に並べられた物が一基、装着されている。これと左右両脇の降着装置の三点で、機体は支えられていた。

「まぁ、不格好には見えるかも知れませんが、欧州方面では輸送機やグライダーにも似たような車輪配置がありますよ。それにこの方が、機体後部からの荷物の出し入れがかなり楽です。機体と地面とのストロークがありませんから」

彼らの目の前にある二式輸送機丙型は、陸海軍共通の輸送機だった。いままでは陸海軍の面子の問題があって、同じ機体を陸軍は一式輸送機、海軍が二式輸送機と呼んでいた。しかし、さすがに陸海軍ともその馬鹿馬鹿しさに気がついたのか、大規模な改良がなされた機体を改めて二式輸送機丙型として制式化した。

むろん過去の愚行に対する反省は、この制式名称からは聞こえてこない。

この丙型が開発されたのは、乙型の成功がきっかけだった。何しろ軽戦車まで運べる輸送機の誕生は、陸海軍の補給はもとより、空挺作戦にも多大な影響をもたらした。

すでに甲型の生産は中止され、生産は乙型のみに絞られていた。それでも生産が追いつかないことに対する陸海軍側の増産要求が、量産仕様の丙型を生んだ。

もともと戦争が短期間に終わるつもりで、旅客機に戻しやすいようにとの含みを残して生産したのが、一連の輸送機だ。しかし、短期決戦が期待できないいま、経営者として方針転換は避けられない。

ただ簡易量産型と言われても、話は単純ではなかった。与圧客室の機構にしても、構造強度や発動機なども関係しているため、省略しても大規模な再設計が不可欠であり、治具の準備や何やらを考えると量産性が向上するようには思えなかった。

しかも、性能はかなり低下する可能性さえある。

航空機は複雑なシステムだ。部分的な要素に手を加えることが、思わぬ部分に影響することは少なくない。それでも色々調べてみると、降着装置に手を加える余地があることがわかった。実戦では旅客機運用を前提として設計されたこの部分の故障が意外に多いことが判明したからだ。

翼への引き込み脚を廃止できれば、構造も単純化され、空いた容積に燃料タンクを増設することも可能だ。問題は、降着装置をどうするか？

じつは菊原は最初の概念設計段階で、旅客機仕様の低翼型とは別に高翼型も検討していた。そうすると降着装置は胴体に装備すればよく、主翼に降着機構を納めなくても済む。

この時は重量の軽減化を主に意図して考えていた。ただこの案は、客室からの視界が良くないという点で却下されていた。

だがそれも旅客機の論理での話。軍用機となれば、客室の視界など二義的な問題だ。こうした点から、二式輸送機丙型では主翼を高翼にし、胴体に降着装置を装備するという形状に落ち着いた。

じっさい輸送機としては、航続距離の増大や積載能力の拡大など幾つかメリットがある。また、降着装置が旅客機式からこのような形状に変わったため、接地圧が低下し、ちゃんとした滑走路でなくても、多少軟弱な地面からでも離着陸が可能となっていた。

この改造にともない乗員数にも変化がある。与圧機構こそ残されているが、旅客機的な椅子の配置は完全に払拭された。従来なら六名いた機内固有の人間は、正副操縦員二名と機関・整備担当が一人、通信・航法担当が一名の計四名となった。機械的信頼性の向上の賜物と言うよりも、輸送量を増やすという要求の結果である。

固有人員が二名減ったかわりに、ペイロードベイの容積は若干増加した。最大積載重量に大きな変化はないが、収容人数は増えている。

壁の両脇に一二人掛のベンチが設けられた他、中央部に背中合わせに同様のベンチが新設されている。これらのベンチは折り畳み式だが、すべてを展開すれば、これだけで四八名を収容できる。他に操縦室の隔壁と背中合わせに指揮官席が二名用意されている。これで五〇名。輸送機全体では旅客機時代には四六名だったものが五四名に増加したことになる。

ただ田島泰蔵にとっては、それはこの輸送機を旅客機としては使えないことへの最後通告のようなものであった。

彼が開発に着手したはずの民生用の旅客機は、いまここにほぼ完璧な軍用機として生まれ変わった。国のため、それを追求することは、田島の夢の挫折を意味した。だが経営者として、彼に他の選択肢はなかった。

「この機体は、もう嫁入り先は決まってるのか」

「こいつは試作一号ですから、前線に行くことはないでしょう。今後の実験などにも使うことになりますし。ただ二号機以降はとりあえず半数はラバウル、半数は北支に送られます」

「あぁ、そうだったな」

自分は経営者には向いていないのだろうか。田島はそんなことを思う。菊原に指摘されるまで、そんなことさえ忘れていた。旅客機から遠ざかれば遠ざかるほど、田島はこの機体への愛着が薄れていくことを認めないわけにはいかなかった。

「菊原さん、航空機設計って楽しいか」

「そりゃぁ、もちろん。自分の夢を飛行機として形にできるんですから」

「そうか、だったら一つ忠告しておこう」

「なんです？」

「自分の夢が大事なら、経営者なんかにならないこった」

「ミッドウェーでは、どうだったんですか」

副官格の三国中尉の表情は真剣だった。これが初の実戦らしい実戦なのだ、不思議はない。

ただ中隊長である西沢大尉にとっては、いまその話題には触れたくなかった。この機内にいる総勢四八名の陸戦隊員たちは、ほとんどがこの作戦が初陣だ。指揮官として必要以上に部下を脅えさせたくはなかった。

だから、こう答えた。

「まぁ、やること自体は訓練とかわらん」

それは嘘ではないにせよ、ひどく歪《ゆが》んだ表現だ。そして明日のいまごろには、部下の多くは自分に騙《だま》されたと思うだろう。

訓練と実戦は違う。訓練では人は死なない。少なくとも敵側にこちらを殺す意図はない。

「しかし、ミッドウェー島では激戦が続いたと……」

「先任、君は次席の指揮官だ。その君が不安がってどうする」

「はっ、申し訳ありません」

西沢大尉はこの若い海軍中尉の素直さに好感を抱くと同時に、ある種の切なさも感じていた。この素直さが戦場で彼を長生きさせないかも知れない。そんな確信めいたものを感じたからだ。

「ミッドウェーは確かに激戦だった。最後には白兵戦をするはめになったくらいだ」

機内は無言だった。全員が、自分の言葉に神経を集中させている。西沢大尉の言葉に自分の運命を読み取ろうとしているからだろう。

「そう、それくらい激戦だった。だが忘れるな。俺はこうして生きている」

機内にほっとした空気が一瞬流れる。しかし、西沢大尉だけは、部下を騙しているような、消化しきれない思いを腹の中に抱えていた。俺は生きている。だが、お前たちがどうなるかはわからん。いや、俺自身、生死のほどはわからない。

「まぁ、心配するな」

彼は部下と言うより、自分自身に言い聞かせる。戦場は近い。

ミッドウェー島を死闘の上に占領した西沢大尉の新しい転任先は、呉鎮守府第四特別航空陸戦隊であった。下士官までは鎮守府で管轄し、士官・将校の人事などは海軍省が担当するから、呉鎮守府の何かに転任することそのものは、不思議ではなかった。

じっさいミッドウェー島でその辞令を受け取った時、彼が思ったのは、本国に戻れるということだった。だが、じっさいは違った。

まず特別航空陸戦隊とは、昭和一七年七月一四日付で公布された「海軍特別航空陸戦隊令」による新設部隊であった。その内容は、二式輸送機乙型（後に丙型が中心となる）を前提とした、空挺部隊である。落下傘降下ではなく、輸送機により敵陣、あるいはその後方に展開し、敵地を占領するという部隊だ。

もちろん日本には陸海軍ともに落下傘部隊を核とする空挺部隊はある。しかし、日本に限らず空挺部隊とは精鋭である。そしてそれらが投入されるのは、最も危険な戦場である。せっかくの精鋭部隊が多大な損失を被ることが多いというのが、各国が空挺作戦で共通に頭を悩ます問題だった。

ただドイツの空挺部隊や、日本でも油田地帯やミッドウェー島占領など、空挺の戦果には多大なものがある。損害が大きいのは百も承知だが、それを理由に廃止できないのも空挺部隊。

このジレンマを日本海軍は――そして陸軍も――輸送機による部隊移動で解決しようとした。

二式輸送機なら落下傘降下のように部隊がちりぢりになる危険性は少なく、なおかつ大火力を運べないのが宿命の空挺部隊に、この輸送機は軽戦車までの火力を約束してくれる。しかも落下傘降下などの訓練を促す必要もなく、基本的に通常の陸戦隊員で編制できる。

輸送機の離着陸という面で、運用に制約はあるわけだが、航空撃滅戦が続く中で、敵飛行場の奪取などの作戦では、これらの戦力に期待できるところは少なくない。それは航空戦の在り方を根本から変えるだろう。これが「海軍特別航空陸戦隊令」が期待していることだった。

このため西沢大尉が、二式輸送機甲に載せられて向かったのは、呉ではなくラバウルであった。そこに呉鎮守府第四特別航空陸戦隊の本隊が集結していた。

西沢大尉は、その中の一個中隊の指揮を任されていた。輸送機一機が一個小隊、三個小隊で一個中隊、三個中隊プラス本部小隊で一個大隊。つまり、輸送機一〇機で一個大隊を編制する。

特別陸戦隊の定員は一〇〇〇名から一五〇〇名が標準と考えると、この特別航空陸戦隊は兵員数で半分から三分の一程度しかない。これは陸戦隊から輸送機を割り出したのではなく、輸送機の数から現実的な数字を割り出したためだ。これだけ運ぶのにも輸送機が一〇機必要だ。この他に戦車、装甲車の輸送も行うので、兵員全体の輸送には一個大隊で最低一五機が必要だった。

じっさいに部隊を輸送するのは第一航空輸送隊などの輸送航空隊であり、これらの機体定数が四八機であることを考えるなら、一五機というのは一つの部隊移動では限界に等しいだろう。それ以上の輸送戦力を投入すれば、他の戦線への物資輸送が麻痺してしまう。機体の稼働率だって考えなければならない。

西沢大尉は、ミッドウェー島での空挺作戦に比べ、特別航空陸戦隊の装備や運用面の進歩には確かに感心した。二機だが二式輸送機丙型という新型機も投入されている。西沢らが乗っているのはその一機だ。

新型機を割り当てられたのは、彼らが優遇されているためでもあり、同時に真っ先に敵地に降下し、拠点を確保するためでもある。もう一機の丙型には戦車が載せられているはずだった。

じつは呉鎮守府第四特別航空陸戦隊は、全員が敵地に輸送機ごと強襲着陸を行うわけではない。攻撃目標にはそれほど大量の輸送機が着陸できないためだ。そのため、兵力の半数は落下傘降下を行うことになっていた。敵飛行場の中と外から挟撃するというのが作戦の骨子だ。

落下傘兵も含まれるというのは、先の「通常の陸戦隊員を空挺化できる」というメリットと矛盾すると西沢も思った。だが、どうもそうではないらしい。

海軍上層部には、将来的に特別航空陸戦隊に甲部隊・乙部隊の二種類を編制する意図があるらしい。落下傘降下の甲部隊、輸送機強襲の乙部隊だ。今回の作戦などで実戦経験を積んだ落下傘兵を増やし、将来の増員への中核にするということらしい。

作戦に精鋭部隊が伴われるというのは、心強い話ではある。しかし、喜んでばかりもいられない。ミッドウェー島攻略の時も感じたことだが、海軍上層部は空挺部隊というものに何か過大な期待を抱いている節がある。それは真珠湾で劇的な勝利をあげたがゆえに、あらゆる敵に機動部隊が当てられたのと似ていた。

南方の資源地帯の攻略や自分も参加したミッドウェー島攻略で空挺部隊――正確には陸戦隊の空挺部隊的運用――が目覚ましい働きをしたがゆえに、輸送機に兵員を載せて敵地に送り込めば、空挺部隊のできあがりとでもいわんばかりの安易さが感じられるのだ。

落下傘兵に実戦経験をと言うが、それは言葉を変えれば実戦や敵軍を舐《な》めているとしか思えない考え方だ。ミッドウェー島で敵兵と死闘を演じてきた西沢には、米兵が弱いとは口が割けても言えなかった。精鋭とて相手を舐めてかかれば大怪我をするだろう。

また、強襲部隊側も不安要素は多い。精鋭と行動するからか、こちらはほとんど実戦経験のない将兵ばかりだ。

ミッドウェー島攻略までは、まだしも日華事変での戦闘に参加した部隊が中核となっていた。しかし、この作戦ではそうした熟練兵を当てるという配慮さえない。経験不足を機材の新しさで補おうとでも言うのだろう。むろん機材不足よりも機材が充実している方がいいのは間違いない。だが、それだけでは完璧ではないのだ。

もっとも西沢大尉には、別の懸念もある。ミッドウェー島から呼び戻されたのは、じつは自分だけではない。相棒の雨宮中尉もまた別の辞令により転属した。

自分は呉鎮守府、彼は佐世保鎮守府であったが、じつのところ彼もまた日本ではなく太平洋のどこかに転属している可能性は低くない。

熟練者の重要性は海軍上層部もわかっている。だがそうした人材が払底しているがゆえに、実戦がはじめてという陸戦隊員たちを投入しなければならないとしたら状況としてはこちらの方が、はるかに深刻だ。そしてこちらの方が、じつはずっとあり得そうな気がする。

なぜならば、彼も雨宮も陸戦隊に属していたとは言え、本来は操縦員なのである。空挺部隊の指揮官が航空機に詳しいというのは、重要な資質かもしれない。だがそれは、人材不足の結果とも解釈できた。

……。

ブザーが鳴った。短く三つ。もうじき、敵地を強襲する。

「全員戦闘準備、各員、隣の兵員の装備を確認！」

空挺部隊員の装備は、輸送機で強襲する今日でも比較的軽装だ。火砲はなく、軽機関銃が最大の火力だろう。兵員の半数は機関短銃を装備しているが、基本は小銃だ。

西沢大尉と三国中尉は本来なら拳銃装備なのだが、いまはトンプソンのサブマシンガンを持っている。二丁とも西沢がミッドウェー島で敵軍から弾倉ともども手にいれたものだ。呉鎮守府に戻った時に手みやげにしようと思ったのだが、状況がそれを許さなかった。だからこれを使う。

あまり他人には公言しないが、トンプソンは良い銃だった。なにしろミッドウェー島攻略の最終段階では、彼は敵兵から奪ったこの銃で闘い続けていたからだ。

こいつに命を救われたことは何度となくある。信頼性は折り紙付き。もしかすると、いまのこの混沌とした状況の中で、唯一、信頼できるのはこの銃だけかもしれない。

もうじきに敵地と思われる辺りで、機体が揺れた。高射砲による反撃が始まったのだろう。しかし、砲撃はそれほど激しくないのか、揺れはかぎられていた。

米軍の補給状況は作戦前の説明通りかなり厳しいものであるらしい。物資揚陸に失敗したのだから当然か。いまの西沢にとって、敵の不都合の一つ一つがうれしい。それだけ部下の死傷者が減る。

輸送機は、思ったよりもなめらかに着陸した。すぐさま西沢は機関短銃を持った兵員を前面に出し、カーゴランプを下げる。

モーターの音と共にランプは下がって行く。そして米軍に占領された飛行場、ガダルカナル島のルンガ飛行場の姿が目の前に広がって行く。

最初は機関短銃の一斉射撃から。そして全員がその余勢を借りて輸送機から降り立つ。戦闘は始まった。

この時、ガダルカナル島を占領していたのはヴァンデクリフト海軍少将麾下《きか》の第一海兵師団一万一〇〇〇名であった。これら兵力は二二隻の輸送船により運ばれ、確かに兵員の上陸だけは成功していた。

だが第一次ソロモン海戦や輸送機によるにわか空襲により、肝心の物資揚陸は失敗に終わる。道路建設も進まない中、海岸線に大量に積み上げられたおびただしい物資は、航空輸送隊による間に合わせ的な爆撃により、灰塵《かいじん》に帰してしまっていた。

これは第一海兵師団にとって、甚大な問題であった。一万人以上の人間の衣食住の確保は膨大な物資を必要とする。その大半を失ったのである。

日本海軍の第一航空輸送隊の空襲は、正直、その辺に爆弾を投げた程度のものであり、海兵隊員にはほとんど死傷者は出なかった。それだけに口が減ることもなく、消耗品の需要は依然として一万人以上のそれを維持していた。

ヴァンデクリフト少将は、決して無能な指揮官ではなかった。彼はまず兵力をルンガ飛行場周辺に集結させた。そしてかろうじて揚陸に成功したトラックなどの機械類を使い、海岸と飛行場の間に道路建設を行うこととした。次の補給がなされた時に備えるためだ。

だが状況は、お世辞にも楽観できるものではない。飲料水一つとっても、そうだった。安全な飲料水を供給する機材一切を失ったために、海兵隊員の多くは、寄生虫や赤痢などに悩んでいた。もちろん生水は飲まないように通達は出ていたが、煮沸消毒さえ人数分行うことは容易ではない。

兵員一人が一日に必要な水は二〇リットル。一万人なら二〇万リットルとなるが、これはドラム缶一〇〇〇本分に相当する。

生命維持に必要なギリギリの量でも二リットル。一万人ならその最低線でもドラム缶一〇〇本に相当した。毎日それだけの量を煮沸消毒するというのは不可能だ。ヨード剤などを用いれば煮沸は必要ないだろうが、そうした薬品の多くもすでに失われている。

問題は飲料水だけではない。常識で考えて、飲料水が不足している中で食糧だけが潤沢なはずがない。生水を飲むことによる感染症、さらに栄養不良による体力の低下。上陸から一週間後には、精強を謳われた第一海兵師団はその大半が何らかの疾病に侵されているという悲惨な状況にあった。

このことは、米陸海軍による補給作戦をも大きく遅らせる結果となっていた。

まずラバウルの日本海軍航空隊は、連日のようにガダルカナル島のルンガ飛行場へ爆撃を繰り返していた。陸攻の爆弾搭載能力に限界があるため、それらは致命傷とまではいかなかったが、いまの米軍にはその損傷を補修するのは簡単ではない。彼らにはブルドーザーさえないのだ。

悪いことに第一海兵師団が占領した段階で、ルンガ飛行場は戦闘機の離発着が可能な程度しか完成していなかった。このため大型輸送機による補給はできなかった。飛行場建設を急ぎたいが、日本軍の攻撃と重機不足で工事は思うに任せない。

戦闘機隊の制空権下で輸送部隊を一気に上陸させたかったが、いまのルンガ飛行場では制空権を確保できるほどの戦闘機さえ飛ばせなかった。狭い滑走路一本では運用できる戦力には限りがある。

米太平洋艦隊にも、もちろん策がなかったわけではない。空母機動部隊による航空機の傘の下で、輸送部隊を上陸させるというものだ。しかし、米太平洋艦隊はこの計画実行を決断できなかった。米海軍中央との確執が、いまだ尾をひいているからだ。

米太平洋艦隊は、海軍中央の意見を無視したために、必要以上に空母戦力を消耗してしまった。太平洋艦隊はその意見に異を唱えていたが、いずれにせよ空母を危険にさらす真似はしたくなくてもできなかった。日本海軍の空母戦力は圧倒的に有利なのだ。

さらに米陸軍のマッカーサーがガダルカナル島に対する攻撃には批判的なこともあって、陸海軍の調整がついていないことも大きかった。

順調にいっていれば問題はなかっただろう。しかし、上陸時の補給の問題から、上級司令部の確執が表面化し、結果的にヴァンデクリフト少将は二階に昇って梯子《はしご》を外された状態に置かれていたのであった。

日本軍の攻撃は、まさにそんな時に行われた。

西沢大尉は、部隊を指揮して建設中の掩体付近に部下を終結させた。遮蔽物のない滑走路に部下を集めるなど自殺行為にほかならぬ。

二式輸送機の操縦員は、豪胆《ごうたん》で、そしてなおかつ戦術眼のある人間だった。彼は輸送機を大きく地上で反転させ、降下した陸戦隊員たちを敵側から遮蔽する位置に移動させ、そこからおもむろに再度離陸を始めたからだ。この機動のおかげで、西沢大尉ら以下五〇名は最初の拠点を確保できた。

滑走路脇には、誘導路から作りかけの掩体まで塹壕のようなものがしつらえてあった。おそらくは防衛線にするつもりだったのだろうか。

塹壕は手入れが悪いのか、中に足首が漬かるくらいの水が溜っていた。ただ虫の類いはいないようだ。よくわからないが、変な白い粉が塹壕内部に撒かれている。

躊躇している暇はなかった。散発的だが、米軍は彼らに向かって反撃を開始している。重機関銃弾が、容赦なく彼らの周囲の土を吹き飛ばす。不馴れな陸戦隊員は、塹壕の泥濘《でいねい》の中に頭から飛び込んでいた。いま彼にとって、戦場とは極めて不快な場所だった。

幸い死傷者もなく、西沢大尉らの部隊は掩体までたどり着くことができた。

「工事はさほど進んでいないか」

西沢大尉はラバウルの航空隊が撮影した航空写真の情景を思い浮かべる。出撃前のブリーフィングの内容と、現場の状況はおおむね一致している。補修工事などの進捗がはかばかしくないということは、米軍もかなり苦しい状況にあるようだ。

二式輸送機の二機目が着陸態勢に入った時、空に一面の花が咲く。他の二式輸送機から落下傘兵が降下したのだ。

それは米軍の位置からもはっきり見えた。幾つかの銃声が落下傘を狙う。だがもとよりそんなものが命中するわけがない。

「まずいな、流されてる」

空に広がる落下傘。それは絵としては美しいかも知れないが、状況は決して芳しいものではない。広がるということは集結が難しいということだ。そしてガダルカナル島の飛行場の周辺はジャングルなのである。

だが、西沢大尉は落下傘兵など気にしていられる状況ではなかった。突然、着陸態勢にあった輸送機の左翼先端が吹き飛ばされた。高射砲弾が直撃したのだろう。

それは敵ながら的確な判断と言えた。滑走路のど真ん中で輸送機を撃墜すれば、ルンガ飛行場のような小さな滑走路では後続部隊の着陸は不可能だ。

だが四発の輸送機は、翼端を吹き飛ばされ、三発になりながらもかろうじて墜落を免れていた。自分がここで墜落することの意味を、彼もまた理解していたのだろう。

機体は右側に流されるような形で、誘導路側に逃げる。そしてかなり派手な着陸を行い、工事中の塹壕に降着装置を挟まれる形で何とか着陸する。滑走路はまだ使える。

機体は傾いているし、右翼側も地面との接触で折れてしまった。

乗員の安否はわからないが、火災は起きていないようだ。ただ格納庫で何が起きているのか、戦車はいっこうに現れる気配がない。

「先任！」

三国中尉は、西沢の前に呼ばれた時点で、何を命じられるかわかっていた。

「輸送機に移動し、戦車を回収するのですね？」

「できるか」

「できます。掩護はお願いします」

「わかってる」

三国中尉は一個分隊ほど引き連れ、墜落した輸送機へと向かうべく、水の溜った塹壕を戻って行く。

西沢大尉は、正直、三国中尉に戦車回収を命じることには躊躇いがある。はじめての実戦でそんなことができるかどうか、未知数の部分が大きい。そう、西沢は指揮官ながら、部下について知らないことが多すぎた。

安全を考えるなら、西沢自らが回収に当たるべきだろう。しかし、万が一、彼が戦死するか、指揮がとれなくなれば、小隊や後続の中隊は三国中尉が指揮しなければならなくなる。どちらが危険かと言えば、間違いなく後者だろう。

だからこそ、西沢はあえて三国を出した。いまの状況では西沢は臆病でなければならなかった。蛮勇は部隊全体を殺してしまう。

「いいか、掩護射撃を忘れるな！」

設置された軽機関銃は、敵陣に向かって弾丸を叩き込む。

行きますと勇《いさ》んで出たものの、三国中尉には策らしい策はなかった。誘導路までは塹壕を伝って移動できるが、ここから墜落機まで五〇メートルほどは何も身を守る物のない中、滑走路を突っ切って行かねばならない。機関銃で狙い撃ちされればそれまでだ。小銃だって危険だ。

自分たちを狙っている機銃座の位置はだいたいわかる。擲弾筒で狙ってやりたいが、擲弾筒で届く距離ではなかった。だが、敵弾は届くのだ。

「いいか、何も考えずに走れ！」

三国中尉はそう命じると、機関短銃を持った陸戦隊員を中心に分隊を二つの班に分ける。そして西沢大尉らの掩護射撃の中、自らもサブマシンガンを乱射しながら、五〇メートルを駆け抜ける。

よく考えれば、それはあまり望ましい方法ではなかった。下手をすれば全滅だ。

機関銃の前に横並びになるよりは、一つ塊になるべきなのだ。その方が少しは生存率は高くなる。が、そんなのは走り出してから気がつくこと。

三国中尉は、自分の足下に撃ち込まれる銃弾から逃げるように滑走路を走る。狭いから航空機運用に制約があるルンガ飛行場だったが、敵機銃座の前を駆け抜けるとなれば、五〇メートルは長い。

ほとんど全員が何とか滑走路を渡りきったが、そのまま水の溜った塹壕に頭から突っ込む。こちらにも変な白い粉が撒かれていたが、それどころではなかった。

分隊の全員が、肩で息をしていた。そして敵の攻撃に対して、散発的に小銃で応戦する。三国が訓練は無駄ではないと思ったのはこの時だ。

とりあえず全員、泥の中に銃口を突っ込むような真似だけはしていない。銃口に泥が詰まって銃身が破裂という事故だけは起きなかった。が、それに気がついたのも、部下たちが引金を引いてから。誰も銃口の泥について確認などしていなかった。

――俺たち、もう、二、三回は死んでるな。

そんな切ない考えが三国中尉の脳裏に浮かぶ。が、いつまでも切ない思いに浸っている場合ではない。

墜落機の一部は掩体の陰に隠れていたが、一部は敵の機銃座にその姿を曝している。三国中尉は、敵の機銃座の死角を移動しながら、まず操縦席を覗き込む。

おそらく着陸と言うより掩体に衝突した時の衝撃のためだろう、正副操縦員は首の骨を折ったらしく、二人とも絶命していた。三国中尉は二人に手を合わせると、操縦席後方の出入り口に移動する。

機体が傾いているので、扉は上を向いている。仕方がない、折れた主翼を足掛かりに、彼は操縦席の天井に這いつくばりながら移動する。空気抵抗を減らそうと表面には無駄な突起もない。うっかりすれば、敵の機銃座の真正面に落下する。

ハッチは閉じていたが、メンテナンス用のこのハッチは外から開けることもできた。なんとかこじ開け、不自然な姿勢で操縦席に転がり込む。

操縦員の死体を再度、片手で拝むと、彼はまず中から入り口を開け、そして後ろに下がる。航法員や機関員は砲撃を受けた段階で、破片により死亡していた。血の気のない死体が床に引っ掛かり、斜めになった壁面に流れた血が血だまりを作る。

そして、戦車はそこにあった。

「おい、誰かいるか！」

三国中尉の呼び掛けに返答はない。

彼は戦車に登ってみる。車内に人影はなく、乗員二名は戦車の前でしがみつくように死んでいる。砲弾の破片か、機銃座の銃弾かよくわからない。ただ背中には血が流れている跡がある。

「おい、誰か、戦車を動かせる奴はいるか！」

とりあえず戦車は無事らしい。固縛を解く前にこれを操縦できる奴を呼ぶ。万事が泥縄だが、とりあえず走り続けなければならん。

「自分が操縦できます！」

分隊には戦車を操れる人間がいた。西沢大尉がその辺の采配をしていたのだった。

三国は自分の目配りのなさを痛感する。

戦車には操縦員と砲員のとりあえず二名が乗り込む。他の人間たちは、仏さんを移動させ、緊縛しているワイヤーを慎重に外す。

傾斜している床での作業は簡単ではない。彼らの存在を知ってか知らずか、時々機内に銃弾が飛込んでくる。

機体は完全に動かない。だからカーゴランプは戦車の体当たりで抜くしかない。

「待避！」

エンジン音と同時に、三国中尉は叫ぶ。

貨物室はすでにディーゼルの排気で息もできない。彼らが外に出るのと、何かが弾けるような音がするのはほぼ同時。カーゴランプを力押しにして九八式軽戦車ケニが現れた。

機銃座の銃弾は、すべて戦車に集中する。しかし、もとより機銃弾に耐えられるのが戦車である。軽戦車は陸軍の九八式軽戦車をベースにしたものではあったが、海軍独自の改良を加えられていた。これは空挺に対する思想の差かもしれない。

改造と言っても、それほど大規模なものではなかった。砲塔を改変し、主砲を三七ミリ砲から八九式戦車の五七ミリ砲としたのである。歩兵支援の戦車としては、三七ミリより五七ミリに分があるという判断だろう。

それでも確かに五七ミリ砲は、さっきから彼らの足を止めている機関銃座を一撃で沈黙させた。

「さすが戦車だ」

三国中尉は、一瞬、突撃命令も忘れ、戦車砲の威力に見とれる。彼が戦車の威力を目の当たりにしたのも、今日のこの瞬間がはじめてだった。

西沢大尉らの部隊は、降下した戦車を前面に立てて前進する。もっともさすがに滑走路のど真ん中を前進はしない。塹壕や掩体近くから離れないように進む。飛行機に載せられる程度の小さな戦車だ。遮蔽物としては限界がある。

それに、より重要な問題として滑走路を彼らがうろついては、後続の輸送機が着陸しにくいのだ。すぐに戦車は部隊を集結させると、建設途上の誘導路を進み、敵の背側をうかがう。

彼らのすぐ脇を次々と輸送機が着陸しては、離陸する。さすがにタッチ・アンド・ゴーといくほど滑走路は広くない。一機一機が順番に着陸と離陸をこなさねばならなかった。

最も弱いのは離陸の時だった。輸送機は、敵の高射砲に向かって頭から突っ込む形になるからだ。

一機が、それに喰われた。操縦席を吹き飛ばされ、炎上し、失速した機体は、そのままジャングルの中に激突する。

「あの高射砲だ！」

西沢大尉らの部隊は、真っ先にそれを無力化すべく戦車を進める。だが、彼らの前進は阻止される。斥候《せっこう》が叫ぶ。

「前方に敵戦車！」

第十章　空挺の華

「まったく不細工な話だのう！」

　垣崎大尉はそう怒りをぶちまけるが、受け取ってくれる人間は彼の周囲にいない。正確には他に一人いたが、彼は落下傘が木に引っ掛かり、頸椎《けいつい》を骨折していた。だから生きていて、彼の怒りを受け止めてくれる人間はゼロというのが正しい。

　垣崎大尉は、自分があるいは自分たちがこうもばらばらに落下傘降下してしまった事実が、どうにも納得できなかった。輸送機から降下した時には、それほど風は強くなかったはずだ。にもかかわらず、落下傘兵は飛行場から離れた場所に広範囲に落下することとなった。

「まったく馬鹿ものが……」

　垣崎大尉は、とりあえずこの作戦を立案したらしい、上層部への呪詛《じゅそ》を口にしながら前進する。呪詛でも口にすれば、少しは気も晴れる。それに何より不安感は忘れられる。

じっさい垣崎大尉は――自分自身も含めて――この作戦を立案し、実行してしまったことが、不思議でならなかった。

密林に降下すれば、周囲の視界を遮《さえぎ》られる。そんな子供でもわかる当たり前の道理を、あの時、軍令部作戦課の海軍兵学校を優秀な成績で卒業した将校たちは誰一人気がつかなかったのだ。

書類の上には、海岸線と川と山と飛行場だけが描かれている。ガダルカナル島のジャングルは、林を示す記号があるだけだった。

これだけを見れば、飛行場に空挺部隊が降下し、それに敵軍が集中している間に、本隊が落下傘で降下、敵を内外から挟撃するという作戦に微塵の疑いも抱かないかも知れない。

作戦課の将校たちは抽象的な思考で作戦を立てる。が、具象的な次元でそれを実行するのは自分たちだ。ただこうして落下傘で降下するまで、自分もまた作戦を抽象的にしか考えていなかった事実は消えない。

我ながら信じがたい話だが、垣崎大尉は鉈《なた》の一丁さえ持参していなかった。部隊には鉈はもちろんあるが、彼自身は持っていない。部隊がこれほどちりぢりにならなければ、それで問題はなかったはずだ。だが、現実はこの通り。

最初は彼も、将校用の軍刀で下草を伐採して何とか前進しようとしたが、軍刀は軍刀であって、鉈でも鎌《かま》でもない。さすがに海軍兵学校卒業だけあって、垣崎大尉はすぐに軍刀で下草を伐採するような馬鹿な真似はやめた。

そして彼は軍刀を鞘《さや》にいれたまま、前方で振り回して進むことにする。歩き難いが、草を伐採するよりましだ。

彼はよほど笛で部下に集結を呼び掛けようかと思った。だが現在位置がはっきりしない以上、それは危険が伴った。敵の拠点の目の前で笛を吹き、自分の存在を気取られるのはおもしろくない。

それにここで笛を吹いてもどこまで聞こえるのか、はなはだ疑問だった。少なくとも彼が降下した時点で、強襲部隊がルンガ飛行場に強行突入し、戦闘を開始していた。にもかかわらず、銃声らしい銃声はほとんど聞こえない。それらしい音は聞こえるが、方角も距離もわからない。

だから彼は、おそらく銃声はこちらだろうという方角に進んでいた。ともかく飛行場に出るなら、現在位置くらいわかるだろう。かなり情けない状況だが、自分しかいない以上、他に手はない。

だがしばらく進んで、彼は明らかに人間によるものらしい、細い道に出た。

——敵軍の道路か？

最初、垣崎大尉はそう思った。場所的に他には考えられない。彼は躊躇したが、結局その道を進む。

拳銃を取り出し、安全装置を外す。いつでも敵兵と渡り合えるようにだ。それが彼の内心の恐怖の反映であることには、彼自身は気がついていない。

「友軍のか！」

彼は一本の木に、何か日本語が刻まれているのを発見し、思わずその場にへたりこんだ。日本語がこんなにもありがたいものだと感じたのは、おそらくこれが生まれてはじめてのことであろう。

最初、それは木に見えた。が、木ではなかった。人の背丈よりやや高いくらいのそれは現地の樹木から切り出された柱らしい。

おそらくは飛行場を建設していた設営隊が、野戦電話か何かを敷設しようとしていたものだろう。電話が完成する前に、米軍が上陸してしまったわけだ。

日本語で書かれていたのは、電柱に関する記号か番号らしい。だが漢数字でも何でも日本語には違いない。

垣崎大尉はそのまま前進した。よく見ると柱は等間隔に立てられており、道もそれにならっている。道はどうやら飛行場につながっているらしい。銃声は先ほどよりかなりはっきりと聞き取れた。

もっとも道と言っても、幅一メートルもない。下草が刈り取られているだけ歩きやすいという程度のものだ。それにしたって、草はすでに芽吹いている。

「誰か！」

いきなり日本語で誰何《すいか》されたのは、その時だった。どこから声をかけられたのかわからない。だから、とっさに声が出ない。

「わ……」

「誰か！　誰か！」

声の主はそう言うといきなり小銃を撃ってきた。銃弾が垣崎大尉の脇をすり抜け、近くの木に命中した。すぐに周囲で銃声を聞きつけたのか、人間が集まる声がする。

「どうした！」

その声には聞き覚えがあった。

「田村、田村少尉！」

「隊長！」

密林の中から、湧いて出たと表現したくなるように、田村少尉他、数名が垣崎大尉の前に現れる。

「馬鹿もの！　お前は自分の隊長と敵兵の区別もつかんのか！」

歩哨に立っていたらしい兵士は、自分が人もあろうに隊長に銃弾を撃ち込んだことにすっかり青くなっている。が、垣崎大尉は、その歩哨に対して怒る気がしなかった。むしろ気持ちはわかる。自分が彼の立場なら、やはり不安を感じるだろう。

通常は、銃撃までに誰何は三回することになっている。おそらく彼も主観的には三回したのだろう。それが「誰か！　誰か！」と連続していたとしても。

「もういい、小隊長。それより彼にはこの失敗を戦場での功績で挽回してもらう。それでいいな」

「ありがとうございます」

それがけっこう過酷な要求であることに、垣崎も歩哨も気がついていない。

「それより小隊長、中隊はどうなっておるのだ」

「かなり風で散らされたようです。幸い我々の小隊はなんとか集結を完了させることができましたが、他の小隊や中隊についてはなんとも」

「でも、一個小隊はあるわけだな」

「その程度の兵力は」

「無線機は？」

「着地の際の衝撃で一部破損しましたが、現在修理中です。遅くとも一〇分以内には通信可能のはずです」

「そう願いたいな」

じっさいに無線機の修理が終わったのは、その一五分後、友軍との交信ができたのは、さらにその一〇分後であった。

状況は垣崎大尉が考えていたよりもずっと悪かった。どうも部隊として活動できるのは、多くて二個小隊。しかもその中の最先任将校は垣崎大尉であるらしい。部隊を動かすか退かせるのか、その判断は彼が為さねばならない。

「攻撃するしかないか……」

そう、他に選択肢はなかった。本隊が攻撃をしなければ、敵飛行機に着陸した強襲部隊は壊滅しかねない。

幸い武器は全員が携行している。迫撃砲も確保されているという。やろうと思えば、攻撃はいまの戦力で不可能ではない。それに自分たちが攻撃を始めれば、友軍部隊もそれに呼応して集結できるだろう。

後の世に生きる人間からみれば、垣崎大尉の判断はあまりにも無謀だった。一〇〇人に満たない兵力で、一万人からの米海兵隊に闘いを挑むというのだ。空挺部隊が精強とは言え、これは軍事作戦としてはあまりにも馬鹿げた判断だ、と。

だが垣崎大尉も、いや、このルンガ飛行場奪還作戦に参加している陸戦隊員たちの誰もが、作戦の妥当性になんら疑問を抱いていなかった。なぜならば、大本営、軍令部、第八艦隊から末端まで、米海軍海兵隊の戦力を大幅に読み違えていたのである。

そもそも大本営は、米軍のガダルカナル島上陸を本格的な反攻の始まりとは解釈していなかった。艦隊戦力に圧倒的な差がある状況で、米海軍はいましばらく反攻はできないはずだったからである。

このため大本営などは、このガダルカナル島上陸を米軍の威力偵察と分析していた。そしてその戦力は一〇〇〇人規模という数字を出していたのであった。輸送船その他から割り出した数字ではない。威力偵察であれば、この程度の戦力であるはずという割り出し方だ。

しかし、垣崎大尉らは、大本営の分析がそういう方法によるものだとは思っていない。上が一〇〇〇人規模と言うから、一〇〇〇人くらいの兵力と信じたまでのこと。それでも兵力に圧倒的な差はあるが、内外から挟撃し、友軍が集結すれば、決して勝てない戦力差ではない。彼はそう判断したのである。

垣崎大尉は攻撃するとは決めたものの、やるべきことは多い。そもそも彼らは自分たちの現在位置を把握していなかった。無線通信ができた小隊の位置も把握しきれていない。ただ設営隊の設置した作業用道路と、強襲部隊の銃声だけが頼りである。

それでも垣崎大尉が悩んでいた時間は短かった。というか、この人はどちらかというとあまり悩むタイプの人ではないらしい。斥候を前進させ、本隊はその後方から、作業用道路を進むことにする。

そんな中で、彼らは砲声を聞く。一つは演習などで聞き慣れた友軍の戦車砲。そしてもう一つ。あまり聞きなれない火砲の音。

「敵軍の速射砲か」

それは計算外の事実だった。威力偵察の部隊が速射砲まで用意しているとは。戦車は強襲部隊の切札なのだ。それがあればこそ兵力量の劣勢を補えたはずなのだ。

「急がねばならん」

垣崎大尉は、ともかく自分が掌握しているすべての部隊に迅速な移動を命じていた。

「戦車があるなんて話は聞いておらんぞ」

西沢大尉はうなるが、そんなことで現実は変わらない。二両の戦車が彼らの九八式戦車目指して進んでくる。

西沢大尉が戦車の存在に驚いたのは、一つにはその運用にある。彼らの輸送機を発見した時点で、戦車を滑走路に移動させていれば、輸送機は着陸できず、強襲作戦は失敗する。広い滑走路ならまだしも、戦闘機の運用が可能な程度の滑走路。二式輸送機はそれでも何とか離着陸可能だが、それにしても一度に一機が限界だ。戦車があるなら、それを滑走路に出すだけで、米軍は有利に作戦を展開できたはずなのだ。

だが彼は敵軍の戦車の姿を見て、事情が飲み込めた。それは米海軍のＭ３軽戦車であったが、ただの軽戦車ではなかった。現場で間に合わせたのだろう、正面に排土板がついている。

それは決して正式なオプションではなく、伐採した木から板を作り、それにブリキ板か何かを打ちつけた物だった。多くの機材を日本軍の攻撃で失ったため、ここでできる加工はこれが限界なのだろう。

そう彼らにとって、戦車を重機として用いる差し迫った必要性があったのだ。居住施設や海岸までのトラックが通れる道路建設など、建設しなければならないものが多かったのだ。滑走路に戦車を置いて敵の強襲を防ぎたくても、彼らにその余裕はなかった。

戦車はどうやらこの部隊に二両しかないらしい。揚陸前に船が沈められたか、海岸線でモタモタしている間に他の物資ともども焼きつくされたかしたのだろう。

M3軽戦車が米陸軍にとって理想の戦車でないことは、米陸軍自身にもわかっていた。これは場繋ぎの戦車なのだ。

第二次世界大戦が始まった一九三九年段階で、米軍が保有していた戦車の総数はわずか四〇〇両。ドイツ軍の戦車・装甲車の総数三一〇〇両以上と比較にならないのはもちろん、ドイツ軍にあっけなく蹂躙《じゅうりん》されたポーランド陸軍でさえ、戦車・装甲車を六〇〇～七〇〇両も保有していたことを考えれば、四〇〇両という数字がいかに少ないかは素人にもわかる。玄人には、その深刻な数字が意味するところがよりわかる。

米陸軍はすぐさま機械化部隊の創設に着手するが、適当な戦車がなかった。M2コンバットカーがあるだけ――法的な問題があって三〇年代のアメリカでは歩兵部隊だけが戦車を扱えたので、騎兵部隊用の戦車はコンバットカーと称さなければならなかった――だが、これとて武装といえば機関銃だけだ。

歩兵戦車にしたところで大恐慌の影響もあり、三〇年代には年間生産量二両前後という有り様だった。一九四一年まで、アメリカの軍事予算は日本のそれよりも少なかったほどなのだ。

アメリカとしては「いま風《ふう》」の中戦車を量産したいところだが、開発に時間がかかるのは明らかで、ともかく「そこそこ」使える戦車を量産しなければならなかった。となると、安価な軽戦車が中心となる。

そして、M2の武装を強化してM3軽戦車が量産されるのであった。ガダルカナル島に配備されたのは、理想的ではないものの、そのそこそこ使える軽戦車なのである。

重機として用いられることが多かったためか、排土板のために戦車の視界はかなり遮られているらしい。操縦しようとすると、車体正面のハッチを開けなければならないらしい。

この戦車に対して真っ先に反応したのは軽機関銃であった。日本軍は機関銃の命中精度にはかなりのこだわりがあり、最大弾痕半径――通常は一〇〇メートル離れた的に五発の銃弾を撃ち込み、最も離れた二発の距離で表す。狙撃銃で二五ミリ、一般的な機関銃で二〇〇ミリという――も小さかった。

M3戦車の側も九八式軽戦車に対しては警戒していただろうが、軽機関銃にはまったく無防備だった。普通はそうだ。そのための装甲なのだから。だから、まさか操縦席前面装甲の開いているハッチに向かって機銃弾を撃ち込んでくる奴がいるとは、予想もしていなかったに違いない。

機銃弾は半分近くが前面装甲に命中し、跳弾となる。だが半分はまさに開いたハッチに飛び込んでいった。操縦員は即死し、そしてM3戦車はそこで操縦の自由を失った。おかしな方向に向かって前進し始めたのである。

どうやら軽機関銃の銃弾は、操縦員を絶命させただけでなく、他の乗員も傷付けたらしい。跳弾かなにかが起きたのだろう。すぐに代わりの人間が操縦を引き継げば良かったのだろうが、その余裕が車内にはなかった。

そして事態に気がついた時には、M3戦車はそのまま誘導路脇の塹壕に斜め方向からはまりこもうとしていた。左側のキャタピラが塹壕にはまると戦車はそのまま泥濘を掻き上げるだけで、どんどん深みにはまる。深みにはまり傾斜したまま動けなくなる。

乗員の中で動ける人間は脱出した。だが彼らは西沢大尉らの部隊の至近距離にいた。脱出と同時に機銃弾が彼らを襲う。米兵はその場に倒れた。

二両のM3戦車のうち、一両は撃破ではないが動きを抑えることができた。だが戦車はまだ残っていた。さすがにもう一両は、操縦席側のハッチを開放はしていなかった。機銃弾がそこを狙うが効果はない。

それに対して九八式軽戦車が攻撃に出た。滑走路上とは言え、距離はそれほど離れていない。それに完成してはいないにせよ、周辺部は開けた平地。射撃を妨げるものもない。

海軍仕様の九八式軽戦車の五七ミリ砲は確実にM3戦車の側面をとらえた。

「やったか！」

だが九八式戦車の五七ミリ砲弾は命中はしたが、それだけで、砲弾はM3戦車の装甲を貫通することなく、その場で砕け散ってしまった。

「馬鹿な！」

どうみてもM3戦車よりも九八式戦車の主砲の方が口径がでかい。だが歩兵支援戦車の戦車砲は対戦車能力は高くない。そして米軍の戦車の装甲は日本の標準よりも厚かった。

M3戦車も反撃したが、移動中の砲撃のため初弾は外した。だがM3戦車は側面装甲さえ貫通できない日本軍の戦車に対して、余裕をもって接近していた。逆に押されているのは九八式軽戦車の方だった。側面装甲が貫通できないなら、正面装甲の貫通など不可能だ。

正面と側面が駄目なら残るは後ろ。九八式軽戦車は後方に回り込むべき機動を開始した。だがそれはM3軽戦車も読んでいた。巧みに戦車を操縦し、なおかつ砲塔は九八式軽戦車を追尾する。

M3軽戦車はいわゆる砲塔バスケット式であり、この点では砲撃に有利だった。すべてのM3戦車が砲塔バスケットを装備しているわけではないが、この戦車は装備していた。これは砲塔の旋回をモーター式にしたことに対して、乗員が自動化した動きに追尾できないような事態を避けるためのものだった。

ついにM3戦車の砲弾が移動中の九八式戦車に命中する。砲弾は砲塔を直撃し、そして貫通した。砲弾は砲塔内で跳弾となり、砲塔内の五七ミリ砲弾を誘爆させた。砲塔が吹き飛ぶ形で、九八式戦車は炎上し、停止した。

「まずいぞ、まずいぞ……」

西沢大尉は、とっさに次の行動を決められなかった。自分たちが保有している火力では、とうてい戦車など撃破できない。

「無線員！」

西沢大尉は無線員を呼ぶと、本隊との無線通信を取ろうとした。だが無線電話の調子が悪いのか、どうにも通信がうまくいかない。電波は出ているし、本隊のものらしい電波も受信してはいるが、どうにも電波が安定しない。

西沢大尉は、無線員に通信を続けるように命じたが、本隊の支援を期待できないのは明らかだった。

Ｍ３戦車は排土板を立てて前進し続けている。ただその動きは軽快なものではなかった。重機がわりに酷使されてきたためだろうか、時速一〇キロも出ていない。キャタピラからの軋《きし》み音も、どこか不自然な音がする。

さらに彼が気がついたのは、普通ならあるだろう歩兵の支援がこの戦車にはなかった。そういう戦術なのか、何か他に理由があるのか、戦車の周囲に歩兵はいない。

——攻めるとすれば、ここか。

西沢大尉が、それがこの戦車攻略の鍵と気がついたころ、三国中尉もまた同様のことに気がついていた。

「いいか、これからあの敵戦車に肉薄し、中に手榴弾を叩き込む。お前たちは掩護してくれ！」

指揮官先頭と、彼は海軍兵学校で教えられてきた。じつのところその意味するところがいまひとつわからなかった彼だったが、いまその指揮官先頭の場がある。三国中尉はそう考えた。

軽機関銃が敵戦車に銃弾を浴びせ、それを牽制している間に、三国中尉は機関短銃を抱え、塹壕沿いに戦車の後方に移動する。とりあえず周囲の銃座には気がつかれていないらしい。最初は激しかった攻撃もいまは比較的低調だ。敵兵には戦意というものがあまり感じられなかった。

排土板などつけているためか、ただでさえ視界が悪い戦車は、いまかなり限られた視界で動くことを余儀なくされているらしい。

さすがに周囲の動きに不審を感じたのか、砲塔のハッチが開き、一人の米兵が顔を出す。三国中尉は反射的にその米兵に対して機銃短銃の引金を引いていた。兵士は前のめりになって砲塔に倒れたが、すぐに仲間が車内に引き入れる。そして三国がいるらしい場所に向かうべく、針路変更を始めた。

だが友軍の掩護射撃と、相手の視界の悪さを利用して、何とかさらに敵戦車の後方に回り込むことができた。

「掩護します！」

三国中尉が塹壕に潜んでいると、数人の兵士たちが、軽機関銃を抱え、彼のもとまで前進する。三国中尉は多くの言葉が浮かぶ。しかし、口にできたのはわずか一言だった。

「頼む」

そう言うと彼は掩護射撃を受けながら、敵戦車に向かって駆け出していた。戦車の速度は落ちていた。彼はそのまま車体に駆け寄り、一気に戦車に這い登ろうとする。

銃弾はまったく予想外の場所から来た。M３戦車の砲塔にあるピストルポートからの射撃だった。戦車に手をかけていた三国中尉は、そこで銃弾を受け、倒れかけるが、片手はしっかりと車体をつかむ。

悲劇はそこで起きた。戦車の車体をつかみながら、彼は引きずられて行く。そして彼の上半身は、キャタピラに巻き込まれた。引きずられ離した右手と機関短銃がそのままキャタピラと共に駆動輪に挟まった。右腕は切断され、さらに駆動輪とキャタピラの間に機関短銃が挟まった。

三国中尉は片腕を切断され、おびただしい出血をしながら戦車の下で絶叫する。そして駆動輪に銃が挟まった戦車は、そこで動けなくなった。

その時、三国中尉が何を考えたのかはわからない。彼は急に立ち上がると残された左手だけで、手榴弾を握り、戦車に再び飛び乗ろうとした。だがそれは不可能だった。彼はキャタピラの下で手榴弾のピンを抜いたまま倒れる。

手榴弾は破裂した。三国中尉は腕を吹き飛ばされ、完全に絶命する。が、それと引き換えに戦車もまた無事では済まなかった。手榴弾は三国中尉の左腕だけでなく、キャタピラも吹き飛ばしたからだ。

M３戦車は完全に動けなくなった。軽機関銃が三国の仇を討とうとするかのように、戦車に集中する。これに耐えられなくなったのだろう、戦車からは戦車兵が飛び出してきた。が、彼らは戦車から飛び出すと、その場で射殺される。

ついに兵士の一人が戦車に肉薄し、車内に手榴弾を叩き込んだ。戦車は炎上した。が、すでに戦車には死体以外は誰も乗っていなかった。

三国中尉の死体は、この初期生産型らしいM３戦車とともに燃え始める。その戦車はディーゼルではなくコンチネンタルW６７０・９Aガソリンエンジンを搭載していたらしい。漏れたガソリンは三国中尉まで焼きつくした。

すべてのことは三国中尉が飛び出して、わずか数分の間の出来事だった。西沢大尉は、戦車との肉弾戦に、あのミッドウェー島での闘いを思い出さずにはいられない。アメリカとの戦争は、そんなに生易しいものではない。

西沢大尉は、部隊を再度集結し、再び前進する。迫撃砲弾が落下したのは、まさにその時だった。

垣崎大尉らがこの時持っていた最大の火力は、陸軍の制式化した九九式短迫撃砲であった。八一ミリ口径で、総重量二三キロほど。砲弾をこれで二〇〇〇メートルまで飛ばすことができる。空挺部隊の火力としては重量と火力のバランスのとれた兵器と言えるかも知れない。

ただ砲は二三キロでも、砲弾重量はそこそこあり、砲とは別に砲弾を運ぶ必要がある。空挺部隊としては、その重量には、つまり砲弾数には限界があった。いきおい一発一発は愛でるように撃たねばならない。

飛行場には指揮所らしい建物がある。砲弾はそれを目標に撃ち込まれた。それらの火力支援——というにはいささか寂しいが——を受けながら、陸戦隊員は前進していった。

垣崎大尉らが違和感を感じるまで、さほどの時間は必要なかった。彼らはまず地面に横たわる米兵の間を進んで行く。ベッドか何かに横たわっている人間は、まだ恵まれていた。椰子《やし》の葉を地面に並べた上に衰弱した米兵たちが並んでいる。日本兵の存在に抵抗しようとした者もいた。しかし、彼らはほとんど自力で立ち上がることさえできない有り様だった。大多数は、日本兵がここにいることの意味さえ理解できないらしい。

とりあえず垣崎大尉は、その野戦病院らしい場所を確保し、指揮所に迫る。攻撃は散発的だったが、野戦病院を占領されたためだろうか。抵抗は一気に止んだ。そして、指揮所には白旗が掲げられる。

「降伏だと……」

垣崎大尉は、あまりのあっけなさが信じられなかった。戦闘らしい戦闘もないいま、敵は降伏した。野戦病院に横たわる兵士の数だけでも、この作戦に投入された全航空陸戦隊員の倍以上はいるというのに。

だが、降伏は事実であった。ヴァンデクリフト少将は将兵の生命の保証と引き替えに降伏した。

ガダルカナル島は日本軍により奪還された。昭和一七年八月のことであった。

大西瀧治郎少将にとって、田島泰蔵は輸送機製作会社の社長というだけでなく、自身の模型飛行機の蘊蓄《うんちく》拝聴係でもあったらしい。この時も姫路の工場に二式輸送機丙型のソリッドモデルを持参していた。

田島にとって大西の模型を見せられるのは、少なくない心労と同義語だった。なぜなら彼が持参する模型というのは、六発の陸攻とか、輸送力を増強した六発の輸送機の類いも多いからだ。その心は、もちろん模型のような実機を作って欲しいというものだ。

模型と実物は違う。それくらいわかっていそうなものだし、じっさいわかってもいるのだろう。ただ二式輸送機自体が実現性に疑問符をつけられていた機体であり、それが現実の機体となったことが、大西にかぎらず海軍関係者に必要以上の期待を抱かせてしまったらしい。

だが九月のこの日は、持参した輸送機の模型も二式輸送機丙型で、目立っておかしなところはなかった。

「田島さんも知っていると思うが、ガダルカナル島は陥落した。これも貴社の二式輸送機の働きが大きい。というか補給の優劣が戦果を分けたと言っても過言ではないな」

「空挺作戦に役立ったということですか」

「いや、輸送だよ。輸送」

そう言うと大西は、目の前のソリッドモデルに息を吹き掛ける。翼の四枚のプロペラはからからと回る。こういう光景を見ていると、本当にこの人、海軍少将なのだろうかと田島は思ってしまう。

「ガダルカナル島は空挺が落としたんじゃない。輸送航空隊が陥落させたようなものだ」

大西の語るガダルカナル島の話は、彼が新聞ラジオで知っている空挺部隊の話とはずいぶんと様相が違っていた。

呉鎮守府第四特別航空陸戦隊の五〇〇人ほどの戦力がガダルカナル島を占領した時点で、驚いたことに米兵捕虜は一万人以上を数えた。二〇倍の敵兵を下した精鋭というのが大本営の宣伝であるが、正確には健康な兵士五〇〇人対、極度の栄養不良とマラリア、赤痢の重症患者一万人の闘いであったらしい。

じっさい米兵の状態は悲惨・凄惨の一言に尽きた。彼らにはろくな住居がなかった。揚陸時に物資を失ってしまったために、テントすら十分にはなかった。またジャングルを伐採し、小屋を建てるにも道具が決定的に不足していた。彼らが建設できたわずかの小屋にしても、日本海軍の設営隊が捨てていった道具で組み立てたものであった。

兵士たちは食糧が不足し、生水を飲むよりなく、病気になっても薬もない。揚陸手順のいたずらで、なぜかＤＤＴだけは豊富にあったが、それで虫は殺せても治療の役には立たない。

もともと米兵たちは精強な海兵隊員であったにせよ、島嶼《とうしょ》に上陸しジャングルでする戦闘はこれがはじめてだった。装備には多くの不備があり、なおかつ戦闘で失われた物も多かったため、何が起こるかの経験さえ欠いていた。

赤痢やマラリア患者の数がある一線を越えた段階で、ヴァンデクリフト少将の海兵師団は部隊としての機能がほとんど麻痺状態にあった。ある程度の体力のある兵士たちは病気の戦友の世話に忙殺される。そして、それが彼ら自身を病人にする。最悪なのは住居がなく、建設もできないことだった。病人が出ても屋根のある場所に寝かすことさえできず、兵士の大半が風雨に晒された状態で過ごさねばならない。椰子の葉で小屋を作るにしても、そんな経験があるはずもなく、スコールに打たれながら、彼らは体力を消耗して行く。

おそらくあと一週間、空挺作戦が遅ければ、ガダルカナル島の米兵は餓死していたかも知れない。それほどの惨状だった。

じっさいガダルカナル島を占領してからラバウルの第八艦隊が行ったのは、米軍に向けて無線による輸送航空隊による傷病者の捕虜輸送を行うという停戦協定の締結要請と、食糧医薬品を輸送機で運び、重症患者から航空機でラバウルに移送するという作業であった。

米太平洋艦隊も期限付きでこの停戦を飲んだが、捕虜輸送のための輸送船の航行まで認めたことは、米海軍中央との紛争の火種をまた一つ抱えることとなった。なにしろ基地の建設機材を運んだ帰りに捕虜を移送したからである。

もっともこの事態に忙殺されたのは、第八艦隊も同様であった。彼らにも一万人の捕虜を収容する施設の用意などない。しかし、ほとんどが病人の捕虜問題を解決しないかぎり、ガダルカナル島の戦力化ができないのも事実であった。この移動には、船舶とならび二式輸送機の働きが大きかった。大西の話は、ざっとそうしたものである。

「というわけでだ」

大西少将は相変わらず二式輸送機丙型の模型を弄《もてあそ》ぶ。会心の作なのだろう。

「この輸送機への期待は高まるばかりだ。量産は順調に進んでいるかね」

「資材の供給は順調ですので、いまのところは。ただ……」

「ただ、何だね？」

「いま使っている工作機械類は戦前に英米から輸入したものです。ドリルやバイトも同様ですが、こんなものは消耗品です。これらの消耗分の補充がうまくいきませんと、量産の方もなんとも……」

大西少将はアルミの配給程度のことは予想していたようだが、田島の言葉に不思議そうな表情を浮かべている。

「バイトってアルバイトの工員のことかい？　工員を消耗品扱いしてはいかんだろ

う。まぁ、確かに戦時とは言え、工員の転職率の高さが憂慮すべき数字であるのはわかっておるがな」

政府の宣伝とは裏腹に、戦前から戦中の日本における転職率の高さは欧米さえも凌いでいた。もっとも江戸時代からの職人の転職率からすれば、これは日本の伝統とも言える。

自分の腕を少しでも高く評価してくれるところに移動する。職人の世界では当たり前のことである。戦争が始まったからと言って、職人の伝統がそう簡単には変わらない。

ついでに言えば、戦時下の日本の工場は、これまた政府の宣伝とは裏腹に欠勤率が高かった。戦局が優勢なら、危機意識が薄い。戦局が悪化すれば、工場で働くどころではないからだ。

言われているほど挙国一致体制になっていないのは、軍の高官と企業トップの大西と田島にはよくわかっていた。

「いえ、工員じゃありません。バイトですよ、バイト」

「工員じゃない……見習いか何か？」

「旋盤のバイトです。切削道具、ええと、ドリルの親戚みたいなものです」

田島にはいささか理解できないが、大西少将は模型飛行機や同人誌なんぞを作っていたりするくせに、工業や工場の現場のこととなるとまるで駄目だった。ナイフより大きな工作機械はわからないらしい。それでも手を動かすことを知っているだけ、大西はまだ海軍将校の中ではましな方だった。

田島の見るところ、たいていの兵科の海軍高官ときた日には、具象的な工業の知識がまるでない。アルミを庭に埋めて呪文を唱えて水でも撒けば、翌朝には戦闘機が生えてくると考えているような手合いばかりだ。

もちろん飛行機が地面から生えてくると真面目に考えているような奴はいないだろう。しかし、工場に命じれば飛行機が生産されると思っている連中は、結局これと大差ない。

田舎の秀才が海軍兵学校に入って純粋培養され、世間とは隔絶して生活していれば、現実から遊離した作戦ばかり立てるのは仕方がないかも知れない。だがその現実から遊離した作戦と、現実のギャップを埋めるのは、海軍様ではなく、田島のような民間の企業主や工場なのである。

「なんかよくわからないけど、重要なの、そのバイトとかドリルとか？」

「それがなければアルミの加工もできませんし、穴一つ開けられません。機体もエンジンもできません」

「国産じゃ駄目なの？」

「駄目じゃありませんが、国産の工作機械もタングステンやニッケルが不足してますから、品質がいまひとつ。バイトも炭素鋼でやりくりしている状態のようで。できれば輸入品のストックを……」

「そんなに大事な物なら航空本部の部長権限で何とかしないでもないけど……それ、どこにあるの？」

そういう質問は田島もたいがい予想している。すでに彼は大西瀧治郎操縦法をマスターしつつある。

「シンガポールと香港に、そういう機械類がストックされているという話は聞いております。フィリピンにもあるかもしれません」

「なるほどねぇ……そうなると、軍務局かなぁ、担当は……」

「その辺りでしょうか」

田島が調べた範囲では、その辺りのはずである。じつは田島は町田少佐経由でソ連から工作機械の輸入も考えたのだが、残念ながらソ連にもそれほどの余裕はないらしい。となれば香港、シンガポールなどの占領地のストックを確保するしかない。

「もしも、これらのバイトやらドリル……」

「できれば工業用の鉱物油もあると、みんなが幸せになれます」

「鉱物油？　国産の菜種《なたね》油とか大豆油じゃ駄目かい？」

いまさら田島もこういう質問には驚かない。しかし、鉱物油も知らんで、この男、よくもまぁ、こんな精密な模型を組み立てるね、と田島は思う。とは言え、バイトもわからない人に鉱物油を説明してもはじまらない。

「菜種や大豆は食糧になります。それらは食糧とすべきであり、食用に適さない鉱物油がよろしいのです」

「なるほど」

大西は納得したらしい。そんなんで納得しないでくれという田島と、何でもいいから納得してくれという二人の田島が、彼の中にはいた。

鉱物油の問題は、しかし冗談ではない。彼の工場の傘下の町工場には鉱物油が手に入らないため、天麩羅《てんぷら》油を代用品に使っているところもある。旋盤などの工作機械にとって決して良いことではない。機械の寿命を縮めることになるだろう。しかし、背に腹は代えられない。

海軍や陸軍は、工場の尻を叩くばかりで、こうした必需品の手配までしてくれないから、目端の利く工場は闇で手に入れ、目端も利かず、金もコネもないところは、天麩羅油でも使うよりない。

田島も大西という大きなコネを使って、それらを手に入れることに良心の呵責《かしやく》がないと言えば嘘になる。しかし、彼には経営者としての責任がある。これは国のためにやることと、自分にいい聞かせ、田島は大西を利用する。

「まぁ、よくわからないけど、そういう必要なものは私の方で手配させよう。つきましてはだ、例のあれの方もしっかり頼むよ」

「例のあれ？」

「おいおい、忘れちゃ困るよ。六発機だよ、六発機。六発の大型陸攻だ。開発は進んでいるのだろうね」

洒落か冗談である可能性を期待し、ありうるならばあの話は忘れていて欲しいと田島は思っていた。二式輸送機丙型の量産で手一杯なのだ。六発機なんか誰が開発するんだよ。むろん田島泰蔵の会社だ。

「いま現在は二式輸送機丙型の量産に全力をあげているので、一時的に開発は中断しておりますが開発は進んでおります。早ければ年末までに試作一号機をとは思っておりますが……部長、何をなさっているんですか？」

大西瀧治郎は田島の言葉を一生懸命手帳に書きとめている。

「見ればわかるだろう、仕事だよ」

見てわからないから訊いたのだが、そういう指摘をしないだけの分別が軍関係の工場の経営者には求められる。田島にはもちろんそれがある。

「それで武装とかは？」

武装を云々できるほど開発は進んではいない。とは言え大西の期待に満ちた目を見ると、あまりつれない返事も返しにくい。というわけで、田島は「現段階の案であって、大幅に修正もあり得る」ことを言明した上で、次のように答えた。

「機体の上下と前後には二〇ミリの連装機銃が装備されます。これらは動力銃架になっております。照準用の窓がありまして、海軍の軍艦のように一つの射撃盤が四つの動力銃架を制御しまして、敵に銃弾を叩き込みます。これとは別に一三ミリの機銃が胴体の左右両舷にありますが、これはあくまでも動力銃架の補助に過ぎません」

「どうして動力銃架にするんだね？」

大西が乗ってきた、田島にはそれが確信できた。だから飛ばした。リップサービスだけなら只。どうせ実機とは違うのだ。

「つまり二〇ミリ機銃二丁というのは、それだけでもかなり大きいわけです。そんな銃塔が四つも装備されれば否応なく空気抵抗が大きくなる。ですから、銃塔を最小の大きさにするためには、中に人間は入れません。となれば動力銃塔にするよりないわけです」

「なるほど。動力銃塔の実験も進んでいるのかね？」

それは川西が二式飛行艇で使用した動力銃塔の改良実験だが、まぁ、まんざら嘘ではない。真実かと言われると、それなりに問題もないではないが。で、答える。

「もちろん、実験は進んでおります」

それからしばらく、田島は六発の大型陸攻がどんな飛行機になるよう「努力している」かを熱く語る。これもまんざら嘘を言っているわけではない。努力してもできることとできないことはある。

しかし、明らかに大西瀧治郎少将は、この未来の六発陸攻の勇姿を頭の中で思い浮かべているらしい。手帳に書き記しながら、さかんに「すごい、すごい」を連発している。田島は田島で、リップサービスでバイトや鉱物油が手に入るなら安いものと、もの凄いスペックを羅列する。

こうして小一時間ばかり語り（騙《かた》り）終えると、さすがに二人も疲れる。

「いやぁ、今日は有意義な話し合いができたよ」

満足そうな表情で社長室を後にしようとする大西に、田島はふと脳裏に浮かんだ疑問を口にする。

「あのぉ、いまの話もやはり『凄いぞ！　帝国陸海軍秘密兵器集　七』とか何とかいう本に載せるんでしょうか？」

大西の動きが止まった。そして振り向きざまに言う。

「いいじゃないか、総力戦のためなんだからさぁ！」

そして少将は音速よりも速くその場から立ち去った。


「本当にそんな凄い陸攻が本邦で開発されているのか？」

戦艦武蔵はこの八月、海軍に受領されてはいたが、柱島《はしらじま》の連合艦隊旗艦は依然として大和であった。その長官室で、山本五十六連合艦隊司令長官は大西少将の訪問を受けていた。

山本長官には、まず大作戦の骨子を少数の身内だけで立て、その後、連合艦隊司令部や軍令部に持って行くという悪い癖があった。本人に悪気はないし、その自覚もないのだが、彼がやっていることは、海軍内に私兵を募るのと変わらなかった。

第一艦隊司令長官の兼任職という、どちらかと言えば名誉職に近かった連合艦隊司令長官の地位を、良くも悪くも従来になく重い存在にしたのは彼である。とてもではないが、いまの連合艦隊は軍令部や海軍省の指示や監督を受けるような大人しい組織ではない。

「そうです、田島社長が熱く語ってくれました。あの男は逸材です。何しろ誰もが不可能と思っていたあの二式輸送機を実用化してしまった男ですから」

「だから、この話も信用できると言うわけか」

「六発の大型陸攻を開発できる人物がこの日本にいるとしたら、田島泰蔵をおいて他にはいないでしょう。彼には実績があります」

「ということは、年内に試作機なら来年早々には戦力化が期待できるわけだな」

「まぁ、バイトの手配ができればですが」

「バイト？　それって……」

「あっ、言っておきますが、バイトはアルバイトの工員ではありませんからね」

「……そうなのか。まぁいい、その辺の機材の手配は私から海軍省の方にねじ込んでおこう」

山本はやおら立ち上がると長官室の机の上に広げられた地図を見る。大西もそれにならう。そこにあるのはFS作戦用の地図であった。

「もしもその超陸攻が実用化されたなら、米豪の交通を完全に遮断することが可能となる。オーストラリアが屈服すれば、この戦争の趨勢《すうせい》は決まる」

そう言うと、彼は地図の一点にピンを刺す。それはオーストラリア東部に位置するエスプリッツ・サント島であった。

そこはガダルカナル島とラバウルの間の距離とほぼ等しい距離で、ガダルカナル島の東南に位置していた。この島に航空基地を建設すれば、ガダルカナル島を中継基地として広範囲に制空権を確保できる。そして六発陸攻が実用化されるなら、タスマン海のほとんどが陸攻の航続距離の中に入り、オーストラリア・ニュージーランド間の交通さえままならなくなるだろう。

「確かにエスプリッツ・サント島を攻略できれば、米豪の交通遮断はより完璧になりますか。ここを起点として次にニューカレドニア島を攻略し、さらにここを足場に南下すれば、オーストラリアはニュージーランドとの交通さえ不可能になりますか」

「そうだ。敵の痛いところを攻撃し続け、戦線のイニシアチブを握る。すでにミッドゥエー島やポートモレスビーは我が手にある。ここで米豪の遮断ができあがれば、米軍の侵攻は著しく遅れるだろう。そこにこの戦争を終わらせる機会が生まれる」

「なるほど」

大西は山本の作戦構想を、それなりに評価してはいるらしい。しかし、その表情にはなにがしかの懸念の色がうかがえた。山本も大西との付き合いは浅くない。大西の懸念を読み取れない山本ではなかった。

「何かこの作戦構想に関して不安でもあるのか」

長官室に他に人間はいない。大西は自分の懸念を率直に述べた。

「懸念材料は二つあります」

「二つ？」

「まず航空本部の人間として言わせていただければ、戦線の拡大に対して航空機の供給が追いつくかどうかです。すでに我々はポートモレスビーを攻略したものの、ニューギニア方面の航空戦は激烈を極めています」

「激戦については儂《わし》も耳にしている。しかし、例の川西の新型局地戦闘機が目覚ましい働きをしているそうじゃないか」

「確かに二式局地戦闘機は傑作でしょう。基地防空に関してあれは目覚ましい働きをしております。しかし、まだ十分な生産台数もなく、実戦配備されているのは数えるほどです。しかも高性能機であるがゆえに熟練搭乗員でなければ、その実力は十分に発揮できない。そうした人材養成もまだ完璧とは言いがたい」

「しかし、それは航空機と搭乗員の数の問題だろう。体制が軌道に乗れば解決可能な問題ではないか」

「数の問題は、国力に限界がある日本にとっては深刻な問題です。それに問題は数に還元できるほど単純ではありません」

「どういうことだ？」

「二式局地戦を例にとりましょう。局地戦ですから敵機の迎撃が任務です。つまり敵機の接近を事前に察知しなければ、その性能は十分に発揮できない。奇襲を受け、地上で破壊されてしまえば新型機も意味はないわけです。ポートモレスビーやラバウルに関して、そうした事前監視の体制は決して満足できる水準にはありません。

幸い技研が電波探信儀なる装置を開発し、この二カ所には優先的に配備したため、奇襲を受けることは減りました。しかし、戦線を拡大するとなると、こうした装置もいままで以上に必要です」

「量産できないのか」

「電波探信儀は数多くの真空管を使う。材料のニッケル不足が量産の足枷《あしかせ》になっているそうです。軍艦用のニッケル材を転用すれば何とかなるかも知れませんが」

山本は沈黙する。それはさすがの山本五十六連合艦隊司令長官の権威をもってしてもどうにもならない問題だからだ。

国家の資源配分の問題は、連合艦隊司令長官の職域ではない。仮に超法規的な処置で職域に含めるとすれば、いまの連合艦隊司令部の陣容では処理しきれない。だが彼が海軍軍人として職務を全うしようとすれば、軍人以外の能力も求められる。総力戦のジレンマがそこにあった。だが大西の話は、それにとどまらなかった。

「問題は電探だけにかぎりません。航空基地を一つ維持するのにも有形無形の数多くの要素が関わってくる。一つ二つの新兵器を投入したからと言って、それ以外の要素が不十分であれば、戦局は好転しない。人材にしても搭乗員だけ増やせばいいというものではありません。整備員なども増やさねば、修理さえすれば飛べる飛行機が整備員がいないために飛べないという悲喜劇さえ招きかねんのです」

「つまり貴官は、戦線の拡大が基地を維持するためのあらゆる要素を複雑化することを懸念しているというのだな。それは局地戦など新兵器を投入しても解決できるものではないと」

「そうです。新兵器の投入は場合によっては、戦果と同時に後方の負担を増やす結果になるかも知れません」

「そこまで悲観的な材料を並べるからには、何か考えがあるのか？」

山本には大西が何か腹案があるからこそ、こうした話を始めたことをすでに理解していた。そしてそれは正しかった。

「海軍内部に関しては、航空戦力と水上艦艇の連携などで、より敵に圧迫を与えるということも必要でしょう。しかし、海軍独自では対米戦には限界があります。少なくとも航空戦においては、陸海軍の高いレベルでの共闘が不可欠です」

「高いレベルの共闘とは？」

「部隊の作戦運用のみならず、人材養成から航空機生産までです。アルミの割り当てをめぐって陸海軍が対立するなど馬鹿げております。すでに我々は二式輸送機に関しては生産から運用まで、陸海軍の垣根を取り払おうとしています。ならば輸送機にできて戦闘機にできない理由はありますまい」

「独立空軍を創設するくらいの気持ちで当たれと言うことか」

「最低、それくらいの気概が必要でしょう」

「大変な宿題を出されてしまったな」

山本は沈黙し、大西の考えを自分なりに咀嚼《そしゃく》していた。

「ここで結論は出せん。しかし、海軍一丸になって研究すべき課題ではあるな。ところで、懸念材料の二つ目とは何だ？」

山本連合艦隊司令長官に対して、大西は周囲を警戒するような視線を走らせ、そして山本に小声で話す。

「ミッドウェーやポートモレスビーで多忙であったことは小職も存じておりますが、夏の即売会で原稿を落としたのは連合艦隊では長官お一人です。もしも長官が本気で陸軍との共闘をお考えなら、冬の同人誌即売会の原稿は落とさないでください。陸海軍の共闘を円滑に進めるには、即売会で陸軍側に好印象を与えるのは絶対に必要です」

「まぁ、そういうものかなぁ」

「陸軍は飛行師団の師団長も冬の即売会に向けて動いているという話もあります」

「貴官はそう言うが、そういう意図の原稿って何を書けばいいのだ？　いつものように軍艦漫画とはいくまい」

「どうでしょう、『海軍が空地分離する日』みたいな原稿は。これなら陸軍側もこちらの真剣さを斟酌《しんしゃく》してくれるでしょう。海軍側で煩《うるさ》いことを言ってくるのがあったら、同人誌原稿だからと突っぱねればいい」

「同人誌原稿はアドバルーンかい」

「長官、いまは総力戦の時代なんです。利用できるものをえり好みしている余裕はないんです！」

第十一章　FS作戦

その輸送機は、現在の主流である二式輸送機丙型ではなかった。じつを言えば、制式化さえされていなかった。

それは海軍に領収された機体ではない。田島の新京航空の所有している機体である。ベースは甲型、つまりほぼ旅客機タイプ。ただ必ずしも原型はとどめていない。

なぜならこの機体は艤装品などのテストベッドとして活用されていたためだ。

テストされるのは機上作業用機材。偵察、航法、通信関係だ。また操縦訓練にも使われる。それもあって燃料搭載量は多く、また離着陸の失敗に備え、機体の構造もいささか頑強に作られている。

それでも速度的に通常より勝っているのは、ペイロードがほとんどないので軽いためだった。

こんな機体だから、通常は日本国内で用いられている。しかし、戦局は過酷である。然るべき性能を持っているなら、そうした機体は試験飛行の名目で前線に送られることもある。特にこのいま飛行している機体の場合は。

「松本さん、それ、ちゃんと動きますよね」

浜田中尉は、新京航空の技術者である松本技師に機内電話で尋ねる。もう少しで、いつでも敵機が現れてもおかしくない空域に入る。浜田でなくとも松本に機械の調子は尋ねたくなるだろう。

「大丈夫ですよ……たぶん」

「その、たぶんって？」

「人間の作るものに完璧なんかありませんよ。は、は、は」

慣れたからいまさら腹も立たないが、浜田は最初のころはこの民間人の技師を殴ってやろうかと思ったことが何回かある。とは言え、彼はこうして機内にいる。危険は浜田と同じ。それだけは評価できると浜田は思っている。決して口にはしないが。

もっとも浜田は松本がいまやっている作業を見れば、やはり安心できなかっただろう。なにしろ彼は機内で真空管の詰まった金属製の箱を開け、何やらメーターで電圧を測定していたからだ。安定している機械に対して普通はこんなことしない。

ただ浜田の位置からは、そんな姿は見えなかった。

「これで直ったかな」

「おい、ちょっといまの『直った』ってなんだ！」

「知りませんか、大阪の方では物をしまうことを、なおすっていうんです」

「へぇ、松本さん大阪なんですか」

「いや、僕は青森だけどね」

「……ちゃんとその鉄砲動きますよね」

「はい、動くようにしました」

「……敵機が来ないのを祈りましょう」

この試作機に装備された新しい艤装品は、連装二〇ミリ機銃の動力銃塔だった。サーボ機構付きで、機体の上下に装備した動力銃塔は、照準装置の目標に向けて自動的に銃塔の旋回と機銃の俯仰《ふぎょう》を行うはずだった。ただ、そのサーボ機構を制御する真空管回路がお天気屋で、松本はその御守りに忙殺されているのが実情だ。ただし試験では機械の機嫌さえ良ければ恐るべき威力を発揮した。

その輸送機は機首の部分が、爆撃機のようにガラス張りになっていた。機械そのものの実験のため、照準装置類は、この機首の部分に設けられていた。他に視界の良い場所がないためでもある。

二基の連装動力銃塔はなかなか頼もしい装備ではあったが、この輸送機には他の武装は左右の翼に搭載している二個の二五〇キロ爆弾しかない。爆弾では対空戦闘はできないわけで、結局のところ防御火器はこれだけだ。

これらの実験は例の輸送機の陸攻化のためのものである。田島社長も海軍から仕事をもらっている立場であるから、六発陸攻のような浮世離れした機体の実現性には疑問を抱きつつも、開発をしているという姿勢は見せなければならなかった。

それに田島社長も陸攻はともかくとして、将来の長距離輸送のことを考えると、六発機の開発そのものには関心はあった。あくまでも大西少将と開発期間の認識に違いがあるだけとも言える。

動くようになったという松本の言葉は間違いではないらしい。確かに銃塔が旋回するらしい軽快なモーター音は、操縦席にも聞こえてくる。銃塔は半球形ではなく、カメの甲羅のように平べったい。機体表面に露出する面積を最小にするためだが、おかげで機内にはみ出している制御装置やモーターの部分は、結構邪魔になる大きさだった。

試験用テストベッドの輸送機だから苦にはならないが、本当に陸攻化するとしたら、この辺は問題になるんじゃないかと浜田は思う。松本は知らんけど。

「まぁ、動力銃塔はいいから、下も頼みますよ」

「わかってます」

あんまりわかっている風でもなく松本は答える。とは言え浜田の現状を考えると、あまり松本に強いことも言えなかった。

本来、動力銃塔の試験用の輸送機をガダルカナル島まで持ってきて、偵察を行わねばならないという事態に問題がある。なんせガダルカナル島からエスプリッツ・サント島まで偵察飛行ができる機体というとほかにないのだから。

もちろん航続距離だけから言えば、二式飛行艇がある。しかし、この画期的な性能の飛行艇は、いささか撃たれ弱かった。じっさいラバウルやポートモレスビー方面の航空戦では、無視できない数の二式飛行艇が撃墜されている。

これもあって、いま最前線では旅客機としてやたら丈夫な――それが可能なのはエンジンがロハ一七のような大馬力エンジンだからだが――二式輸送機が偵察任務を兼任するという事態も起きている。

それにメーカーの川西も先が知れている二式飛行艇よりも、将来の経営戦略を見据えて輸送機生産に力を入れていた。じっさい彼らは燃料搭載量を増大させ、大型の写真機も搭載した偵察機仕様の輸送機を陸海軍に提案していた。浜田中尉が操縦している輸送機にも大型の写真機が装備されているが、これも偵察機仕様の実験のための装備である。

このような事情で、いま日本海軍で最も撃たれ強い偵察機は、この艤装品試験用の輸送機であった。なるほど機銃もついていて強そうだ。

ただ浜田中尉は、なんでもかんでも撃たれ強い輸送機という風潮にはいささか疑問を感じていた。撃たれ強いと言っても程度問題だ。これとて高射砲の直撃を受ければ空中分解するし、戦闘機の猛攻を受ければ撃墜される。

飛行機は所詮、飛行機なのだ。たまたま運の良い機体があったからと言って、二式輸送機だから大丈夫だろうと危険な任務を任されるのは、それが仕事とは言え浜田にはいささか承服しがたかった。とは言え、すでにここは作戦地に近い。

この時、松本は機銃の試験と並んで偵察もやっていた。機銃の照準装置を置ける場所が偵察員の席しかないからだ。偵察なら素人にもできるだろうと言う連合艦隊の参謀の言葉に、下を見るのだって経験がいるんだと内心思った浜田である。写真撮影担当は別にいるが、場所からいって機首にはかなわない。

「浜田さん」

浜田はとうの昔に、松本から「機長」などと役職名で呼ばれることは諦めている。

「どうしました？」

「あっちにいるの、船と違いますか」

「あっちってどこです」

「右です。お箸を持つ方の手」

どうも方位で報告するつもりはないらしい。浜田はいささか苛立ってきた。

「その船が見える方向に動力銃塔向けて撃ってください」

「あぁ、そりゃ、良い考えですね」

すぐに浜田の視界の中に四本の光が走る。その光の走る先に船はあった。

「本当だ。ありゃ、でかいぞ」

浜田中尉も偵察畑はそれなりの経験がある。いまの高度と距離から目標の大きさはだいたい読み取れた。

「全長二〇〇メートル以上ある客船か」

「全長二〇〇メートル以上の客船というと、ＳＳ・プレジデント・クーリッジか何かですかね」

「プレジデント……何？」

「クーリッジです。確かアメリカの客船で二番目に大きいとかいう話です」

「松本さん、なんでそんなこと知ってるんです?」

「だってあれ、日本にも帰港したことがありますよ。二〇〇メートルもあるなら、そいつでしょう」

この男、どうも妙なことだけはよく知っているらしい。しかし、浜田の関心はすでにそんなところにはない。

日本海軍の作戦にとって、エスプリッツ・サント島の存在は重要だ。そして馬鹿でないかぎり、アメリカとてそれくらいはわかる。日本の攻撃目標がこの島ならば、アメリカの防衛拠点がこの島になるのは当然のことだ。

そうなると目の前を航行する客船プレジデント・クーリッジの存在は、俄然その重要性を増す。この大きさの客船ならば、最低でも連隊規模、おそらくは旅団に匹敵する兵員を輸送することが可能だ。つまりこの客船を沈めることが可能なら、米軍一個旅団を沈めることになる。

逆にこの船がエスプリッツ・サント島に上陸してしまえば、日本軍にとってはかなり厄介なことになる。攻城の論理という奴で、攻撃側は防衛側の三倍から四倍の兵力が必要となる。旅団で籠城されたなら、師団で攻撃しなければならなくなるのだ。

幸か不幸か、客船に護衛艦艇の姿はない。こいつを攻撃するのはたやすいだろう。

「爆撃でもするんですか？」

浜田の考えを読んだのか、松本は言う。

「あほ、言え。爆弾積んでると言ってもな、照準器があるわけじゃなし、こいつで爆撃して命中するか。こんなんは、友軍の陸攻にまかせればええんじゃ！」

そう、この輸送機には爆弾は吊り下げられているが、これは爆弾を抱えた時の速力の低下と投下機の構造強度の確認であり、爆撃のためではない。爆弾は落とせはするが、それとて投下機の作動試験のためだ。

浜田は客船を遠くから監視するように、大きな円を描きながら、その周囲を飛ぶ。陸攻隊が到着するまで、客船を監視するためだ。

「あの人たち、気が気じゃないでしょうね」

「あの人たち……敵さんかい？」

「ええ、だってそうでしょう。こうやって、ずーと、自分たちを飛行機が監視しているんですからね。いま攻撃されるか、いつ攻撃されるか、気が気じゃないでしょう」

「そりゃまぁ、そうかもしれんがな……まぁ、これも戦争だ」

「そういうもんなんですかね」

浜田らの輸送機は、なお客船を監視し続ける。天測で航法を行い、自分たちの位置を測定し、友軍に通報する。やっていることと言えば、この程度だ。

ラバウルの艦隊司令部からも客船の監視を命じられたためだが、彼らの本来の目的であるエスプリッツ・サント島の偵察飛行は、これで中止となる。だが遠くの島より近くの客船だ。

そして異変は、陸攻隊の到着まであと十数分という時に生じた。

ガダルカナル島に最初に進出してきたのは、第一一航空艦隊第二六航空戦隊に属する七〇五空の陸攻一八機であった。一式陸攻一一型で、緑と土色の塗装のものと、緑塗装のものがほぼ同数を占めていた。

大西少将が輸送機の陸攻化を考えるのも道理。ポートモレスビーなど、ニューギニア方面の航空戦は激烈を極め、陸攻の損耗も無視できない状況だった。

戦闘機ならまだいい。撃墜されて死ぬのは一人だ。だが陸攻は違う。撃墜されてしまえば一〇人近い数の将兵の命が奪われる。したがって高性能で撃たれ強い陸攻の開発は、海軍の航空戦力を考える上で必須のことだった。

もちろん一式陸攻にも防弾タンクや自動消火装置の装備など、安全装備の開発は行われている。しかし、双発機という制約の中で海軍が要求する性能を発揮するには、機体の防弾構造などに大きな限界があるのも確かであった。対症療法は可能だが、抜本的な改良となると例の輸送機をベースにした方が良いという判断は、必ずしも間違いではないだろう。

それに第一航空輸送隊などの輸送専門航空隊の増設は、統計的に海軍航空にとって大きな福音をもたらしていた。じつを言うと陸攻は戦闘で失われるばかりでなく、自然損耗でも少なからず失われていた。航空輸送隊が正式に動き出すまで、陸攻による人員の移動や物資輸送も行われていたためだ。戦闘であろうとなかろうと、飛ばせばそれだけ損耗するのが飛行機だ。

それが輸送航空隊の発足で、陸攻は戦闘のみに専念できる体制ができつつあった。これにより陸攻隊の稼働率は激戦に耐えられる水準を維持することができていた。激しい航空戦の中で戦線が維持できたのも、こうした輸送航空隊あればこそだった。

しかし、戦線が維持できるのと戦力に余裕があるのとは意味が違う。ガダルカナル島のルンガ飛行場は奪還できたとは言え、そこに配備できる航空戦力は限られていた。米豪交通遮断の要と言いながらも、陸攻一八機が、この時の海軍がガダルカナル島の配備できるギリギリの数だったのである。

この時、一八機の陸攻を指揮していたのは、太田大尉であった。先日の戦闘で先任将校が戦死してしまい、辞令前に彼が臨時で飛行隊長として陸攻隊を指揮していた。

「操縦員、注意しろよ。そろそろ見えてくるはずだ」

指揮官席の太田は主操縦員の田中飛行兵曹長に注意を促す。そこからならお前からも見えるだろうと田中は思うのだが、一応、上官なので口にはしない。とは言え田中飛行兵曹長にとってみれば、太田が飛行隊長というのは何か悪い冗談としか思えなかった。

海軍将校として頭が悪いわけではない。それは田中も認める。ただこの男が何を考えているかがわからない。それどころか何も考えていない可能性も少なからずあった。

「目標の客船が見つかったら報告します」

「客船だけでは困るな。敵機が来ても報告してくれ」

「……敵機が見えても報告します。でも、どうして敵機が来たらとおっしゃるんです」

「だってエスプリッツ・サント島に何がいるのか、誰も確認していないだろう。それを調べるための偵察機が客船を発見しちまったんだからな」

「島に敵の航空基地でも？」

「ないとは言えまい」

田中はそれ以上の話はしなかった。議論をしてもはじまらないからだ。

ガダルカナル島に進出した海軍航空兵力は、この一八機の陸攻のみ。戦闘機隊は、まだ進出していない。戦線の拡大に戦闘機生産が追いつかないのと、それにともない稼働率の低下が見られるからだ。

零式艦上戦闘機が海軍の主力戦闘機だが、いざ蓋を開けてみるとこの艦載機は空母運用よりも圧倒的に陸上基地での運用が中心となっていた。しかも制空戦闘機であるはずが、激しさを増す航空戦の中で、任務の半分以上が対爆撃機の迎撃戦闘というのが実情だった。搭乗員の疲労や出撃回数の増大が稼働率の低下を招いていた。

こうした状況は例の二式局地戦が増援されれば変わると言われていたが、既存の局地戦もフルに出撃し、増援部隊は損耗分の補充で消えるような有り様だった。ともかく第一航空艦隊としては、目先のことばかりと言われながらもいまある戦線維持を優先せざるを得ない。勢い、ガダルカナル島に配備される戦闘機隊は遅れることとなる。

だからいま彼らは敵戦闘機が現れた場合、かなり厳しい戦闘を迫られることになる。双発機としてみれば、一式陸攻の固有火器はそれなりに充実したものだった。

しかし、これが効果的に用いられるのは、戦闘機の掩護があればこそ。戦闘機の掩護のない中で、固有兵装だけで闘うというのは一式陸攻にとっても辛い話だ。

現にラバウル攻略の直後、偵察機が米空母を発見したことがある。すぐさま戦闘機を伴わずに陸攻隊だけでそれらを攻撃した。誰もがマレー沖海戦の再来を期待した。が、結果的に陸攻隊は迎撃の戦闘機により大敗を喫してしまう。それはほんの半年ほど前の話なのであった。

ただ目標の客船に接近するに従い、田中飛行兵曹長も自分の考えが杞憂《きゆう》に過ぎなかったと思い始めていた。偵察に当たっている輸送機からは特に戦闘機に関する報告はない。敵戦闘機が近くにいるなら、輸送機はとうの昔に襲撃されているだろう。

だがそれも客船の姿が視界にはいるまでだった。田中はそこで三つのものを同時に見る。目標の客船、友軍の偵察機、そして殺到してくる敵戦闘機。

「敵戦闘機！　二時方向！」

「至急艦隊司令部に報告！　この近海に敵空母部隊がいる！」

「えっ⁉」

田中はその瞬間だけは、太田を海軍将校として認めることができた。そう、殺到する敵戦闘機がいるということは、敵空母もこの近くにいることを意味する。さすがに海軍将校だけあって、太田は全体状況を的確に把握していた。

すでに機関員や偵察員は、一式陸攻の機銃に取りついている。戦闘機がいない以上、敵機からの攻撃は自前の機銃で防がねばならない。

「通信員、艦隊に報告、敵空母部隊は電探を使用している公算大」

「電探、なんですか？」

「電波で相手の位置を知る装置だ！」

太田は田中に対して、ただそう返す。指揮官として、彼には電探の説明をしている暇などなかった。説明できるほど詳しくは理解していないというのもあったが。

じっさい太田の読みは当たっていた。エスプリッツ・サント島へ向かう客船プレジデント・クーリッジの近くには空母一隻が展開していた。ただ彼らの予想と違うのは、この空母は客船を護衛していたわけではなかったということだ。

客船は米海軍中央が立案した計画であり、空母は米太平洋艦隊の考えで動いていた。そしてミッドウェー島やポートモレスビー陥落などの責任問題から、両者の関係は敵対ではないものの、良好とも言えない状態が続いていた。

両者の間には必ずしも円滑な情報伝達はなされていない。特にたび重なる敗戦の原因が、情報が漏れているためだという説が広まっており、太平洋艦隊も海軍中央も互いに漏れたとすれば相手側と考えていたことも、情報を秘匿する傾向に拍車をかけていた。

この時発見されていたのは、空母サラトガであった。この空母の目的は、客船の護衛にはない。では何をするかと言えば、ガダルカナル島に進出してきた七〇五空の陸攻隊に対して、それらを地上破壊すべく奇襲攻撃をかけるためだった。

ところが浜田中尉らの輸送機の存在が、すべてを狂わせた。彼らが客船を発見したことで、クーリッジの側もその状況を本国や太平洋艦隊に通知したのである。

米軍も日本海軍の暗号は、まだ解読していなかった――なにしろ現場と中央の対立のあおりを食って暗号解読チームは解散させられたからだ――のではあったが、状況から考えてガダルカナル島の陸攻隊に攻撃を要請しているのは明らかだった。

そこで空母サラトガは方針を変更。客船を襲撃するであろう敵陸攻隊を待ち伏せる作戦に出た。幸い彼らにはレーダーがある。陸攻の編隊を捉え、適切なタイミングで戦闘機隊を出すことは、さほど難しいことではなかった。また空母が比較的客船クーリッジの近くにいたことも作戦を可能にしていた。

そしてレーダーに反応がある。計画は図に当たった。ここで陸攻隊を撃破すれば、当初の目的は達成できると共に、友軍の客船を救うことができる。陸攻隊の速力と針路から到着時間を割り出し、タイミングを図る。こうして七〇五空が現れた時、戦闘機隊は位置につくことができたのだった。

「攻撃開始！」

太田はそう命ずるよりなかった。それは事実上、水平爆撃を諦めるにも等しい。じつはこの一八機の陸攻は、半数が雷撃、半数が水平爆撃の準備をしていた。雷撃はまだしも水平爆撃で陸攻が九機というのは、戦力としてはいささか中途半端ではある。水平爆撃は数が多いほど効果が高い。

そのことは太田もわかっていた。だが、彼はあえて雷装と爆装を同数にする。攻撃目標が客船一隻ということもある。だがそれ以上に重要なのは、陸攻隊のおかれている状況にあった。

ガダルカナル島は占領したものの、捕虜一万名しかもそのほとんどが緊急の治療を要する状態であったことは、第八艦隊司令部には大きな誤算だった。輸送機による任務の多くが、捕虜の移動と医薬品の補給に当てられることを余儀なくされたからだ。

このことは基地施設の建設にとっては大きな問題となる。立ち上げ段階のマンパワーをそちらにとられてしまうため、基地建設が大きく遅れてしまったのだ。滑走路の拡張も思うに任せず、それがまた航空機輸送を緊張させる。

このため七〇五空から陸攻一八機が移動した段階でも、基地施設も消耗物資の移動も十分ではなかった。爆弾も魚雷も、驚くべきことに二回出撃する分しか備蓄がない。太田としては、魚雷・爆弾半々で出撃するよりない。

命令は全機出動、しかし、物資は二回分。できることは限られる。

こうした事情から、陸攻隊は高度四〇〇〇メートルから急に二つに分かれた。超低空で雷撃を行う集団と、そのまま水平爆撃を続ける集団とにである。

この動きを空母サラトガの航空隊はまったく異なる解釈をしていた。急激に高度を下げた集団を雷撃ではなく、急降下爆撃を行うと判断したのである。これは陸攻という航空機の特殊性もかかわっているだろう。海軍国であれば雷撃機や爆撃機など珍しくもない。しかし、陸上攻撃機というカテゴリーの航空機を保有しているのは日本海軍のみである。

米海軍のパイロットといえども、必ずしも日本海軍の兵器について知悉《ちしつ》しているわけではない。彼らはあくまでも自分たちの常識で敵軍を判断する。

戦闘機隊はここで、急降下爆撃を行うと思われた陸攻隊にまず攻撃を集中する。

F4F戦闘機の一団が、陸攻を追うように急降下に入る。

先に発砲したのは一式陸攻の側だった。二〇ミリ機銃が、自分たちに向かってくる戦闘機に対してまず口火を切った。それを合図にするかのように七・七ミリ機銃が続く。

先頭のF4Fは、この予想外の反撃に一旦は回避行動に入った。だが戦闘機の数は陸攻隊よりも多い。

陸攻がその戦闘機に火力のすべてを投入している時、別の戦闘機が反対方向から機銃掃射をかけてきた。戦闘機と陸攻の戦闘距離が維持されていた時間は比較的短かった。だが銃弾は確実に陸攻の機体を貫いていた。

銃弾はインテグラルタンクを貫通し、そこから燃料が霧状に漏れ始めた。そしてすぐに引火し始める。陸攻にもある程度の防弾機能は施されていた。しかし、徹底したものではなかった。火災は次々と拡大する。そして、ついに爆発する。機体は引き上げられることもなく、そのまま海面に激突した。

それは陸攻がもろいと言うよりも、護衛の戦闘機を伴わない攻撃機の脆弱《ぜいじゃく》さであった。

じじつ陸攻隊の火器がまったく無力であったわけではなかった。不用意な機動をしたＦ４Ｆ戦闘機は多数の二〇ミリ機銃弾を叩き込まれ、エンジンから火を吹きながら墜落して行く。だがそうして敵機を撃墜した陸攻の横で、友軍機もまた炎上しながら海面へと落ちて行く。

彼らにとって最大の不利な点は、戦闘機の方が数で陸攻より勝っている点であった。雷撃を行おうとした陸攻は、次々と撃墜されて行く。

だがすべての陸攻が叩かれてばかりいたわけではなかった。友軍機が敵戦闘機と闘っている間に、しゃにむに急降下をかけ、戦場から離脱した陸攻があった。それはあくまでも離脱に見せかけたものの、そのまま単独で客船を狙い始めた。

大きく逃げるように思わせ、反転して別の方向から客船を狙う。さすがに戦闘機も逃げる敵を追うよりも、攻撃してくる敵を優先する。そうしてその一機の陸攻は恐るべき低空で飛びながら、客船を狙う。

もちろんそれは危険であった。陸攻は低空での接近を身上としているとは言え、他の飛行機に比べて低空を安全で飛ぶための何か特別な機構があるわけではない。あくまでも操縦員の技量だけが頼りだ。

すでにその陸攻も無傷ではなかった。銃撃を回避したものの、副操縦員は負傷している。燃料タンクを撃ち抜かれることはなかったが、機体にも損傷はあるようだ。だが機体は飛行を続けられ、腹には魚雷を抱え、そして目の前に獲物がある。彼が攻撃を躊躇する理由はなかった。

おそらくその時の陸攻は、飛行高度で五メートルを切っていただろう。ここまで低いとちょっとした波を通過しても海面と機体の間隙はメートルではなくセンチ単位の世界になる。

戦闘機隊は、この時点でこの陸攻の危険性にはじめて気がついた。気がつきはしたが、どうにもならない。あまりにも低空を飛行する陸攻に対して、戦闘機隊はうかつに攻撃できなかった。一歩間違えば、陸攻を攻撃するどころか自分が海面に激突してしまう。その陸攻はそこまで読んで、あえて危険な低空飛行を行ったのだ。

それでも戦闘機の一部は果敢に急降下を行い、陸攻めがけて銃弾を撃ち込もうとした。

しかし、低空を飛行する陸攻の速度を読み違えたのか、銃弾は陸攻の前方に意味のない水柱をあげた。他の戦闘機は、及び腰の銃撃でまったく見当はずれな銃撃に終わる。最後まで精密な射撃にこだわった戦闘機は、機体の引き起こしに失敗し、そのまま海面に激突した。

敵も味方もすべての視線が、その一機の陸攻に注がれていた。もとより客船に対空火器などない。甲板の上から小銃で陸攻を狙う兵士たちもいたが、気休め程度のものでしかなかった。

「投下！」

機長は魚雷を投下した。いや、投下したと思った。だが魚雷は相変わらず機体に吊り下げられたままだ。

「どうしたっていうんだ！」

機長は必死に、二度、三度と投下を試みる。だが駄目だった。

ついに陸攻は攻撃を諦め、客船の手前で急上昇し、再度の投下を試みる。急降下で入って一気に機体を引き上げる、その反動で魚雷を強引に投下させようとしたのだ。

陸攻の乗員たちはすべての魚雷の投下の成功だけを考えていた。だから客船をやり過ごす刹那、機銃弾を受けるとはまったく考えてもいなかった。だが彼らは後方から銃撃された。

それは戦闘機ではなかった。客船の兵士たちが必死になって甲板の上に重機関銃を設置したものだった。機関銃の操作としては無茶ではあったが、それには彼らの命がかかっている。

そして陸攻が重機関銃の射程から離脱する前に、銃撃が行われた。銃弾は機体後部に集中したが、幾つかはインテグラルタンクに命中する。燃料が漏れ、それにさらなる銃弾が撃ち込まれ、着火する。

火災は急激に広がって行く。そしてついにインテグラルタンクが引火、爆発する。

雷撃は失敗した。

戦闘機隊が雷撃部隊を先に攻撃している間に、水平爆撃隊はともかくも編隊を維持しながら目標に接近していた。だが攻撃は彼らから回避の自由をも奪っている。

爆弾が投下されるまで、なお二機が撃墜され、投下された爆弾は五発。それは爆弾の命中率から考えても、あまりにも少ない数だった。

そして爆撃が成功した後も二機が撃墜される。最終的に陸攻隊で残った機体は五機。一三機が撃墜される。五機のうち、さらに飛行が可能なのは三機。ガダルカナル島の陸攻隊戦力は、ゼロではなかったものの、この時点ですでに作戦が実行できるような状態ではなくなっていた。

「全滅か……」

目の前の光景が浜田中尉には信じられなかった。花形部隊であったはずの陸攻隊が、こうまで一方的に撃破されてしまうとは。

彼も航空戦の激烈化はむろん知ってはいる。しかし、それでも戦闘機隊の人間から、海軍航空隊の強さはさんざん聞かされていた。優れた対空火器を持つ陸攻の前に戦闘機は無用という、戦闘機無用論が唱えられていたのもそんなに昔の話ではない。

だから弱い戦闘機乗りに陸攻隊がこれほど一方的に食われることはあるまいと思っていたのだ。だがそれは、どうやら大きな間違いであったらしい。

戦闘機隊のほとんどは帰途についた。

「そんな強そうな連中ではないはずだが」

浜田は撤退する敵戦闘機を見て思う。それは三々五々に戻るという風情であり、整然とした編隊飛行ではなかった。

練度の高い部隊には思えない。しかし、戦闘機隊が陸攻隊を下したのも事実であった。

だが戦闘機隊はすべての機体が帰路についたわけではなかった。

「機長、敵戦闘機です！」

「なに！」

じっさい戦闘から帰路まで時間にして一〇分程度の出来事だった。逃げる機会がなかったことと、偵察という義務感から浜田は残っていた。そして敵機にとって偵察機はもっとも攻撃すべき目標の一つであった。

「二機ですか……何とかなりそうだ」

「何とかなるのか！」

「そのための機銃ですよ」

松本は妙に落ち着いた様子で照準器を操作する。

「いや、実戦に勝る試験はありませんからね」

「実戦に勝るってなぁ……」

よくわからないが、この技術者は何かの回路が浜田と根本的に違っているらしい。でも、いまの浜田機は松本の動力銃座が頼りなのは疑いない。

「来たぞ！」

松本はいままでとは別人の声音でそう叫ぶと、照準装置を操る。そして短時間の射撃で最初の一機を撃墜した。四門の二〇ミリ機銃掛けることの弾数。銃弾はエンジンと言わず機体と言わず、銃弾を撃ち込む。それは装甲板すら貫通するものであった。

「すげぇ……」

こいつ何者だ。そう思ったやさき、松本が叫ぶ。

「死角から来るぞ！」

浜田はその言葉の意味を意識が理解するより前に、操縦桿を動かしていた。この輸送機の動力銃座はあくまでも装置の検証のためのものだ。死角も多い。動力銃座が手ごわいとなれば、残りの敵機はその死角から攻めてくる。

さすがに戦闘機とは違い、輸送機は銃弾を避け切れはしなかった。しかし、致命傷でもない。機体はまだ飛んでいる。

そして松本も果敢に応戦する。幸い輸送機を撃墜するために残されたのは、この二機の戦闘機だけらしい。一機は撃墜したから、残るのはこの一機だけ。

松本は伊達に艤装品を取りつけてはいなかった。彼はこの輸送機の死角がどこに生じるか、それをすべて把握していた。だから見えない敵機に関しては、銃弾の方向から死角のどこにいるかをおおむね予測できていた。

松本の勘で機銃座は火を吹き、何発かは確かに戦闘機に命中する。それは戦闘機パイロットにとって、かなり大きな意味を持つ。この相手には死角からの攻撃は、必ずしも有効ではない。

「もっと右！」

松本は怒鳴る。浜田は機体を旋回させる。この時の輸送機はかなり蛇行していたが、おかげで特定方向が死角である時間は短くなっていた。ついに戦闘機は、真正面から勝負をかけてきた。

「望むところだ！」

松本は座ってても操作できるのに、照準機の前で立ち上がり、恐るべき形相で十字線の真ん中に戦闘機を捉える。

「死ねやぁ！」

浜田はそれが自分に向けられているんじゃなかろうかと気が気ではない。そして見上げると戦闘機パイロットも何か言っているのが見えた。凄い至近距離。だが浜田が怖かったのは、相手のパイロットも自分らに向かって

「死ねやぁ！」——もちろん英語で——言っていると確信できたことだ。

数十発の二〇ミリ機銃が敵戦闘機を正面から砕いたと同時に、戦闘機の機銃弾も輸送機を襲う。勝負は輸送機の勝ち。戦闘機は左翼側に銃弾を浴びせたが、飛行機は飛んでいる。戦闘機は火を吹きながら墜落した。

「機長！　左外発動機が火を吹いてます！」

「何だと！」

だが、それには浜田も意外に冷静に対処できた。ベースが旅客機のこの機体は、エンジンにもちゃんと発泡式の消火装置がついている。火災はすぐに収まった。収まったが、輸送機はじりじりと高度を下げていった。どうやら左内発動機も調子が悪いらしい。

「機関員、なんとかならんか！」

「機体を軽くするよりありません！」

「よし、お前らなんでもいいから捨てろ！」

その間にも左内発動機の出力は急激に低下しつつあった。輸送機は恐ろしい低空

を飛び、すでに一〇〇メートルを切ろうとしている。

「浜田さん？」と松本。

「なんだ、この非常時に！」

「爆弾捨てたらどうです」

「爆弾……あっ、そうか！」

そう、この輸送機には空力を見るためというだけで爆弾が搭載されていた。こんなものぶら下げていては飛ぶものも飛ばない。

「よし、捨てたぞ！」

さすがに二発合わせて五〇〇キロもある爆弾が捨てられると機体は急激に軽くなる。輸送機は再び上昇し始めた。

「浜田さん？」

「なんです、松本さん」

「あの捨てた爆弾、客船に命中するのと違います？」

「まさか、かなり手前に捨てた……ぇえ！」

それは嘘のような話だった。捨てたはずの二発の爆弾が、ぴょんぴょんと海面を跳躍しながら客船めがけてまっしぐら。さすがの浜田も何が起きているかわからない。

　さすがに爆弾も速力が落ちてきて、客船の直前では目に見えて速力が低下した。そして二発とも最後には海面で跳躍することなく、海面に没した。

　だが海面に没しても爆弾はなお直進する。そして大型客船は喫水線が深かった。二発の爆弾は、水中で客船の舷側に命中する。爆発は水中爆発となる。それは単に爆弾が命中する以上の効果があった。

　巨大な水柱が二本立ち上ったかと思うと、大型客船はゆっくりと傾き始める。乗っている人間たちは急いで脱出の準備を始めるが、ほとんどの人間が脱出しきれないうちに、客船は急激に傾斜し、そしてそのまま沈んでいった。

「浜田さん？」

「なんですか？」

「客船、沈みましたよ」

「見りゃわかりますよ、それくらい」

「あのですね、主席参謀、我々の機体定数をご存知ですか？」

第一航空輸送隊の河合大佐は、第八艦隊主席参謀の神重徳中佐にそう詰め寄った。

例のプレジデント・クーリッジを撃沈した翌日のことだった。

河合大佐を訪ねた神主席参謀は、挨拶もそこそこに切り出した。大規模な空挺作戦を行いたいと。だから河合大佐は尋ねたのだ。機体定数を知っているかと。

「機体定数……一〇〇機くらい？」

「そんなはずないじゃないですか！　大佐が司令官の航空隊に、どうして輸送機が一〇〇機もあるというんですか！」

「なら……一〇機？」

「一〇機じゃ仕事になりませんよ」

「じゃぁ、なかとって五〇機？」

「第一航空輸送隊の輸送機の機体定数は四八機です」

「だいたい当たったね」

「当たったってねぇ……定数知らなかったんでしょ」

「知っているよ、四八機だろ」

河合大佐は急に無常観を感じ始めた。自分はラバウルのこんなところで何をやっているんだろう……。

「四八機というのは、組織としての第一航空輸送隊の機体定数です。補用機はありませんから、現実に動いている機体数はもっと少ない。減った分が補充されることになってますから。

しかも四八機がすべてラバウルにあるわけじゃない。司令部がラバウルにあるだけで、輸送機そのものは日本とラバウルまでの航空輸送路全体に展開しているんです。

ラバウルに集められる輸送機はかぎられてますし、すべてを集めれば、輸送業務が麻痺してしまいます」

「すべてではないよ」

「何機です？」

「八機」

「八機で空挺作戦を？」

「いや、輸送航空隊に残すのが八機。残りを空挺作戦に……」

「同じことです！　八機でどんな作戦をやれというんですか！」

「補給作戦」

「いや、そうじゃなくて。たった八機の輸送機で、まともな輸送作戦ができますか？　できると思いますか？」

「それは小職ではなくて、貴官の職域だと思うが……」

河合大佐が上海かどこかで購入したらしい、私物のルガー拳銃に腕を伸ばしかけているのを見たためか、神主席参謀もちょっと態度を変える。

「も、もちろん、輸送業務については第八艦隊も考えている。それに第二航空輸送隊や第三航空輸送隊の編制もできているじゃないか。その辺に協力をあおげば……」

「もちろん、協力は第八艦隊側があおぐわけですね！」

神主席参謀は、河合の腕とルガー拳銃との距離を横目で計測しながら答える。

「も、もちろんだよ」

とはいえ神主席参謀も逃げを打つのは忘れない。

「まぁ、可能な限り努力はするつもりだ」

「しかし、本当に四〇機も必要なんですか？　四〇機を運用するとなると、かなり大きな滑走路が必要となりますよ」

「その点は確認済みだ。エスプリッツ・サント島は北西部には山々が連なっているが、南東部は平坦地が広がっている。人口密度も低く、いざとなれば二式輸送機が強行着陸することも可能だ。

それに偵察機の報告では、すでに島の南東部の海岸に近い平坦地、ルーガンビルには米軍により町が建設されている。まぁ、町と言っても大したものではないがな。

ここにはサント飛行場という比較的規模の大きな飛行場が建設途上にある。航空基地としてはまだ使えないかもしれないが、輸送機を送ることは可能だ」

神主席参謀は、相変わらず疑いの眼差しを向ける河合司令官に対して一枚の航空写真を鞄から取り出す。

「このように平坦地の造成が始まっている。樹木の伐採は終わっているし、この程度の面積があれば、それなりの輸送機が着陸できるのではないかね」

「それでも四〇機は無理です。せいぜいその半数でしょう。最初の二〇機は物資や兵員を下ろすと同時に再度離陸する必要があります。まぁ、それでもここから着陸し、こう移動してここから離陸すれば、連続して離着陸は可能か」

河合大佐は写真の造成地の上をU字型に指でなぞる。それでもかなり細心の注意が必要ではあるが、ガダルカナル島の時のように、着陸した輸送機が再び離陸するまで他の機体が上空で待機することは避けられる。

あの作戦はガダルカナル島を占領したという点で、成功とされている。しかし、河合司令官はその成功が多くの幸運に支えられていたことを知っている。

たまたまあの時は、米軍側に飛ばせる戦闘機がなく、制空権を確保できなかったために輸送機は運用できた。だが飛行隊とは言わない、たとえ五、六機でも戦闘機がいたならば、空挺作戦はまったく違った展開を見せたであろう。

言ってしまえば、あのガダルカナル島奪還は、たまたま敵が最も弱っている時に攻撃をかけたから成功した。そして空挺作戦が強さと同時に多くの弱点を持っていることを考えるなら、幾つかの偶然が作用しただけで、作戦の展開は大きく変わり得たのである。

「戦闘機の護衛はあるんですか？」

「戦闘機の護衛か。一応、空母を前進させるか、あるいはその代替手段は講じる予定だ。戦闘機はいるだろう」

河合司令官は神主席参謀の返事に、ようやく安心することができた。ガダルカナル島に進出した七〇五空が敵空母部隊の戦闘機により壊滅的打撃を受けたことは、ラバウルで知らぬ者はいない。

このことはすでに河合司令官の仕事にも影響している。ガダルカナル島の陸攻隊に送るはずの物資が、ポートモレスビー方面の部隊に移動することになったからだ。ガダルカナル島には物資を送っても使う部隊がいない。

そして第八艦隊は早くもこの問題に対して、然るべき手を打とうとしている。そのことは河合大佐も評価しなければなるまいと思っていた。

「まぁ、必要な手配がなされるなら、我々も協力をしないとは言いません」

「貴官の協力に感謝する」

神第八艦隊主席参謀は、ほっとした表情を浮かべる。河合はまだ二人のやり取りの曖昧な部分の意味するところを理解していなかった。

コスミック文庫

超武《ちょうぶ》装攻撃編隊《そうこうげきへんたい》 上

新鋭巨大機奇襲作戦

【著 者】

林《はやし》 譲治《じょうじ》

【発行者】

杉原葉子

【発 行】

株式会社コスミック出版

〒154-0002 東京都世田谷区下馬 6-15-4

代表 TEL.03(5432)7081

営業 TEL.03(5432)7084

FAX.03(5432)7088

編集 TEL.03(5432)7086

FAX.03(5432)7090

【ホームページ】

http://www.cosmicpub.com/

【振替口座】

00110-8-611382

【印刷／製本】

中央精版印刷株式会社

乱丁・落丁本は、小社へ直接お送り下さい。郵送料小社負担にて
お取り替え致します。定価はカバーに表示してあります。

ISBN978-4-7747-6268-5 C0193